SCENARIO

MAGABOOK
시나리오 #7
2018년 여름

| Hot 스타 |

| 한국 영화 시나리오 걸작선 | 〈6〉

| 특집 |

| 시나리오로 보는 영화 | 〈6〉

contents

| Hot 스타 |

배우가 사랑한 시나리오

| 이유영 |

〈나를 기억해〉 메이킹 인터뷰

Q. 영화 〈나를 기억해〉에 출연하셨는데, 〈나를 기억해〉는 어떤 영화인지 간단히 소개 부탁드립니다.

A. 〈나를 기억해〉는 같은 수법으로 다른 시간과 다른 장소에서 일어나는 연쇄 범죄에 한 여교사가 휘말리게 돼요. 그래서 그 여교사가 전직 형사 출신인 원 선배님이 맡은 오국철 형사와 함께 그 진실을 파헤쳐나가는 범죄 스릴러물입니다.

Q. 이번 작품에서 맡은 캐릭터 이름과 캐릭터에 대한 소개를 간단히 부탁드립니다.

A. 제가 맡은 역할은 한서린이라는 여교사예요. 고등학교 선생님인데, 음… 굉장히 행복한 나날을 보내고 있어요. 결혼을 앞두고 약혼자와 함께 행복한 나날을 보내다가, 과거에 당한 일과 비슷한 연쇄 범죄에 휘말려요. 그래서 초조해하고 불안해하면서, 오국철 형사한테 도움을 요청해 그 진실을 파헤쳐나가는 인물을 맡았습니다.

이유영

2014년 영화 〈봄〉으로 밀라노 국제영화제 여우주연상과 2015년 제52회 대종상영화제에서 신인여자배우상을 수상하며 화려하게 데뷔한 이유영은 영화 〈간신〉으로 2015년 제36회 청룡영화상에서 신인여우상을 수상한 뛰어난 연기력의 여배우다. 또한 2017년 화제의 드라마 [터널]을 통해서도 시청자에게 강렬한 인상을 심어준 바 있다.(*OCN 채널 최고시청률 기록 작품)
영화 〈나를 기억해〉에서는 결혼을 앞둔 평범한 고등학교 교사지만 의문의 연쇄 사건에 휘말리는 인물 '한서린'을 맡아 열연을 펼쳤다. 미스터리한 사건의 중심에서 불안에 떨면서도 사건의 실체를 파헤치는 교사 '서린'의 내면 연기를 섬세하게 그려내어 색다른 매력을 보여줄 것으로 기대된다.

FILMOGRAPHY

MOVIE_〈봄〉(2014), 〈간신〉 〈그놈이다〉(2015), 〈당신 자신과 당신의 것〉(2016), 〈원더풀 고스트〉(2018), 〈허스토리〉(가제, 우정출연)(2018)), 〈악질경찰〉(특별출연)(2018)
TV_[터널](2017)

AWARDS

2014년 제14회 밀라노 국제영화제 여우주연상
2015년 제6회 올해의 영화상 여자신인상
2015년 제24회 부일영화상 신인여자연기상
2015년 제52회 대종상영화제 신인여자배우상
2015년 제36회 청룡영화상 신인여우상

Q. 〈나를 기억해〉에 출연한 계기가 있다면 말씀 부탁드립니다.

A. 처음 시나리오를 읽었을 때 재밌었어요. 무거운 소재를 다루면서도 재밌게 풀어나가는 부분이 있었고 이게 어떻게 된 일인지, 그 미스터리한 부분을 자꾸 쫓아가고 질문하면서 더 집중해 읽을 수 있었던 것 같아요. 또 희원 선배님이 하신다는 얘기를 듣고 같이 연기해보고 싶었고 그래서 희원 선배님 만나 "시나리오 좋다. 같이 한번 해보자"라고 얘기해서 하게 되었습니다.

Q. 서린 캐릭터를 연기하기 위해 혹시 준비한 부분이나 참고한 것들이 좀 있다면 말씀 부탁드립니다.

A. 이런 사건들이 요즘도 굉장히 많이 일어나고 있다는 얘기를 들었어요. 그래서 예전 뉴스, 요즘 뉴스는 물론이고 그런 사건들에 대한 뉴스를 많이 찾아봤어요. 사실 연쇄 범죄에 휘말린 여교사의 심리가 영화의 중점으로 끌고 가야 하는 역할이었기 때문에, 전체적인 시나리오에서 이 인물의 감정 흐름을 어떻게 가져가야 할까를 가장 많이 고민했던 것 같아요. 그래서 감독님이랑 또 저랑 좀 복잡한 관계로 얽혀 있는 희원 선배님을 만나 이야기하는 시간을 많이 가졌어요.

Q. 연기 호흡은 어땠는지 말씀 부탁드립니다.

A. 거의 모든 장면이 진지하고 무거운 이야기를 다루고 있어, 좀 무서운 장면도 많았는데 현장에서는 즐거웠어요. 희원 선배님이 너무 즐겁고 편하게 해주시고 후반부로 갈수록 조금 더 친해져 연기에 대한 조언도 많이 받았어요. 워낙 선배님이시고 그래서 좀 제가 항상 도움을 많이 받는 편이었어요.

Q. 혹시 촬영한 당시에 인상 깊었던 에피소드나 아까 김희원 배우

님의 추운 에피소드도 얘기했는데, 혹시 그런 특별한 에피소드가 있을까요?

A. 범인을 잡아야겠다는 사명감이 들어 인물을 쫓게 되는데, 그 범인을 쫓는 과정에서 액션 신도 있어 액션 스쿨을 다녔어요. 액션 호흡을 여러 번 맞추고 액션을 하게 될 거라고 생각지 못했는데, 학원 다니면서 액션을 배운 것도 재미있었어요. 땅바닥에서, 공사장에서 뒹굴면서 추운 날씨에 액션을 한 그 장면이 저는 좀 인상 깊었어요.

Q. 감독님과의 호흡은 어땠는지.

A. 감독님은 항상 머릿속에 그 영화 전체 그림을 완벽히 가지고 계신 거 같았어요. 그래서 정확히 요구해주셔서 연기하기 편했고, 제가 이해 안 되거나 요구 사항이 있으면 제 의견을 존중해 찍어주셨어요. 감독님이 원하는 대로도 찍고 제가 하고 싶은 대로 하게 해주시고 또 이해도 시켜주셔서 편했던 거 같아요.

14년 전 잊을수 없는 충격적 진실,
누구도 믿지마라!
미스터리범죄스릴러
나를 기억해
이유영
김희원
2018.04.19

INFORMATION

제목 나를 기억해 | **각본 · 감독** 이한욱 | **출연** 이유영, 김희원, 이학주, 오하늬, 김다미 | **장르** 미스터리 범죄 스릴러
러닝타임 101분 | **배급** 씨네그루㈜키다리이엔티 | **제작** ㈜오아시스이엔티 | **개봉** 2018년 4월 19일 | **관람등급** 청소년 관람 불가

SYNOPSIS

고등학교 여교사 '서린'은 책상에 놓인 커피를 마신 뒤 취한 듯 잠든다.
다음 날, '마스터'라는 정체 불명의 발신자가 보낸 한 통의 문자. "좋은 꿈 꿨어요?" 그리고 셔츠를 풀어헤친 여자의 사진, 바로 서린 자신이다! 서린은 오래전 한 사건으로 얽힌 전직 형사 국철과 함께 '마스터'의 실체를 파헤친다.
서린의 학교 여학생들도 연쇄적으로 범행의 대상이 되는 가운데, 마스터의 정체는 미궁으로 빠지는데….
주위의 누구도 믿을 수 없다. 마스터, 당신 대체 누구야!

| 목포 9경 |

유달산설경

목포대교 일몰

갓바위

춤추는 바다분수

노적봉

목포진

삼학도 이난영공원

외달도

8경 다도해전경

木浦는 港口다

| 박찬성 |

사공의 뱃노래 가물거리면
삼학도 파도 깊이 스며드는데
부두의 새악시 아롱젖은 옷자락
이별의 눈물이냐 목포의 설움

삼백 년 원한 품은 노적봉 밑에
님 자취 완연하다 애달픈 정조
유달산 바람도 영산강을 안으니
님 그려 우는 마음 목포의 노래

■ 앞에서부터 유달산에 있는 목포의 눈물 노래비, 「작가의 고향」 이난영

목포에서 태어나 당시 최고의 가수로 군림했던 이난영 씨가 1935년에 부른 노랫말이다.

내가 이 노랫말을 이 글의 처음으로 꺼낸 것은 이 가사 속에 목포의 전경이, 목포의 정서가 함초롬히 녹아 있기 때문이다.

내가 태어난 곳은 목포시 죽교동 247번지다. 우리 집은 수돗물도 올라오지 못하는 유달산 기슭이었다. 유달산은 목포에 위치한 유일한 산이며 높이가 겨우 274미터에 불과한 높지 않은 산으로 일등바위와 이등바위로 이름 지어진 두 봉우리를 거느리고 있는 바위산이다. 지금은 꾸준한 조림사업 덕분에 산기슭에 푸른 숲을 안고 있지만 당시에는 그냥 바위산이었다. 하여 결코 명산이라고 할 수는 없지만 지금도 고향을 생각하면 제일 먼저 떠오르는 목포를 상징하는 산이다. 유달산에는 신선들이 노닐었다는 '유선각'이라는 커다란 정자가 아름답게 자리하고 있고, 그곳에서는 멀지 않은 곳에 떠 있는 작지만 아름다운 삼학도를 볼 수 있다.

삼학도도 개발의 여파로 지금은 옛 모습을 찾아보기 어렵지만 우리가 어릴 때는 개구쟁이들이 팬티도 입지 않고 헤엄쳐 건너갔던 섬이기도 하다. 수영을 할 줄 몰랐던 나는 형들의 옷을 지키고 앉아 부러운 시선으로 바라보기만 했지만.

■ 앞에서 부터 노적봉, 유달산의 여름, 조각공원

또 임진왜란 때 볏가리를 잔뜩 쌓아놓은 모양으로 왜군들을 속였다는 (군량미가 풍부하다는) 노적봉도 역사의 유적으로 남아 있어 옛이야기를 들려주고 있다.

목포는 항구인 탓에 선창가를 빼놓을 수 없다.

수많은 고깃배가 오가는 것은 물론이요, 인근의 섬 지방 사람들의 왕래가 잦아 사람과 짐을 실은 배들이 무수히 드나들었다. 우리는 그런 배를 연락선이라고 했다.

그렇게 선창가는 시장보다도 더 많은 사람으로 북적이던 곳이었다.

"부웅부웅" 울리던 뱃고동 소리가 지금도 귀에 선하다.

목포 이야기를 하면서 홍어 이야기를 빠트릴 수는 없다. 지금은 수입 홍어가 넘쳐나지만 우리가 어릴 때만 해도 홍어 하면 바로 '흑산 홍어'였다. 지금의 흑산 홍어는 귀하신 몸이 되어 값도 만만치 않지만 그때의 홍어는 지극히 당연한 서민들의 기호 음식이었고 홍어 마니아들은 지금도 비싼 흑산 홍어만을 고집한다.

흑산 홍어를 먹는 방법에는 세 가지가 있다. 첫째는 그냥 큼직하게 회를 떠 초고추장에 찍어 먹는 것이고, 둘째는 막걸리와 곁들여 먹는 것이다. 이를 '홍탁'이라고 한다. 그리고 셋째는 홍어에 돼지 삼겹살을 덮고 익은 김치로 감싸 먹는 것인데 이를 가리켜 '홍어삼합'이라고 한다. 한번 먹어보시라. 못 먹어봤으면 말을 하지 마시라!

그리고 또 하나 세발낙지도 목포의 맛에서 빠질 수 없다. 다리가 세 개라서 세발낙지가 아니라 다리가 여느 낙지들과 달리 아주 가늘어서 세발낙지라고 하는데 나무젓가락에 돌돌 말아 한입에 집어넣고 꼭꼭 씹어 먹는 맛이 일품이다. 그렇게는 못 먹어봤다고? 그럼 말을 하지 마시라.

짝짝이 고무신을 신고

6·25라는 민족적인 비극이 발생했을 때 내 나이는 열 살로 국민학교(지금은 초등학교로 바뀌었지만) 4학년이었다. 6·25는 우리 민족의 비극으로만 끝나지 않았다. 나에게는 엄청난 비극… 전쟁고아로 만들어버렸다. 다음 해 열한 살이 된 나는 '성덕원'이라는 육영 시설(고아원)에 들어갔다. 당시 성덕원에는 180여 명의 고아들이 있었다. 난방 시설은 물론 없고 온돌방이 아닌 마루방에서 자야 했던 겨울밤은 참으로 길고도 추웠다. 다행히 남쪽 지방이라 서울에서와 같은 큰 추위는

없었지만 낡은 군용 담요 두 장으로 밤을 지새워야 했기 때문이다.

그래도 다행이었던 것은 하루 세끼를 굶지 않고 밥을 먹을 수 있다는 사실이었다. 결식아동이 태반이었던 당시의 상황에서는 얼마나 다행스러운 일이었던지…. 물론 조악한 잡곡밥이었고 반찬이라야 맨 소금에 절인 김치가 전부였지만 반찬 투정 같은 건 상상할 수도 없었고 한창 자라던 우리들에겐 그 양이 너무 부족해 항상 배가 고팠다는 게 문제였다.

설움 중에서도 배고픈 설움이 제일 크다는 말도 있는데 다행히도 그때의 나는 그걸 설움으로 생각하지 않고 당연한 현실로 받아들이는 기특함(?)이 있었다. 때이른 성숙함이 아니라 뭘 모르는 아직은 어린 탓이기도 했겠지만.

■ 위에서부터 연희네슈퍼 뒤편 방공호, 택시 전경, 슈퍼 내부

다행스럽게 고아원에서도 학교는 모두 보내주었다. 나는 전에 다니던 북교국민학교를 다니게 되었고 나의 행운은 중학교 진학으로도 이어졌다. 다른 원생들은 모두 우리 원장 아버지가 세운 실업 중학교를 다녔는데 나만 목포중학교에 진학하게 된 것이다. 당시에는 전국에서 일제히 시행하는 학력고사 점수로 중학교 진학이 결정되었는데 나는 점수가 높아 목중을 보내주신 것이었다.

비록 대체로 가난했던 시절이었지만 목중을 다니는 학생들은 반듯한 교복에 운동화나 구두를 신고 다녔는데 유독 나 하나만 검정 고무신을 신고 다녔다. 고무신은 등하교 때 신고 다니기에는 참으로 불편한 신발이었다. 여름에는 땀 찬 발바닥 때문에 걸을 때마다 미끄러웠고 겨울에는 맨땅을 걷듯 발이 시렸다. 고아들에게는 겨울에도 양말이라는 사치품은 꿈도 꾸지 못했기 때문이다. 그런데 그런 고무신도 닳거나 구멍이 나도 제때 바꿔주지 않고 일정한 시기에 일제히 바꿔주었기 때문에 참으로 소중하게 다뤄야 하는 귀중품이었다. 다른 학생들은 운동화나 구두를 신고 다니는데 나만 고무신을 신는다는 부끄러움을 느껴본 적은 없다. 그런데 그 고무신이 내 속을 썩인 일이 한두 번이 아니었다. 아이들은 많고 똑같은 고무신을 신다 보니 자기 고무신에는 표시를 해두었는데 그런 고무신이 없어지는 일이 종종 일어나는 것이었다. 나도 예외는 아니었다. 학교는 가야 하는데 내 고무신이 보이지 않았다.

이곳저곳을 뒤져 이미 버려진 다른 신발을 찾아 헤매야 했다. 겨우 찾았다 싶으면 내 발에 턱없이 크거나, 겨우 또 찾으면 이번엔 내 발에 턱없이 작았다. 다행히 재질이 고무라 발가락을 꼬부려 억지로 신고는 학교를 향한다. 한쪽 발은 신발이 커서 덜컹덜컹하고 한쪽 발은 발가락이 아파서 절뚝거렸다. 그러고도 지각은 하지 않았고 끝내는 졸업식 때 3년 개근상을 졸업장과 함께 받았다. 아! 장한지고….

목사님이 되어라

목중을 졸업한 나는 당시 광주 제일고와 더불어 호남을 대표하는 명문인 목포고등학교에 합격했다. 내가 목고 학생이 된 것을 매우 자랑스럽게 생각한 것은 매우 당연한 일이었다. 나는 원장 부모님께 감사했는데 두 분은 다른 생각을 하고 계셨다. 나를 신학대학에 보내 훌륭한 목사님을 만들고 싶으셨던 것이다. 실제로 우리 고아원은 미국 기독교인들의 후원을 받고 있었고 원장 아버지는 장로, 원장 아버지의 장인어른은 목포에서도 손꼽히는 교회 목사님이셨다. 따라서 우리 고아원에서는 하루도 빠짐없이 아침마다 예배를 드렸고 수요일과 일요일에는 모두 교회에 나가는 일은 당연했다. 나는 고아원에 들어가서야 처음으로 기도를 접했고 성경도 알게 되었지만 교회는 빠짐없이 다녔고 성경도 열심히 읽었다. 그런 나를 목회자로 키우시려는 원장님의 생각도 이해가 갔다.

그런데 나는 아니었다. 나는 이미 영화에 미쳐 있었고 때 이르게 예술대학 연극영화과 진학을 꿈꾸고 있었던 것이다. 지금 생각해보면 내가 예술대학을 간다는 것은 말도 안 되는 한낱 꿈에 불과했다. 학비는 어찌할 것이며 생활비는 또 어떻게 감당할 것인가? 당시 나는 아무런 현실적 대책도 없이 이미 연극영화과의 대학생이 되어 있었던 것이다.

영화에 미치다

당시 목포에는 예향답게 극장이 세 곳이나 있었다. 그중에서도 목포극장에서는 모든 영화를 서울과 동시에 개봉하는 극장이었다. 하지만 고등학생이었던 우리는 단체관람 때만 영화를 볼 수 있었는데 그때 본 영화 중에서 한 영화가 내 인생을 바꿔놓았다. 미국 영화 〈셴〉(앨런 래드 주연)이라는 영화가 나를 영화에 미치게 한 단초가 되었다. 상영이 끝나고 한참 후까지도 나는 선뜻 일어나지를 못했다.

이후로는 벽에 붙어 있는 영화 포스터만 보아도 가슴이 설레었고 그 영화를 보고 싶어 죽을 지경이었다. 하지만 두 가지의 난제가 가로막고 있었다. 첫째는 우리 학생들은 일반 영화의 관람이 금지되었고, 둘째는 관람료(돈)가 내게 없다는 것이었다. 첫째의 금기는 배짱으로 깰 생각이었지만, 둘째의 난제-돈은 배짱만으로 해결될 일이 아니었다. 나는 돈을 벌기로 했다. 어떻게?

요즘 아이들은 '연애편지가 뭐지?' 하겠지만 당시만 해도 연애편지를 쓰지 않고는 연애의 근처에도 갈 수 없었다. 나는 문예반에도 들어

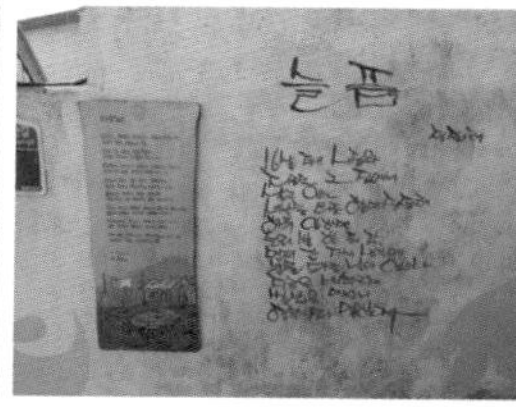

가본 일이 없었지만 작문 실력을 인정받은 터라 친구들의 연애편지를 대필해주고 단팥죽을 얻어먹었다. 난 친구들에게 단연히 선언했다. "단팥죽 안 먹어! 대신 돈을 내!" "얼마를 줘야 하는데?" "영화표 살 돈이면 돼!"

그때 입장료가 얼마였는지는 기억에 없지만 우리한테는 큰돈이었을 것이다. 그래도 연애편지에 목마른 내 친구들은 나의 요구에 응했고 그로부터 나는 교칙을 어기고 극장 출입을 감행했다. 그러니까 나는 일찍이 프로 작가가 되었던 셈이다. 원고료 대신 편지값을 받았으니까.

그렇게 영화를 본 날은 너무너무 행복했다. 꼬리가 길면 밟힌다고 했던가? 내가 고3 때 한국영화로서는 최초의 키스신을 연출했다는 〈자유부인〉의 포스터를 보고 이 영화는 기필코 봐야겠다고 작정했다. 그리고 실행에 옮겼다. 오후 수업을 빼먹고 극장에 들어섰다. 순간 누군가의 우악스러운 손에 뒷덜미를 잡히고 말았다. 하필이면 호랑이 선생님 훈육주임에게….

따귀를 몇 대 맞은 것은 당연지사였고 당장 전학 처분을 받을 것이라는 통보를 받았다. 낭패였다. 이번에는 없던 길이 열린 것이 아니라 없던 용기가 생겼다. 난 주먹으로 눈물을 훔치고는 당돌하게 외쳤다. "난 영화배우가 될 겁니다. 대학교도 연극영화과가 있는 예술대학에 갈 겁니다!!!" 나의 당돌함은 보상을 받았다. 용서를 받은 것이다.

돌이켜보면

나는 왜 그토록 영화에 미쳤을까?

이야기는 초등학교 6학년으로 거슬러 올라가야 한다. 그때 나는 〈이순신 장군〉이라는 연극에서 주인공을 맡았다. 알려진 대로 이순신 장군은 육척 장신이었는데 키가 가장 작은 내가 어떻게 이순신 장군 역을 맡을 수 있었을까? 그건 내 목소리가 크고 암기력이 좋아서였다. 크게 칭찬을 받았다. 연극이 무엇이며, 연기가 무엇인지 내가 어떻게 알았겠는가? 선생님이 시키는 대로 했을 뿐인데. 나는 딴따라가 되어야 할 운명을 타고난 것이었을까?

열여덟에 서울로 올라온 나는 힘들고 바쁜 서울살이에 쫓겨 고향을 찾을 기회가 많이 없었다. 키가 너무 작아 스타의 꿈을 스스로 접은 나는 대학에서 연출을 전공했고 졸업하자마자 곧 조감독 생활로 영화계에 입문했다. 조감독 생활을 하다 보니 시나리오를 손보게 됐고 그러다 보니 어찌어찌하다 시나리오 작가가 되었다. 시나리오 작가가 된 덕에 내 집도 갖게 되었고 결혼도 하고 자가용을 부리는 호사까지 누리게 되었다.

나도 이제 타향살이 50년을 훌쩍 넘겼다. 그러나 서울에 살고 있는 우리 동문들은 지금까지도 '유달산학회'라는 이름으로 매달 한 번씩 빠지지 않고 전국 산행을 하고 뒤풀이 자리에서는 고향 이야기로 마무리를 짓곤 한다.

실개천이 휘돌아 흐르고 얼룩빼기 황소가 게으른 울음을 우는 곳은 아니지만 다도해의 푸른 바다를 안고 있고 갈매기 울음소리가 정겨운 우리 고향 목포는 내가 태어나고 자라면서 꿈을 키운 곳이었고 앞으로도 두고두고 그리워하며 살아야 할 내 고향이다.

아! 그리운 내 고향. 목포는 항구다!

| 박찬성 |

오마담, 붉은 여로, 하늘을 보고 땅을 보고,
돌지 않는 풍차, 하늘나라에서 온 편지.

한국 영화 시나리오 걸작선 〈6〉

장마

1979. 개봉

원　작 | 윤흥길

각　본 | 윤삼육

감　독 | 유현목

출　연 | 황정순, 이대근, 김신재

수　상 | 18회 대종상 촬영상,
우수작품상 수상
4회 황금촬영상 은상

S#1. (F.I.) 산야

억수 같은 빗줄기. 세상을 온통 물걸레로 만들듯이 줄기차게 내리는 비. 저 건너 우뚝 솟은 건지산은 반쯤 구름에 잠겨 있고, 그 앞에 낮은 산과 넓은 들은 세찬 비에 얻어맞아 꼼짝도 못 하듯이 후줄근하게 누워 있다.
빗소리. 빗소리.
카메라 천천히 건지산을 향해서 줌업해 들어가면.

S#2. 연못

마을 앞 오래된 청담색 연못. 수면 위에 작열하는 세찬 빗줄기. 안개처럼 뽀얗게 일어나는 비의 포말. 연못가 늘어진 수양버들도 비에 견디지 못하고 후들후들 떨고 있다.

S#3. 마을 어귀

우뚝 솟은 소나무 서너 그루. 그 사이로 퍼붓는 비.
주르르 물줄기 흐르는 나뭇등걸.

S#4. 거미줄

빗방울 초롱초롱 매달려 축 늘어져 흔들리는 거미줄.

S#5. 채소밭

채소밭을 맹타하는 빗줄기. 튕기는 흙탕물.
전신을 떨어내는 채소 잎. 도랑을 이뤄 흐르는 흙탕물.

S#6. 처마 밑

초가집 처마로 폭포수처럼 떨어지는 낙숫물, 낙숫물.

S#7. 장독대

장독대를 때리는 빗줄기. 작열하는 빗방울.

S#8. 봉창문

찌그러진 봉창문 하나. 빗살무늬 그으며 그 앞에 쏟아지는 빗줄기.
빗줄기. 그렇게 비를 잡다가.

S#9. 건넌방 안

으으윽.

지옥에서라도 울리는 것 같은 이상한 부르짖음과 함께 관객에게 충격을 줄 만큼 화면 밑으로 벌떡 일어나 앉는 할머니의 얼굴 하나. 무섭게 일그러진 괴상한 표정. 동만이 외할머니다.
빗소리만 요란하게 들리는 어두운 방. 얼핏 손가락을 입에 넣어 이를 만져본다. 하나하나 확인하듯 다시 만져본다. 그제야 약간 안심이 된 것 같은 외할머니. 무릎걸음으로 기어가서 봉창문을 탁 연다. 처마 밑으로 떨어지는 억수 같은 빗줄기. 그 빗줄기 너머 저만치 보이는 건지산의 우뚝 선 웅자. 멍하니 밖을 내다보는 외할머니.

S#10. 비전

암흑의 화면. 멀리 반짝이는 빨간 점 하나. 굉장한 속도로 달려들면 그것은 커다란 불덩어리. 불덩어리 앞에 공포에 질리는 외할머니의 얼굴. 더욱 무서운 속도로 덮쳐드는 불덩어리.
그 불빛 속에 두 손을 허우적거리며 비명을 지르는 외할머니. 순간 얼굴을 강타하는 불덩어리. 악하고 쓰러지는 외할머니. 피 흐르는 입에서 이 하나가 부러져 나온다. 부러진 이를 손바닥에 뱉어보는 외할머니.

S#11. 건넌방 안

다시 한번 손가락을 입안에 넣어 확인해보는 외할머니. 이는 그대로 있다. 그러다가 무슨 생각을 했는지 전신을 와들와들 떨기 시작하는 외할머니. 공포에 못 이기듯 엉금엉금 일어나서 억수처럼 쏟아지는 빗속으로 나간다.

S#12. 동만네 집 안

적당한 간격을 두고 떨어져 있는 안채와 사랑채.

농촌치고는 제법 규모가 큰 집이다.

사랑채 건넌방을 나와 주춤주춤 처마 밑으로 돌아오는 외할머니.

S#13. 사랑방(안)

비 때문에 나가 놀지도 못하고 사랑방에 웅크린 채 낮잠을 자는 어린 동만. 밖에서 주춤주춤 인기척 나며.

외할머니 (소리) 야!야! 미숙이 안에 있냐?

조심스레 부르는 소리. 반짝 눈을 뜨는 동만. 외할머니가 사랑방 문에 다가서는 모양이다. 얼핏 베개를 집어 사타구니 사이에 꼭 끼고 더욱 새우처럼 웅크리며 눈을 꼭 감는 동만. 곧이어 방문 사르르 열리며 들여다보는 외할머니의 얼굴. 꼭 감는 속눈썹이 바들바들 떨리는 동안

외할머니 야가 어딜 갔제.

다시 사르르 방문이 닫힌다. 반짝 눈을 뜨는 동만. 오늘은 참 이상하다. 그렇게 생각하는 것 같더니 벌떡 일어나 앉는다. 그리고 문구멍으로 밖을 내다본다.

S#14. 동만네 집 안

댓돌 앞에 우뚝 서서 비 쏟아지는 하늘을 우두커니 바라보는 외할머니.

S#15. 안채

마루 앞에 올라서며

외할머니 (안방에 대고) 에미 있냐? 야. 야! (기척 없는 안방)

혼잣말 중얼거리는데 안채 건넌방 문 사르르 열리며 머리칼 부수수한 친할머니 내다본다.

친할머니 사부인 누굴 찾소?

외할머니 집 안에 아무도 없구마니라.

친할머니 아까 동만 아비 논둑이 터진다 하더니만 모두 그리 갔는지 모르겠어.

외할머니 (끄덕이다가) 비도 장겐 오요.

친할머니 무신 놈의 날씨가 이 모양인지 모르겠고.

물끄러미 하늘을 바라보는 두 할머니.

친할머니 사부인 불편하심 이 방으로 오시오.

외할머니 아니 저 방도 괜안스럽으요.

친할머니 장마 땐 꿉꿉허면 늙은이 빙 나기 십상잉께 가끔 군불이나 뜨뜻이 때달락 허시오.

외할머니 고마우요.

외할머니 다시 주춤주춤 사랑채 쪽으로 간다.

S#16. 사랑방 안

문구멍으로 내다보는 동만. 외할머니가 곧장 이쪽으로 다가온다. 얼핏 드러누워 베개를 사타구니에 끼고 자는 척하는 동만. 사르르 방문 열리고 들어서는 외할머니. 죽은 듯이 자는 척하는 동만이 옆에 털썩 주저앉는다. 엄습하는 불안과 공포에 전신을 가늘게 떨고 있다. 가만히 한쪽 눈 떠보는 동만. 외할머니 땅이 꺼지게 한숨을 쉬더니 버릇처럼 깡마른 손이 동만의 아랫도리를 벗기기 시작한다. 또 시작하는가 하듯이 눈을 꼭 감는 동만.

외할머니 야가 베개는 왜 끼고 자능가.

사타구니 사이에 베개를 빼더니 꺼칠꺼칠한 손을 넣어 동만의 조그만 잠지를 꺼내어 주물럭거리고 만져본다. 눈물이 핑 고이는 외할머니 얼굴.

외할머니 불쌍한 것.

기분이 나빠 얼굴을 찡그리는 동만. 외할머니 다시 잠지를 소중히 집어넣고 옷을 입혀주더니,

외할머니 야가 웬 낮잠을 이리 자여. 야야 동만아 일나그라. (가늘게 흔든다)

그제야 킹하고 잠투정을 하듯 눈을 뜨는 동만.

외할머니 동만아 나가서 엄마랑 이모 좀 찾아오너라 잉?
동만 (일어나 앉으며) 비 오는 소리.
외할머니 비 그쳤다. 어여 좀 찾아오너라. 외할머니 꼭 좀 보잔다 일러라. 잉!

그러고 보면 밖에는 빗소리 멎어 있다.

동만 씨이.

귀찮은 듯 머리 긁적이며 마지못해 일어선다.

S#17. 마을길
안개 같은 보슬비 뿌리는 마을길. 동만이가 터덜터덜 내려온다. 온통 찌푸린 하늘. 저 건너 건지산은 구름에 가려 보이지도 않는다. 동만이 어느 집 돌각담을 돌아서는데 찌익 날아오는 물줄기.

동만 어라?

인상 쓰며 홱 돌아보는 곳에 대나무 물총을 들고 씩 웃고 서 있는 계집애 하나. 동만이보다 한 살쯤 많아 보이는 말괄량이처럼 생긴 계집애다.

동만 (화난 듯) 암호도 안 대고 쏘는 법 있어?
옥이 (그제야) 암호.
동만 한라산.
옥이 백두산.

마주 보며 씩 웃는 둘.

옥이 어디 가냐?
동만 엄니 부르러.
옥이 (의미심장하게) 여 와불티여? 아주 좋은 데 있어.
동만 어디?

이미 할머니의 심부름은 새까맣게 잊고 옥이가 끄는 대로 따라간다.

S#18. 보리섶 앞

마을에서 약간 벗어난 으슥한 곳에 집채처럼 보릿단 쌓아놓은 보리섶. 옥이가 동만의 손을 끌고 돌아온다.

옥이 이거 봐.

입구를 막는 보릿단 두어 개를 치우면 그 안에 뻥 뚫린 동굴 같은 방.

동만 (신나서) 야아! 누가 맹글었냐?
옥이 내가. 들어와.

손목을 잡고 안으로 들면

S#19. 보리섶 안
아늑하고 멋진 보리섶 안.

동만 야아! 근사하다 잉.

기분 좋아 둘러보는 동만.

옥이 이거 먹어.

보릿단 속을 뒤져서 감춰놓았던 삶은 감자 두어 개 꺼낸다.

동만 감자여.
옥이 응.

한입 덥석 베어 무는 동만. 밖에는 다시 추적추적 비가 뿌리기 시작한다. 이상하게 바짝 다가앉은 옥이.

옥이 맛있제?
동만 응.
옥이 내가 좋제?
동만 (건성) 응.
옥이 그럼 맨져봐. (저고리 앞섶을 푼다)
동만 (귀찮아) 또?
옥이 응.

동만 생각하다가 귀찮은 듯 손을 뻗어 옥이의 저고리 앞섶으로 손을 넣어 젖가슴을 만진다.

옥이 몽글몽글하제?
동만 응.

가물가물 눈길이 보드라워지는 옥이. 그러나 동만의 얼굴은 무뚝뚝하기만 하다. 그때 저 건너 건지산 중턱에 번쩍하고 불빛이 인다.

동만 야, 건지산에 또 벼락 친다.

옥이 저건 벼락이 아녀. 바보야.

동만 그럼.

옥이 전투경찰대서 대포알 쏘는 거여. 박격포.

동만 아녀. 저건 벼락 치는 거라는디.

옥이 누가 그려!

동만 우리 친할매가.

옥이 아녀 경찰대가 산 사람헌티 쏘는 거여. 어젯밤 건지산에 봉홧불 오는 거 못 봤디야.

동만 봉화불은 왜 오르게.

옥이 산속에 빨갱이덜이 놀지덜 아녀.

동만 어른들 불장난하는 기 아니구.

옥이 넌 어째 그리 바보 같냐? 봉홧불은 빨갱이들이 지르는 거구. 번개 치는 건 경찰대가 쏘는 거여.

동만 건 왜 그려?

옥이 서로 싸우닝까 그렇제.

동만 왜 싸우는 거여.

옥이 (답답하듯) 바보야 글랑 내가 어떻게 안디야. 빨갱이들이 건지산에 숨었으니께 그렇제. 정심이 아버지도 그리 숨었구. 말 최 서방두 그리 숨었구. 너그 친삼촌도 그리 숨덜 않았디야?

순간,

동만 그런 말 함부로 하는 게 아녀.

엄숙하게 한마디 던지는 동만.

동만 우리 아부지가 그런 소리 절대로 하덜 말라고 했어.

하더니 벌떡 일어나 먹던 감자 팽개치고 비 오는 속을 뛰어나간다. 뻥해서 앉아 있는 옥이. 저 건너 건지산엔 자꾸만 번쩍번쩍 포탄이 떨어지며 뭉게뭉게 연기가 인다.

S#20. 동만네 집 전경(밤)

칠흑 같은 어둠 속에 누워 있는 동만네 집 전경.
또다시 억수처럼 쏟아지는 비.

S#21. 사랑채 건넌방(밤)

침침한 등잔불 아래 둘러앉은 일가족. 외할머니, 동만 아버지, 동만 어머니, 이모 그리고 동만이. 방 안을 짓누르는 무거운 공기. 누구도 입을 열지 않고 묵묵히 완두콩을 까는 외할머니의 손놀림만 지켜보고 있다. 밖에는 세찬 빗소리. 바람소리.

외할머니 내 말이 틀리능가 봐라. 인제 쪼매만 있으면 모두 알게 될 것이다. 어디 내 말이 맞능가 틀리능가 봐라.

낮게 중얼대는 외할머니 등잔 불빛을 앙각으로 받아 더욱 그로테스크한 분위기를 자아내는 할머니의 얼굴. 익숙한 손놀림으로 완두콩을 까서 자실은 대바구니에 담고 빈 깍지는 치마폭에 떨어뜨린다. 묵묵히 그 손놀림만 지켜보는 가족들. 나방 한 마리가 어디선가 날아들어 방 안을 붕붕대며 날아다닌다.

외할머니 느이 애비가 죽을 때만 혀도 나는 사날 전에 벌써 알아채렸다. 그때는 이빨이 아니라 손가락이었지만 아까는 꿈에 이빨 하나가 몽창 빠져서 도망가버리더리니께.

이모 또 그놈의 꿈 얘기. 물리지도 않으세요. 인젠 고만 좀 하세요.

외할머니 느그는 모르는 소리 마. 인자 곧 알게 될팅께 두고 봐라.
순구 고만혀 두어라우 빙모님. 그 다 괜한 걱정이라우.

문득 눈길을 들어 사위의 얼굴을 뻔히 보는 외할머니.

외할머니 자네도 내 말을 못 믿능가? 인제 두고 보라지 곧 기별이 올팅께.

기가 막혀 말을 함부로 할 수 없는 가족들. 나방을 눈으로 쫓던 동만이가 기어이 손으로 쳐서 잡는다. 밖에는 더욱 극성스러운 빗소리.

외할머니 무신 놈 날씨가.
동만 모 해마다 이맘때면 날이 궂었어라우.
이모 모든 게 다 날씨 탓이에요. 어머니가 그렇게 괜한 걱정을 하시는 것도 다 날씨 탓이에요.
외할머니 아니다. 느덜이 모르고 허는 소리다. 이 나이 먹드락 내 꿈이 틀린 적이 어디 한 번이나 있디야.
동만 모 저는 꿈 같은 거 안 믿어라우. 길준이한테서 몸이 성히 잘 있다고 편지 온 게 바로 엊그제 아닙디어.
이모 그러문요. 요새는 전투도 없고 해서 심심하다고 편지 끄트머리에다 쓴 걸 어머니도 직접 보셨잖아요.
외할머니 다아 소용없는 소리여. 하나밖에 없는 내 아들 남들은 기피도 잘 한다더만 일선 소대장으로 뛰쳐나가 기연시 에미헌티 꿈 소식을 전하는고나.

더욱 주술에라도 걸린 듯한 외할머니의 모습.

동만 모 제발 좀 그만혀두어라우.

그때 거센 빗소리 고비를 넘으면서 뒤껻 장독대에 양철 두레박이 곤두박질 떨어지는 소리.

그와 함께 방문이 벌컥 열리며 비바람이 쏟아져 들어와 등잔불이 훅 꺼진다. 공포에 질린 듯 조용해지는 방 안.

외할머니 (소리) 무신 놈으 날씨가. 불을 켜거라.
동만 모 (소리) 성냥 으디 있지라?

주섬주섬 성냥 찾는 소리. 그때.

외할머니 (소리) 쉿 조용히.

쥐 죽은 듯 숨죽이는 방 안. 빗소리 너머 멀리서 어으어으 늑대울음 같은 개 짖는 소리.

외할머니 (소리) 왔구나.

가늘게 들리는 슬픈 개 짖는 소리. 퍽 성냥불을 켜는 동만 어머니. 긴장하고 공포에 질린 가족들의 얼굴, 얼굴. 등잔불에 불을 댕기면 점차 밝아지는 방 안. 숨죽인 채 개 짖는 소리를 들어보는 가족들. 슬프게 우는 개 소리를 신호로 먼데 동리 개들이 따라서 짖기 시작한다.
멍 멍 멍 멍멍.
저희들끼리 무슨 신호나 하듯이 개 짖는 소리는 점차 가깝게 온다. 가늘게 떨리기 시작하는 외할머니의 손놀림. 동구 밖 개들이 짖다가 이제는 마을 안 개들이 사납게 짖어댄다.

이모 개들이 왜 저렇게 짖을까.
외할머니 (계속 손 놀리며) 기연시 왔구나. 기연시 왔어.

자신에 찬 소리.

이모 아이 듣기 싫어요.

윗집 개가 짖더니 동만네 워리란 놈이 마루 밑에서 사납게 짖는다. 그와 함께 빗소리 속에서 군화 소리 저벅저벅 들려온다.

소리 이 집입니까?
소리 그렇소.
소리 제기럴 비는 우라지게도 오네.

투덜거리는 남자들의 소리. 공포에 질려 숨죽이는 가족들.

외할머니 (목이 타듯) 기연시 왔어.
순구 쉬!

잠시 사이를 두었다가, 밖에서

소리 순구.

부르는 소리. 더욱 극성스럽게 짖는 마루 밑의 워리. 밖에서

소리 순구 있능가?

번쩍 일어서는 동만 아버지.

동만 모 (허리춤을 잡으며) 에구 내가 나가볼 팅게 당신은 암말도 말구 죽은 디끼 있어라우.

어머니가 허둥지둥 일어선다.

순구 아녀. 내가 나가볼 팅게 방 안에 꼼짝 말고 있어.

아내를 밀치고 방문을 열고 나간다.

S#22. 마당(밤)
칠흑같이 어두운 밤. 억수같이 쏟아지는 비.

순구 (빗속을 나오며) 누구요?
구장 (소리) 나 이 동네 구장일세.
순구 아니 자네가 이 밤중에 어떻게.

빗속을 지나 대문께로 간다. 마루 밑에 숨었던 워리란 놈도 덩달아 따라 나가며 요란히 짖는다. 옆구리를 걷어차는 순구. 깨갱 비명을 지르며 마루 밑으로 도로 숨는 워리. 사립에 매달린 워낭이 딸랑딸랑 소리를 내면서

순구 아니 자네가 웬일여.

어둠 속에 물걸레처럼 비 맞고 우뚝 서 있는 서너 명의 그림자.

S#23. 사랑채 건넌방(밤)
방 안을 서성대는 어머니와 이모. 정확하게 완두콩을 까고 있는 외할머니. 밖에서 두런두런 남자들의 말소리. 이윽고 조용해지면서 줄기차게 내리는 빗소리만 가득하다. 더 이상 참지 못하고 방 안에서 뛰어나가는 동만모. 이모도 허둥지둥 그 뒤를 따라 나간다. 어리둥절한 표정으로 외할머니의 얼굴을 살피는 동만. 외할머니는 천천히 별로 서두르는 기색 없이 완두를 까는 일에 아주 열중해 있다.

외할머니 나사 뭐 암시랑토 않다. 오늘 아니면 니말 중으로 틀림없이 무신 기별이 올 종 알고 있었으니께 진즉부터 알고 있었으니께 나사 뭐 암시랑토 않다.

좀이 쑤셔서 견딜 수 없는 동만 벌떡 일어나 밖으로 뛰어나간다.

S#24. 마당(밤)

나와서 고무신을 찾아 신는 동만. 워리란 놈이 마루 밑에서 나와 혀로 핥으며 반긴다. 방 안에서 들리는 외할머니 소리.

외할머니 (소리) 나사 뭐 암시랑토 않다. 암시랑토.

동만 빗속을 뛰어 문 쪽으로 간다. 안채에서 콜록콜록한 친할머니의 마른 기침 소리가 들린다.

가만히 사립문을 밀치며 밖을 내다보는 동만. 어두운 빗속에 어른들의 모습은 없다.

S#25. 집 앞(밤)

살금살금 밖으로 나오는 동만. 거기 쏟아지는 빗줄기 속에 우뚝 서 있는 어른들의 모습. 억수 같은 비를 맞으며 그저 잠자코 마주 서 있다. 군용 방수포를 머리 위로 뒤집어쓴 두 사나이와 낯익은 구장의 얼굴. 그 앞에 아버지와 이모가 금방 땅바닥에 주저앉을 듯이 흐늘거리는 어머니를 양쪽에서 단단히 부축하고 있다.

구장 들어가걸랑 빙모님께 말씀이나 잘 디려주게.

순구 …….

방수포 뭐라고 말씀드려야 좋을지 모르겠습니다. 괴롭기는 저희들도 매일반입니다. 어쩌다가 이런 일을 맡아가지고 참…… 그럼 저희들은 이만 물러가 보겠습니다.

순구 예. 살펴가시오.

허리를 꾸벅한다. 회중전등으로 길을 더듬으며 돌아가는 그들.

동만 모 흐흑……

몸부림치듯 늘어지며 흐느낌 새어나오면

이모 제발 이러지 좀 말어요. 언니가 이러면 어머님은 어떻게 되겠어요? 어머님을 생각해야지. 어머님을…….

주먹으로 입안을 틀어막는 어머니 필사적으로 울음을 참는다. 그런 어머니를 부축하고 들어가는 그들.

S#26. 사랑채 건넌방(밤)

물에 빠진 생쥐처럼 되어서 들어서는 그들. 죄라도 지은 사람처럼 장모 앞에 거북하게 앉는 순구. 외할머니는 아무도 쳐다보지 않고 완두만 까고 있다. 순구 손에 쥐어진 물에 젖은 전사통지서. 물에 젖어 속살이 다 들여다 보이는 모습으로 방문 앞에 서 있는 어머니와 이모.

외할머니 (완두를 까면서) 거봐라…… 거봐.

동만, 할머니의 손놀림을 눈이 똥그래서 바라본다. 외할머니의 손놀림이 틀리고 있다. 자실은 빈 깍지 담은 치마폭에 아무렇지도 않게 떨어뜨리고 빈 깍지는 자실을 담은 대바구니에 담는다. 수정해주려고 손을 뻗치려다 그만두는 동만.

외할머니 네가 뭐라고 그러쟈? 오늘 중으로 틀림없이 무신 기별이 온다고 안 그러디?

주먹으로 입을 틀어막는 어머니.

외할머니 느이 애비가 죽을 임시에도 나는 사날 전부터 알고 있었다. 늙은이가 밥 먹고 헐일 없응께 아서 요사시런 소리나 씨알거린다고 느덜은 이 에미를 야속하게 생각혔을 것이다. 그런디 지내놓고 보니께 어쩌드냐, 뭐라고 말하능가 보게 어디 늬덜 소견이나 한번 시연이 들어봤으면 쓰갔다. 어쩌냐 시방도 에미 말이 그렇게 시답잖게 들리냐? 그러면 못쓰느니라. 눈 어둡고 귀 어둡다고 에미까장 우습게 알면 못쓴다. 할망구라구 혀서 하는 소리마동 다 비싼 밥 먹고 맥없이 씨부리는 소리로만 들으면 큰 잘못이다. 이날 이때까정 내 꿈이 틀린 적이 없었니라. 무신 일이 생길 적마동 이 에미가 꾸는 꿈은 한 번도 틀린 적이 없었니라.

고자세로 고쳐 앉으며 힐끗 딸들을 바라보는 충혈된 눈. 그 속에 담긴 것은 희열 바로 그것이다. 별안간 할머니가 무섭고 불가사의한 강렬한 기운으로 보이는 동만. 감히 누구도 범접 못 할 이상한 힘이 있어 보인다.

외할머니 나는 우리 집안에 무신 일이 있을 적마다 다 알아맞혔느니라. 슬픈 일이 생길 적마동 다 알아맞혔느니라.

기어이 울음을 참지 못하고 오열하는 어머니. 무너지듯 털썩 주저앉는다.

외할머니 나사 뭐 암시랑토 않다. 진즉부텀 이럴 종 알고 있었응께. 나사 뭐 암시랑토 않다.

방바닥을 치면서 목소리 높여 통곡하는 어머니.

동만 모 아이고 우리 불쌍한 길준이, 워쩌자고 소대장인가 혀서 이 지경이 되얏능고. 아이고 이 일을 어쩐디야.

벽에 기대어 두 손으로 얼굴을 가리고 흐느껴 우는 이모. 전사자통지서를 움켜쥐고 고개를 깊숙이 숙이는 아버지. 그러나 외할머니는 울지 않는다.

외할머니 나사 뭐 암시랑토 않다.

하면서 떨리는 손으로 기어이 깍지만 담았던 대바구니를 치마폭에 와르르 쏟고야 만다.
무서운 듯 할머니의 얼굴만 멍하니 쳐다보는 동만.

S#27. 마당 (밤)
계속 장대처럼 쏟아지는 비. 처절한 어머니의 통곡 소리가 폐부를 찢듯 들려오는데 안방 문 열리고 내다보는 친할머니.

친할머니 에휴…… 쯧쯧쯧…… .

한숨 길게 내쉬며 혀를 찬다.

S#28. 동만네 집 전경(밤)
어머니의 진한 핏빛 울음소리 들리는데 빗속에 누워 있는 동만네 집 전경.
끝없이 쏟아지는 장맛비. 장맛비.
F.O.

S#29. 건지산 전경
(F.I.) 한고비 숨을 돌려 보슬비 뿌리는 하늘. 멀리 회색빛 웅자를 자랑하는 건지산의 자태.

S#30. 동만네 마당
완두콩 소쿠리를 무릎에 올려놓고 툇마루에 나와 앉는 외할머니. 부엌에서 이모가 밥상을 들고 힘겹게 나온다. 일손 멈추고 멍하니 건지산을 바라보는 외할머니.

이모 진지 드세요.
친할머니 (밥상 받으며) 사부인은 좀 드셨능가?
이모 통 안 드셔요. 한 숟갈두…….
친할머니 에휴 쯧쯧…….

밥상을 받고 사르르 문을 닫는다. 다시 부엌으로 들어가 또 한 상 들고 나오는 이모.

이모 (어머니 앞에 멎더니) 그래 진지 안 드세요?

그저 넋 나간 듯 앉아 있는 외할머니 이모 밥상을 들고 건넌방으로 간다.

S#31. 안채 건넌방

머리를 질끈 동이고 자리에 누운 동만 모. 밥상 들고 들어오는 이모 길자.

길자 언니, 식사해요.

엉거주춤 일어나 앉는 동만 모. 금세 눈물이 또 쏟아지며

동만 모 아유! 우리 길준이 뜨뜻한 밥 한 그릇 떳떳하게 끓여주도 못하고.

밥상머리에 앉아 눈물을 찔끔찔끔 짠다.

길자 인제 고만 좀 해둬요. 몸도 생각해야지.
동만 모 아유! 느이 오라비 불쌍한 길준이…… 전쟁터에서 죽다니…….

방문 벌컥 열리며 뛰어드는 동만.

동만 밥 줘. 배고파.
길자 어서 먹어라. 언니두 한술 떠요.
마지못해 밥숟갈을 드는 동만 모. 동만이는 벌써 아구아구 입에 퍼 넣고 있다.

동만 모 넌 좀 안 드냐?
길자 생각 없어요.
동만 모 엄니는?
길자 통 안 잡수셔요.

동만 모 어휴! 큰일이지라, 집 꼴이 말이 아니구나.
길자 …….
동만 모 나야 괜찮지마는 엄니가 얼매나 상심하실 것이냐? 삼대독자 외아들을 잃었으니…….

다시 눈물을 찔끔거리다가

동만 모 어서 누구를 양자로 데려다가 끊어진 때를 이어야지. 저리 큰 일 아니냐.
길자 …….

꽁보리밥 한 그릇을 우걱우걱 비우며

동만 모 동만 아버지 점심 안 하셨제?
길자 형부는 밭에 나가 계세요. 점심 내다 드려야죠.
동만 모 내 대신 니가 고생이다. 에휴, 에휴…….

밥숟갈 놓으며 다시 눈물 찔끔거리면서 드러눕는다.

S#32. 마당

툇마루에 고정된 물체처럼 먼 산 바라보고 앉은 외할머니. 동만이가 눈치를 힐끔힐끔 보며 조심스럽게 가까이 다가간다. 건지산을 향한 채 미동도 없는 외할머니의 눈길. 동만 손바닥을 펴서 외할머니 눈앞에 대고 뱅글뱅글 원을 그려본다. 그제야 눈길 스르르 움직여 동만의 얼굴을 물끄러미 보더니 버릇처럼 완두콩을 다시 까기 시작한다. 부엌에서 이모가 대소쿠리에 점심을 담아 이고 사립문을 나간다. 냅다 따라 나가는 동만.

S#33. 들길

보슬비 뿌리는 들길. 포플러나무 우뚝우뚝 치솟은 밭둑길을 나란히 가는 동만과 이모.

동만 이모.

길자 응.

동만 우리 외삼촌 죽었제?

길자 …… 그래 전사하셨다.

동만 전사란 게 군인이 나가 죽었다는 거제?

길자 …… 그래.

동만 왜 좀 더 숨어 있덜 않구 군인 나가 죽어?

길자 무어?

동만 외삼촌이 뒤란 대나무밭에 숨어 있지 않았능감? 피난 와서 내내 숨어 있덜 않았능감? 헌디 왜 좀 더 숨어 있덜 않고 군인 나가 죽어뿌리능감?

길자 그건…… 그게 아냐.

동만 그게 아니랑께 뭐가 아녀? 외삼촌이 대숲에서 한 달 동안 잘 숨어 있덜 않았디야?

무어라고 설명하기가 곤란한 길자. 따라가며 고개를 갸웃해 보는 동만.

S#34. 동만네 집 안(회상)

땡볕이 내려 쪼이는 동만네 마당. 마루에 앉아 활활 부채질하는 친할머니. 동만 아버지, 동만 어머니, 동만이가 모여 앉아 참외를 깎아 먹고 있다. 게걸스럽게 먹어대는 동만. 그때 사립문 딸랑딸랑 요란스레 열리며 들어서는 친삼촌 순철. 우람한 덩치에 싱겁게 생긴 얼굴.

순철 형수 씨 서울서 사돈댁이 오신다요.

싱글 웃는다.

친할머니 아니 누가 와?

동만 모 정말?

놀라고 반가운 얼굴 벌떡벌떡 일어서는데 문 안으로 들어서는 외할머니와 이모 길자 그리고 외삼촌 길준. 훤칠한 키에 미남형으로 잘생긴 길준. 눈부시게 아름다운 이모 길자.

길준 (웃으며) 안녕하세요?
길자 안녕하셨어요?

급히 고무신 찾아 신고 나오며

친할머니 아이고 이게 누구랑가요?

외할머니 손목을 덥석 잡는다.

외할머니 가내 무양하신가요?
친할머니 그래 어떻게 왔으요?
외할머니 피난 오덜 않으요? 서울엔 지금 인민군이 쳐들어오고 대포를 쏴대고 사람들이 떼죽음허고 생지옥이요. 에휴, 끔찍허요.
친할머니 에구! 잘 왔으라우. 참 잘 왔으요.

짐을 받아 내리는 동만 모와 순구 서로 반가운 인사가 오가고

친할머니 난리가 끝나는 날까지 늙은이들끼리 서로 의지하고 예서 지냅시다.
외할머니 고마우요.

서로 손을 잡고 놓을 줄 모른다.

순철 (싱글거리며) 여그도 인민군이 쳐들어온다고 걱정들이 태산 같어라우.
길준 네가 동만이구나. 녀석 많이 컸는걸.

씩씩하게 웃으며 동만의 머리칼을 쓰다듬어준다.

S#35. 마을 안 길(밤)

반딧불을 쫓아서 마을길을 쏘다니는 꼬마들. 동만 반딧불을 잡아서 하얀 박꽃 속에 넣어 청사초롱처럼 만든다. 옥이란 계집애가 반딧불 두 마리를 눈썹 밑에 붙이고 도깨비처럼 우앙하고 나타난다. 깜짝 놀라는 동만.

옥이 몇 마리 잡았냐?

동만 다섯 마리.

옥이 나 줘.

동만 싫어.

옥이 정말 안 줄 티여?

인상을 쓴다. 마지못해 박꽃째 내주는 동만. 언제나 옥이 앞엔 꼼짝 못하는 동만인가 보다. 그때 저쪽 들판 너머 번쩍번쩍 불빛이 인다.

꼬마1 저건 뭣이냐? 벼락 아녀?

옥이 아녀 인민군이 쳐들어오는 거래여.

꼬마1 인민군? 인민군이 뭣이여?

어른들이 부산스럽게 우왕좌왕 어디론가 몰려간다.

S#36. 사랑채 안방(밤)

심각한 얼굴로 둘러앉는 가족들. 길 떠날 차비하는 외삼촌 길준.

외할머니 (안타깝게) 그래 으디로 간단 말여.

길준 저놈들이 오면 날 가만 놔두지 않을 겁니다. 우익 운동을 한 학생에겐 이를 갈고 있으니까요.

외할머니 (울듯이) 에구 그러게 우익이고 좌익이고 네가 왜 나섰던 거여?

길준 나라를 바로잡으려면 그래야 하는 거예요.

외할머니 에구 난 모르겄다. 통 무신 소린지.

순구 (침통해서) 미국 사람이 도와준대서 한숨 놨더니만 맥없이 밀리네그려.

길준 북한 측을 너무 만만히 보고 준비를 안 했던 탓이에요. 크나큰 불찰이지요.

그때 방문이 열리고 숨차게 들어서는 순철.

순철 틀렸으요.

순구 뭐가?

순철 인민군이 벌써 읍내를 지나갔대요. 전주, 이리, 군산 쑥대밭을 맨들구 밀구 갔다요.

암담해지는 길준의 얼굴.

순철 공연시 길 떠났다 개죽음당하지라.

동만 모 에구야…… 어쩐디야.

길준의 손을 잡고 와들와들 떤다.

순구 내일쯤이면 여기로 인민군이 오겠구먼.

외할머니 저 일을 어쩐디야?

순철 뒤란 대나무 숲에 굴을 파고 숨어 있시면 될 것 아녀?

순구 숨어?

눈이 번쩍해 생각에 잠기는 그들.

순철 암은요. 길준이 밤중에 도망갔다고 소문 퍼뜨리고 우리 집 대나무 숲에 숨어 있시면 일 년두 숨어 있을 수 있지라우.

그 참 좋은 생각이란 듯이 길준의 얼굴을 보는 가족들.

외할머니 야야 그렇게 하그라. 이 어미 맘두 좀 놓게.
순철 (웃으며) 그렇게 하드라고 내가 망도 봐줄 텐께.
길자 그게 좋겠어요. 오빠.

지그시 생각해보는 길준의 얼굴. 멀리서 은은하게 포성이 울린다.

S#37. 동구 앞 길.
일단의 괴뢰군 분대 병력이 열을 지어 온다. 동구 밖에 나와 줄을 지어 늘어선 마을 사람들. 구식 장총에 기다란 총검을 꽂고서 팔을 냅다 휘두르며 동구 밖으로 들어서는 괴뢰군들. 일제히 박수를 치는 마을 사람들. 순철이는 싱글벙글 남보다 더욱 크게 박수를 두들겨 댄다. 괴뢰군 대열 뒤에 따라오는 민간인 서너 명.

아낙1 에구! 저이는 여순사건 때 감옥소에 갔던 광배 아비 아녀?
농부1 저건 빨갱이 노릇하던 강일이구.
농부2 쉿!

계속 박수를 두들겨대는 마을 사람들. 옥에서 풀려나온 좌익분자들의 날카로운 눈길이 마을 사람들을 쏘아보며 지나간다.
농부1 세상이 바뀌었응께. 또 애매한 목숨 수없이 죽어가겠네.

누군가 말을 받아,

농부2 애매한 사람만 족칠 게 아니라 그동안 악질분자를 잡아야 혀.
농부3 맞어…… 그 뭣이냐 악착같이 밀주 단속하고 밀조사 색출하던 용범이 말여…… 그런 놈부터 족쳐야 혀.
농부1 맞어. 용범이 같은 놈은 많은 원성을 들었으니께.

농부들 흥분해서 한 사람을 집중 매도하는데 공연히 불쑥 나서는 순철.

순철 용범이 그놈은 내가 잡아낼 팅께. 꼭 잡아낼 팅께.

무엇이 그리 신나는지 싱글벙글 웃는다.

S#38. 용범의 집 안

청년 두 사람을 거느리고 불쑥 들어서는 순철.

순철 용범이 있능가?

용범 아내 전신을 사시나무처럼 떨면서 나오며

아내 어…… 없시유……. 사날 전부텀 어디 갔는지 통 보이질 않어라우.
순철 흥! 그려?

청년들에게 찾아보라고 눈짓하고는 안방 문을 열고 들어간다. 와들와들 떠는 용범의 아내.

S#39. 안방

공연히 눈에 불을 켜고 수색하는 순철.

순철 용범이 지가 도망을 혀? 도망가지 않은 걸 내 다 아는디.

아랫목 구들장을 밟는데 삐걱 움직인다. 방바닥의 돗자리를 왈칵 재끼는 순철. 구들장 하나가 틈이 벌어져 떠 있다. 구들장을 벌컥 젖히는 순철

순철 나와! 이놈아.

손을 집어넣어 용범의 머리칼을 잡고 끌어당긴다.

S#40. 정자 앞마당

싱글벙글 웃으며 으스대고 오는 순철. 그 뒤로 꽁꽁 묶은 용범을 청년 둘이서 끌고 온다. 눈이 둥그레 바라보는 마을 사람들.

마을1 아니 저거 용범이 아녀?

마을2 저 악질분자놈 으디서 잡았디야?

마을3 순철이가 잡았구만 잉? 순철이가.

마을1 잘헌다. 순철이 잉? 참 잘혀.

더욱 으쓱대며 싱글거리는 순철. 정자나무 앞에 매놓으면 모여드는 마을 사람들. 인민위원장 광배랑 강일이도 나온다. 괴뢰군들도 총을 둘러메고 어슬렁어슬렁 모여든다.

노인1 저놈 으디서 잡았능가?

순철 즈그 집에 숨었는 걸 너구리 잡듯 잡아냈제.

와아 웃는 마을 사람들.

마을1 저놈이 밀주 단속한다고 우리 집 쌀뜨물까지 먹어보고 고개 갸우뚱한 놈여.

와 웃는 사람들.

순철 그뿐인 줄 아능감. 작년 겨울 산토끼를 잡아다 먹으려고 껍질 벗겨놓은 것을 밀도살한 쇠고기라고 우겨싼 놈여. 이놈이 바루.

또 웃는 사람들.

마을2 그런 놈은 혼찌검을 줘야 해.

마을3 암은. 암은.

이구동성 끄덕이는 사람들.

순철 기다려 좋은 벌이 있응께.

신나는 듯 뛰어가 쌀뜨물 한 동이를 낑낑대고 들고 온다.

순철 요것이 쌀뜨물인디 개 눈에는 똥만 보인다꼬 네 눈에는 밀주로 보일 것이영. 그랑께 요것을 한 방울도 남기지 말고 마실 것이여.

와와 손뼉을 치며 웃어대는 마을 사람들. 결박을 풀고 물동이를 안겨주는 순철. 공포에 질린 용범.

순철 마셔! 쌀알이 동동 뜨는 막걸리여. 삼수갑산을 가드라도 안 마시고 못 배기는 동동주여! 한 방울도 남기지 말고 어여 마셔!

물동이를 들고 벌벌 떠는 용범. 괴뢰군이 총 끝으로 쿡 찌르며 어서 마시라고 눈을 부라린다. 할 수 없이 벌컥벌컥 들이켜는 용범. 와 웃는 사람들.

순철 어…… 어……, 흘리지 말고 흘리지 말고.

무에 그리 신나는지 춤까지 추며 좋아한다. 꿀꺽꿀꺽 마시는 용범. 반동이도 못 마시고 숨이 차서 헉헉거린다.

순철 어어……. 남기면 쓰갔능가? 자네가 눈에 불을 켜고 찾아당기던 밀준디 다 마셔야. 어서…… 어서…….

기를 쓰고 마시는 용범. 바람 넣는 공처럼 점점 불러오는 배.

마을1 배 봐라. 저놈 배 봐라.

배를 잡고 웃는 사람들. 데굴데굴 구르며 웃는 사람들. 광배랑 강일이도 웃고 괴뢰군들도 히죽이 웃어댄다. 윽, 윽 구역질을 하는 용범.

순철 안 돼…… 안 돼……. 다 마셔.

물동이를 입에서 떼지 못하게 막고 마구 입에 쏟아준다. 억…… 억……. 눈알이 희번덕거리며 사지를 버둥거리는 용범. 온통 입가에 흘리며 초죽음이 되는 모습.

순철 잘한다…… 잘한다. 더 먹어?

점차 입가에 웃음기가 사라지는 마을 사람들. 픽 쓰러지며 온몸을 푸들푸들 경련을 일으키는 용범.

순철 옳지! 인자 취하는구나! 기분 좀시롱 취하는구나.

그러나 이제는 웃지 않는 사람들. 끔찍하게 되어가는 모습에 놀라면서 순철을 물끄러미 본다. 온몸을 꼿꼿하게 뻗고 파들파들 경련하는 용범의 모습. 그제야 내가 좀 너무했다 하듯이 마을 사람들을 쳐다보는 순철. 자신은 마을 사람들을 웃기려고 한 노릇인데 이상한 결과를 초래해서 자신도 놀라는 모양이다. 이상한 분위기의 사일런트. 이윽고.

광배 처형하시오.

차갑게 뱉고 돌아선다. 괴뢰군 두 놈이 늘어진 용범을 질질 끌고 저쪽 숲속으로 들어간다.
눈이 뚱그레 서로의 얼굴을 쳐다보는 마을 사람들. 잠시 후

소리 "탕."

귀청을 울리는 총성. 찔끔 놀라는 순철의 얼굴. 길게 잡아서

S#41. 동만네 집 안

여름날 저녁나절의 햇살의 지붕을 비껴가고 있다. 괴괴하니 조용한 집 안. 부엌에서 외할머니가 조그만 소쿠리에 음식을 담아 들고 가만히 나온다. 마당을 가로질러 뒤꼍 쪽으로 가는데 달랑달랑 워낭이 흔들리며 불쑥 들어서는 순철. 기겁을 하게 놀라는 외할머니. 본능적으로 소쿠리를 뒤로 감춘다. 물끄러미 바라보는 순철. 팔죽지엔 붉은 완장까지 두르고 있다.

외할머니 (계면쩍어) 에구 깜짝이야 십년감수했구먼.

순철 (통방울 눈알 끔벅이며) 남의 눈에 띄지 않게 잘 허요. 들키는 날엔 큰일낭께.

친할머니 계신 안방으로 들어간다. 부리나케 뒤꼍으로 돌아가는 외할머니.

S#42. 뒤꼍

장독대 뒤로 무성한 대나무 밭. 장독대에 고추장을 푸는 척하던 길자가 어머니를 보고 고개를 끄덕인다. 외할머니 주의를 경계하며 급히 대나무 밭 속으로 들어간다. 계속 장독대에 남아 망을 보는 길자.

S#43. 대나무 밭 안

빽빽하게 들어선 대나무. 사람 하나 겨우 비집고 들어올 수 있는 사이로 용케도 비집고 들어오는 외할머니. 한쪽 으슥한 곳에 당도하더니 가만히 땅을 두어 번 두드린다. 대나무순 돋아나는 조그만 흙덩이가 움직움직하더니 이윽고 펑 뚫리는 동굴. 판자로 벽을 막은 어두운 굴속에 짐승처럼 웅크리고 있는 길준의 모습.

외할머니 (안타까워) 배 팠제?

길준 밥 생각 별로 없는데요.

외할머니 에구 그런 소리 말어……. 이런 때일수록 든든히 먹어야 혀.

주전자에 냉수를 따라준다.

외할머니 갑갑하지 않냐?
길준 견딜 만해요. 어머니.
외할머니 에휴! 무신 놈의 지랄 같은 세상을 만나 네가 이게 웬 고생이여?

눈물을 찔끔거린다.

길준 너무 염려 마세요. 어머니.
외할머니 에휴! 자나 깨나 간이 저려서…….
길준 전황은 어찌 됐는지 모르시죠?
외할머니 전황이랑께?
길준 전쟁이 어떻게 됐냔 말예요.
외할머니 낸들 아여? 순철이 말을 들응께 인민군들이 부산꺼정 대구꺼정 밀고 갔다고 신이 나서 떠들던디.
암담해지는 길준의 얼굴.

외할머니 그나저나 순철이 땜시 걱정스럽다.
길준 왜요?
외할머니 인민군이 들어오고 동리 일 한다고 맥없이 날뛰더니만 이제는 팔죽지에 붉은 완장꺼정 차고 눈알이 뻘게서 나다니는디.
길준 …….
외할머니 어저께는 또 용상리 최 주사를 잡아다가 인민재판인가 뭔지 한다고 머리통이 깨지도록 매를 때렸다는구나.
길준 순철이가요?
외할머니 그려……. 그런 순철이가 널랑 가만둘 것 같지 않아. 그게 걱정이여.
길준 (생각하다가) 그 사람은 그럴 위인이 못 돼요.
외할머니 하기사 사람이 턱없이 싱겁구 맘 좋아 그렇지 악한 짓일랑 못 할 사람 같다마는…….

묵묵히 생각에 잠기는 길준의 얼굴.

S#44. 안방
주저앉아 식사를 나누는 순구, 순철. 친할머니.

친할머니 행여 남헌티 악한 일일랑 하덜 마라. 남 못 할 짓은 아예 말어.
순철 알았으라우. 엄니.
순구 어젯밤 최 주사를 끌어내다 때린 것은 네가 옛날 그 사람헌티 수모를 당한 앙갚음을 허니라고 그랬다고 수군대더라.
순철 누가 그래유? 어느 놈이?

눈이 번쩍 빛난다.

순구 너만 올바르믄 되는 거여. 행여 남의 가슴에 못 박는 짓일랑 말구,
순철 …….
순구 (엄숙히) 알았쟈?
순철 알았으라우.
친할머니 그리고 사둔댁 사람들헌티도 행여 눈치 뵈는 일랑 삼가고…….
순철 (웃으며) 알았으요. 엄니.

우걱우걱 밥을 퍼 넣는다. 그런 아들이 대견스럽고 사랑스러워 흐뭇하게 웃으며 바라보는 친할머니.

S#45. 뒤꼍
돌아 나오는 순철. 장독대에 망을 보던 길자, 흠칫 놀란다.

순철 (대나무 밭을 가리키며) 있어라우?

고개를 끄덕이는 길자.

순철 (웃으며) 나두 한 번 만나야제 섭섭하게 생각할 팅께.

고마워 방긋 웃어 보이는 길자. 대나무 밭으로 들어가려다

순철 으디 있는지 난 모르잖어라우?
길자 오세요.

앞장서 들어간다. 보면 볼수록 아름다운 길자의 모습이다.

S#46. 대나무 숲 안

주섬주섬 그릇을 챙기는 외할머니.

외할머니 그럼 일찌감치 눈을 붙이도록 해여…… 내가 새벽꺼정 망을 볼 팅께.
길준 제발, 어머니…… 그런 수고 마시고 어머니도 좀 주무세요.

그때 대나무 밭 속에 누군가 오는 소리. 휙 긴장하는 외할머니. 옆에 놓은 대나무 죽창에 슬며시 손이 가는 길준.

길자 (소리) 저예요. 어머니.

안심하는 두 사람. 대나무 숲에서 나타나는 길자와 순철.

외할머니 에구! 오시는구만.
순철 (다가서며) 갑갑허지 않소?
길준 어서 오세요.

순철 땅굴 앞에 웅크리고 앉는다. 그릇을 챙겨 들고 길자를 재촉해서 얼핏 나가는 외할머니. 어색하게 마주 보는 두 사람.

길준 비좁지만 들어오시죠.
순철 그럴까 잉?

엉금엉금 굴속으로 들어간다.

S#47. 땅굴

마주 앉은 두 사람. 하나는 붉은 온장을 두르고 있고 하나는 죽창을 옆에 놓고 있다. 물끄러미 죽창을 보는 순철. 물끄러미 완장을 보는 길준.

순철 (둘러보며) 좀 습한 것 같지만 서늘해서 좋소 잉?
길준 예. 그런 대로 견딜 만해요.

어색하게 웃는 둘.

길준 나 때문에 공연히 애 많이 쓰시겠습니다.
순철 애쓸 것이 있능가? 난 그저 우리 동만이란 녀석을 봐서두 그렇구 성님이나 아줌씨 채면을 봐서두 그렇게 마음 놓구 숨어 기시오.
길준 감사합니다.
순철 (완장을 가리키며) 난두 뭐 첨부터 이런 거 하고 싶어서 한 건 아니라우. 용범이란 사람이 마을 사람들 원성을 샀기 땀시 잡아다가 혼 좀 낼라고 혔든 게 워찌다가 그리 돼서…….
길준 부역을 하시더라도 너무 깊이 개입하지 마십시오.
순철 부역이랑께?

부역이란 말이 귀에 거슬리는 모양이다.

길준 아, 실례했습니다.
순철 난 누구처럼 부역허고 괜스레 빨갱이 짓 한다고 생각하지 않으요. 난 그저 마을 사람들 대신해서 벌줄 사람은 벌주고 남의 재산 착취해간 사람 도루 뺏어 찾아주고 그런 것을 하는 것잉께.
길준 알고 있습니다. 그러더라도 공산주의에 너무 깊이 관여하지 말라는 뜻입니다. 제 얘기는…….

"이놈이 누구를 훈계하는 건가." 기분이 나빠지는 순철.

길준 어차피 공산주의와는 영원히 상존할 수 없는 것이니까.

순철 …….

잠시 흐르는 어색한 침묵.

순철 그 죽창은 거그서 맹글었소?

길준 (웃으며) 여차하면 나도 몇 놈 찌르고 죽어야죠. 맥없이 그냥 죽을 순 없잖습니까?

순철 나도 맘 놓고 들어왔다간 까딱하면 죽겠네 잉?

다시 어색하게 웃는 둘.

순철 하기사 길준이는 몸이 날쌔닝께 좀처럼 잡히덜 않을 것이여. 그전 띠 길준이 광주 내려와서 축구 시합을 하는 걸 보니께 바로 맹호라, 맹호.

길준 (웃으며) 그때 와보셨군요.

순철 아따 그때 내가 을매나 자랑해 쌌었다고? 우리 사돈댁이 바로 저 사람이라고 술 말값이나 없어졌응께.

밝게 웃는 두 사람.

순철 (일어서며) 그럼 잘 숨어 있어라우. 나두 가끔 밖에서 소식 전할 팅게.

길준 (따라 일어서며) 다시 한번 말씀드리는데 너무 깊이 관여 마십시오.

순철, 길준의 얼굴을 뻔히 보다가,

순철 오히려 내가 거그헌티 숨어 있덜 말고 나와서 해방 전선에 참여하라 하믄 거그는 어쩔께요?

길준 (웃으며) 목숨이 붙어 있는 한 거절할 겁니다.

순철 그닝께 우리 이 일일랑 서로 간에 얘기하덜 맙시다.

S#48. 마을길

생각에 잠겨 걸어 내려오는 순철.

순철 흥! 지 놈이 뭔데…….

아무래도 기분이 석연치 않은 모양. 저만치 마을 사람 몇이서 수군대다가 순철의 모습을 발견하고 슬금슬금 집 안으로 피해 들어간다. 잠시 멀어서는 순철 가슴이 싸하고 아파온다. 다시 걸어가는 순철. 그 눈에 이상한 살기가……. 이상한 살기가 점차 뚜렷해지면서 성큼성큼 걸어 내려간다.

S#49. 들판.

찌는 듯한 폭염. 듬성듬성 밭에서 일하는 농부들.

S#50. 산길

산에서 청년 한 사람과 내려오는 순철. 이젠 기다란 총까지 메고 있다. 산에서 누구를 수색하고 내려오는지 땀을 뻘뻘 흘리고 내려온다. 그때 저쪽에서 누군가 손짓해서 자꾸 부른다. 동만이다.

순철 저 녀석이 웬일여?

다가가는 순철.

S#51. 등성이

아카시아 숲에서 서 있는 동만.

순철 (다가오며) 너 예서 웬일여?
동만 쉿!

눈이 뚱그레지는 순철.

동만 (조그맣게) 요 너머 계곡에서 길자 이모 목욕해여.
순철 무어?

더욱 뚱그레지는 순철.

동만 나보구 자꾸만 망을 봐달라고 안 혀? 누가 오나 봐달라구.
순철 그래서?
동만 저어기다 까치집을 봐놨는디 옥이가 먼저 까치 새끼 꺼내려 간단 말여.
순철 그런디?
동만 그랑께 삼촌이 대신 잠깐만 망을 봐달랑께 잉?

하더니 냅다 도망간다.

순철 (당황해서) 야야, 동만아.

그러나 벌써 들판 아래로 총알처럼 내달리는 동만의 뒷모습. 기가 막힌 순철. 그냥 갈까 망설이다 얼굴이 점차 굳어진다. 떨리는 눈길. 아카시아 숲으로 몸을 숨기며 등성이 너머 지그시 굽어본다.

S#52. 계곡

계곡 아래 옥수처럼 흐르는 맑은 물. 마음 놓고 목욕하는 길자의 나신. 신비의 전라를 그대로 노출한 채 으슥한 계곡 속에 시원한 물을 퍼붓고 있다. 터질 듯 부푼 앞가슴. 허리를 흐르는 짜릿한 곡선.

S#53. 숲속

아카시아 숲속에 숨어서 지그시 지켜보는 순철. 이글이글 불타는 눈. 무섭게 불타는 눈.

S#54. 계곡

마음 놓고 목욕하는 길자. 물에 젖은 머리칼 쓸어 올리며 물 밖으로 나온다. 보이는 젖가슴. 보이는 전신. 나뭇가지에 걸쳤던 옷을 내리며 힐끗 등성이 쪽을 바라본다.

S#55. 숲속

아카시아 숲으로 슬며시 몸을 숨기는 순철.

S#56. 계곡

동만이 모습이 보이지 않아 마음 놓고 옷을 입는 길자. 머리칼 매만지며 등성이로 올라간다.

S#57. 등성이

등성이 올라서다 흠칫 놀라는 길자. 거기 우뚝 서 있는 순철의 모습. 번들번들 땀에 젖어 뚫어지게 쏘아보고 있다. 본능적으로 몸을 움츠리는 길자.

길자 웬…… 일이세요.
순철 망을…… 보고 있었으라우.
길자 예? 그…… 그럼 동만이는?
순철 나더러 대신 보라고 혀고…… 도망갔으요.

그러면서 빙그레 웃어 보이는 순철.

길자 …….

퍼뜩 반항 어린 매서운 시선이 순철에게 날아간다. 싱긋이 웃다가 점차 웃음기 사라지는 순철. 숨 막힐 것 같은 이상한 침묵.

순철 (다시 능글맞게 웃으며) 이상허요. 나는 당신네 누이 망만 봐주는 신세가 됐응께.

순간 홱- 몸을 돌려 싸늘한 표정으로 내려가는 길자. 지그시 그 뒷모습을 쏘아보는 순철. 또다시 싸하니 가슴이 아파온다.

S#58. 마을 공회당 앞

왠지 술렁대는 분위기. 괴뢰군들이 급한 듯이 들락거리고 광배, 강일, 순철 등이 서류를 잔뜩 안고 나와서 정자 앞마당에 쌓아놓고 불을 지른다. 먼발치서 바라보는 꼬마들. 그들 다시 안으로 들어가 독기 서린 얼굴로 수군수군 밀담을 나눈다. 활활 타는 불길 너머 유리창을 통해 보이는 들의 모습이 유령처럼 어른거린다.

S#59. 동만네 마당

사립문 열리며 들어서는 순철. 착잡한 얼굴. 충혈된 눈. 안채로 들어간다.

S#60. 안방

돋보기안경 쓰고 앉아서 바느질을 하고 있는 친할머니. 슬며시 문 열리면 들어서는 순철.

친할머니 (흘낏 보며) 순철이냐? 오늘은 일찍 들어오는구나.

순철 에…….

어쩐지 일그러진 얼굴.

친할머니 게 앉아라. 왜 서 있는 게여?

순철 엄니…… 저 오늘 밤 건지산으로 들어갈라우.

친할머니 건지산? 건지산은 왜?

별로 의미 없이 묻는다.

순철 …….

친할머니 무슨 볼 일이 생긴 거여?

순철 예.

친할머니 오늘 밤 가면 니알 중으로 못 오겠구나.

순철 예.

친할머니 그럼 며칠 만에 오는디.

순철 (괴로워) …… 며칠 걸릴 게라우.

친할머니 그랴? 그럼 몸 조심혀서 다녀오라고.

순철 안녕히 기씨요. 엄니.

눈물을 보이지 않으려고 넙죽 엎드려 큰절을 올린다.

친할머니 (놀란 듯) 야가 갑자기 큰절을 뭔 큰절이냐? 어데 먼 제 가는 사람처럼.

순철 (억지로 웃어 보이며) 인자 철들어서 안 그렇소? 엄니.

친할머니 에구! 자석두.

흐뭇하게 웃으며,

친할머니 그려 어서 다녀와라.

다시 바느질감 찾아든다. 그 모습 충혈된 눈으로 지그시 보다가 돌아나가는 순철.

S#61. 대나무 숲

울창한 대나무 사이로 소리 없이 걸어오는 사내의 하반신. 길준이 숨어 있는 곳으로 조심스럽게 더듬어간다. 이윽고 가로막은 땅굴 앞에 멎더니 가만히 땅을 두드린다.

소리 (조그맣게) 길준이! 나여 순철이여.

우뚝 서 있는 순철의 모습. 잠시 후 풀숲이 슬며시 열리며 죽창을 든 길준이 내다본다.

길준 웬일입니까?

묵묵히 굽어보다 다가앉는 순철. 심상치 않은 그의 표정을 바라보는 길준.

순철 나 오늘 밤 건지산으로 들어가요.
길준 건지산이라면?
순철 국군이 내일 여그로 들어올 것이여.
길준 예?

확 밝아지는 길준의 얼굴.

순철 나는 인민군을 따라서 건지산으로 들어가기로 혔소.
길준 (놀라며) 그럼 공비가 된다는 말입니까?
순철 공비가 아녀.
길준 그럼?
순철 빨치산이제.

기가 막혀 바라보는 길준.

순철 인자부터 영용무쌍한 빨치산의 투쟁으로 들어가는 것이여.
길준 그만두십시오.
순철 왜여?
길준 순철 형은 빨치산이 될 수 없습니다. 아직 공산주의가 어떤 것인 줄 모르고 있습니다. 공산주의의 비인간적인 흑막을 전연 모르고 있는 겁니다.
순철 (강하게) 아녀! 인민의 해방을 위해선 영원한 피의 투쟁만이 있는 것이여.
길준 …….

너무도 어이가 없어 입만 벌리고 바라보는 길준.

순철 (감정 누르며) 그랑께 내가 뭐라디어? 우리는 이런 말 하덜 말자고 안 합디어? 누구나 다 지 생각은 갖고 있는 것잉께.

길준 …….

순철 (웃으며) 길준인 오늘 밤만 여그서 꾹 참고 있으면 내일은 햇빛을 볼 수 있응께. 그야말로 광명을 찾는 것이여.

길준 ……감사합니다.

순철 천지가 진동혀두 오늘 밤은 예서 꼼짝 말구 있어라우. 알았제?

길준 네……. 그동안 여러 모루 정말 고마웠습니다.

순철 그럼 몸 성히 잘 있어라우.

싱겁게 웃으며 악수하고 일어선다. 뻥하니 바라보는 길준의 얼굴.

S#62. 공회당 앞(밤)

어수선한 분위기. 괴뢰군들이 철사로 꽁꽁 묶은 양민들을 끌고 나와 어디론가 끌고 가고 눈에 핏발이 선 광배와 강일 총을 들고 나온다. 그때 다가오는 순철.

강일 (눈이 광기 어려) 동무 어이 갔댔오? 찾아도 없으니.

순철 엄니헌티 작별 인사 허고 오지라우.

강일 건지산으로 간다고 그랬오?

순철 예.

강일 갑시다. 시간 없소.

순철 동무 잠깐…….

강일 뭐요?

순철 야릇한 미소 떠오르며

순철 우리 집 뒤란 대나무 숲속에 서울에서 내려온 반동분자 한 놈이 숨었는디.

광배 무엇이?

강일 서울에서 누구?

순철 서울에서 학생운동, 우익 운동했던 놈인디.

강일 정말이오?

번뜩이는 눈빛에 무서운 살기. 순철 그들의 귀에 대고 무어라 수군거린다.

강일 음! 알았소.

이를 가는 강일.

강일 동무들 이리 좀 오시오.

저쪽에 서 있는 괴뢰군들을 부른다.

강일 갑시다! 반동분자 한 놈이 숨어 있는 곳을 알고 있소.

총을 움켜쥐고 앞장서 간다. 우르르 따라가는 괴뢰군 서너 명. 입가에 기미적은 미소 스치는 순철의 얼굴.

S#63. 마을길(밤)

마을길을 몰려오는 그들. 핏발 선 눈동자. 살기 어린 강일의 얼굴.

S#64. 마을길(밤)

몰려오는 그들. 달에 번뜩이는 검은 총신. 다가오는 그들의 발, 발.

S#65. 동만네 집 근처(밤)

소리 죽여 접근하는 놈들. 울타리 뒤에 숨어서 손짓하는 강일. 양쪽으로 흩어져 소리 없이 대나무 밭으로 접근해간다. 은은한 달빛. 번뜩이는 총구. 대나무 밭을 포위해서 소리 없이 들어가는 놈들.

S#66. 대나무 밭(밤)

울창한 대나무 밭. 소리 없이 접근해 오는 놈들의 그림자. 번뜩이는 눈초리. 숨 막히는 긴장. 강일이가 눈으로 길준이 숨어 있는 입구를 가리킨다. 말없이 끄덕이는 괴뢰군들. 일제히 총구가 그쪽으로 향해지면

강일 권길준! 나와!

아무 미동도 없는 입구. 숨 막히는 순간.

강일 네 놈 거기 숨어 있는 걸 알구 왔어! 손 들고 나와!

역시 미동도 없는 입구.

강일 좋아!

따르르 따발총의 방아쇠를 당긴다. 그와 함께 일제히 쏘아대는 괴뢰군. 귀청을 찢듯이 콩 볶는 소리. 벌집이 되고 마는 입구. 한동안 미친 듯이 쏴대다가 아무래도 뭔가 미심쩍은지

강일 사격중지!

일시에 멎는 총성. 뿌옇게 흙먼지 일어나는 입구. 총 끝 겨냥하고 조심스럽게 다가가는 강일. 확- 입구를 젖혀보면 그곳엔 텅 빈 동굴

강일 음?

괴뢰군 한 놈이 회중전등으로 비춰본다. 역시 텅 빈 동굴 안.

강일 아차! 도망갔구나!

분해서 이를 가는 얼굴.

S#67. 근처 어느 숲속(밤)

꼭 부둥켜안고 숨을 죽인 채 대나무 숲 쪽을 바라보는 길준과 길자. 공포에 떠는 길자의 눈.

S#68. 대나무 숲(밤)

강일 (분한 듯) 멀리 도망가진 못했을 거요! 이 근처를 샅샅이 뒤져봅시다!

괴뢰1 시간이 없소! 동무.

강일 …….

괴뢰1 새벽 네 시까지 건지산 입구에 집결하란 지시 모르오? 갑시다!

먼저 돌아서 나간다. 분하지만 어쩔 수 없이 따라 나가는 강일.

S#69. 근처 숲속(밤)

숨죽인 채 바라보는 길준과 길자. 놈들의 모습이 달빛 속에 부지런히 멀어져 간다. 일시에 맥이 빠지는 길준과 길자.

길준 (조그맣게) 갔다. 인제…….

길자 (조그맣게) 저놈들이 오리란 것을 어떻게 알고 있었어요. 오빠?

길준 아까 순철 씨가 날 방문했을 때 난 직감적으로 알았다. 오늘 밤 그자가 날 배신하리란 것을…….

길자 …….

길준 순박했던 사람의 눈에 살기가 어려 있었어.

새삼 오빠의 관찰력을 감탄하듯 바라보는 길자.

길자 인제 살았어요. 오빠.

길준 그래, 살았다.

기쁨에 부둥켜안는 두 오누이.

S#70. 둑길 있는 곳(밤)

순철 도망갔어?

강일 그래, 눈치챘던 모양이여!

순철 음.

분한 듯 얼굴이 일그러지는 순철.

순철 그놈이……

아무리 생각해도 분해서 견딜 수 없는 모양이다. 뿌드득 이를 가는 순철.

순철 이거 인줘!

광배의 손에서 죽창을 뺏어 쥐더니 성큼성큼 나선다. 거기 둑 아래 일렬로 비끌어 매어 있는 사람들의 모습. 그들의 머리 위로 은은한 달빛. 죽창을 들고 포악한 얼굴로 다가드는 순철. 묶여 있는 어떤 사내의 가슴에 죽창으로 푹 찌른다. 처절한 비명 지르며 쓰러지는 사내. 또 다른 사람의 가슴을 찌르는 순철. 외마디 비명 길게 지르며 쓰러지는 사람. 헉헉 숨을 몰아쉬는 순철. 더 이상 찌르지 못하고 있으면 강일이 다가와서 죽창을 빼앗아 들고 한 사람씩 퍽퍽 찌르며 나간다. 은은한 달빛 아래 처절한 살육. 괴뢰군들 주위에서 총을 들고 둘러서 있다.

S#71. 근처 숲속(밤)

살금살금 숲속을 기어 나와 고개를 내밀며 바라보는 꼬마들. 동만, 옥이, 금동이, 성식이……. 개천 건너 저쪽의 살인 행위를 바라본다. 은은한 달빛 아래 몰려 있는 어른들. 누군가 누구의 가슴을 죽창으로 찌르며 처절한 비명과 함께 쓰러지고……. 쓰러지고 마치 동화책 속에서나 보는 뽀얀 그림 속의 무서운 살육 행위가 그렇게 벌어진다.

S#72. 마을 안(밤)

은은한 달빛만 가득한 채 쥐 죽은 듯이 조용한 마을 안. 멀리 마을 앞 둑길 쪽에서 가느다랗게 들리는 처절한 비명 소리. 비명 소리.

S#73. 어느 집 방 안(밤)

공포에 질린 어느 아낙네의 얼굴.

아낙 (울듯이) 에구 저거 무슨 소리여?

남편 쉿! 찍소리 말구 조용히 있어.

아내를 잡아서 이불 속에 처박는다.

우들우들 무서움에 떠는 남자의 얼굴.

S#74. 둑길 근처 숲속(밤)

찢어질 듯 눈이 뚱그레 바라보는 꼬마들 공포와 전율과 신비감에 젖어 꼼짝도 못 하고 엎드려 바라보고 있다. 이윽고 건너편 둑길 아래 처형이 끝났는지 웅성웅성 몰려가는 그들. 둑길 아래는 하얗게 죽어 있는 흰옷 입은 백성들. 숨소리도 내지 못하고 바라보는 꼬마들. 멀어져가는 그들의 무리. 건지산을 향해서 달빛 가득한 들판을 가로질러 점차 멀어져간다. 그들은 아련한 기억처럼 아른아른 멀어져간다. 이윽고 멀리 둑을 넘어 가물가물 사라져가면.

S#75. 공회당 앞

인민위원회 간판이 붙었던 그 자리에 펄럭이는 태극기. 국군들이 들락거린다.

S#76. 둑길 아래

가마니로 덮여 있는 학살당한 시체들. 유가족들이 둑에 앉아 땅을 치며 대성통곡을 하고 있고, 시체를 운반하는 사람들.

S#77. 동만네 집 앞

간편한 백을 들고 길 떠날 차림으로 나오는 길준. 우르르 뒤따라 나오는 가족들.

외할머니 시상에 니 생각은 알다가도 모르겄다. 어미하고 평안히 있으면 을매나 좋을낀디. 굳이 간부 후보생인가 뭔가를 가야 한다니 알 수 없는 노릇이고나.
길준 (웃으며) 나라가 곤경에 처했을 땐 누구나 나라를 위해서 싸우러 나가야 하는 거예요. 어머님.
외할머니 글씨 네 뜻도 모를 바는 아니다마는 하필이면 그 잘 죽는다는 소대장이냐 소대장이…….
길준 원 어머니두…… 제가 어디 그리 쉽사리 죽을 상 싶습니까?

싱글싱글 웃으며 가족들을 돌아본다. 저쪽에 친할머니가 약간은 언짢은 기색으로 바라보고 있다.

길준 자, 그럼 어머니 안녕히 계십시오. 매형두 몸 건강히 지내시구…….

가족들에게 인사를 하고 집 앞에서 대기 중인 군용 지프차에 오른다. 힐끗 멀리 건지산을 바라보는 길준. 이윽고 붕 떠나는 지프차. 손을 흔드는 가족들. 손을 흔드는 길준. 먼지를 일으키며 멀어져가는 지프차.

S#78. 밭두렁

그렇게 회상이 끝나면서 밭두렁에 팔베개 베고 벌렁 누운 동만. 밭일을 하다가 길자가 날라 온 점심을 먹고 있는 순구. 그 옆에 길자가 우두커니 앉아 있다. 잔뜩 찌푸린 하늘을 보며

동만 외삼촌이 쬐금만 더 숨어 있어두 군인 나가 안 죽는 건디…….

밥을 먹다 눈길 들어 바라보는

순구 저눔이 무슨 소릴 하는 거여?

살포시 웃음 짓는 길자. 그때 후드득 빗방울. 흘낏 하늘을 보는 순구.

순구 안 되겠다. 또 한바탕 쏟아지겠다. 그놈의 날씨.

급히 그릇을 챙겨 넣는데 쏴아 하니 쏟아지는 빗줄기.

순구 가자. 빨랑 가여.

소쿠리를 이고 일어서던 길자가

길자 음.

핑-하고 현기증 나는 듯 비틀비틀 하다가 픽하고 밭두렁 아래로 굴러떨어지고 만다.

순구 아니, 처제…… 처제 웬일이여?

허둥지둥 달려들어 일으켜 안으면 백지장처럼 창백한 얼굴. 빗줄기가 사정없이 후려친다.

순구 (급해서) 처제! 처제!

그러나 기절한 채 꼼짝 않는 길자.

S#79. 들길

길자를 들쳐 업고 빗속을 냅다 뛰는 순구. 그 뒤로 대소쿠리 머리에 이고 따라가는 동만.

또다시 세차게 퍼붓는 비.

S#80. 동만네 집 안

황급히 사립문 열며 처제를 업고 들어서는 순구.

순구 여보! 여보! 좀 나오라고.

툇마루에 앉아서 완두콩만 까고 있던 외할머니의 얼굴이 파래서 바라보고 안채 건넌방 문이 왈칵 열리며 내다보는 동만 모.

동만 모 아니, 그 애가 왜 그려?
순구 글씨 밭에서 픽하고 쓰러지던디.
동만 (따라 들어오며) 엄니 이모가 쓰러졌으라우. 소쿠리를 이다가 꽝하고 쓰러졌으라우.
동만 모 에구! 애가 먹덜 않아서 그러라우……. 길준이 소식 듣고 나서 사흘간을 꼬박 물 한 모금도 안 먹었어라우.

전신을 불불 떨며 무어라 말도 못 하고 비에 젖은 딸을 쓰다듬는 외할머니.

동만 모 에구! 불쌍헌 것……. 에구 불쌍한 것……. 이러다가 우리 식구 떼죽음 나겠네…….

얼싸안고 울면서 남편과 함께 건넌방으로 안고 들어간다.

동만 모 (소리) 이것아! 어쩌자고 밥 한 술도 안 떠……. 이 지독한 것아…….

가슴 아프게 우는 소리. 부들부들 전신을 떨며 다시 맥없이 툇마루에 털썩 앉는 외할머니. 눈길은 다시 멀리 건지산으로 빗속의 건지산은 오늘도 전투경찰대에서 박격포를 쏴대는지 장대 같은 벼락불이 번쩍번쩍 터지고 검은 연기가 풀썩풀썩 솟아오른다.

동안 모 (소리) 야, 야 길자야! 인자 정신 좀 드냐? 에구! 이것아 정신 들어?
길자 (소리)(가늘게) 언니…….

순간 외할머니의 얼굴 근육이 경련을 일으키며 어디서 그런 힘이 났는지 벌떡 일어서며 벽력 같은 고함을 지르는 외할머니.

외할머니 더 쏟아대그라. 더 퍼부어대그라. 바웃새에 숨은 뿔갱이 숯검뎅이를 만들그라. 싹싹 그슬러서 다 씰어내그라.

너무나 큰소리에 눈이 똥그레지는 동만.

외할머니 옳지! 옳지! 한 번 더! 하느님 고오맙습니다!

무서운 저주의 말이 퍼부어 나오는데 어리둥절해서 마루로 나오는 가족들.

외할머니 옳지! 잘 죽는구나! 저놈 산에 득실거리는 뿔갱이놈들 다 죽는구나!

그때 안방 문 우당탕 열리며 악에 받친 친할머니의 얼굴이 불쑥 나타나며,

친할머니 저 늙은 놈의 여편네가 뒤질라고 환장을 혔다?

무서운 일갈이 터져 나온다. 더욱 꿈쩍 놀라는 동만.

친할머니 여그가 시방 누 집인 줄 알고 저 지랄이랴. 지랄이?
외할머니 …….

갑자기 멍멍한 얼굴이 돼서 친할머니를 쳐다보는 외할머니.

친할머니 보자 보자 허니께 참말로 눈꼴시려 볼 수가 없네. 은혜를 웬수로 갚는다더니 그 말이 거그를 두고 하는 소리여. 올 디 갈 디 없는 신세 하도 불쌍혀서 들어앉혀 놓께로 인자는 아도 으런도 몰라보고 갖은 야닝개를 다 부리네 그래! 미쳐도 곱게 미쳐야지 그렇게 숭악시런 맘을 먹으면 거그헌티 날베락이 내리는 벱여!

냅다 고함쳐서 해대더니,

친할머니 아아니 거그가 그런다고 죽은 자석이 살아나나, 산 사람이 그렇게 쉽게 죽을 성 부른가? 어림 반 푼도 없는 소리 빛감도 말어. 인명은 재천이랬다고 다아 저 타고난 명대로 살다가 가는 게여 자석이 부모보담 먼저 가는 것두 부모 죄여! 부모들이 전생에 죄가 많었기 땜시 자석 놈들 앞시워 놓고 그 고통을 다아 감당허게 맹근 거여. 애시당초 자기 팔자소관이 그런 걸 가지고 누구를 탓허고 마잘 것이 없어. 낫살이 예순 줄에 앉어 있음시나 조께 부끄런 종도 알어야지.

그렇게 일방적으로 해대는 통에 울화가 치민,

외할머니 그려 나는 전생에 죄가 많어 아덜놈 먼점 보냈다 치자. 그럼 누구는 목을 휘어지게 짊어지고 나와서 아들 농사 그따우로 지었다냐?

앙칼지게 쏘아대면,

친할머니 저놈으 예편내 말하는 것 좀 보소. 이 참말로 죽을라고 환장혔는개비. 내 아들이 왜 어디가 어쩌간디 그려.
외할머니 생각혀보면 알 것이구만.
친할머니 저 죽은 댐이 지사 지내줄 놈 하나 없응게 남덜도 모다 그런 종 아는가 분디…….
순구 (참다못해) 고만덜 혀둬요.
친할머니 우리 순철이는 끄떡도 없다. 끄떡도 없어. 무신 일이 생겨야만 속이 시원헐 티지만 순철이 갸는 총알이 쏘내기 시로 와두 요리조리 뚫고 댕길 아여.

순구 (버럭) 어따 그만덜 허라니께요!

순구는 화를 내고 동만 모는 어머니에게 다가들며

동만 모 엄니 왜 이래싸오? 왜 이래요?

자꾸 밀쳐내면,

외할머니 느그 시어머니 허는 소리 들었냐? 명색이 그래두 사둔인데 나보고 세상에 제사 지내는 놈 하나 없는 년이란다. 자식 하나 없는 것 나라에다 바친 것도 분하고 원통헌데 명색이 자기 사둔헌치 헌다는 소리가 그 모양이구나. 자석 잃고 속이 뒤집힌 에미가 무슨 소린들 못 허겄냐. 그런데 말 한마디 어덕잡어 가지고 불쌍한 늙은이 앞에서 똑 아들자식 여럿 둔 위세를 해야만 쓰겄냐? 너도 입이 있으면 어디 말 좀 해봐라. 야 야.

동만 모 글씨 어머니.

순구 글씨 어머니.

친할머니 야, 애비야 니 동상 어서 죽으라고 고사 지내는 예편네 아니냐? 저것이…… 너 헌티는 장몬지 뭣인지 모르지만 나는 죽었으면 죽었지 그런 꼴 못 본다. 당장 어떻게 허지 않으면 내가 이 집을 나갈 팅께 알아서 혀.

외할머니 나갈란다. 그렇잖아도 드럽고 챙피해서 나갈란다. 차라리 길가에서 굶어 죽는 게 낫지 이런 집서는 더 있으라도 안 있을란다! 이런 뿔갱이 집…….

하다가 입을 다물고 마는 외할머니. 순간 눈이 뚱그레지는 가족들. 천천히, 천천히 굳어가는 그들의 얼굴. 자신도 엄청난 소리가 입에서 튀어나왔다는 듯 놀라는 눈으로 사위를 보는 외할머니. 그리고 딸을 보는 외할머니. 마지막으로 동만의 표정까지 사리는 외할머니. 집 안엔 갑자기 흐르는 이상한 침묵. 식구들도 외할머니 입에서 그런 말이 튀어나왔다는 것은 도무지 믿을 수 없다는 듯 넋을 잃은 표정들.

외할머니 …….

숨소리조차 제대로 못 내다가 결국은 완두 까는 대소쿠리 안으로 시선을 떨어뜨리는 외할머니.

친할머니 저…… 저…… 저…… 저…… 저.

경악한 듯 전신을 와들와들 떨다가,

친할머니 저 말하는 것 보라고…… 저 무서운 말 함부로 하는 것 보드라고…… 아, 아이고나…….

까무러칠 듯 펄펄 뛰다가 더 이상 견디지 못하고 방으로 들면서

친할머니 시상에 뭐라고……. 아이고, 시상에.

방문을 닫고 사라진다. 계속 침묵을 지키며 외할머니만 바라보는 가족들. 자신의 실수를 솔직히 인정하고 완두콩 까는 일에 아주 전념해 있는 외할머니의 모습.

친할머니 (소리)(안방에서) 애비야 들어오니라. 여그 들어와.

고통스러운 표정으로 안방으로 들어가는 순구.

친할머니 (소리) 저것들 오널 중으로 내쫓아야 헌다. 꼭 쫓아야 혀……
순구 (소리) …….
친할머니 (소리) 어미가 뭐라고 반대허면 어미꺼정 내쫓아버려라……. 이러다간 집구석 어찌 될 종 모르니께.

길자가 조용히 사랑채로 건너간다.

친할머니 (소리) 알었쟈?
순구 (소리)…….

친할머니 (소리) 알았냐? 몰랐냐? 말 하그라.
순구 (소리)…….

동만 모가 "헉!"하고 울음을 터뜨린다. 잠시 후 순구가 침통한 얼굴로 나온다. 허겁스럽게 울어대는 동만 모.

순구 (벽력같이) 그놈으 주둥배기 안 오무릴래!

고함을 지르더니 신을 신고 씽하니 나간다. 흐느껴 울면서 건넌방으로 들어가는 동만 모. 혼자 남은 외할머니. 마루에 혼자 남아 파들파들 떨리는 앙상한 손으로 줄곧 완두콩만 까대고 있다. 줄기차게 내리는 비. 지겹게도 줄기차게 내리는 비. 그 빗줄기 너머 건지산엔 계속 번갯불이 번쩍번쩍 터지고 있다.

S#81. 들판

오랜만에 잠시 비 그쳐서 손바닥만 하게 햇볕이 드는 하늘. 우뚝 선 포플러나무 아래 발돋움해서 치켜보는 옥이. 포플러나무 위에 동만이가 올라가 까치집을 뒤지고 있다. 어미 까치가 깍깍 요란하게 울면서 주위를 날고 있다. 빈손으로 내려오는 동만.

옥이 왜 그냥 내려와?
동만 (내려오며) 안즉 털도 다 안 났능걸.
훌쩍 뛰어 내려선다.

옥이 새끼 몇 마리 있디야?
동만 세 마리.
옥이 두 마리는 내 꺼구 한 마리는 네 꺼여.
동만 내가 첨 봐뒀는디?
옥이 이게 또…….

인상을 쓴다.

동만 (시무룩) 알았어. 두 마리 네 꺼여.

그때 저만치 누군가 휠휠 걸어오는 부인 하나.

고모 (이쪽을 보며) 거그 동만이 아니야.
동만 아, 고모…….

반가운 듯 냅다 뛰어간다.

고모 아부지, 엄니 다 계시냐?
동만 예.

신나서 따라간다.

S#82. 동만네 집 안
고모와 함께 들어서는 동만.

동만 엄니! 청암골 고모 왔으요!

부엌에서 일하던 동만 모 나오며

동만 모 어서 오요.
고모 (둘러보며) 오라버니 나갔으라우?
동만 모 (웃으며) 산골에서 삼사십 리 걸어와서 땀도 드리지 않고 오빠부터네 잉…… 섭섭하게끔.
고모 언니, 나 좀 봅시다.

왠지 거동이 수상쩍게 동만 모의 손을 끌고 친할머니 계신 방 안으로 들어간다. 마당에 혼자 남은 동만. 우물가에 덮어놓은 대바구니를 슬며시 열어본다. 메주를 담그려고 쑤었는지 삶은 콩이 그득하다. 한 움큼 집어서 얼핏 입으로 가져가는 동만. 우물우물 씹는데 안방으로 들어갔던 어머니가 얼굴이 노래서 황급히 뛰어나온다. 얼핏 꿀꺽 삼키고 시침 떼는 동만. 그러나 어머니는 동만을 거들떠보지도 않고 황급하게 밖으로 나간다. 이상한 동만. 다시 바구니를 슬며시 열고 한 움큼 입에 넣는다.
잠시 후 허둥지둥 들어오는 아버지와 어머니. 흙 묻은 옷 그대로 안방으로 급히 들어가는 아버지. 멀쩡한 대낮에 사립문을 닫아걸고 안방으로 따라 들어가는 어머니. 아무래도 이상해서 뻥하니 바라보는 동만. 안방에서 쑤군쑤군 심각한 쑥덕공론. 한참 만에 방문 열리고 나들이옷으로 갈아입은 아버지가 나온다.

동만 모 (따라나오며) 조심혀 다녀오씨요.

간곡히 부탁한다.

순구 음.

잠근 사립문 열고 밖으로 나간다. 아무래도 이상한 분위기에 어리둥절한 동만의 얼굴.

S#83. 동만네 집 전경

어둑어둑 땅거미 지기 시작하는 동만네 집 주위.

S#84. 안방

저녁 밥상을 내가는 동만 모. 무언가 초조하고 불안한 얼굴들. 동만은 아무래도 이상해서 이 사람 저 사람 눈치 살피기에 여념이 없다. 부리나케 들어오는 어머니. 할머니 바로 옆자리에다 요를 깔면서

동만 모 오늘은 일찍 자거라.

억지로 재우려고 든다.

고모 웃방에다 재우지 그려라우?
친할머니 아매 괜찮을 것이다. 쟈는 눈만 감었다 허면 누가 떠메 가도 모르는 아니께.
동만 모 온종일 노니라고 대견헐 틴디 어서 어서 자거라. 내일 아침이꺼정 눈도 뜨지 말고 죽은 디끼 자빠져 자야 한다. 알겄냐?
동만 잠 안 오는디?
동만 모 (윽박지르며) 그래도 눈 감고 자!

강제로 눈을 감겨준다. 누워서 눈을 깜박여보는 동만.
"도대체 무슨 일일까?"
"알다가도 모를 일이다."
"잠자지 말고 기다려봐야지……."
눈을 크게 뜨고 더욱 깜박이는 동만. 할머니, 어머니, 고모가 머리를 맞대고 또 무어라 수군거린다.

고모 오늘 밤도 비가 오면 행여 날 낀데.
친할머니 오늘따라 비는 돼 또 안 오제?

더욱 눈을 깜박여보는 동만. 그러나 이상하다. 잠을 자지 않으려 하니까 더욱 잠이 오는 것 같다. 점차 깜빡이는 속도가 느려지는 눈꺼풀. 어머니랑 얘기 소리가 모기 소리만큼 들린다.
"자지 말어야지. 자지 말어야지."
더욱 속도가 느려지는 눈꺼풀. 화면이 형광등 불 나가듯이 껌벅껌벅 껌벅이다가 드디어 앵글셔터 천천히 닫히면서 암흑의 화면. 암흑의 화면 길게 잡다가 무언가 방바닥을 울리는 둔중한 소리. 카메라 셔터 천천히 열리면서

친할머니 (소리) 아구메나! 그게 폭발탄 아니냐?

등잔불에 그림자만 아른거리는 부연 천장. 졸린 눈 껌벅껌벅해보는 동만. 점차 시야가 선명해지는 고개를 돌려보는 동만. 답답하게 시야를 가로막은 어머니와 아버지의 엉덩이. 그 커다란 몸체 사이로 가만히 내다보는 동만의 눈.

순구 괴춤에 찬 것도 마자 끌러라.

잠시 머뭇머뭇하는 기색이더니 정면에 누군가 보이지 않는 사람이 부스럭대며 무언가 푼다.

동만 모 권총을 두 자루씩이나……
친할머니 숭칙도 혀라.

답답한 동만이 살며시 움직여 두 사람 사이로 내다본다. 정면에 바위처럼 버티고 앉은 사람은 바로 친삼촌 순철이 아닌가? 이상한 군복 입고 수염이 거뭇거뭇 자란 것이 사뭇 딴사람처럼 보인다. 동만이가 움직이는 걸 보았는지,

순철 동만이는 내가 온다는 걸 모르고 잠들었는가요?

아버지가 돌아보는 낌새여서 얼핏 눈을 감는 동만. 아버지 그림자가 쓰윽 걷히면서 호롱불 앞에 나타나는 동만의 얼굴.

동만 모 일부러 귀띔도 안 혔지라우.
친할머니 염려헐 것 없다. 저 녀석은 눈만 붙였다 허면 시상 모르고 자는 아라.
순철 녀석 일 년 사이 많이 컸구먼.

다시 돌아앉으며 얼굴을 가리는 그림자. 반짝 눈을 뜨는 동만.

친할머니 니 말로는 산에 사람들이 많다고는 허드라만 혀봤자 맨 남정네뿐일 낀디 끼니때마둥 밥이랑 국이랑은 누가 끼리냐?

순철 즈이들이죠. 뭐

친할머니 김치나 나물 같은 겅건이도?

순철 예.

친할머니 시상에나……이 에미가 곁에 있었으면 지때 간이라도 맞춰주고 헐 것인디…….

순철 …….

친할머니 그래 입에 맞기나 허디야?

순철 괜찮아요.

친할머니 남정네들 손으로 맹근 것이 오죽허겄냐마는 들을수록 시장시려서 그런다.

순철 괜찮아요.

친할머니 이리저리 처소를 옮겨 댕기느라면 끼니를 거르고 할 때는 없냐?

순철 아니오.

친할머니 아무리 급해도 생쌀을 먹어서는 못쓴다. 그러다 곽란이라도 나는 날이면 큰일이다. 산중으로 의원을 부르겄냐 약 한 첩인들 대리겄냐? 에미 말 명심허야 된다.

순철 염려 마세요.

친할머니 그러고 산속이라니께 말이 하절이지 밤중엔 엄동이나 진배 없을 텐디. 아랫누리 가릴 이불 한쪽이나 지대로 있냐?

순철 그럼요.

친할머니 치운 디서 너무 오래 있지 마라. 그러고 얼음 백힌 데는 까짓대가 제일이다. 까짓대를 푹 삶아서 그 물에다가 한참씩 수족을 담구고 나면 고닥 풀리느니라. 에미가 곁에 있으면 조석으로…….

순철 (짜증 내며) 글씨 염려 마시랑께요.

친할머니 손발을 보닝께 이 에미 가슴이 찢어지는 것 같아서 그런다. 아무리 시상이 험하다고 혀도 그래도 귀동으로 키운 자석인디 손이 그게 뭣이냐?

순철 에이 참 어머니도!

순구 인자 구만 좀 혀두세요.
친할머니 (발끈해서) 손구락이 얼어터져 떨어져 나가도 에미보고 걱정허지 말란 말이냐?

아버지, 역시 벌컥 역정을 내면서,

순구 쪼매만 있으면 날이 샐 쳄인디 한가하게 앉아서 그런 소리나 혀야만 똑 쓰겄오? 사람이 사느냐 죽느냐 허는 판구에 김치 걱정, 이불 걱정허게 생겼난 말요?
친할머니 …….
순구 (순철을 향해서) 앞으로 어떻게 할 작정이냐?
순철 뭔 말이유?
순구 산에서 끝까정 버틸 작정이냔 말여.
순철 …….
순구 공연히 개죽음당허지 말고 자수할 생각은 없냐?
순철 성님은 어째서 자꾸 그것이 개죽음이라 그러시오?
순구 그럼 집을 나가 죽는 것이 개죽음이 아니고 무엇이냐?
순철 죽지 않을 팅게 염려 마세요. 머지않어 인민군이 다시 내려오기로 되어 있으요. 우리는 그날까지 산에서 악착같이 버티능기라요. 인민군이 내리와 다시 세상이 뒤바뀌는 날엔 나도 산에서 내려오구 우리 집안 화를 당허지 않게 조처를 혀두어야지 않으요.
순구 그런 소리 말어라. 지금 휴전협정을 한다 안 한다 하는 판인디 될 법이나 하는 소리여?

순철, 초조한 듯 밖에 흘깃 눈길 주다가,

순철 날이 밝기 전에 산을 타야 해유.

주섬주섬 수류탄과 권총을 챙기기 시작한다. 순간 우욱하고 일어나는 일가족. 할머니, 고모, 어머니가 한꺼번에 매달리면서

친할머니 일단 집안에 돌아온 이상 니 맘대로는 못 나간다!

밀고 당기고 갑작스레 벌어지는 소동.

친할머니 야 말만 듣고 나는 니가 어디 가서 편안히 지내는 종만 알았다. 작년 그때맹키로 공회당 의자에 버티고 앉아 밀주 단속반이나 잡아다가 족치고 그러는 종 알았다. 그런디 오널사 알고 보니께 그게 아니구나. 사정을 죄다 알았응께 인자는 죽었으면 죽었지 니를 그 험헌 디로는 안 보낼란다.

순철의 손을 연방 자기 뺨에 대고 비비면서 흐느껴 운다.

친할머니 에미가 따라가서 끼니랑 잠자리랑 일일이 수발을 허면 행결 맘이 놓이겄지만 그럴 순 없다니 너를 인자 곁에다 꼭 붙들어 앉혀 놓고 내 눈으로 지켜볼란다. 집에 있음서 농사나 짓구 그러다가 장가를 가서 에미헌티 니 속에서 난 새끼들도 쪼께 안아보게 허고 그러면 얼매나 좋겄냐? 이것아!
고모 암요! 사람은 가정을 가져야제.
동만 모 그러믄요. 그 재미 아니고 사람이 산다고 할 순 없지라우.
순구 앉아라 앉아……. 앉아서 얘기허자.

여인들이 붙잡아 앉히는 통에 할 수 없이 도로 앉는 순철.

순구 잘 생각혀봐라. 지금 전세는 백중지세라 거그서 휴전협정이 되어버릴 공산이 크다. 산속에 있는 사람들은 이북의 헛약속에 속아 넘어가는 것이여. 이 참에 자수를 하는 것이 어떠냐? 경찰에 아는 사람이 더러 있으니께 줄을 대면 몸도 상허지 않고 빠져나올 수도 있는 것이여.
순철 (불쑥) 성님마저 날 속이시유?
순구 속이다니?

형의 손을 홱- 뿌리치며,

순철 그만둬유! 들어서 다 알고 있어요. 산에서 삐라를 주워 들고 귀순하러 내려간 사람들을 경찰이 마구잡이로 죽였다는 거……. 과거를 무조건 용서하고 자유를 준다는 건 새빨간 속임수라는디……. 그런디 성님마저도 나더러 자수를 허란 말씀이요?
순구 뭐여?

순간 순구의 손이 번쩍 올라가 순철의 귀싸대기를 불이 나게 때리며,

순구 내가 그럼 이놈아! 너를 죽을 구뎅이로 몰아넣는단 말여? 하나빼기 없는 동상을 못 죽여서 환장이라도 혔단 말이냐? 이놈아!
친할머니 야가 불쌍한 아를 왜 패고 야단이냐?

가슴으로 삼촌을 감싸 안으며 소리 내어 운다. 써근거리는 순구. 고모도 울고 어머니도 운다.

순철 …….

마음이 괴로워지는 순철. 그렇게 한참 섰다가,

순철 (무겁게) 사람을 죽였어요. 그것도 아주 많이…….
순구 …….
순철 자수를 혀두 용서할 것 같지 않아요.
순구 글랑 염려 마라. 더 많이 죽인 사람도 용서받고 나온 사람을 내 눈으로 똑똑히 봤다. 생각 잘혔다……. 밝는 날 즉시로 나와 함께 읍내 지서로 찾아가자.
순철 …….
친할머니 그려, 그려 생각 잘혔다.

아들의 손목을 어루만지는데,

순철 쉬!

갑자기 긴장하며 엎드리면서 방바닥에 귀를 댄다.

친할머니 (질겁해서) 무신 일이냐?
순철 쉿!

얼굴색이 달라지며 긴장하는 사람들.

순철 소리가 났어요. 발자국 소리가.

숨소리 죽여서 귀에다 온 신경 집중하는 그들. 풀벌레 소리만 요란할 뿐 아무 소리도 들리지 않는다. 쿵쿵거리는 심장의 고동. 그때 눈이 똥그레지는 동만. 확실한 발소리가, 조심스러운 발자국 소리가 들린다.

순철 저 봐.
순구 밖에 거 누구요?

그 순간 벌떡 일어서는 순철. 누가 말릴 사이도 없이 우당퉁탕 뒷문을 발길로 차 던지며 비호처럼 어둠 속으로 뛰어나간다.

친할머니 (기절할 듯) 아이구! 야야 순철아!
순구 순철아!

그러나 이미 어두운 대나무 밭 속으로 쏜살같이 사라지는 순철의 모습. 너무나 일시에 일어난 일이라 망연해서 앉아 있는 가족들. 그때 발딱 일어나는 동만. 삼촌이 나간 뒷문으로 따라 뛰어나간다.

S#85. 뒤곁(밤)
어둠 속에 이미 흔적도 없이 사라진 순철. 동만 대나무 밭 쪽을 보다가 획 부엌문 쪽으로 돌아간다. 그러다가 멈칫 멎는다. 저만치 사랑채 건넌방으로 소리 없이 들어가는 외할머니의 뒷모습. 발자국 소리의 주인공은 외할머니였다.

동만 …….

S#86. 안방(밤)

허탈해서 앉아 있는 가족들.

친할머니 정말 발소리가 났더냐?

고모 나는 못 들었는걸.

동만 모 나두 못 들었으라우.

친할머니 일이 이렇게 될 줄 알았더라면 진작에 다 챙겨놀 것인디……. 먹을 것 하나 입을 것 하나 못 쥐어 보내고……. 이렇게 될 줄 누가 알았어야지. 뜨뜻한 밥 한 그릇 제대로 못 멕여 보내다니…….

가슴을 뜯으며 우는 친할머니. 동만이가 밖에서 들어온다. 고모가 한쪽으로 꼭 잡아끌어 그 귀에 대고 뜨거운 말로

고모 삼촌이 집에 댕겨갔다는 말 누구한티도 혀서는 안 되어야. 알겠냐? 그런 얘기 함부로 혔다가는 왼 집안이 큰일 난다. 잽혀가. 알었냐?

눈을 크게 뜨고 고개를 끄덕이는 동만의 얼굴.

S#87. 논길

기다란 회초리를 들고 논두렁의 두꺼비를 잡는 동만. 그때 금동이가 맥고모자를 쓴 어떤 남자를 데리고 이쪽으로 온다. 바라보는 동만. 금동이가 손가락으로 동만이를 가리켜주고 돌아서 뛰어간다. 성큼성큼 이쪽으로 다가오는 맥고모자. 의아스레 바라보는 동만…….

형사 네가 동만이냐?

동만 예.

형사 녀석 참 귀엽게도 생겼다.

동만 …….
형사 아버지 성함이 김순구 씨지?

고개를 끄덕이는 동만.

형사 그렇다면 김순철 씨는 네 삼촌이 되겠구나. 그치?
동만 …….

맥고모자 벗어서 부채 모양 셔츠 속으로 바람을 넣으며,

형사 녀석 생긴 것두 귀엽게 잘 생겼구. 착한 애라서 대답도 잘하는구나.
동만 …….
형사 아저씨는 네 삼촌의 친한 친구란다. 오랫동안 만나지 못했어……. 만나서 꼭 상의해야 할 일이 있는데 네 삼촌 지금 어데 있지?
동만 …….

경계하는 눈빛.

형사 어이 더워. 여긴 굉장히 덥구나. 아저씨랑 저기 시원한 데루 갈까?

동만을 끌고 저만치 으슥한 나무 그늘 아래로 간다.

S#88. 나무 아래
맥고모자 호주머니를 뒤져서 은박지에 싼 초콜릿을 꺼내며,

형사 삼촌한테 꼭 전할 말이 있어서 그래. 삼촌이 어디 있는지 얘기해주면 내 이걸 주지.

눈이 커지는 동만의 얼굴.

형사 너 이런 거 먹어본 적 있어?

은박지를 까서 윤기 흐르는 흑갈색의 초콜릿을 코앞에 보인다.
향긋한 냄새.

형사 초콜릿이야 네가 대답만 허면 이걸 다 줄 테다. 뭐 조금도 부끄러워할 것 없다. 착한 아이는 상을 받는 것이니까.
동만 …….

꿀꺽 침이 넘어가는 동만. 뚫어지게 초콜릿만 노려본다.

형사 싫어? 그렇다면 이거 버려야겠구나. 아저씨는 이거 먹기 싫구…….

한 조각 뚝 떼서 땅에 버리고 구둣발로 문지른다. 더욱 눈이 뚱그레지는 동만.

형사 난 네가 굉장히 똑똑한 앤 줄 알았는데 안됐구나.

또 한 조각 떼어서 짓뭉개버린다.
불불 떨리는 동만. 왠지 눈물이 나는 동만.

형사 녀석 우는구나? 인제라도 늦지 않어. 잘 생각해봐. 삼촌이 집에 왔었지? 그게 언제지?

더 이상 견딜 수 없는 동만. 와락 초콜릿을 잡으며,

동만 아저씨, 진짜지유? 진짜 우리 삼촌 친구지라?
형사 (웃으며) 그럼 긴히 상의할 일이 있어서 그런다니까.
동만 삼춘 왔다 갔으라우. 그저께 밤에 왔다 갔으라우.

벌써 초콜릿은 주머니 속에 들어간다.

형사 그래서? 자세히 얘기해봐.

날카로운 눈길 뜨며 귀담아듣는 맥고모자. 무어라 얘기하는 동만의 모습.

S#89. 동만의 집 앞
옥이랑 나란히 어딘가 다녀오는 동만. 손에는 푸득거리는 까치 새끼 세 마리를 들고 있다.
동네 사람들이 동만네 집 앞에 여러 겹으로 싸여 있다. 이상해서 까치 새끼를 옥이에게 건네주고 다가오는 동만. 사람들이 물결처럼 흩어지며 안에서 결박 지은 아버지를 끌고 나오는 맥고모자의 사내.

동만 어.

눈이 화등잔 만하게 찢어지며 그 자리에 꼿꼿하게 서는 동만. 고개를 숙이고 끌려가는 아버지. 뒤에서 맥고모자의 사내가 동만을 흘낏 보고 지나간다. 너무도 큰 충격에 발이 떨어지지 않는 동만. 동리 사람들이 흩어져가면서 동만을 의미심장한 눈초리로 보면서 무어라 저희들끼리 수군대고 간다. 그래도 얼이 빠진 듯 그 자리에 서 있는 동만. 이어서 집안에서 찢는 듯한 여인들의 통곡 소리.

옥이 너 엄니 울어. 어서 들어가봐.

쭈뼛쭈뼛 안으로 들어가는 동만.

S#90. 동만네 집 안
친할머니, 어머니, 고모가 한데 엉겨 울어대고 있다가 들어서는 동만을 보고,

친할머니 이놈이 천하에 벼락 맞을 놈.

벼락같이 소릴 지르며 내달려온다. 겁결에 뒤로 피하는 동만.

친할머니 이런 짐승만도 못한 놈, 과자 한 조각에 삼촌까지 팔아먹는 무지막지한 사람 백정 놈, 이놈 썩 나가라 이 주리를 틀 놈.

부지깽이를 들고 와 사정없이 동만의 등줄기를 후려친다. 금세 죽어가듯 비명을 질러대는 동만. 죽일 듯이 두들겨 패는 친할머니. 그때 외할머니 나와서 안타깝게 바라보며,

외할머니 고만혀두시오……. 어린 것이 뭬 안다고.
친할머니 오냐. 이젠 너그들끼리 한 통속이 되야서 이 집안에 씨를 말릴 작정이구나……. 하나는 악담을 허고 하나는 밀고를 허고…….
외할머니 아아가 알고서야 그랬겠소?

동만을 싸안고 사랑채로 간다.

친할머니 어이구! 어이구! 이 일을 어쩐디야 집안이 망혀두 곱게 망혀야제. 이 이 일을 어쩐디야.

바닥에 주저앉아 땅을 치며 통곡한다.

S#91. 사랑채 건넌방(밤)

대소쿠리 앞에 놓고 못 박은 듯이 앉아서 밤새도록 완두콩을 까는 외할머니. 가끔 허망한 눈길 들어 기다랗게 한숨을 쉰다. 그 옆에 웅크리고 새우잠을 자는 동만. 그 모습 측은한 듯 그윽이 굽어본다. 대소쿠리 치우고 동만의 아랫도리를 벗기더니 잠지를 꺼내서 만져본다.

외할머니 즈이 외삼촌 닮아서 붕알도 꼭 왜솔방울처럼 생겼지…….

옆에서 자던 이모가 홑이불을 뒤집어쓰면서 돌아눕는다.

외할머니 에휴!

다시 꺼지게 한숨 쉬더니 대소쿠리 집어 들고 완두콩을 까기 시작한다. 이 집안에 완두를 까는 것은 오직 외할머니만 할 일이라는 듯 줄기차게 완두만 까고 있다. 그 익숙한 손놀림 길게 잡다가,

S#92. 동만네 집 안

추적추적 오늘도 비 뿌리는데 사립문을 열고 들어서는 순구. 마당에서 일하던,

고모 아이구! 동만 아버지 오오.

이 방 저 방에서 뛰어나오는 여인들. 초췌한 모습. 다리를 한 짝 절름거리며 마루에 가서 걸터앉는 순구. 모두가 눈물이 돌아 무어라 말을 하지도 못하고 바라본다. 그때 사랑채에서 동만을 끌고 나오는 길자. 아버지 앞에 사과라도 시키려는 듯 끌고 온다. 반갑고 무섭고 슬픈 얼굴로 아버지를 보는 동만. 아버지도 물끄러미 동만을 본다. 이윽고 아버지 입에서 나오는 소리.

순구 동만이, 너 내일부터 내 허가 없이 밖으로 나댕겼다가는 다리 몽댕이가 분질러질 팅께 그리 알어라.

S#93. 사랑채 건넌방(밤)

계속 쏟아지는 비. 이젠 금족령이 내려 꼼짝 못 하고 집 안에 갇혀 지내야만 하는 동만. 내처 잠만 잔다. 역시 그 머리맡에 앉아서 진종일 완두콩만 까는 외할머니. 주룩주룩 빗소리는 더욱 이 방의 분위기를 우울하게 만든다. 그때 바람결에 어디선가 따르르따르르 콩 볶는 소리가 나더니 "쾅! 쾅!" 지축을 울리며 무엇인가 터지는 소리.

외할머니 (고개를 들며) 이게 뭔 소리여?

자다가 번쩍 눈을 뜨는 동만. 외할머니 봉창문을 탁 열어본다. 어디선가 총성이 계속 들리며 요란한 폭음이 계속 울린다.

외할머니 (겁먹은 듯) 이거 으디서 이러는 거야?

벌써 벌떡 일어나 밖으로 뛰어나가는 동만.

S#94. 마당(밤)

마루에 올라서 멀리 읍내 쪽을 바라보는 아버지, 어머니, 고모.

동안 모 에구! 읍내여.

파랗게 질리는 얼굴들. 비 내리는 어둠 속 저 멀리 읍내 쪽에서 번쩍번쩍 섬광이 일며 콩 볶듯 총 쏘는 소리. 밖에서 누군가 뛰어가며,

소리 건지산 공비들이 읍내를 습격했디야.
소리 에구! 저런 순 불바다일세.

공포에 질린 소리들. 더욱 얼굴 질리며 서로의 얼굴을 바라보는 아버지, 어머니, 고모. 안방 문 열리며 친할머니 나오며,

친할머니 뭣이여? 읍내가 으찌 됐다구?
고모 건지산 산사람들이 습격을 했대요.
친할머니 뭣이?

굳어지는 얼굴. 순구 빗속을 지나 급히 나가본다. 동만도 얼결에 따라 나가려는데,

친할머니 저런 망할 놈 어딜 또 나간댜?

그만 얼어붙어 도로 들어오는 동만. 이모랑 외할머니도 나와서 발돋움해 멀리 읍내 쪽을 바라본다.

S#95. 동만네 집 안

지게 세워놓고 밭에 나갈 준비를 갖추는 순구. 그때 워낭이 흔들리며,

"순구 있는가?"

들어서는 마을 사람 두 사람.

순구 (놀란 듯) 아침부터 웬일들이당가?

진규 어유 말도 말게 새벽같이 읍내에 댕겨오는 길이여.

순구 읍내?

안방 문 활짝 열리며 친할머니 내다본다.

진규 (마루에 앉으며) 아 어젯밤 일 땀시 궁금혀서 견딜 수 있어야제.

순구 그래 읍내는 으찌 되었는가?

진규 말도 말게 생지옥이 바로 거그여.

친할머니 생지옥이랑께.

집안 식구들 하나둘 나와서 그의 말을 듣는다.

진규 아, 온통 불탄 자리에 여그저그 시체들이 널려 있는디 생지옥이 아니구요?

순구 그래 많이 죽었능가?

진규 글씨 공비들 이백여 명이 내려왔다가 살아간 사람 몇 명 안 되었다니께.

순구 …….

그만 질려서 침만 꿀꺽 삼키는 가족들.

진규 밤 열두 시를 기해서 일제히 총 쏘며 냅다 습격을 혔다는디 경찰서 부근 인가들이 많이 불에 탔구 전투가 굉장했었댜. 처음엔 경찰 쪽에서 밀리다가 난중엔 공비들이 밀리기 시작해서 도망가는 길도 끊기구 거게다 다 총 맞아 죽었다는 게여.

순구 …….

진규 사람이 어쩌면 그렇게 끔찍히 죽는댜? 시체가 여기저기 널브러져 있는디 어떤 건 창자가 튀어나와 있구, 어떤 건 팔다리가 제각기 떨어져 딩굴고 있구……. 어떤 것은 온몸에 열여섯 방인가 열일곱 방을 맞고 허리가 완전히 두 겹으로 접어져서 시궁창 속에 처박혀 있더라니께.

너무도 끔찍스러운 소리에 귀를 막고 싶은 친할머니. 아연해서 입만 벌리고 있는 가족들.

진규 지금 경찰에서 시체들을 모아다가 뒤뜰에 전시해놓고 있든디 연고자가 나타나면 시체를 인도해준다고 합디더.

은근히 전해주는 말이다.

순구 …….

진규 그랑께 자네도 한번 가서 시체들을 확인해보는 것이 어떨까 허고.

그때 안방에서 힘차게 나오는

친할머니 갈 것 없다.

놀라서 돌아보는 사람들.

친할머니 우리 순철이 죽지 않혔어. 그 아는 그리 쉽사리 죽는 사람이 아녀. 아무리 기구한 운명에 처해도 멀쩡히 살아남을 아여 그 아는.
진규 글씨……. 그랬으면 장히 좋겠오마는…… 혹시 또 압니까?
친할머니 아니여. 우리 순철이는 그렇게 죽지 않도록 하늘이 정해놓은 내 아들잉께 그렇게 끔찍허게 죽덜 않었어. 애비야 갈 것 없다. 가봤자 헛걸음이여. 순철이는 시퍼런 눈뜨고 살아 있어.
순구 …….

깊이 생각에 잠기는 순구.

친할머니 글씨 생각헐 것 없대두. 읍내에서 어떤 일이 벌어졌대두 우리 순철이하곤 무관한 일여 가지 마라.
순구 (고개를 들며) 그래두 헛걸음 삼아 가는 것이…….
친할머니 뭣이여? 에미 말을 그리도 못 믿겄냐?

막 화를 낸다.

진규 그래두 만약에 거그 순철이 시체가 있다믄 그 시체를 개밥을 맹글 순 없잖나비여?
친할머니 (부르짖듯) 아녀, 아녀 우리 순철인 죽덜 않혔어.
순구 (결심한 듯) 그래두 한번 다녀와야 쓰겄이유.

일어나서 그들과 황황히 나간다.

친할머니 참 가소롭구나. 에미 말을 저리 못 믿는다니.

못마땅한 듯 쏘아본다.

S#96. 읍내 경찰서 뒷마당

어젯밤 전투를 웅변으로 말해주듯 줄줄이 이어서 너부러진 시체들. 과연 배창자가 튀어나오고 사지가 잘리고 끔찍한 모습들. 마당을 치며 통곡하는 유가족들. 거적을 들추며 시체를 찾는 사람들. 순구도 거기 끼어 한 손으로 코를 막고 시체들을 하나씩 확인하고 지나간다. 우뚝 걸음을 멈추는 순구. 거기 강일이의 시체가 눈알을 홉뜨고 죽어 자빠져 있다. 가슴이 철렁하는 순구. 다시 시체들을 면밀히 살핀다.

S#97. 동만네 집 안

저녁나절 힘없이 들어서는 순구.

친할머니 으찌 되었냐?

댓바람에 묻는 소리. 순구 힘없이 마루에 걸터앉으며,

순구 없으라우.

친할머니 (확 밝아지며) 없재?

순구 예…… 순철인 없으라우.

친할머니 거봐라. 내 뭐래댜? 공연히 헛걸음한다고 내 그러질 않디야? 순철인 안 죽는다고 내 안 그러댜?

친할머니 운다. 눈물을 펑펑 쏟으면 운다.

친할머니 (합장한 두 손바닥을 불이 나게 빌면서) 하느님께 감사헙니다. 부처님께 감사헙니다. 신령님께 감사혀고 조상님께 감사헙니다. 우리 순철이 지켜주신 것…… 터줏대감께 감사합니다.

어린애처럼 소리 내어 울면서 천장에 절하고 바닥에 절하고 사면 벽에 돌아가며 절하고 뺑뺑 돌아가며 감사해서 운다. 그 모습에 눈물이 어리는 순구. 눈물이 어리는 가족들. 뻐근한 감동에 눈물을 닦는 그들.

S#98. 사랑채 건넌방

완두콩을 까고 앉은 외할머니.

외할머니 (혼잣말처럼) 우리 길준이는 에릴 적부텀 구질털털헌 걸 싫어하는 아라 죽을 때도 아마 곱게 죽었을 께다. 총알도 한 방밖에 안 맞고 딱 심장이나 머리 같은 데를 맞아서 어디가 아프고 어쩌고 할 겨를도 없이 죽었을 께야.

S#99. 동만네 마당

오랜만에 드는 햇살. 화사한 나들이옷으로 갈아입고 어디론가 외출하는 친할머니.

친할머니 (동안 모에게) 나 못 너머 마을 청대문 집 점쟁이헌티 다녀올 팅께 그동안 집 잘 봐라.

동안 모 야 어머니.

사립문으로 나서려다가 그 앞에 웅크리고 혼자 놀고 있는 동만을 보고,

친할머니 야는 왜 길을 막고 있는 것이여. 재수 없게시리.

뱀을 보듯 기겁을 하고 싫어한다. 시무룩해서 피해 서는 동만.

친할머니 삼춘을 팔아먹은 짐승 같은 놈.

씹어뱉듯 욕하고 밖으로 나간다. 할머니 등 뒤를 쏘아보는 동만. 어머니가 저만치서 가슴이 아픈 듯 한숨을 쉰다.

S#100. 점쟁이의 집 안

울긋불긋한 옷을 입은 무당 점쟁이가 주술을 외우며 요란스레 주술을 허우적거린다. 그 앞에 다소곳이 앉아 있는 친할머니. 음침한 목소리로 주술을 외우다가 상 위의 쌀을 집어 우수수 떨어뜨리고 손바닥으로 쓸어보면서 눈을 번쩍 뜬다. 기묘한 표정으로 쌀을 굽어보는 무당. 그 무당의 표정을 뚫어지게 쳐다보는 친할머니.

친할머니 어찌 되겄오?

무당 살아 있구만.

친할머니 (밝아지며) 살아 있제?

무당 음! 집에 돌아오겠구만.

친할머니 돌아오요? (무릎걸음 다가앉으며) 참말 돌아온단 말씸여?

무당 음! 틀림없이 집에 오는걸.

친할머니 (기쁨에 들떠) 우리 순철이 그 아가 언제 돌아온다요?

무당 (다시 한번 쌀을 쓸어보며) 음력 유월 열엿새 아침 녘에 오겠구만.

친할머니 정말이요? 정말이요?

무당 틀림없이오요. 그렇기 나왔능걸.

친할머니 에구! 감사허요. 에구 감사허요.

무당의 손을 잡고 좋아서 어쩔 줄 모른다.

S#101. 마루

둘러앉아 저녁밥을 먹는 친할머니, 아버지, 어머니.

친할머니 (흥분에 들떠) 틀림없이 알았쟈? 음력 유월 열엿새 아침나절에 그 아가 올 팅께 만사 틀림없이 준비해야 헌다. 잉?

가만히 아버지의 얼굴을 보는 어머니. 응원을 청하는 눈치다.

순구 점쟁이 말을 믿을 수 있으라우?

친할머니 (펄쩍 뛰며) 야가 무신 말을 혀쌌냐? 그 사람 점이 여즉 한 번도 틀린 적이 없었어요. 순철이가 아무리 험한 디 있어도 절대 죽지 않는다는 것도 그 사람 푸닥거리 때문이여.

순구 …….

동만 모 …….

친할머니 유월 열엿새면 이레밖에 안 남었다……. 떡쌀도 담고 음식 장만도 좀 허고 단단히 준비혀야 한다. 알았지?

동만 모 …….

마지못해 대답한다. 동만이가 밥상을 보고 쭈뼛쭈뼛 다가온다.

친할머니 저 아는 따로 상을 채려주거라. 나는 딱 꼴도 보기 싫다.

근처에는 오지 못하게 한다.

동안 모 할머니 방에 가 있어……. 곧 밥상 채려줄팅께.

머쓱해서 돌아가는 동만.

S#102. 뒤꼍

뒤꼍으로 돌아오며 주먹으로 눈물을 북 씻는다. 그때 울타리 너머 까치 소리 나며 옥이의 얼굴이 쏘옥 올라온다. 반가운 동만. 옥이의 손에 든 까치 새끼가 깍깍 울고 있다.

동만 인자 잘 우는구나.

옥이 응!

동만 먹이는 뭘 주냐?

옥이 메뚜기 잡아 주제.

동만 개구리를 잡아 주면 더 좋아하는디.

미칠 것 같은 동만의 마음.

옥이 넌 안즉도 나올 수 없냐?
동만 응! 나갔다간 다리몽댕이를 분질러놓는댜.
옥이 여그로 몰래 빠져나와.
동만 안 돼야!
옥이 나 혼자 심심하다.
동만 나두.
옥이 너 울었구나.
동만 (시무룩) 할머니가 날 미워혀.
옥이 너그 할머니도 너무허다.

슬며시 반항심이 생기는 동만.

동만 여그 잠깐 기다려. 내 좋은 것 갖다줄 팅께.

바람처럼 도로 뛰어간다.

S#103. 마당

밥상을 치웠는지 아무도 없다. 가만히 소리 죽여 다가오는 동만. 안방 문틈으로 들여다본다. 어느 결에 친할머니가 나들이에 피곤했는지 곤히 자고 있다. 소리 없이 안방 문 열고 들어가는 동만.

S#104. 안방

가는 코까지 골면서 잠을 자는 친할머니. 동만 소리 없이 들어와 할머니 머리맡의 문갑을 뒤진다. 할머니가 보물처럼 아끼는 은비녀를 찾아 꺼낸다. 그리고 발소리 죽여서 나가는 동만.

S#105. 뒤꼍
줄달음쳐서 돌아오는 동만. 울타리 너머 바라보는 옥이.

동만 자! 이거 가져.

은비녀를 불쑥 내민다.

옥이 에그머니. 이거 은비녀 아녀?
동만 너 주는 거여. 어여 가져.

옥이 황홀한 듯 받아본다.

동만 내가 줬다는 말 누구헌티도 말함 안 돼.
옥이 응.
동만 그럼, 빨랑 가.
옥이 그려.

울타리 너머 고개가 싸악 사라진다. 그제야 뭔가 좀 기분이 후련해지는 동만.

S#106. 마당
온 가족을 동원해 집 안을 청소하고 부산을 피우는 친할머니.

친할머니 야! 저그 우물께 풀도 뽑구 부엌 앞에 한 번 더 쓸어내라.

외할머니랑 이모까지 나와서 청소를 하고 돌아간다. 집 안을 흐뭇해서 둘러본다.

친할머니 (동만 모에게) 떡쌀은 담가놨냐?

동만 모 예.
친할머니 김치 깍두기도 새로 담그고 순철이가 전을 좋아하닝께 그것도 모자르덜 않게 장만혀야 헌다.
동만 모 알았으라우.

그러나 대답은 시원치 않다. 흐뭇해서 나가는 친할머니.

S#107. 집 앞

여기도 집 앞을 청소하는 순구와 동만.

친할머니 (나오며) 장마 통에 집 안 꼴이 못 쓰게 되었고나. 거그 풀을 확확 다 뽑거라.

시무룩해서 하라는 대로 청소하는 순구. 고모가 신이 난 얼굴로 나온다.

친할머니 (허리를 펴서 읍내 쪽을 보며) 야가 틀림없이 읍내 쪽으서 올 챔인디 강이 저 모양으로 불었으니 야단이다.
고모 (맞장구치며) 어머님은 별 걱정도 다 허시우. 강물이 좀 졌다고 울 아가 못 오겄소? 장마철이면 길이 잘 맥힌다는 것도 저도 잘 아는디 석고리라도 돌아서라도 어련히 잘 안 오겄소?
친할머니 돌아서라도 오기야 오겄지. 오겠지만서도 거그를 돌랴면 시오리 훨씬 더 걷는 심 아니냐? 입으로야 쉽지만 이 우중에 얼음이 백혀서 성치도 않은 발을 가지고 돌아온다는 기 얼매나 그억스런 노릇이냐?

슬며시 안에 들어가 버리는 순구. 정성스럽게 울타리를 손질하고 돌아가는 친할머니. 마당에 풀을 뽑다가 허리를 펴던 동만이가 흠칫 놀란다. 저만치 어느 집 담 모퉁이 뒤에서 이쪽을 건너다보는 맥고모자의 형사.

동만 …….

가슴이 써늘해서 그를 지켜보고 있다.

S#108. 우물가

볼멘 표정으로 떡쌀을 씻기에 여념이 없는 동만 모. 들어오는 순구. 저만치 사랑채를 말끔히 치우는 외할머니와 이모의 모습이 보인다.

동만 모 (퉁명스럽게) 노인네가 망녕이시제. 점쟁이 말을 믿고 올 턱이 없는 사람이 온다고 이 모양으로 들볶아싸니…….

순구 …….

동만 모 집 안에 무신 곡식이 그리 남았다고 떡 해라, 술 담가라 갖은 소채 장만해라 해싸니……. 정작 삼춘은 온다면 몰라도 이건 공연시하는 일이 아니오?

순구 (조그맣게) 낸들 왜 몰라서 그러겠나? 임자말대로 아매 안 오기 쉬울 께여. 천행으로 온다고 해도 어머님이 맘 잡숫는 대로 그렇게는 안 되여. 허지만 자식 된 도리로 어쩌겠나 허라는 대로 안 했다간 또 무슨 꼴을 당할지 누가 아냐 말여. 헝께 시방 조께 몸살을 앓아주는 것이 낫지.

동만 모 …….

마음을 알아주는 남편이 고맙다.

S#109. 동만네 전경(밤)

대낮같이 불 밝힌 동만네 집. 온통 광채가 나도록 말끔하게 청소가 된 집 전경. 친할머니 장명등 두 개를 들고 나와 대문 앞에 불 밝혀 건다.

친할머니 다 요런 때 쓰려고 비싼 석유지름 애껴놓았제.

집 안을 들여다보며,

친할머니 야 야 사랑채 마루에도 호롱불 하나 더 켜놓그라. 그 아가 내일 진시에 온다고는 하였지만 누가 아냐? 오늘 밤중에 문을 두드릴지도 모르니께.

방마다 마루마다 정말 대낮같이 불 밝힌 집 안. 부엌 쪽엔 잔치 준비 음식 장만에 여인들의 모습이 바쁘다. 허리를 쭉 펴고 멀리 바라보며,

친할머니 어디서도 보더라도 시오리 배까테서도 보더라도 아 저그 불이 훤한 디가 바로 우리 집이고나 우리 엄니가 잠 한소곰 안 자고 날 기다리는구나 험서 허우단심 뜀박질해서 오드라고.

만족한 듯 허리를 툭툭 치며 안으로 들어간다. 마당에서 부슬비 뿌리는 하늘을 보며,

친할머니 비도 그치네……. 우리 아들 오는 날 비도 그치네. 그랴.

만족한 듯 안방으로 들어간다.

S#110. 사랑채 건넌방(밤)

밤. 깊은 밤. 그린 듯이 앉아서 완두콩을 까고 있는 외할머니. 그 옆에 누워 잠을 자는 동만. 휘- 뒤곁 대나무 숲으로 바람이 지나는 소리.

S#111. 집 안(밤)

모두가 잠이 들고 죽음처럼 조용한 집 안.
바람이 휘 지나며 껌벅이는 호롱불.

S#112. 집 앞(밤)

바람에는 흔들흔들하는 장명등.

S#113. 뒤곁(밤)

와스스 바람 스치고 가는 대나무 밭.

S#114. 사랑채 건넌방(밤)

한쪽 벽을 가득 채운 할머니의 그림자. 너무나 조용한 적막. 그때 흠칫 귀를 기울이는 외할머니의 표정. 어디선가 이상한…… 정말 이상한 바람소리 같은 게 들린다.

외할머니 …….

주의 깊게 들어보는 외할머니의 어른거리는 얼굴. 또 한 차례 이상한 휘바람 같은 소리가 가늘게 들려온다. 그것은 먼 데서 들리는 것 같기도 하고 가까운 데서 들리는 것 같기도 하다. 동만이도 비몽사몽간에 그 소리를 들었는지 졸린 눈을 슬며시 떠본다. 흠칫 동만의 얼굴을 굽어보는 외할머니. 눈을 끔벅끔벅 해보는 동만.

외할머니 너두…… 들었냐?

꿈속에서라도 들리는 것 같은 외할머니 소리.

동만 …….

그 순간 또 한 차례 휘- 하고 들려오는 이상한 소리. 은은하면서도 음산하게 들려오는 그 소리. 왠지 써늘한 소름이 끼치는 동만.

외할머니 (얼굴에 바짝 대며 조용히) 구렝이 우는 소리다.

숨이 막힐 것 같은 동만.

외할머니 구렝이가 비암들을 모으는 소리다.

전신에 소름이 끼치는 동만. 그 음산하고 신비하던 소리가 또 한 차례 멀리서 들린다.

외할머니 저 봐라…….

그때 옆에 자던 이모가

길자 그만두세요.

돌아누우며 동만을 자기 홑이불 속으로 끌어들이면서 어머니에게 눈총을 준다. 살았다 싶은지 이모의 가슴속으로 파고드는 동만.

길자 어린애 앞에서 그런 소리 그만해요.

실상은 이모도 무서웠던 모양이다. 이모의 뭉클한 젖가슴이 코끝에 닿는다. 다시 대바구니 찾아드는 외할머니. 이상한 소리는 다시 들리지 않고 무겁게 짓누르는 적막만 깔린다. 한동안 그렇게 완두콩을 까던,

외할머니 (조용히) 동만아…….
동만 …….
외할머니 아가 동만아!
동만 (이모의 가슴에 얼굴을 박은 채) 왜여?
외할머니 너도 그렇게 생각하고 있냐?
동만 뭣을?
외할머니 이 외할매 땀시 느그 삼촌이 이렇게 되었다고 생각허냐?
동만 …….
외할머니 아니다. 그날 저녁 일은 절대로 그런 것이 아니다. 누구를 해코지할랴고 그런 것이 아니라 소피를 보러 나갔다가 안채에 불이 훤하고 밤중에 두런두런 얘기 소리가 들리길래 대체 무슨 일인가 싶어서 쬐금 다가가본 것뿐이다. 일판이 그렇기 될 줄 누가 알았냐? 내가 미쳤다고 그런 자리에 가겠냐? 하기사 늙은 이가 눈치코치도 없이 사둔네 일에 해자를 논 게 잘못은 잘못이지. 잘한 일은 아니지. 그렇다고 이 외할매만 탓해서는 못쓴다. 그날 저녁 내가 아녔드라도 느네 삼촌은 도로 떠날 사람이었어. 팔자를 그렇게 타고난 거여.

길자가 가슴으로 동만을 꽉 끌어안는다. 몽실한 가슴이 얼굴에 닿는다. 동만, 가만히 손을 빼서 이모의 젖가슴을 만진다. 옥이의 그것보다 크고 뭉실뭉실하다. 길자, 내버려둔다. 길자는 지금 울고 있다. 소리 안 나게 눈물을 흘리고 있다. 이모의 젖가슴을 만지며 기분이 좋아서 다시 사르르 잠에 빠지는 동만.

S#115. 동만네 집 안

아직도 하늘은 우중충한 날씨. 그러나 비는 오지 않는다. 활짝 열린 사립문. 아침 댓바람 동리 사람들이 꾸역꾸역 몰려든다. 벌써 대청마루엔 큰 상 받아놓고 떡이랑 술이랑 먹어대는 사람들. 마당에 자리 깔고 앉아 음식을 받는 마을 아낙네들. 눈코 뜰 새 없이 바쁜 이 댁의 부녀자들.

마을1 애고 이거 본인두 안즉 안 왔는디 우리들끼리 먼저 잔치를 벌여서 쓰겄능가?

친할머니 글장 염려 마시요. 언제 오면 안 오겄오? 오늘 진시에 온다고 혔지만서도 그 먼데서 오는 아가 시간이야 쪼께 틀려두 틀리겠제…… 맘 놓고 먼저 드시요. 야 야 여게 술 한나 더 내드리고라.

그렇게 기분이 좋을 수 없다.

노파1 암요 오기야 오겠제. 청대문 집 무당점이야 틀린 적 있는가?

노인1 암은 무당점이야 둘째치고라도 즈 엄니 정성을 봐서라도 하날이 보내주실 틴디 틀림없이 오겄제.

노인1 지금쯤 석교다리를 건너올지도 물라.

즐겁게 웃는 그들. 북적거리는 잔칫집 분위기. 기분이 하늘만큼 둥실 뜬 친할머니의 얼굴. 자꾸만 눈길은 사립문 밖을 내다본다.

S#116. 사랑채 건넌방

집 안은 온통 잔치 분위기에 들떠 있는데, 쓸쓸하게 골방 구석에 앉아 완두콩만 까고 있는 외할머니.

외할머니 나가서 음식이나 먹지 왜 여기 와 있는 거냐?

동만 싫어. 할머니가 날 미워하는디.

외할머니 …….

동만 삼촌 팔아먹은 놈이라고 동리 사람들도 손가락질한단 말여.

외할머니 에그…… 어린애 가슴에 못을 박았고나…….

꺼지게 한숨 쉬며 동만의 머리를 쓰다듬는다.

S#117. 마당

시간이 많이 흐른 듯. 하나둘 빠져나가는 마을 사람들. 물밀듯 밀려들었다가 물밀듯 나가고 만다.

노인1 (안되었는지) 오널 중으로 오긴 오겄제……. 시간을 맞칠 수야 없제.

친할머니 암은 아무리 용하다 혀두 시간이야 맞추겄소? 염려 말고 댕겨가씨요. 이따 우리 순철이 오면 연락헐 팅게요.

노인2 그려 순철이 오면 꼭 불러주씨요. 에그 지엄씨 정성이 극진허기도 허제.

우물쭈물하면서 나간다. 썰물처럼 빠져나간 텅 빈 집 안. 멍하니 서서 사립문 밖을 내다보는 친할머니. 그 얼굴에 잠깐 스치는 어두운 그림자.

친할머니 오긴 올 께야…… 꼭 올 께야…….

머리가 어지러운 듯 안방으로 든다. 따라 들어가는 고모.

S#118. 사랑채 건넌방

또 가물가물 잠이 드는 동만.

S#119. 안방

누워 있는 친할머니. 옆에서 고모랑 동만 모가 찌꺼기 음식을 먹고 있다.

S#120. 마당

깨끗이 청소된 텅 빈 마당. 한차례 회오리가 지나간 듯 쓸쓸한 풍경.

S#121. 사랑채 건넌방

가물가물 잠이 드는 동만. 조용히 완두콩만 까고 있는 외할머니. 깜박이는 눈동자 사르르 잠이 오는데 그때 어디선가 와아- 하는 꼬마들의 함성 소리. 그 함성 소리 집 안으로 가까이 쳐들어오면서 번쩍 눈을 뜨는 동만.

소리 저기다. 저기.

소리 저것 봐라.

소리 잡아라. 때려잡아.

꼬마들이 숨찬 소리. 벌떡 일어나 뛰어나가는 동만.

S#122. 마당

뛰어나오는 동만. 소스라치듯 우뚝 선다. 동리 꼬마들이 몽둥이랑 돌을 들고 사립문으로부터 꿈틀꿈틀 기어오는 기다란 물체. 두 눈이 찢어지듯 바라보는 동만. 그것은 구렁이. 무섭게 큰 구렁이 한 마리가 누런 비늘을 번들거리며 집 안으로 기어들고 있다. 돌을 던지는 아이들. 몽둥이질을 하는 아이들. 워리란 놈이 으르렁 짖어대며 마루 밑으로 숨는다. 마당 한가운데 꿈틀대며 멈춰 서는 커다란 구렁이. 순간 동만이도 지게 작대기 찾아서 달려들려고 한다. 그때 누군가가 억센 힘으로 동만이를 확 잡아당긴다. 외할머니다.

외할머니 엄하게 꾸짖듯 동만을 쏘아보더니 구렁이를 바라본다. 이때 안방 문 열리며 우르르 뛰어나오던 가족들. 맨 앞장서 나오던 친할머니가 마당 한가운데 구렁이를 보고

친할머니 아악!

찢어질 듯 비명을 지르며 그 자리에 흐물흐물 기절해 쓰러지고 만다.

동안 모 어, 어머니.

부축해 안는 순간 벽력같이 고함을 지르는 외할머니.

외할머니 돌멩이를 던지는 놈이 어떤 놈이냐?

서릿발 같은 고함. 어디서 그렇게 무서운 힘이 났는지

외할머니 썩 나가지 못할까. 이 정신 빠진 놈들아. 어딜 들어오냐.

동만에게 지게 작대기를 뺏어서 몰려드는 꼬마들에게 덤벼든다. 어안이 벙벙했던 꼬마들 혼비백산해서 달아난다. 징그러워 구렁이를 바라보는 동만. 공포에 질려서 구렁이를 바라보는 길자. 어머니랑 아버지가 친할머니를 부축하고 안방으로 들고 그사이 구렁이는 상처 난 몸을 끌고 꿈틀꿈틀 사립문 옆 감나무로 기어오른다.
단단히 대문을 잠그고 돌아서는 외할머니. 울타리 너머로 바라보는 동리 사람들, 꼬마들. 감나무가지에 굵은 몸뚱이를 둘둘 말고 긴 혓바닥을 날름거리며 대가리를 꺼떡꺼떡 위협을 주는 구렁이. 어떤 꼬마가 또 돌을 던지는 모양이다.

외할머니 어떤 망할 놈이 또 돌을 던지냐.

서릿발 같은 고함을 지른다. 잔잔해지는 주위. 외할머니 감나무 밑으로 천천히 다가간다. 숨죽인 채 바라보는 사람들. 외할머니 구렁이 바로 밑에 가서 선다. 숨죽인 채 바라보는 길자. 입을 딱 벌리고 바라보는 동만. 그러나 아무 일도 일어나지 않는다.
구렁이는 굵은 몸을 꿈틀대며 혓바닥을 날름대며 굵은 대가리를 자꾸 꺼떡이며 외할머니에게 위협을 주는 것 같다. 엉뚱하게 외할머니는 구렁이를 향해서 두 손을 합장하며

외할머니 에구 이 사람아. 집안일을 못 잊어서 이렇게 먼 길을 찾아왔능가.

꼭 우는 아이 달래듯 조용한 음성. 그만 기가 딱 질리는 사람들의 얼굴. 울타리 밖에 누군가 킥킥 웃는다.

외할머니 (돌아보며) 어떤 창자 빠진 놈이 키득거리냐? 누구냐? 썩 이리 나오너라. 주리를 틀 놈.

서릿발 같은 고함에 잔잔해지는 주위. 외할머니 다시 구렁이를 바라보며,

외할머니 자네 보다시피 노친께서는 기력이 여전허시고 다른 식구들도 모다 잘 지내고 있네. 그러니께 집안일일랑 아무 염려 말고 어서 어서 자네 갈 데로 가소.

꿈쩍도 하지 않는 구렁이.
기다란 혓바닥만 날름거리며 고개를 두어 번 든다.

외할머니 가야 할 길이 보통 먼 길이 아닌데 여기서 이러고 쭈그리고만 있어서 되겠능가. 자꾸 이러면 못쓰네. 자네 심정은 짐작 허겠네마는 집안 식구들 생각도 해야지. 자네 모친 양반께서 자네가 이러고 있는 꼴을 보면 얼매나 가슴이 미여지겠능가.

꼭 산 사람한테 대하듯이 조용조용히 타이르는 말. 그러나 구렁이는 좀처럼 움직일 기색이 없다. 그때 울타리 너머에서 어떤 아낙네가

아낙 구렁이를 쫓으려면 머리카락을 태워서 냄새를 피우면 되는 기요.

외할머니 그 소리를 듣고 동만을 쫓아보며,

외할머니 너 들어가서 할머니 머리카락 한 주먹만 얻어오너라.

무서워서 바라보던 동만, 안방으로 달려간다. 아버지도 마루 끝에 서서 넋 나간 듯 바라보고 있다.

S#123. 안방

시체나 다름없이 기절한 채 누워 있는 친할머니. 그 양쪽에서 팔다리를 주무르고 있는 어머니와 고모.

동만 (들어서며) 구렁이 쫓아내게 할머니 머리카락 얻어오래요.

고모가 멍청히 보다가 참빗을 꺼내어 기절한 할머니의 머리를 몇 번 빗긴다. 금세 한 주먹이나 되는 머리카락이 묻어 나온다. 그것을 모아서 동만에게 내주는 고모. 동만 받아 들고 씽하니 나간다.

S#124. 마당

어느 틈에 준비했는지 외할머니는 깨끗한 고래 소반에다 간단한 음식을 차리고 있다. 호박전과 고사리나물 그리고 냉수도 한 사발. 정성껏 담겨 있다. 동만이가 내주는 머리카락을 받아서 상 앞에 놓더니

외할머니 자네 오면 주려고 노친께서 여러 날 장만헌 것일세. 먹지는 못할망정 눈요기라도 하고 가소. 다아 자네 모친 정성 아닌가. 내가 자네를 쫓으려고 그러는 건 아니네. 그것만은 자네도 알아야 허네. 냄새가 나더라도 너무 섭섭타 생각 말고 집안일일랑 아모 걱정 말고 머언 걸음 부디 편안히 가소.

하더니 정성스레 불씨가 담긴 그릇에 머리카락을 올려놓는다. 할머니의 흰 머리털이 지글지글 타면서 모락모락 연기 나며 노린내가 진동한다. 그 광경을 숨죽인 채 바라보는 사람들. 그러자 눈앞에 벌어지는 희한한 광경. 그때까지 꿈쩍도 않던 구렁이가 서서히 움직이기 시작하더니 스르르 몸을 풀어 감나무 아래로 내려온다. 탄성을 지르는 사람들. 외할머니 한쪽으로 비켜서며 합장하면서

외할머니 쉬이. 쉬이.

손뼉을 딱딱 친다. 구렁이는 다시 마당으로 들어서 마당을 가로질러 간다. 방 안에 있던 가족들이 나와서 숨을 죽이고 본다. 순구도 뚫어지게 보고 있다. 길자도 입을 한 손으로 막은 채 질린 듯 보고 있다. 마당 한가운데 잠시 머뭇거리던 구렁이 다시 움직여 부엌과 헛간 사이로 돌아서 뒤꼍으로 간다.

외할머니 (따라가며) 부디 아모 염려 말고 편안히 가소. 집안일일랑 아모 걱정 말고.

S#125. 뒤꼍

뒤꼍으로 나오는 구렁이. 꿈틀꿈틀 상처 난 몸을 끌고 대나무 밭으로 들어간다.

외할머니 (연신 합장하며) 고맙네. 이 사람 집안일은 죄다 성님헌티 매끼고 자네 혼자 몸뚱이나 제발 성해서 먼 걸음 편안히 가소. 뒷일은 아모 염려 말고 그저 편안히 가소. 증말 고맙네 이 사람.

우둑우둑 대나무가지 부러지는 소리 나며 멀어지는 구렁이. 아주 멀리 가는 구렁이 소리. 끝까지 지켜보며 배웅하는 외할머니.

S#126. 마당

그제야 흩어지는 사람들. 이상한 감동을 안고 마루 끝에 앉는 가족들. 다시 조용해지는 집 안. 고모와 동만 모가 안방으로 든다.

S#127. 안방

그냥 기절해 누워 있는 친할머니. 들어와 다시 손발을 주무르는 고모와 어머니. 그때 머리를 약간 움직이는 친할머니.

고모 (조심스레 흔들며) 엄니, 엄니.

의식을 회복하는 친할머니 멀건 눈을 뜬다.

고모 정신 나우? 엄니!

방 안을 둘레둘레 둘러보더니

친할머니 갔냐?

조용히 물어보는 말. 눈물이 글썽해서 끄덕이는 고모. 터지려는 울음을 참으며 끄덕이는 동만 모.

친할머니 잘 갔어?

고모 네. 엄니.

친할머니 어떻게 갔어?

고모 (울며) 사부인이 보내주셨으라우.

친할머니 사부인이?

고모 예. 사부인이 사람들 내쫓구 감나무 밑에서 소상히 타이르고 집안 걱정 말라고 정성껏 타이르고 엄니 머리카락 말아서 음식상 차려갖고 정성스레 먹이고 머리카락 태워서 가는 길 정성껏 배웅해줬으라우.

친할머니 …….

멍하니 천장을 보는 눈에 주르르 눈물이 떨어진다. 바라보는 고모와 어머니. 하염없이 눈물을 흘리던 친할머니.

친할머니 (조용히) 아비헌티 사랑에 가서 사부인 모시고 오라고 일러라.
동만 모 야.

울면서 일어나 나간다. 조용히 누운 채 계속 눈물 흘리는 친할머니.

친할머니 시상에 그 어려운 일을 대신 혀주다니.

잠시 후 아버지와 함께 들어서는 외할머니.

친할머니 사부인.

힘없는 손을 든다.

외할머니 (그 손을 마주 잡으며) 정신 좀 드시오?

친할머니 다시 눈물 고이며

친할머니 고맙소.

목이 메어 말이 잘 안 나온다.

외할머니 사부인도 별시런 말씀을 다.

외할머니도 목이 메는 모양이다.

친할머니 야한테서 이 얘기를 다 들었소. 내가 당혀야 할 일을 사부인이 대신 맡었구랴. 그 험한 일을 다 치르노라고 얼매나 수고시렀을꼬.
외할머니 인자는 다 지난 일이닝께 그런 말씀 고만두시고 어서어서 몸이나 잘.
친할머니 고맙소. 참말로 고마워라우.

외할머니의 손 꽉 잡아서 자신의 얼굴에 부비며 자꾸만 운다. 외할머니도 눈물이 나서 견딜 수 없다.

외할머니 고만 우시요. 몸도 생각해야제.
친할머니 (흐느끼며) 내가 너무혔소.
외할머니 (울며) 아니 내가 너무했제.

그렇게 한동안 울다가

친할머니 (목이 메서) 탈 없이 잘 가기나 혔는지 몰라라우.
외할머니 (눈물을 씻으며) 염려 마시라니까요. 지금쯤 어디 가서 터주노릇 톡톡히 허고 있을 것이오.

꼭 잡는 두 노인의 손. 언제까지나 놓을 줄 모른다.

S#128. 마당

아직도 충격이 가슴에서 가라앉지 않아 마당에 혼자 서성거리고 있는 동만. 눈길은 안방 쪽에 향한 채 떠날 줄 모른다. 아버지 조용히 나오며

순구 동만이 들어오너라. 할머니 찾으신다.
동만 …….

눈이 뚱그레 쭈뼛쭈뼛 안으로 들어간다.

S#129. 안방
들어서는 동만. 힘없는 눈길 들어 바라보는

친할머니 동만이냐. 여그 오그라.

가까이 다가앉는 동만. 무거운 얼굴로 지켜보고 있는 가족들.

친할머니 그동안 욕봤제.
동만 …….
친할머니 할머니 니헌티 너무한 것 용서허그라.
동만 …….
친할머니 자슥도…… 잘생겼제.

머리를 쓰다듬어준다. 눈물이 나는 동만. 왠지 눈물이 나는 동만.

순구 인자 나가 놀아도 좋다.

일어서서 나가는 동만.

S#130. 집 앞
주먹으로 눈물을 씻으며 나오는 동만. 넓은 들판을 본다. 힘이 용솟음치는 동만. 이제 맘대로 나와 뛰어놀 수도 있다. 그 벅찬 해방감에 마구 달려가는 동만. 기쁨의 함성 지르며 넓은 들판으로 달려간다. 이제 장마는 끝났는지 짙은 구름 사이에 부챗살처럼 찬란한 태양이 얼굴을 내밀고 있다. 거기 떠오르는 엔드 마크.

끝.

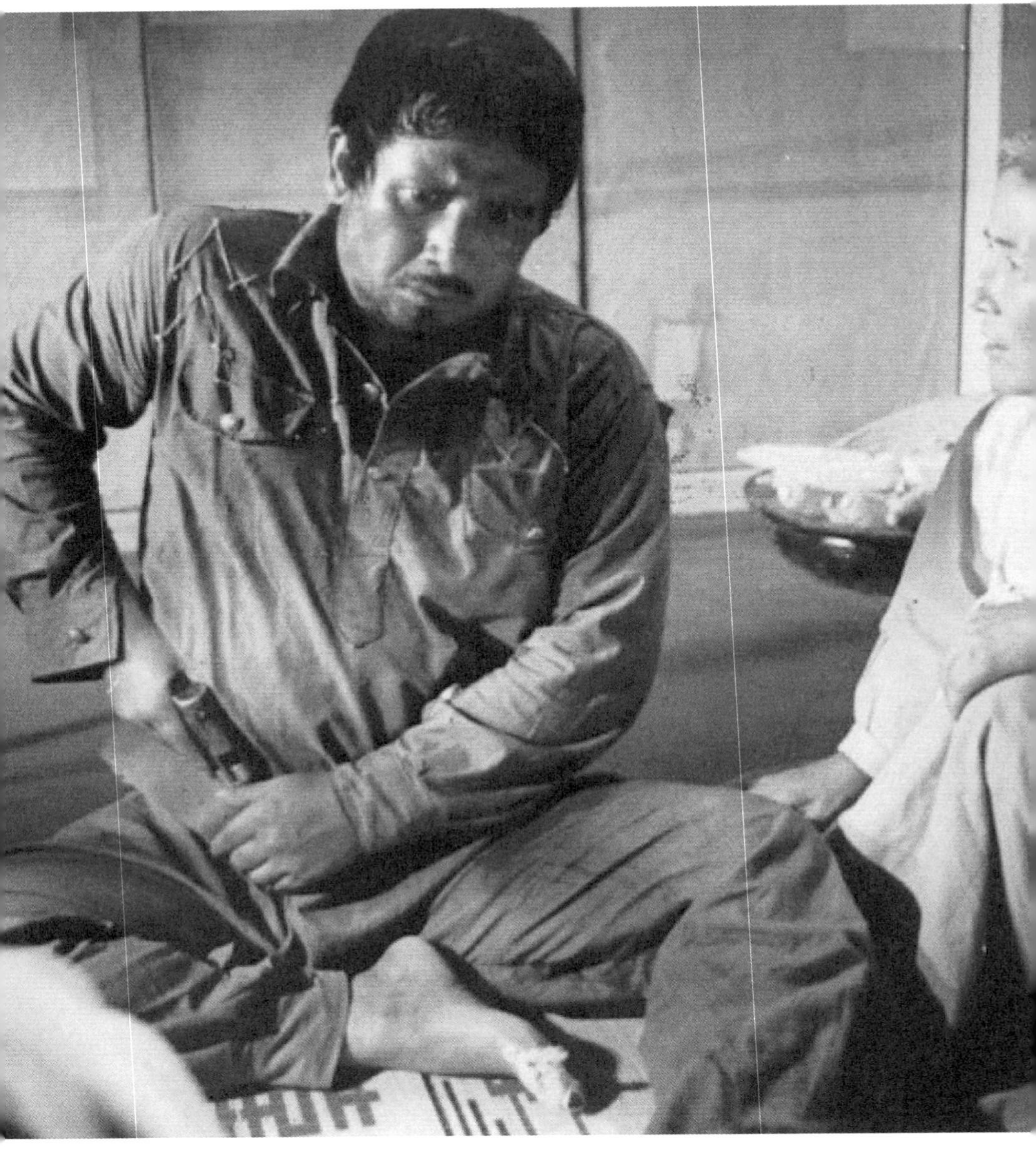

| 특집 |

영화 시나리오 저작물의 저작권 분쟁 해결 방안

| 윤용근 |

| 들어가며 |

최근 영화를 막 개봉하려는 시점에 또는 영화관에서 한창 상영되고 있는 중에 저작권 시비 문제로 법정 분쟁이 되는 경우가 종종 발생하고 있다. 필자도 여러 경로를 통해 저작권 침해 의혹을 제기하는 당사자들로부터 이러한 상담을 받곤 하는데, 그 가운데 실제로 저작권 침해로 인정될 만한 것들은 그리 많지 않다. 왜냐하면 문의자들이 저작권 침해의 근거로 제시하는 것들이 대부분은 저작권법적으로 보호받을 수 없는 아이디어 영역이거나, 누구나 이용 가능한 공중의 영역에 있는 것들이기 때문이다. 저작권법은 창작성 있는 표현만을 그 보호 대상으로 삼고 있다. 따라서 아무리 타인의 독창적인 아이디어를 베끼더라도 실제 현출된 구체적인 표현이 서로 다르다면 저작권 침해 문제는 발생하지 않는다. 이것이 바로 저작권법의 한계이면서 새로운 문화 향상 · 발전을 위한 저작권법의 창작 목적에 부합하는 것이기도 하다.

문제는 저작권에 대해 잘 알지 못하는 일반인의 입장(전문 영화제작자나 시나리오 작가들도 크게 다르지는 않은 것 같다)에서는 이러한 저작권법의 어려운 법리를 이해하는 것이 쉽지 않기 때문에 창작자 입장에서는 "분명히 내 것을 베꼈는데, 왜 저작권 침해가 아니지?" 이용자 입장에서는 "그러면 도대체 어디까지 허용되고 어느 부분이 허용되지 않는다는 것이지?"에 대한 질문을 던질 수밖에 없다.

한발 더 나아가 필자가 지금까지 저작권 분쟁 사건을 수없이 다뤄오면서 알게 된 것은 실제로 영화나 시나리오작가 사이에 문제 되는 법률 분쟁의 유형은 저작권 분쟁 그 자체보다는 제작사와 작가 사이의 관계가 깨질 때 발생하는 계약 분쟁이 훨씬 더 많다는 점이다.

왜 그럴까? 그 원인을 분석해본 결과, 그동안 영화업계나 문화계에서는 일을 시작할 때 계약서에 의한 명확한 관계 설정에서 출발하기보다는 다분히 인적 관계나 정에 의해 일을 먼저 시작했고, 간혹 계약서를 작성하는 경우에도 영화제작사 등이 일방적으로 제시하는 계약서에 작가는 아무 수정 없이, 심지어는 계약서 내용을 자세하게 읽어보지도 않고 그냥 사인하는 정도로 계약을 체결해왔기 때문에, 막상 작업을 진행하는 과정에서 문제가 발생하거나, 정산이 제대로 이루어지지 않거나 영화 제작이 늦어지는 등의 문제가 발생하면 뒤늦게 법률 분쟁이 발생하게 되는 것이다. 이처럼 좋았던 관계가 깨지고 나면 결국 남는 것은 불공정한 계약서 한 장이 전부여서 작가는 소송에서도 패소로 이어지고 마는 현장을 자주 경험한다.

특히나 영화 시나리오는 작가가 시나리오를 완성해서 영화제작사에 넘겨준 이후에도 영화를 만드는 과정에서 수없이 수정되고 삭제되는 등으로 동일성이 침해되는 것이 다반사고, 그러다 보면 정작 작가는 시나리오를 완성해서 납품을 마쳤는데도 완성된 영화에 시나리오작가 이름이 나오지 않는 경우도 종종 있다.

그러나 이것은 분명히 저작권법 위반이다. 작가가 아무리 시나리오에 대한 수정 허락을 했다고 하더라도, 또 시나리오 저작권에 대한 저작재산권 일체를 양도했다고 하더라도, 우리 저작권법에는 저작인격권이라는 규정이 있고 그 저작인격권 중에는 성명표시권이 있는데, 저작인격권(성명표시권)이라는 것은 돈 받고 양도하는 것이 불가능하므로, 아무리 저작권 일체를 양도했다고 하더라도 영화제작사는 완성된 영화에 반드시 시나리오 저작자를 표시해야 할 법률상 의무가 있다. 그것은 아무리 시나리오를 수정하여 동일성이 상당 부분 변경되었다고 하더라도 원작가와 수정한 작가(또는 감독)의 공동저작물에 해당할 가능성이 높으므로, 여전히 본래 시나리오 작가의 성명을 표시해줘야 한다. 그런데 어찌 된 영문인지 영화계 현실에서는 아직도 작가의 성명이 표시되지 않는 경우가 존재한다.

이러한 불공정한 현실을 개선하고자 최근 영화계는 물론 주무부인 문화체육관광부도 직접 나서서 표준계약서를 만들어 배포하고, 영화 시나리오 공모전 등에서도 작가의 저작권을 인정하라는 내용의 행정 권고를 내리고 있다. 이제는 '갑질'이라는 표현이 사라져야 한다. 문화에는 근본적으로 갑, 을이 존재해서도 안 되고 존재할 수도 없는 것이 문화의 본질적 속성이다. 그동안 일부 잘못된 관행이 있어 왔다고 하더라도 이는 분명히 사라져야 할 적폐다. 불공정계약은 창작 정신을 훼손하게 만들고, 영화계를 멍들게 하며, 영화라는 문화를 병들게 하는 요소다. 병이 들면 그 환부는 깨끗이 도려내야 한다. 이런 자정운동은 누가 외부에서 대신해 줄 수 없다. 내부에서 당사자들이 앞장서서 함께 머리를 맞대고 진솔하게 풀어가야 창작이 창작을 낳을 수 있는 시너지 효과를 낼 수 있는 것이다.

분쟁을 해결하는 방법에는 두 가지가 있다. 사후적 분쟁 해결 수단이 소송이라면 사전적 분쟁 해결 수단은 계약이다. 계약은 해어질 때를 대비하기 위한 것이다. 관계가 좋게 시작되었으면 끝도 좋게 헤어져야 한다. 시작은 좋았는데 끝이 안 좋으면 이 좁은 영화 바닥에서 살아남기 어려운 것이 현실이다.
그런데 계약서를 명확하게 잘 작성하면 헤어질 때 서로 얼굴을 붉히며 소송까지 갈 필요가 전혀 없다. 계약서 내용이 명확한데 굳이 법정에 가서 판사한테 계약 내용을 해석해달라고, 누구 잘못인지 판단해달라고 요구할 필요가 없는 것이다. 그래서 계약서를 작성할 때는 반드시 법률 전문가의 손을 거쳐 명확하게 작성하는 것이 필요하다. 바로 이것이 가장 저렴하고 확실한 사전적 분쟁 해결인 셈이다.

영화나 드라마는 우리의 일상을 대변해주기도 하고, 때론 우리가 꿈꿔왔던 수만 가지의 세상을 보여주기도 한다. 그리고 현대는 미디어와 기술의 발달과 더불어 언제든 쉽고 편하게 영화를 접할 수 있는 세상이다. 지금 관객들이나 시청자들은 그 어느 때보다도 객관적이고 냉철한 눈으로 영화나 드라마를 지켜보고 있다. 따라서 영화나 드라마의 제작 관계자들은 이러한 관객들이나 시청자들의 눈높이에 맞춰서 보다 창의적이고 참신한 소재와 플롯 등의 개발을 통해 저작권 문제가 작품의 본질을 가리는 일이 발생하지 않도록 제작 초기부터 저작권에 관한 신중한 검토를 할 필요가 있다.

그리고 공정한 계약이 가능하려면 계약 내용이 무엇인지, 어떻게 진행되는지 등 계약 사항을 명확히 알아야 한다. 풍성하고 좋은 창작 활동이 가능하려면 나의 저작권이 어떻게 보호되고, 어디까지 보호되는지를 알아야 한다. 알고 있어야 내 권리를 내가 지킬 수 있고 법적 분쟁을 줄일 수 있다. 필자가 이번에 이 글을 쓰게 된 이유가 바로 이런 문제를 해결해보고자 하는 바람에서다. 그럼 지금부터 그동안 우리가 대략적으로만 알고 있었거나 미처 알지 못했던 극 저작물의 저작권에 관한 여러 가지 이야기를 해나가도록 하겠다.

| 영화 시나리오 저작물의 저작권에 관한 이야기 |

우리는 종종 영화(이하 애니메이션을 포함하여 '영화'라고 함)나 드라마를 보다가 '저 장면 어디서 본 것 같은데?' '어? 스토리 전체가 내 작품이랑 비슷한데…'라고 생각하게 되는 경우가 있다. 이 정도면 저작권을 침해한 것이 아닐까?

그러나 저작권 분쟁을 직접 다루는 법률가의 눈으로 볼 때는, 비슷한 스토리나 구성을 갖고 있다고 해서 곧바로 저작권 침해를 의심하지는 않는다. 그건 아마도 오랫동안 이어져 내려온 인간의 삶 속에서 우리가 느껴왔고 지금도 여전히 느끼고 있는 '희로애락에 관한 인간의 보편적인 감정들'과 시대를 막론하고 치열하게 고뇌하면서 그 해답을 찾고자 했던 '삶에 대한 근원적인 고민들'(인간이 걸어왔던 기나긴 시간들과 그들이 처해왔던 수많은 역사적 · 사회적 상황들이 각각 달랐다 해도)에 대한 본질적인 측면들을 표현하는 방법은 예나 지금이나 크게 다르지 않다는 데에 기인하였을 수 있고, 드라마나 영화에서 취할 수 있는 플롯 등의 형태는 제한적일 수밖에 없으며, 그 속에서 형성되는 추상적인 등장인물들의 설정, 사건 전개 역시 전형성을 띨 가능성이 높다는 점을 알고 있기 때문일 것이다.

이러한 이유로 시청자나 관객의 입장에서는 표절 의혹을 제기하거나 진부함을 느낄 수도 있지만, 저작권법에서는 '표현된 창작물'만을 저작물로 보호하고, 구체적 표현에 해당하지 않는 아이디어 영역은 그것의 독창성 여부와는 무관하게 보호하지 않으므로 비슷한 표현일지라도 이는 허용될 수 있는 것이다.

그러나 영화 저작물은 위에서 언급한 인간의 보편적인 가치들을 바탕으로 하는 전형적인 사건들만 담고 있는 것은 아니다. 다른 영화나 드라마 저작물들과는 뚜렷이 구별되는 구체적인 줄거리, 플롯, 복잡성과 독창성을 가지는 등장인물들의 성격과 역할 및 그 등장인물들 간의 관계 설정을 통한 사건 전개를 담아 해당 작품만이 가지는 고유한 창작성을 갖고 있는 것이다.

따라서 영화나 드라마 속에서 연출되는 상황들이나 장면들이 인간과 삶에 대한 보편적인 가치들을 표현하는 과정에서 상호 유사성을 띠는 정도라면 이는 아이디어에 불과한 것이거나, 만인이 공유할 수 있는 공중의 영역(Public Domain)에 속하는 소재 등을 이용한 결과라고 할 수 있다. 그리고 이러한 것들은 누가 이용하더라도 저작권법적으로는 문제 되지 않는다. 그러나 그러한 유사성이 특정 작품만이 가지는 독창적인 요소들의 차용에 의한 것이라면 이는 표절의 범주에 들기 때문에 저작권법적으로 논란이 될 소지가 다분히 있다.

이와 같이 영화 저작물의 저작권 침해 문제와 관련해서는 책 한 권으로 엮어도 부족하다. 그래서 본 호에서는 분량상 저작권 침해 문제 전체를 다룰 수는 없고, 우선 영화의 주제나 스토리 전개, 배경, 설정 등이 유사하여 저작권 시비에 휘말릴 수 있는 문제들에 대해서 저작권을 침해하지 않고 누구나 사용할 수 있는 표현은 어디까지이고, 어떤 부분은 독점권이 인정되는 창작적 표현에 해당하여 저작권이 인정되는지에 대한 재판 사례를 가지고 이를 살펴보고자 한다. 이에 한 가지를 더 추가하자면, 시나리오는 영화라는 특성상 촬영 과정에서 수차례 수정 · 변경될 수밖에 없는데, 이 경우 완성된 영화 크레딧에 시나리오를 작성하여 제공한 작가의 성명 표시가 없는 경우는 어떻게 될 것인지에 대한 문제에 대해서도 살펴보고자 한다.

〈영화 클래식〉 vs 〈드라마 사랑비〉 사건
(서울중앙지방법원 2012. 7. 20. 선고 2012카합1315 판결)

이 사건의 개요는 이렇다.

A회사는 영상물 제작 · 배급업체로서 2003년에 영화 〈클래식〉을 제작하였고, B회사는 방송 프로그램 제작사로서 2012년에 드라마 〈사랑비〉를 제작하였다. 한국방송공사는 〈사랑비〉를 방영하였으며, KBS 미디어는 방송 콘텐츠 사업자로서 〈사랑비〉에 관한 유통 사업을 하고 있었다. 이에 A회사는 B회사 등이 〈사랑비〉를 제작 · 방영 · 판매 · 제공함으로써 A회사의 〈클래식〉에 관한 성명표시권, 동일성유지권과 같은 저작인격권과, 2차적 저작물작성권과 같은 저작재산권을 침해하고 있다는 이유로 B회사 등을 상대로 법원에 드라마 방영금지 및 저작물 처분금지가처분 신청을 한 사안이다.

■ 이 사건의 핵심 쟁점 및 이에 대한 법원 판단

이 사건에 대한 법원 판단의 쟁점은 바로 영화 〈클래식〉의 스토리 전개와 드라마 〈사랑비〉의 스토리 전개가 유사한 것인지 여부, 두 작품의 스토리 전개가 유사하다고 하더라도 그것이 저작권법상 창작성이 인정되는 부분이어서 독점적 권리로 보호해야 할 필요성이 있는지 여부에 대한 것이다.

(1) 드라마 〈사랑비〉가 영화 〈클래식〉과 실질적으로 유사한지 여부

1) 기본적인 줄거리와 인물 유형의 유사성

두 작품은 모두 남자 주인공과 여자 주인공 및 남자 주인공의 친구 사이에 삼각관계를 이루어 괴로워하다가 남 · 여 주인공이 결국 헤어지게 되고, 부모 세대의 못 다 이룬 사랑을 남자 주인공의 아들과 여자 주인공의 딸이 우연히 만나 결실하게 된다는 구조를 갖추고 있어서 개괄적인 줄거리와 주요 인물 유형은 서로 비슷하다. 그러니 먼저 영화를 만든 A회사 입장(정확하게는 시나리오 작가가 소송의 주체가 되어야 하나, 작가가 저작권을 양도했다면 회사가 저작권자로서 소송을 제기하게 된 것으로 추정됨)에서는 당연히 드라마를 제작하면서 영화 〈클래식〉에서 모티브를 얻었고 스토리의 일부를 차용했을 가능성을 제기할 수 있는 것이다.

2) 법원의 판단

그러나 법원은 이러한 추상적인 줄거리나 인물 유형은 저작권법에 의하여 보호되지 않는 추상적인 아이디어의 영역에 속할 뿐, 저작권의 보호 대상이 되는 창작적 표현 형식에 해당한다고 볼 수 없다고 판결하였다.

(2) A회사가 유사 상황, 유사 배경 및 유사 장면이라고 주장하는 부분

이에 대해 법원은 A회사가 주장하는 유사 상황(〈클래식〉과 배경 및 분위기가 유사한 신), 유사 배경(〈클래식〉과 상황은 다르지만 연출 장면 컷들이 유사한 신) 및 유사 장면(〈클래식〉과 주요 이야기 구성이 유사한 신)은 위 각 남녀 주인공이 등장하여 사랑 또는 삼각관계를 이루는 것을 주제로 하는 극 저작물에서 흔히 사용되는 일반적이고 전형적인 인물 표현이거나, 1960년대 또는 1970년대 한국의 시대상을 담아내면서 그 속의 고등학생 또는 대학생들의 사랑을 그리기 위하여 수반되는 전형적이고 필수적인 표현 또는 표준적인 삽화들로서, 모두 저작권법에 의하여 보호되지 않는 추상적인 아이디어의 영역에 해당한다고 판결했다.

그리고 위 장면, 소재 등이 드라마 〈사랑비〉에서 차지하는 비중은 그리 크지 않으므로 그러한 장면, 소재 등만으로 두 작품 사이의 포괄적 · 비문자적 유사성을 인정하기는 어렵다고 판단한 것이다.

(3) 사건들의 배열 · 구성 방법, 구체적인 장면 구성, 대사 표현들 및 극에서의 맥락의 유사성 여부

이 사건에서 법원은 드라마 〈사랑비〉에서 위 각 상황 또는 배경, 장면들이 구현됨에 있어서 사용된 각 사건들의 배열 · 구성 방법, 구체적인 장면 구성, 대사 표현들 및 극에서의 맥락은 창작적인 표현에 해당하고, 오히려 영화 〈클래식〉의 상황, 배경, 장면과 비교할 때 다른 부분이 많으므로, 그 구체적 내용과 표현 형식에서의 실질적인 유사성을 인정하기 어렵다고 판단하여 두 작품은 실질적으로 유사하지 않다고 판단하였다.

■ 평석

이 사건에서 법원은 드라마 〈사랑비〉가 영화 〈클래식〉과 비교했을 때, 기본적인 줄거리 및 인물 유형에서는 유사점이 발견되지만, 이는 저작권법상 보호를 받을 수 없는 아이디어 영역에 해당하고, A가 비슷하다고 주장하는 유사 상황, 유사 배경, 유사 장면은 비록 그것이 비슷하더라도 극 저작물에서 흔히 사용되는 일반적이고 전형적인 인물 표현이거나 전형적이고 필수적인 표현 또는 표준적인 삽화들에 해당하는 것이어서 이 또한 저작권법상 보호 대상이 되지 않으므로 누구나 사용할 수 있는 표현이라고 판단하였으며, 이러한 부분을 제외한 나머지 요소들, 즉 사건들의 배열 · 구성 방법, 구체적인 장면 구성, 대사 표현들 및 극에서의 맥락은 창작적 표현 형식에 해당하는 것으로서 저작권법상 보호되는 부분인데, 이 부분은 서로 상이하기 때문에 결국 두 저작물은 실질적으로 비슷하다고 볼 수 없다고 판단하여 원고 패소 판결을 한 것이다.

희곡 〈키스〉 vs 영화 〈왕의 남자〉 사건

(서울고등법원 2006. 11. 14. 자 2006라503 결정)

이 사건의 개요를 보면,

A는 희곡 〈키스〉를 저작한 희곡작가이고, B회사 및 C회사는 영화 〈왕의 남자〉의 제작사들이며, D는 그 영화감독이고, E회사는 영화배급사다. 〈키스〉의 제1부에서는 주인공 남녀가 서로 떨어져 있는 가운데 "나 여기 있고 너 거기 있어"(이하 '이 사건 대사'라고 함)라는 대사를 주고받는데, 〈키스〉는 '소통의 부재'라는 주제를 효과적으로 나타내기 위하여 이 사건 대사와 이 사건 대사의 변주된 표현들을 치밀하게 배열하여 반복 사용하고 있다.

한편, 영화 〈왕의 남자〉의 초반부 제8장과 마지막 제83장에서는 조선시대의 광대인 두 주인공 장생과 공길의 장님놀이 장면이 나오는데, 그 장면에서 바로 이 사건 대사가 사용되고 있다. 이에 A가 B회사 등이 〈키스〉의 제1막의 대사 가운데 대부분을 차지하는 이 사건 대사를 무단으로 사용하여 A의 〈키스〉에 대한 저작권을 침해하고 있다는 이유로 B회사 등을 상대로 이 사건 영화상영금지가처분을 신청한 사안이다.

■ 이 사건의 핵심 쟁점 및 이에 대한 법원 판단

(1) 이 사건의 핵심 쟁점은 "나 여기 있고 너 거기 있어"라는 이 사건 대사의 창작적 표현 인정 여부다.

A의 주장	• 이 사건 대사는 관객들에게 공길과 장생에 대한 애환과 슬픔을 유발하며 관객들을 영화에 한층 더 몰입시키는 중요 대사로 기능하고, 이로써 이 사건 영화를 본 많은 네티즌이 감동과 찬사를 보내면서 명대사로 인정하여 신문 만평까지 등장할 정도로 영화 전체를 관통하는 주제적 울림을 주고 있다. • 그러므로 이러한 주제적 연관성 및 라스트 신의 강렬함, 영화 속 명대사로 선정되는 점 등에 비추어 이 사건 대사는 충분히 그 창작성이 인정된다.
법원의 판단	• 이 사건 대사는 일상생활에서 흔히 쓰이는 표현으로서 저작권법에 의하여 보호받을 수 있는 창작성 있는 표현이라고 볼 수 없고, 시(詩) 등 다른 작품에서도 이 사건 대사와 유사한 표현들이 자주 사용되고 있음을 알 수 있으므로, 저작권법적으로 보호할 수 있는 창작성 있는 표현에 해당하지 않는다고 판단했다.

(2) 희곡 〈키스〉와 영화 〈왕의 남자〉의 실질적 유사성 여부

이에 대해 법원은 희곡 〈키스〉 제1부에서는 이 사건 대사 및 이 사건 대사의 변주된 표현들을 치밀하게 배치하여 이러한 일련의 표현들의 결합을 통하여 인간 사이의 소통의 부재라는 주제를 표현하고 있는 반면, 영화 〈왕의 남자〉에서 사용된 이 사건 대사는 영화 대본 중의 극히 일부분(영화 대본 전체 83장 가운데 2개의 일부에 인용됨)에 불과할 뿐만 아니라, 이 사건 대사는 장생과 공길의 맹인들의 소극(笑劇)에 이용되어 관객으로 하여금 웃음을 자아내게 하거나(8장), 영화가 끝난 뒤 엔딩 크레딧과 함께 맹인들의 소극 장면을 보여줌으로써 조선시대 제10대 왕인 연산군을 둘러싼 갈등과 이로 인한 죽음이라는 무거운 주제에서 벗어나 다시 일상으로 돌아가 웃을 수 있게 만드는 것이다. 따라서 이 사건 대사가 소통의 부재라는 주제를 나타내기 위한 표현으로 사용되었다고 볼 수 없으므로, 양 저작물은 실질적인 유사성이 없다고 판단하였다.

■ **평석**

이 사건에 대한 판결의 의미는,

희곡 〈키스〉의 이 사건 대사는 종래부터 존재했던 표현이거나 일상생활에서 통상적으로 사용되는 표현이기 때문에 창작성이 없고, 이러한 부분을 제외한 나머지 부분에 대해서 〈키스〉와 〈왕의 남자〉를 비교해 보았을 때, 양 저작물은 실질적으로 비슷하다고 할 수 없으므로, B회사 등은 A가 〈키스〉에 대해 가지는 저작권을 침해한 것이라고 할 수 없다고 한 것이다.

그렇다면 저작권법에서 인정하는 '창작적 표현'은 어디까지를 말하는 것일까?

■ **독점권이 인정되는 창작적 표현과 누구나 사용 가능한 종래 표현 또는 통상적인 표현**

이에 대해 대법원 판례는 저작권법에 의하여 보호되는 저작물의 요건으로서의 '창작성'이란 완전한 의미의 독창성을 말하는 것이 아니라, 단지 어떠한 작품이 남의 것을 단순히 모방한 것이 아니고 작자 자신의 독자적인 사상 또는 감정의 표현을 담고 있음을 의미할 뿐이어서 이러한 요건을 충족하기 위해서는 저작물에 그 저작자 나름대로 정신적 노력의 소산으로서의 특성이 부여되어 있고 다른 저작자의 기존 작품과 구별할 수 있을 정도면 충분하다고 판시하고 있다(대법원 2005. 1. 27. 선고 2002도965 판결 등 참조).

이러한 점에서 볼 때, 저작권 침해 주장자의 침해 부분이 이미 종래부터 존재했던 표현이라면, 이는 저작권 침해 주장자의 창작물이라고 할 수는 없는 것이므로, 타인이 그러한 부분을 무단으로 사용하였다고 해서 이를 저작권 침해라고 볼 수는 없는 것이다. 마찬가지로 극 저작물의 내용이 종래부터 있었던 표현이라면 그 부분은 그 극 저작물 저작권자의 저작물이 아니라 종래에 그 표현을 했던 사람의 저작물이 될 것이다. 물론 이는 그 종래의 표현이 창작성이 있는 경우를 전제로 한다. 그리고 어떤 표현이 우리가 일상적으로 사용하는 표현이라면, 이는 통상 종래에도 그런 표현과 동일 · 유사한 표현이 존재할 가능성이 거의 확실하다고 볼 수 있으므로 그러한 일상적인 표현은 종래의 표현으로서 창작성이 없거나 혹여 그렇지 않더라도 일상적인 표현이라는 것은 누구나 통상적으로 사용할 수 있는 것이므로 여기에 창작성이 있다고 보기는 어려울 것이다.

이와 같이 종래 표현이나 통상적인 표현은 비록 그것이 독특하게 표현된 것이라고 하더라도 거기에 창작성이 있다고 보기는 어렵기 때문에 저작물로 인정받을 수가 없는 것이다. 따라서 극 저작물과 관련된 저작권 침해 사건에서 상대방은 위와 같이 침해 주장자가 침해당했다고 주장하는 부분이 종래에 이미 존재한 것은 아닌지 또는 일상적이고 통상적으로 쓰이는 표현은 아닌지 여부를 반드시 확인할 필요가 있고 실제로 상당 부분은 이러한 점들을 입증해서 승소하는 경우가 많다.

〈시나리오 저작자의 성명 표시를 생략하는 경우의 저작권 침해 문제〉

■ 저작자와 저작권자의 구별

저작자는 저작물을 창작한 자를 말한다(저작권법 제2조 제2호). 따라서 영화 시나리오의 경우에도 해당 시나리오를 실제로 창작한 자가 그 영화 시나리오의 저작자가 된다. 저작자와 저작권자는 구분되는 개념이다. 즉 저작자는 해당 저작물을 창작한 자이고, 저작권자는 저작물을 직접 창작했는지 여부와는 무관하게 해당 저작물의 저작권을 양수·상속·증여 받는 등으로 저작재산권을 가지고 있는 자다.

저작권 가운데 저작인격권은 그것의 일신전속성으로 인해 양도가 불가능하다. 즉 저작자가 타인에게 저작권을 양도하더라도 저작재산권만 넘어가는 것이어서 저작인격권은 저작자에게 그대로 남아 있게 되는 것이다. 따라서 저작자는 항상 저작인격권자로서 저작권자가 된다. 이처럼 저작자와 저작권자는 그 의미에서 명확히 구분되는 개념이기 때문에 추후 용어 사용 시 주의를 기울일 필요가 있다.

시나리오나 극본 등과 같은 극 저작물의 경우에는 그 창작자가 시나리오 집필계약서 등을 통해 저작권을 드라마 제작자나 영화제작자 등에게 양도하는 경우가 많다. 그러나 이 경우 양도되는 권리는 저작권 가운데 저작재산권에 국한된다. 따라서 극 저작물의 저작자는 그 저작권을 타인에게 양도하더라도 저작인격권(공표권, 성명표시권, 동일성유지권)은 여전히 작가가 가지고 있게 된다. 그래서 시나리오나 극본 등 극 저작물의 저작권을 양수받은 자는 그 극 저작물의 2차적 저작물이라고 할 수 있는 드라마나 영화 등의 시나리오나 극본 크레딧에 반드시 저작자의 성명을 표시해야만 한다.

만일 실제 저작자를 표시하지 않고 제3자의 성명을 크레딧에 표시하는 경우에는 이는 저작자의 저작인격권을 침해하는 것은 물론, 나아가 '저작자 아닌 자를 저작자로 하여 실명·이명을 표시하여 저작물을 공표'한 것(저작자 허위표시죄)에 해당하는 것이 되어 1년 이하의 징역 또는 1천만 원 이하의 벌금에 처하게 된다(저작권법 제137조 제1항 제1호).

예를 들어, 저작권을 양수받은 자가 저작자의 성명을 표시하지 않음으로써 저작자의 성명표시권을 침해하더라도 그것이 형사 처분의 대상이 되기 위해서는 그 저작자의 명예를 훼손해야만 하는데(저작권법 제136조 제2항 제1호), 단지 성명을 표시하지 않은 것만으로는 저작자의 명예를 훼손하였다고 보기는 어렵기 때문에, 저작인격권 침해의 경우는 보통 민사상 손해배상을 청구하는데 그치는 경우가 대부분이다. 그런데 저작권 양수인 등이 소극적으로 저작자의 성명을 표시하지 않은 것이 아니라, 적극적으로 다른 사람을 저작자로 표시한 경우라면 얘기가 달라진다. 이러한 경우는 저작권법에서 이 자체를 형사 처분의 대상으로 삼고 있는데, 그것이 바로 위에서 언급한 저작권법 제137조 제1항 제1호와 관련된 것이다.

한편, 시나리오 또는 극본과 같은 극 저작물의 경우는 시나리오 계약 이후 촬영 과정에서 시나리오를 대폭 수정하거나 작가가 교체되는 경우가 발생한다. 이 경우 새로운 작가가 기존 작가의 시나리오 등을 연이어서 쓰는 경우 추후 완성된 시나리오 등의 크레딧에 기존 작가의 성명을 표시해야 하는지가 문제 되고, 시나리오나 극본 등이 단독저작물인지 아니면 공동저작물인지가 명확하지 않아 크레딧에 어떻게 성명을 표시해야 하는지 문제 되는 경우가 있다. 통상적으로 저작인격권 중 '동일성유지권'은 집필계약서를 작성하면서 시나리오를 수정할 수 있다는 약정을 함으로써 그 침해 문제를 사전에 차단하고 있다. 또한 '공표권' 문제는 영화제작을 언제까지 할 것인지에 대한 기간 약정과 함께 그 권한을 영화 제작자에게 맡기게 된다.

이하에서는 영화계 현실에서 흔히 발생하는 구체적 사실 관계를 담고 있고, 극 저작물의 저작자 성명을 표시하지 않아서 문제가 된 영화 〈6년째 연애 중〉 사건과 드라마 〈김수로〉 사건을 통해 구체적으로 살펴보도록 하겠다.

〈6년째 연애 중〉 사건
(대법원 2011. 8. 25. 선고 2009다73882 판결)

이 사건의 개요를 보면, A는 D필름 등(D필름, 영화감독 B 및 대표이사 C)이 제작한 영화 〈6년째 연애 중〉의 시나리오를 쓴 작가인데, D필름 등이 영화를 만들어 배포하면서 A를 각본 작가로 밝히지 않아 A의 저작인격권(성명표시권)을 침해하였다고 주장하면서, D필름 등을 상대로 영화의 배포 · 판매금지와 저작권 침해를 이유로 한 손해배상금을 청구함과 동시에, 시나리오 집필계약에 따른 미지급 보수금 등의 지급을 청구한 사건이다.

■ 구체적 사실 관계

이 사건은 안타깝게도 영화계 현실에서 발생하는 모든 현상을 그대로 담고 있는 교과서적인 교훈을 주는 사건이다.

- ㅇ A는 시나리오 작가이고, D필름은 〈6년째 연애 중〉이라는 영화를 제작한 회사이며, B는 〈6년째 연애 중〉 영화의 감독이고, C는 D필름을 설립하여 대표이사로 있는 사람이다.
- ㅇ D필름은 로맨틱 코미디 영화를 만들기로 하고, 〈가제〉를 정하지 않은 채 E와 영화제작에 필요한 시나리오 집필계약을 체결하였다.
- ㅇ D필름은 E가 D필름이 의도하는 영화의 방향을 시나리오에 반영하지 못하자, 다시 A와 〈연애 7년차〉라는 제목의 로맨틱 코미디풍의

멜로 드라마의 영화 시나리오를 작성하여 주기로 하는 내용의 시나리오 집필계약(이하 '이 사건 집필계약'이라고 함)을 체결하였다.

○ D필름은 A에게 계약금 및 1차 중도금을 지급하였고, A는 〈연애 7년차〉라는 트리트먼트, 신 리스트, 시나리오 초고 및 3회에 걸쳐 시나리오를 수정하여 제출하였다(이하 'A 시나리오'라고 함).

○ D필름의 대표이사 C는 A의 시나리오 내용이 마음에 들지 않는다는 등으로 A와 시나리오 방향에 대하여 의견 충돌이 있었고, 그 과정에서 A는 다른 영화의 조감독 업무를 하게 됨에 따라 D필름의 시나리오 수정 작업에만 전념할 수 없는 상황이 되었기 때문에, D필름의 동의하에 새로운 작가를 구해 2주에 걸쳐 시나리오 집필 작업을 인수인계한 후 인수받은 작가가 나머지 수정 작업을 진행하기로 하였다.

○ A가 2주간의 인수인계 기간 가운데 11일을 다른 영화제작 회의에 참석하고 3일 동안만 인수인계 작업을 하겠다고 하자, D필름은 시나리오 집필계약을 해제하고, 나머지 보수를 지급하지 않겠다는 통보를 했다.

○ 이후 A와 D필름 사이에 시나리오 집필계약의 해제 여부와 보수 지급을 둘러싸고 다툼이 생기자, 결국 D필름은 A의 요구에 따라 2차 중도금의 일부를 지급하였고, A는 D필름에 전자메일로 시나리오를 수정하여 제출했지만, 기존 시나리오에서 문구만 약간 변경한 것에 불과하고 D필름 측이 수정을 지시한 부분 가운데 상당 부분은 반영하지 않았다.

○ 이에 D필름은 다시 B와 시나리오 집필계약을 체결하여 시나리오를 수정하도록 지시하였고, 그 과정에서 B와 D필름의 대표이사 C는 시나리오의 제목을 〈연애 7년차〉에서 〈6년째 연애 중〉으로 변경하였으며, 각색 작업을 진행하여 최종적으로 시나리오를 완성하였다

(이하 'D필름 시나리오'라고 함).

ㅇ 이에 D필름은 시나리오를 각색한 B와 감독 계약을 체결하고, B가 C와 협력하여 완성한 시나리오에 기초하여 영화 〈6년째 연애 중〉을 만든 다음 B, C를 각본 작가로 표시하여 영화를 개봉하였다.

■ 이 사건의 중요 쟁점 및 법원의 판단

(1) D필름 시나리오의 저작자는 누구인가? (E의 시나리오 vs A의 시나리오)

최초 시나리오를 작성한 E의 시나리오와 비교하여 A의 시나리오에 창작적 기여가 담겨 있는지 여부가 쟁점이다.

1) E의 시나리오와 A 시나리오의 유사점과 차이점

유사점	차이점
• 영화 제목이 같음 • 남녀 주인공이 오랜 기간 연애를 하면서 그들의 상대역에 대해 느끼는 새로운 감정을 통해 그들 사이의 사랑에 대해 다시 돌아보게 된다는 주제가 유사함 • 그들의 주변 인물들에 대하여 일과 사랑에 관한 고민을 털어놓음으로써 관객에게 남녀 주인공들의 결혼이나 연애관을 소개하는 매개체로 사용한다는 점 등에서 유사함	• 등장인물들의 이름이나 직업 및 등장인물 간 관계 설정이 다름 • 전개 과정에서 A의 시나리오에서는 남자 주인공이 한 명의 여성과 바람을 피우고 남녀 주인공이 동일한 비중으로 나오며 여자 주인공이 결혼보다는 일을 중시하는 모습이 부가되는 반면, E의 시나리오에서는 남자 주인공이 세 명의 여성과 바람을 피우며 각기 다른 색깔의 사랑을 경험하고, 가부장적인 아버지의 성화로 다른 여성을 데리고 상견례를 하며, 여자 주인공이 결혼을 위해 퇴직을 하려 했음을 암시하는 등 다소 진부하고 보수적인 전개를 보임 • 대사가 동일한 일부 장면을 제외하고는 등장인물들이 처한 구체적인 상황과 그들 사이에 발생하는 사건, 구체적인 대사가 다름

2) 법원의 판단

법원은 위와 같은 유사점과 차이점을 바탕으로 A의 시나리오는 E의 시나리오를 기초로 하여 이를 수정하여 작성된 것이지만, 그 수정의 정도에 비추어 A의 시나리오에는 A의 창작적 기여가 부가되었다고 판단하였다.

(2) A가 D필름 시나리오에 창작적으로 기여하였는지 여부

A의 시나리오 가운데 A가 창작적으로 기여한 부분이 D필름 시나리오에 잔존하고, D 필름 시나리오의 해당 부분과 실질적으로 유사한지 여부가 핵심 쟁점이다.

1) A의 시나리오와 D필름 시나리오의 유사점

구 분	유사점
주제 및 배경	• 양 시나리오의 주제는 모두 오랜 기간 연애한 남녀가 상대방에 대해 느끼는 감정과 다른 이성과의 만남을 통해 서로의 관계에 대해 다시 생각해보게 된다는 점에서 유사 • 시간적, 장소적 배경도 현재의 서울(또는 대도시)로서 주제 및 배경(세팅)이 유사 • 다만, 이러한 요소는 모두 아이디어 차원에 불과한 것이어서 위 유사성만으로는 두 시나리오가 실질적으로 비슷하다고 단정할 수 없다.
구체적인 사건의 전개	• 양 저작물은 모두 오랜 기간 연애를 거치고 오피스텔의 이웃에 거주하며 사실상 동거 관계인 남녀가 각기 다른 이성과 만나며 그러한 사실이 상대방에게 발각되고 남자 주인공의 가족들이 결혼을 강요하나, 여자 주인공이 이를 거부하여 서로 이별하였다가 다시 새로운 관계로 발전하게 된다는 점에서 유사하다.
등장인물	• 사건의 등장인물의 이름과 설정이 유사하다.

2) 법원의 판단

A의 시나리오와 D필름 시나리오의 유사한 부분은 대부분 E의 시나리오에는 없던 것으로서 A의 창작에 의한 것이다. 시나리오와 같이 줄거리와 이를 영상화할 요소들을 포함한 어문저작물의 실질적 유사성은 비단 부분적 · 문자적 유사성에 국한되지 아니하며, 아이디어를 넘어서 표현으로 인정될 수 있는 포괄적 · 비문자적 유사성에 의하여도 인정될 수 있다.

비록 B와 C가 A의 시나리오를 수정하면서 상당한 부분의 창작이 가미되었음은 부인할 수 없으나, A의 시나리오와 D필름 시나리오는 표현의 영역에 있는 사건의 전개 과정, 등장인물에서 실질적 유사성을 인정할 수 있고 대사에서도 유사성이 인정되는 부분이 다수 존재한다.

따라서 E의 시나리오와 A의 시나리오의 차이점에 비추어보면, A는 D필름 시나리오의 작성에 창작적으로 기여한 자로서 D필름 시나리오의 공동저작자 가운데 1인으로 봄이 상당하다고 판단하였다.

■ **평 석**

이 사건은 영화 시나리오 작업 과정에서 일반적으로 발생할 수 있는 여러 가지 이슈들을 담고 있는 사안이다. 특히 이 사건은 여러 작가가 시나리오 집필에 순차적으로 관여하여 시나리오를 수정 · 완성한 경우이기 때문에 결국 A가 최종 시나리오의 공동저작자에 해당하는지가 쟁점이 되었다. 이에 관하여 대법원은 최종 시나리오는 공동저작물에 해당하고 A는 그 최종 시나리오의 공동저작자라고 판단하였다.

즉 이 사건 판결은 시나리오 작업 과정에서 시나리오 작가가 교체되는 경우, 영화 프린트의 크레딧 명기 방식에 관한 하나의 기준을 제시하고 있다고 할 수 있다. 따라서 영화 관계자들은 시나리오의 공동저작물성 여부에 관한 이 사건 판결을 참작하여 최종 시나리오가 단독저작물이 아닌 공동저작물에 해당한다고 판단되고, 당사자 간에 성명표시에 관한 특별한 약정이 없는 경우에는 최종 시나리오의 수정 작업에 관여한 모든 시나리오 작가의 크레딧을 영화 프린트에 명기해야 함을 유의할 필요가 있다.

드라마 〈김수로〉 극본작가 크레딧 사건
(대법원 2014. 3. 28. 선고 2014도2101 판결))

이 사건의 개요를 보면, A는 드라마 〈김수로〉를 연출한 드라마 PD다. A는 〈김수로〉의 10회, 11회 극본의 크레딧을 '극본 B, C, D'로 표시했다. 그런데 위 10회, 11회 극본은 B가 보조 작가인 C, D와 함께 집필한 것이 아니라 B 단독으로 집필한 것이다. 이에 B가 A를 저작권법상 '저작자가 아닌 자를 저작자로 하여 실명 · 이명을 표시하여 저작물을 공표'한 것(저작자 허위표시죄)이라고 하여 저작권법 제137조 제1항 제1호 위반으로 고소하여 기소된 사안이다.

■ 이 사건의 중요 쟁점 및 법원의 판단

(1) 드라마 〈김수로〉 10회, 11회 극본이 B의 단독저작물인지, 아니면 B, C, D의 공동저작물인지 여부

A의 주장	• A가 연출한 〈김수로〉의 10회, 11회 극본은 B 이외에도 C, D가 공동으로 집필에 참여하여 완성한 대본이므로 C, D에게도 공동 저작권이 인정된다.
법원의 판단	• 보조 작가인 C, D, E와 F가 〈김수로〉의 극본 초고를 일부 작성한 사실은 있으나, C가 집필한 10회 극본은 B가 받아들이지 않았고, B가 집필한 10회 극본으로 드라마 촬영이 이루어졌음 • F가 11회, 12회 극본을 작성하였으나, 감독 G가 그 극본으로는 드라마 촬영을 할 수 없다고 강하게 반발하였고, 결국 B가 작성한 11회 극본으로 촬영하기로 결정되었음 • B는 〈김수로〉의 회별 시놉시스를 모두 완성하여 사전에 이를 보조 작가들에게 공개하였으므로, B가 집필한 극본과 C, D가 집필한 극본은 당연히 그 내용이 유사할 수밖에 없음(그러므로 C, D의 10회, 11회 극본이 B의 10회, 11회 극본과 비슷하다는 사실이 B의 극본이 C, D, F의 극본을 축약한 것이라거나 B의 극본을 C, D와의 공동저작물로 보아도 될 만큼 이들이 극본 집필에 중요한 기여를 하였다는 근거가 되기 어려움) • 한국방송작가협회에서 D와 B로부터 〈김수로〉 각각 6회부터 11회를 직접 집필하였는지 확인할 수 있는 극본 파일을 제공받아 방송 영상과 비교한 후 B가 집필한 극본에 근거하여 드라마 촬영이 이루어졌다고 결론을 내렸고, 6회부터 11회까지의 저작권료도 B에게 단독 지급되었고, 이에 대해 C나 D가 이의를 제기하지 않았음 • 이런 점에 비추어볼 때, 〈김수로〉 10회, 11회의 극본은 B의 단독저작물이라고 인정됨

(2) B가 집필한 드라마 〈김수로〉 10회, 11회 극본을 드라마로 방영한 것이 극본의 공표에 해당하는지 여부

A의 주장	• 드라마를 방영하는 것만으로는 극본을 공표한 것이라고 볼 수 없다.
법원의 판단	• 드라마 극본은 통상적으로 극본 자체로 공중에게 공개되는 경우보다는 드라마 방영을 통하여 공중에게 공개됨 • B는 〈김수로〉 방영을 위한 극본 집필계약을 체결하였으므로 드라마 방영을 통하여 극본이 공개되는 것을 당연히 전제로 하고 있었음 • 이러한 점에 비추어볼 때, 〈김수로〉 10회, 11회를 방영함으로써 B의 저작물인 10회, 11회 극본이 공표된 것임

(3) A에게 드라마 〈김수로〉 크레딧 타이틀의 내용을 결정할 권한이 있는지 여부

A의 주장	• A는 저작물 공표 행위에 해당하는 드라마 방영의 주체가 아니고 크레디트 타이틀의 내용을 결정할 권한을 가지고 있지 않았으며, 6회 방송부터 제작사가 알려준 대로 크레딧 타이틀에 작가 이름을 표시하였을 뿐이다.
법원의 판단	• 드라마 크레딧 타이틀에 올릴 내용을 결정하는 것은 해당 드라마 감독의 고유 권한이므로, A는 〈김수로〉 10회, 11회의 크레딧 타이틀을 결정할 권한이 있었음

(4) A에게 저작권법 위반의 고의가 있었는지 여부

A의 주장	• A는 〈김수로〉의 10회, 11회 극본 역시 보조 작가들과 이전 경우처럼 공동 집필하는 것으로 알고 있었고, 게다가 C, D의 극본과 B의 극본 내용이 비슷했다. • 따라서 A가 위와 같이 생각한 데에는 합리적인 이유가 있었으므로 저작권법 위반 행위에 대한 고의나 위법성의 인식이 없었다.
법원의 판단	B가 집필한 극본으로 〈김수로〉 10회, 11회가 촬영되었음을 A가 알고 있었는지 여부에 따라 판단이 달라진다.
	• 〈김수로〉 10회, 11회 극본을 최종 확정함에 있어 여러 논의와 갈등이 있었으나, 결국 B가 집필한 극본으로 드라마 촬영을 하기로 결정되었음 • B가 집필한 10회, 11회 극본으로 드라마 촬영을 일부 마친 상태에서 촬영 현장으로 C, D가 집필한 극본이 A에게 전달되었고, A는 〈김수로〉 드라마 제작 총괄자인 H에게 어느 극본으로 촬영해야 하는지 문의하였으며, H로부터 C, D의 극본으로 촬영하자는 대답을 받았으나, A는 이미 촬영이 일부 이루어졌으므로 B의 극본으로 촬영하겠다고 이야기하였음. • 이에 따라 B가 집필한 10회, 11회 극본으로 드라마 촬영이 계속되었고, 이러한 사정을 현장 스태프들이나 배우들도 알고 있었음 • 이러한 점 등에 비추어보면, A는 B가 집필한 극본으로 〈김수로〉 10회, 11회가 촬영되었음을 누구보다 확실하게 알고 있었다고 봄이 상당함
	극본 집필자가 B로 표시된 극본이 B 단독의 극본임을 A가 알고 있었는지 여부
	• B가 보조 작가들에게 회별 시놉시스를 이미 공개하였기 때문에 그 내용이 유사할 수밖에 없었음 • A도 〈김수로〉의 극본 집필과 관련하여 B, C, D, F, G 사이에 갈등이 있음을 알고 있었으므로, 그러한 상황에서 극본 집필자가 B로 표시된 대본과 C, D로 표시된 대본이 각각 시기를 달리하여 촬영 현장에 전달되고 제작 총괄자에게 어느 대본으로 촬영해야 하는지 문의까지 하였음 • 그렇다면 극본 집필자가 B로 표시된 극본이 B, C, D의 공동 집필 과정을 거쳐 완성된 극본이 아니라, B 단독으로 작성한 극본임을 알고 있었다고 봄이 상당함

■ 평 석

이 사건은 A가 〈김수로〉의 10회, 11회의 극본 크레딧을 '극본 B, C, D'로 표시한 것이 저작권법 제137조 제1항 제1호에서 규정하고 있는 '저작자 아닌 자를 저작자로 하여 실명 · 이명을 표시하여 저작물을 공표'한 행위에 해당하는지가 논란이 된 사건이었다. 위 저작권법 규정에 위반되려면 ① 저작자가 아닌 자를 저작자로 하여 표시할 것, ② 해당 저작물을 공표할 것이라는 두 가지 요건이 충족되어야 한다. 따라서 위 두 가지 요건 가운데 하나만 충족되지 않더라도 위 저작권법 규정 위반에는 해당하지 않는다.

한편, 이 사건에서 A가 처벌을 받지 않으려면 ① 보조 작가 C와 D가 〈김수로〉의 10회, 11회 극본의 공동저작자이거나 ② 비록 C와 D가 공동저작자가 아니더라도, A가 〈김수로〉의 10회, 11회 극본을 공표하지 않으면 된다. 그래서 A는 처벌을 피하기 위하여 이 두 가지 모두를 주장했던 것이다.

그러나 드라마 〈김수로〉의 10회, 11회 극본은 B의 단독저작물이기 때문에 C, D는 위 극본의 공동저작자가 아니고, 이러한 사실을 A도 잘 알고 있었다. 그리고 〈김수로〉 10회, 11회의 방영은 B의 저작물인 10회, 11회 극본의 공표에 해당한다. 따라서 결국 A는 ① C와 D가 〈김수로〉의 10회, 11회 극본의 저작자가 아님을 알면서 C와 D를 위 극본의 공동저작자로 표시하여 ② 이를 드라마 방영을 통해 공표하였으므로, 저작권법 제137조 제1항 제1호의 두 가지 요건을 모두 충족시켰다고 할 수 있다.

| 마치며 |

이상에서 살펴본 바와 같이, 저작권 침해 사건에서 저작권 침해를 당했다고 주장하는 작품 등이 저작권법에 의해 보호를 받을 수 있는 저작물에 해당하는지 여부는 저작권 침해 여부를 판단하는 가장 중요하고 핵심적인 부분이라고 할 수 있다. 따라서 저작권에 대해 알고자 한다면 먼저 '저작물성'이 무엇이고, 저작물성이 실제 저작권 침해 사건에서 어떤 역할을 하는지 알아야 한다. 특히 영화 저작물에서 이러한 저작물성의 중요성은 아무리 강조해도 지나치지 않다. 그 이유는 영화 저작물 가운데 저작권 침해 주장자의 침해 부분이 저작물에 해당하는지 여부에 따라 저작권 침해 여부가 판가름 나기 때문이다. 따라서 영화나 드라마 저작물의 저작권 침해 사건에서 그 침해를 주장하는 측과 방어를 하는 측 모두에게 저작물성은 너무나도 중요한 공방 논리가 되는 것이다.

대법원은 기본적으로 저작물성을 판단하는 가장 기초적인 논리와 관련하여 "저작권의 보호 대상은 학문과 예술에 관하여 사람의 정신적 노력에 의하여 얻어진 사상 또는 감정을 말이나 문자 등에 의하여 구체적으로 외부에 표현한 창작적인 표현 형식뿐이고, 표현되어 있는 내용 즉 아이디어나 이론 등의 사상 및 감정 그 자체는 설사 그것이 독창성이나 신규성이 있다 하더라도 원칙적으로 저작권의 보호 대상이 되지 않는다"고 판시하고 있다(대법원 1999. 11. 26. 선고 98다46259 판결 등 참조). 즉 표현된 것 가운데에서도, 그것이 해당 저작물과 관련하여 전형적으로 수반되는 내용이거나 종래에 이미 존재했던 표현 또는 일상적인 표현이거나 문구가 짧고 의미가 간단한 제호 등의 경우에도 저작권법상 보호 대상이 되지 않는다고 보는 것이다(대법원 2000. 10. 24. 선고 99다10813 판결, 대법원 1991. 8. 13. 선고 91다1642 판결 등).

그래서 영화 〈클래식〉 사건에서도 연인 사이의 삼각관계를 다루는 시나리오에 통상 등장하는 연인 간의 이별 장면이 나오는데, 그러한 장면을 표현하기 위해 공항이나 기차역을 그 배경으로 하는 것은 전형적으로 수반되는 장면이라고 보았다. 왜냐하면 공항이나 기차역은 누군가와의 헤어짐을 상징하는 가장 일반적인 장소이기 때문이다. 따라서 공항이나 기차역에서 이별하는 장면이 비록 구체적인 표현이라 해도 창작성이 있다고 할 수 없으므로 이에 대해서는 그 누구에게도 저작권을 이유로 독점권을 부여해줄 수가 없다고 보아야 한다. 그러므로 기존 영화 등에서 이별 장면이 공항이나 기차역을 배경으로 하고 있고 이러한 공항이나 기차역에서의 이별 장면을 동일하게 사용하여 유사한 신으로 시나리오를 작성하더라도 이를 두고 저작권 침해라고 할 수는 없는 것이다.

그렇다면 극 저작물에서는 어떠한 것이 저작물로서 보호를 받을 수 있을까? 극 저작물에서 저작물로서 보호받을 수 있는 것은 결국 그것의 근본적인 본질 또는 구조라고 할 수 있는 ① 전체 줄거리, ② 등장인물의 구체적 성격 및 역할, ③ 등장인물 사이의 관계, ④ 구체적 줄거리와 사건 전개 과정 등이다. 따라서 저작권 침해 주장자의 극 저작물과 상대방의 그것이 근본적인 본질 또는 구조가 같거나 실질적으로 유사한 경우에는 저작권 침해가 될 수 있다.

한편, 시나리오 작업 과정에서 시나리오 작가가 교체되는 경우에도 영화 관계자들은 시나리오의 공동저작물성 여부에 관한 위 〈6년 째 연애중〉 사건 판결을 참작하여 최종 시나리오가 단독저작물이 아닌 공동저작물에 해당한다고 판단되고, 당사자 간에 성명표시에 관한 특별한 약정이 없는 경우에는 최종 시나리오의 수정 작업에 관여한 모든 시나리오 작가의 크레딧을 영화 프린트에 명기해야 함을 유의할 필요가 있고, 공동저작자가 아닌 다른 저작자 이름을 표시하는 경우에는 형사처

벌을 받을 수도 있음을 잊지 말아야 한다.

영화나 드라마는 우리의 일상을 대변해주기도 하고, 때론 우리가 꿈꿔왔던 수만 가지의 세상을 보여주기도 한다. 지금 관객이나 시청자는 그 어느 때보다도 객관적이고 냉철한 눈으로 영화나 드라마를 지켜보고 있다. 따라서 영화나 드라마의 제작 관계자들은 이러한 관객이나 시청자의 눈높이에 맞춰 보다 창의적이고 참신한 소재와 플롯 등의 개발을 통해 저작권 문제가 작품의 본질을 가리는 일이 발생하지 않도록 제작 초기부터 저작권에 관해 신중히 검토할 필요가 있다.

| 윤용근 |

법무법인 엘플러스 대표 변호사
문화체육관광부 공공기관 경영평가위원
한국예술종합학교 예술법(저작권) 강사
가톨릭대학교, 한양대학교, 동국대학교, 한성대학교,
드라마제작사협회, 서울영상위원회 등 저작권 특강

저서

《저작권관리자를 위한 저작권법 이야기》《 김영란법 사용설명서》《 캐릭터와 저작권》
《 극저작물과 저작권》 등 저작권 시리즈 총 6권 저술

| **특집** | '택시운전사' 장훈 감독 특강

시나리오의 시작 소재

장소 : 충무로 영상작가전문교육원
날짜 : 2017년 10월 12일
시간 : PM 03:00 ~ PM 05:00
대상 : 영상작가전문교육원생 및 작가 그리고 지망생
정리 : 김대명(창작반 50기)

안녕하세요. 〈택시운전사〉를 연출한 장훈입니다. 반갑습니다.
일반적인 강의처럼은 못 할 것 같아요. 영화를 만드는 것을 강의하기 위해 뭔가를 정리해보고 준비해본 적은 없어서 일반적인 강의처럼은 못 할 것 같고, 여기 모이신 분들이 시나리오나 영화 연출을 하려고 준비하고 계신 분들이니까 편하게 제가 영화를 하고 있는 입장에서 대화를 나눌 수 있으면 좋을 것 같아요.
영화 촬영할 때보다 더 긴장되는 것 같아요.(웃음) 질문들을 보셨나요? 각자 낸 거 말고 전체 다른 학생들이 낸 질문은 보셨나요? 각자만 냈군요. 저한테 질문을 한 양이 굉장히 많은데 너무 많아서 다는 못 할 것 같고, 일반적으로 겹치는 부분과 몇 가지 얘기 드릴 부분을 말씀드릴게요. 훌륭한 강의는 아닐 수 있지만, 질문한 부분에 대해 같이 이야기해 볼 수는 있을 것 같아요.

질문 중에 '소재를 어떻게 찾는지'에 대한 질문이 열 개 정도 있었고, 제가 〈택시운전사〉를 최근에 하다 보니까 '역사를 소재로 한 영화를 다룰 때 어떤 부분들을 조심해야 하는지'에 대한 질문이 제일 많았어요. 열 개 넘게 있었어요. 그다음으로는 개인적인 질문들이었습니다. 저는 목소리 톤이 낮고, 고저가 별로 없으며, 말이 느려서 말을 길게 하면 듣는 사람도 별로 안 좋아하더라고요. 저도 그걸 알기 때문에 말을 길게 안 해요. 그러니까 졸아도 자연스러운 겁니다.(웃음)

Q. 좋은 소재란 어떤 것이라고 생각하는지 궁금합니다.

소재에 대한 질문들이 많았어요. "상업적인 소재란 어떤 거라고 생각합니까?" "소재를 찾는 기준은 무엇인가요?" "시나리오 작업 방식이 어떤지 궁금합니다" 등등의 질문이 있었습니다.

상업적인 소재는 뭘까요? 좋은 소재란 뭘까요? 이건 작가마다 다를 수 있죠. 근데 그런 얘기 있잖아요. 사실 이런 것들은 본인 스스로 고민하다 보면 답을 찾을 수 있는 것들이에요. 근데 제가 고민했던 것들을 말씀드리면, 얼마 전에 저랑 친한 감독님이 이제 작품 준비를 하신데요. 그 감독님이 어떤 한 시나리오를 10년 쓰셨어요. 그렇게 쓰시다가 갑자기 작년부터 다른 시나리오를 쓰신다고 그러시더라고요. 그 감독님이 10년 동안 아무 일도 안 하시고 시나리오만 쓰셨어요. 아르바이트도 안 하고. 그럼 점점 힘들어지겠죠? 그걸 옆에서 보고 있으면 저도 힘들어요. 이번엔 다른 작품을 쓰신다고 하셔서 그 원작 소설을 봤어요. 그 내용이 뭐냐면 "박정희 시절에 '섬강도'라는 섬이 있었는데, 그 섬에다가 부랑자랑 전쟁 고아 등등 그런 사람들을 잡아다가 교화한다고 그 섬에서 수용소 생활을 시켰어요. 그걸 실제 겪으신 분이 쓴 전기예요. 그분이 섬에서 탈출해 엄마를 찾으러 떠나는 이야기였어요." 그 이야기를 쓴다고 하시더라고요.

이 이야기를 예로 들어서 얘기해보려고 해요. 한국적인 소재가 무엇인가요? 이 얘기가 상업적인가요? 이야기 자체는 감동적이에요.

모든 사람(의 인생)은 한 권의 소설 작품이 될 수는 있는데, 대중적인 작품이 될 수 있는지는 잘 모르겠어요. 제 생각에는, 대중이 어떤 이야기를 영화로 볼 때는 자기 자신을 투영시킬 수 있는 이야기를 찾는 것 같아요. 그러니까 나와 다른 사람. 나와 상관없는 그 사람의 인생에서 내 삶의 어떤 부분을 찾을 수 있는 지점. 그런 지점이 있어야지 보편적인 이야기일 수 있다고 생각해요.

그래서 제가 그 감독님에게 한 얘기는 이야기가 감동적이고 좋다, 실화고. 근데 관객이 이 작품을 봐야 하는 이유는 뭐냐. '엄마 찾아 삼만 리'의 정서를 2시간 동안 끌고 가기엔 정서가 올드해요. 요즘에 '엄마 찾아 삼만 리'를 보러 관객이 얼마나 올까. 일반 대중이 이 이야기를 봐야 하는 어떤 이유가 있어야 하잖아요.

대중적인 이야기는 어느 정도 보편성이 있어야 하는 것 같아요. 그런 거 있죠. 개인적으로 난 이런 이야기가 하고 싶어. 그래서 막 썼어요. 본인이 보기에는 작품성도 있어. 높아. 뭐 그럴 수 있잖아요.(웃음) 실제로 작품성이 높을 수도 있고. 그런데 대중이 그 작품을 봐야 하는 이유는 그것(작품성)과는 상관없다는 거죠. 작가 혼자 지극히 개인적인 이야기를 만들어놓고, "왜 제 작품을 몰라주세요?"라고 하는 것은 매우 슬픈 얘기예요. 하지만 어떻게 보면 매우 오만하다고도 할 수 있어요. 자기만의 이야기를 써놓고 왜 안 보러 오죠? 하는 건. 관객이 그걸 봐야 할 의무는 없죠.

그래서 상업적이고 대중적인 소재를 원한다면 그 부분(보편성)에 대한 고민이 필요해요. 개인적인 이야기를 써놓고 천만이 들길 바라면 어려울 수 있다는 거죠. 목표가 정확해야 해요. 작가주의적인 영화를 써놓고 천만이 보길 기대하면 안 된다는 거죠. 작가주의로서의 영화는 그 나름대로의 위치와 역할이 있는 거죠. 하지만 본인이 대중성을 원한다면, 관객과의 교집합을 만들려는 노력이 있어야 해요.

대중적인(상업적인) 영화와 작가적인 영화 사이에 고민을 하잖아요? 저도 고민한 적이 있었고. 사람마다 다를 수 있는데 제가 지금까지 정리한 것은, 깊은 이야기를 쉽게 푸는 게 어려운 것 같아요. 쉬운 이야기를 어렵게 만드는 것은 가장 멍청한 거고(웃음), 어려운 이야기를 쉽게 하는 게 제일 훌륭한 거죠. 그게 제일 훌륭하다고 생각해요. 그리고 실제로, 제가 본 많은 작품과 거장이 어려운 이야기, 깊이 있는 이야기, 큰 주제를 정말 쉽게 얘기해요. 정말 보기 편하게, 정말 친절하게. 그냥 영화를 보고 있으면 다 이해가 돼요. 저도 한창 공부할 때는 그 부분(상업vs작가)이 나뉘어 있는 것처럼 생각했는데, 지금 볼 땐 나뉘어 있는 게 아닌 것 같고. 충분히 작가적인 이야기를 대중에게 전달할 수 있는 스킬만 있다면, 쉽게 보여주는 게 최고라고 생각해요. 이 질문은 이 정도로 정리할게요.

자기 시나리오를 처음 완성한 경우, 그걸 다른 사람들한테 잘 안 보여주는 경우가 있어요. 근데 그러면 안 돼요. 많이 보여줘야 해요. 오픈해야 해요. 오픈하고 깨지고 하는 과정이 필요해요. 피드백을 많이 받아야 발전할 수 있어요. 시나리오 작법 책에 보면, 다른 사람한테 피칭을 해보라고 하잖아요. "내가 뭐 이런 이야기를 하려고 하는데…" 말하다 보면 듣는 사람 표정을 보잖아요? 그게 아주 좋은 피드백이 돼요. 듣고 있는 사람이 중간에 표정이 바뀌어요. 그게 재밌으면 계속 몰입해서 들어요. 눈빛 보면 알잖아요. 재미없으면, 그 사람이 "어… 어…" 떨떠름해지잖아요.(웃음) 시나리오 다 완성해놓고 들려줬는데 재미없다 그러면 실망스럽잖아요.(웃음) 내가 쓰려는 소재가 사람들의 관심을 끌 수 '있다 아니다'를 판단하는 것은 아주 좋은 방법이에요. 시간이 절약되잖아요. 물론 최종 결론은 본인이 내리는 거지만, 어차피 대중에게 보여줘야 한다면, 다른 사람들에게 말하고 피드백을 받는 것이 좋은 것 같아요. 제 말이 좀 두서가 없죠?(웃음)

Q. 시나리오 작업 방식, 창작 방법이나 과정이 궁금합니다.

제가 다음 작품은 사극을 하려고 해요. 세종대왕과 장영실에 관한 이야기를 만들려고 하는데. 그 자료 같은 걸 찾다가 장영실의 창작 비법을 봤는데, 이게 시나리오에도 적용될 수 있을 것 같더라고요.
먼저, 뭘 만들지 정하라. 세종대왕이 "우리나라 시간이 중국과 달라 불편하다. 우리 것을 만들어야 한다"라고 시계가 필요하다는 것을 말해준 거죠. 세종대왕이 뭘 만들지는 정해줬죠? 장영실도 뭘 만들어야 할지 알게 됐죠?
두 번째는 자기가 구할 수 있는 자료를 다 찾아요. 중국에도 천체를 관측할 수 있는 기구가 있었어요. 그래서 중국으로 유학 가서 천체 관측기구를 연구하고, 다른 나라의 천체 관측기구도 공부했어요. 그걸 다 습득해요.
그 다음 세 번째. 그것보다 조금 더 잘 만든다. 간단하죠?
뭘 만들지 정한다, 그다음 그것과 비슷한 것들을 다 공부한다, 세 번째로 그것보다 조금 더 잘 만든다. 얘기할 것 없이 이게 제일 간단한 이야긴 것 같아요.
이 말이 맞아요. 누군가 만든 것이 '100'이라고 한다면, 101만 만들어도 그 사람이 최고가 되는 거예요. 정말 훌륭한 사람은 130도 만들고, 150도 만들 수 있겠죠. 근데 101만 만들어도 시나리오로 영화적으로 성공할 수 있다는 거죠. 뭐 특별한 비법이 없어서 허무할 수도 있어요. 근데 이게 맞는 말이죠. 창작을 하다 보면 뭔가 대단한 비밀이 있을 것 같지 않나요?(웃음) 근데 저게 맞는 말이죠.

Q. 영감을 어디서 받는가. 시나리오 구상할 때 가장 먼저 고려하는 게 뭔가요?

가장 정확한 답은 제 생각에, 자기가 뭘 얘기할지를 정해야 해요. 한때 그런 일이 있었어요. 영화 〈아저씨〉가 잘됐을 때 감독님들이 모여서 술을 마시는데, 어떤 감독님이 농담으로 "액션 영화를 하려면 다 누군가를 구해야 하는 거야?" 하더라고요. 그때 마침 그런 영화들이 많았어요. 〈테이큰〉도 그렇고….(웃음) 그 당시에 그런 영화들이 많았어요. 그런 영화들이 유행처럼 나온다기보다는 방식의 차이죠. 내가 하려는 이야기가 있으면, 그걸 전달하는 방식 중에 가장 효율적인 방식이 '누군가를 구하는' 방식이면 그걸 하면 되죠. 근데 전달 방식 이전에 뭘 이야기할지를 본인 스스로 정리해두면, 글 작업을 하면서 방황하는 시간을 많이 줄일 수 있어요. 그런 경험들 있죠? 저도 경험이 있는데, 시나리오를 쓰다 보면 뭔가 이야기가 자꾸 바뀌어.(웃음) 아버지와 아들 이야기를 쓰려고 했는데, 어느 순간 아버지의 자아에 대한 이야기로 바뀌어. 이게 더 나은 것 같아. 바뀔 수는 있어요. 근데 바뀐다는 건, 뭘 이야기해야 할지 처음에 정확하게 정하고 들어가지 않았기 때문이에요. 그렇게 쓰면 시간도 오래 걸리고 누군가에게 흔들릴 가능성이 아주 높아요. 투자사가 잡고 흔들 수 있어요. 그러면 영화가, 아버지 아들 영화도 아니고 아버지의 자아에 대한 이야기가 아닐 수도 있어요. 저도 그런 시행착오를 겪었어요. 그래서 본인이 하고 싶은 이야기를 명확하게 정해놓고 작업하는 것이 좋아요.

저도 '좋은 영화란 뭘까'에 대한 고민이 많아서 입봉하고 나서도 공부를 했어요. 2년 정도 못 봤던 영화들을 많이 보고 영화 관련 책들도 다 봤어요. 그러고 나니까 대충 알겠더라고요. 그러고 나서 제가 하고 싶은 이야기가 뭔지 알겠더라고요. 사실은 공통적인 게 있더라고요. 〈영화는 영화다〉 〈의형제〉 〈고지전〉까지 질문이 똑같아요. 그리고 그 질문에 대한 답은 5년이나 10년 뒤에 찾았고요. 〈택시운전사〉도 이 세 영화와 겹치는 부분이 있어요. 정말 추상적인 성향에서 정말 구체적인 (영화적인) 목표가 뭔지 알게 되는 데 시간이 꽤 오래 걸렸어요. 그건 노력밖에 없는 것 같아요. 많이 쓰고, 많이 찍어보는 것밖에 없어요. 그리고 많은 작품, 많은 책도 보고 자기 나름대로 영화에 대한 개념을 정립해야 해요. '이 방법은 너무 오래 걸리는 방법 아닌가' 생각하실 수도 있는데, 오히려 이게 제일 빠른 방법 같더라고요.
그래서 답은 각자 안에 있는 거예요. 자신만의 기준을 찾는 방법밖엔 없죠.

시나리오를 쓰는 방법적인 부분에 대해 이야기해볼게요.

지금까지는 뭘 이야기할 것인가에 대해 이야기를 했죠. 그렇다면 자신이 달을 전달하고 싶은지, 별을 전달하고 싶은지, 오로라를 전달하고 싶은지 정했잖아요? 그다음에는 그것을 가장 잘 전달할 수 있는 전달 방식을 정하는 거죠. 예를 들어, 아까 얘기한 '구출'의 플롯일 수도 있고, '성장'의 플롯일 수도 있고, '로드무비'일 수도 있고, 전달 방식은 다양하죠. 자신이 전달하려는 이야기가 명확하면 그에 맞는 틀(전달 방식)을 선택하면 돼요.

〈택시운전사〉를 어떻게 만들었냐면, 제가 많은 제작사를 만나면서 느낀 건 제작사에서 시나리오를 제안받잖아요? 제작사마다 대표님들 성향이 달라서 작품을 기획하는 방식이 다 달라요. 어떤 곳은 원작만 구해요. 용필름이 원작 개발을 많이 하죠. 근데 그 원작들을 조금 더 좋게 발전시켜서 영화를 만들죠.
2003년도에 처음 이 영화(택시운전사)를 제작하기로 했을 때, 정말 기사 한 줄이었어요. '독일 기자가 취재를 갔을 때, 택시 기사와 광주 시민들이 취재를 도와줬다. 그 택시 기사에게 감사하다.' 그 기사 한 줄 보고 만든 거거든요. 그러면 거기에 뭔가 사건이 있을 수 있잖아요. 이제 결정을 해요. 뭘 만들지(주제, 소재) 정하는 거죠. 그리고 이걸 가장 잘 전달할 수 있는 방식(플롯)을 찾는 거죠. 이 이야기를 가장 잘 전달할 수 있는 방식을 다른 영화에서 찾는 거죠. 하나의 '융합'인 거죠. 있는 것들을 합쳐서 새로운 것을 만드는 창작. 이것도 하나의 훌륭한 창작이 될 수 있죠. 많은 제작자가 "새로운 뭔가를 만들 거야"가 아니고, 이런 식으로 합니다.
기존에 있는 전달 방식들을 알아야 해요. 자기가 완전히 새로운 걸 만든다고 하더라도, 기존 방식들을 알아야 해요. 기존에 있는 방식들은 대부분 아주 긴 시간 다듬고 다듬어서 가장 효과적인 것들만 남아 있는 거예요. 그게 플롯이에요. 뼈대죠. 그 힘이 아주 강력해요.
예를 들면, 어느 영웅이 지구를 떠나서 모험을 하고 지구로 다시 돌아오는 구조는 아주 뻔하죠? 엄청 많았죠? 아주 옛날부터 있었잖아요. 그 기존의 전달 방식을 가지고 〈스타워즈〉를 만들었는데, 효과가 엄청 나잖아요. 그 방식(플롯)이 효과가 있다는 거죠.
이런 경우가 있어요. 어떤 이야기는 하고자 하는 이야기는 되게 좋은데, 태도도 좋은데, 흥행이 잘 안됐어.
근데 어떤 이야기는 엄청 쌈마이 같고 오그라드는데, 흥행이 잘됐어. "이 영화가 왜 이렇게 잘됐는지 모르겠어." 이런 이야기들을 하죠. 근데 그게 표면적으로 보이는 것만이 아니고, 오그라들고 이런 작품이 오히려 예전부터 쓰던 전달 방식을 써서 더 강한 힘을 가지고 있던 걸 수도 있어요.

그래서 새로운 걸 시도할 때도 공부가 필요하고, 기존에 있던 걸 융합할 때도 공부가 필요하다. 어쨌든 공부가 필요하단 거죠. 가장 중요한 건 '뭘 얘기하려고 하는지' 본인이 아는 것이 제일 중요하다. 시나리오에 대한 이야기는 이 정도로 하면 될 것 같아요.

Q. 연출자로서 작품을 고르는 기준은 무엇인가요?

연출자로서 작품을 고르는 기준은 그거였어요. 제가 한 명의 관객으로서 읽었을 때 제 마음이 움직이느냐 아니냐. 움직이면 (연출을)했던 것 같아요.

Q. 캐릭터를 만들 때 가장 먼저 하는 것은? 캐릭터를 입체적으로 묘사할 때 중점을 두는 것은 무엇인가.

어떤 책을 보면 그런 내용이 있어요. 사건과 인물은 동일하다. 캐릭터와 사건이 별개가 아니에요. 어떤 사건이 그 캐릭터를 나타내주는 거죠. 예를 들어, 밖에 나갔는데 골목에 깡패들이 어떤 애를 마구 때리고 있어요. 근데 거기 나밖에 없어요. 거기서 그 아이를 도와주는 사람이 있고, 지나가는 사람이 있을 수 있잖아요. 그 사건에서의 선택이 캐릭터인 거예요. 다른 게 아니죠.

〈택시운전사〉를 보면, 〈택시운전사〉의 사건은 '만섭'의 심리 변화 단계에 맞춰서 사건 설정을 해둔 거죠. 예를 들면, 밤에 광주mbc 불타는데 얼떨결에 따라 나갔다가 사복 군인들한테 맞고 도망갔다가, 피터를 광주에 떨궈놓고 도망쳐 나오는데, 마음에는 걸리고…. 만약 만섭이 밤에 사람들을 따라 나가지 않았다면요? 근데 재식이를 거기 놓고 나오지 않았다면요? 그게 정서적인 이유가 되는 거죠. 변화 요인이죠. 캐릭터가 변하는 거죠. 만섭이 광주를 벗어 나오려고 차 몰다가 울잖아요. 정서의 변화죠. 캐릭터의 변화가 사건이죠.
경우에 따라서는 사건을 우선시해서 세팅하는 경우도 있고, 인물이 더 중요하게 세팅돼서 사건들이 인물에 따라 재배열되는 경우도 있어요. 뭐가 맞다고는 할 수 없고 소재나 이야기에 따라 다를 수 있어요. 〈택시운전사〉는 인물 중심이기 때문에 사건을 만들어놓고 나서, 인물의 심리에 맞춰 사건을 배열한 거죠. 사건과 인물이 구별되지 않고 일치되면 그때 성공적인 스토리가 나오죠.
사람들은 상황과 사건에서 인물이 뭘 느끼는지를 궁금해하는 거죠.

그래서 인물의 표정을 보죠. 그런 이유로 주인공을 연기하는 배우가 중요한 거예요. 영화는 이성적인 것이 아니잖아요. 관객은 감정적인 것을 중점으로 보죠. 울고 웃고. 어떤 감정적인 해소에서 만족감을 느끼는 거죠. 송강호 선배님의 연기도 그렇죠. 관객의 감정을 대변하는 어떤 부분이 있는 거죠. 그게 한국 관객의 정서에 효과적으로 전달되는 부분이 있는 거죠. 작품에 따라 다르겠지만, 작가가 이성적으로 하고 싶은 얘기를 관객에게 정서적인 형태로 전달해야 하는 거죠. 어떤 식으로 하면 정서적인 효과를 최대화해서 전달할 수 있을지 고민해야 하는 것 같아요. 균형을 잘 찾아야 해요. 관객이 영화관에 와서 뭔가를 배워가려고 하는 건 아니잖아요. 두 시간 정도 앉아서, 다른 세계와 다른 사람의 삶에 대한 경험을 하고 싶은 거잖아요. 그리고 그 안에서 자기 자신을 발견하고. 어떤 영화가 기억에 남으면, 그런 영화가 관객마다 다른 지점을 만들어내는 것 같아요.

Q. 스스로 개발한 나만의 작법이나 법칙이 있다면?

작법 책들 많이 보시나요? 도움이 돼요. 어떤 감독님은 로버트 매키의 「시나리오; 어떻게 쓸 것인가」도 안 보신 분들도 계세요. 그 감독님은 "그런 거 안 봐도 시나리오 알 만큼 알아"라고 얘기하시는데 그럼 속으로 그러죠. '아, 만약에 그걸 보셨으면 더 좋은 시나리오를 만들어내실 수 있었을 텐데.'(웃음) 저는 한 열 번 본 것 같아요. 열 번 보고, 그것을 50페이지로 줄이고, 20페이지로 줄이고, 10페이지까지 줄이고. 읽어보세요. 도움이 될 거예요. 읽고 나서 자신이 시나리오를 쓰면서 자신만의 작법을 찾아가면 돼요.

Q. 역사적 사건을 영화화할 때, 힘든 점은 뭔가요.

역사 영화를 할 때 가장 중요한 것은 '태도'인 것 같아요. 역사적인 사실을 다룬다고 할 때는, 그 이야기를 다루려는 이유가 각자 있을 거예요. 그 역사 인식이 개인차가 있는 상태에서 시작하기 때문에, 자신이 처음에 가지고 있던 역사 인식을 견지하는 것이 중요한 것 같아요. 자신이 정한 선을 잘 지키는 것. 사실 모든 영화가 보이지 않는 선이 있고, 균형점이 있죠. 어느 순간 그 균형점이 무너지면 관객은 떨어져 나갈 수 있어요. 역사를 다루는 경우 그 선이 더 엄격한 것 같기도 하고요. 그 선을 잘 타야 하는 것 같아요.
역사적으로 명확한 사실들은 바꾸면 안 되죠. 대신 그 사이에 비어 있는 부분들은 작가 나름대로 채워 넣을 수 있죠. 만약 〈택시운전사〉를 준비하는 과정에서 실제 김사복 씨 혹은 김사복 씨 아드님이 나타났다면, 아마 지금 이대로는 못 만들었겠죠. 사실을 바꿀 수는 없어요.
영화에서 다루는 역사는 그 시대를 완전히 재현하는 데 1차적인 목적이 있는 게 아니고, 지금의 관객에게 어떤 이야기를 전달할지에서 출발하는 거죠. 그러니까 모든 신마다 자신이 그 역사를 다루려는 태도와 맞는지 안 맞는지 확인을 해야죠. 뭐가 맞는지는 본인이 고민해봐야 하는 거죠. 그리고 개인적인 고민 하나는, 우리나라에서 역사 영화를 만드는 건 참 어려운 것 같아요. 우리나라 역사는 인터넷에서 찾는다고 쫙 나오는 게 아니고, 여기저기 발로 뛰어서 다 찾아야 해요. 체계적으로 정리돼 있지가 않더라고요. 우리는 그 베이스를 다 찾아야 해요. 자료 조사를 다 해놓고, 그 자료를 토대로 변주를 해야 하죠.
변주라는 건, 사실을 왜곡한다는 게 아니고 시각을 바꾸는 거죠. 사실은 절대 바꿀 수 없어요. 그래서 역사 영화를 만들 때는 분명히 어떤 테두리가 있어요. 〈택시운전사〉 얘기는 이 정도로 하면 될 것 같아요.

Q. 취재는 어떻게 하시나요.

취재에 대해 질문 주신 것도 있는데, 그건 자신이 필요하다고 생각하는 만큼 하면 돼요. 사람마다 필요한 자료의 양과 질이 다를 테니까요. 자신이 필요하다고 생각하는 만큼 충분히 하면 되는 거죠.

Q. 영화감독 준비할 때, 생활비는 어떻게 하셨나요?

'연출을 준비할 때 생활비는 어떻게 하셨는지'라는 질문도 있었는데. 뭐 연출부 생활하면서 돈 있는 만큼만 썼어요. 돈이 없을 땐 적게 먹고, 돈이 정말 없을 때는 아르바이트를 했어요. 제일 힘들 때가 언제였냐면, 〈영화는 영화다〉 각색할 때 작품이 투자가 안 되면 영화를 그만두려고 했어요. 집에 내려가려고요. 그때 피디님이랑 같이 살았는데, 그분도 1년 반 동안 영화를 준비하면서 거지가 됐고.(웃음) 저도 그렇고. 피디님이랑 저랑 둘이 교외에다 집을 얻었어요. 나중에 몇 달은 집에 먹을 게 없잖아요. 그러니까 서로 방에서 안 나와.(웃음) 먼저 나오는 사람이 밥을 해야 하니까.(웃음) 쌀도 없고, 라면도 없고. 그 정도 되니까 둘 다 말도 안 하고, 방에서 안 나오는 거죠. 둘 다 안 먹고 있는 거예요. 그 생활을 몇 달 하면서 '내가 이걸 두세 달은 더 할 수 있을 것 같다. 그 이후에는 정말 죽을 것 같다'는 생각이 들어서, 그 시간(3개월) 안에 '내가 만족할 만큼의 각색, 시나리오 버전만 완성하자. 그러면 난 안 해도 좋아.' 그래서 그만큼 딱 썼어요. 그러니까 미련이 없더라고요. 뭐 영화 안 들어가도, 다른 사람은 몰라도 내 맘에 들 만큼은 썼으니까. 그래서 마무리하고 짐 싸서 집에 내려갔어요. 할 만큼 했다고 생각했어요. (다른 일로)돈을 벌다가, 나중에 여유가 생기면 영화를 해야겠다 생각했어요. 집에 내려갔을 때, 전화가 왔어요. 소지섭이 영화를 하기로 했다고.(웃음) 그 전화 받고 한 달도 안 돼서 프리(프리프로덕션)를 시작했어요. 프리 한 달, 촬영 한 달, 후반 작업 한 달. 석 달 만에 끝났어요. 근데 제가 그렇게 될 줄 알았겠어요? 할 만큼 해보는 게 중요한 것 같아요. 물론 운도 필요했고요. 근데 운도 그 사람의 태도에서 나오는 것 같고요.

Q. 연출하기 위해 어떤 공부를 하셨나요?

영화에 대해 따로 공부하진 않았어요. 김기덕 감독 밑에서 연출부 생활을 시작했지만, 따로 영화에 대해 공부하진 않았어요. 연출부 생활하면서 모르는 것이 너무 많아 계속 물어봤어요. 그때는 영화 자체가 아니라 영화 하는 사람들이 좋았어요. 좋은 사람들이 많아요. 그 사람들하고 같이 현장에 있고, 웃고, 술 한잔 마시고. 그게 되게 좋았던 것 같아요. 그렇게 몇 번을 하다 보니까, '도대체 영화는 뭐지? 어떤 게 좋은 영화지?' 궁금해졌고, 그에 대한 답을 스스로 찾게 되었던 것 같아요.

Q. 롤 모델로 생각하는 영화? 영향을 받은 영화?

제가 롤 모델로 생각하는 영화라…. 누가 물어볼까 봐 정해놨어요.(웃음) 제일 좋아하는 영화는 대부분 비슷해요. 사티아지트라이라는 인도 감독이 만든 〈아프〉 3부작. 구로사와 아키라 감독의 〈살다〉, 세 번째가 압바스 키아로스타미 감독의 〈체리의 향기〉. 세 편 다 삶에 관한 영화예요. 세 분이 아카데미에서 공로상을 받은 동양 감독들이죠. 다 삶에 대한 영화인데 그 얘기를 정말 잘한 거죠. 어떤 분들은 사건이 커야 관객의 관심과 몰입을 끌어들일 수 있다고 생각하는데, 고수가 될수록 일상적으로 아무것도 아닌 것들에서 엄청 큰 몰입감을 만들 수 있는 것 같아요. 그리고 특별한 지점들을 끄집어내는 것 같아요. 그런 작품들인 것 같아요.

Q. 영화를 그만두고 싶었을 때 어떻게 극복하셨나요?

영화를 그만두고 싶었어요, 〈고지전〉 끝나고. 그래서 5년을 쉬었는데, 영화를 계속 해야 하는 이유가 필요했어요. 그래서 영화를 다시 공부하기 시작했고. 〈고지전〉 찍고 나니까 옛날만큼 영화를 사랑하지 않는 것 같더라고요. 힘들고 지쳐서. 사람들에게 지치는 게 많아요. 사람들에게 상처받고, 상처 주고. 그런 것들을 너무 오래 겪다 보니 '인생 동안 영화를 내내 할 만큼 중요한 건가?'라는 생각이 드니까 (영화에 대한)사랑이 희미해지더라고요. 그래서 다시 영화 공부를 열심히 했죠. 지금은 다시 이유를 찾았고.

사실 영화는 위험해요. 컨트롤하기에 너무 거대한 것일 수 있어요. 컨트롤할 능력이 없으면 상처 입고, 장가도 못 가고, 부모님에게 용돈 타서 써야 하고, 입봉도 못 하고, 글만 계속 쓰고…. 정상적인 인생을 살지 못할 수 있어요. 그토록 사랑하는 영화 때문에. 사랑하는 영화를 계속하면서 정상적인 삶을 살려면 영화를 컨트롤할 수 있는 자기 실력을 키워야 해요.

Q. 첫 영화 연출을 준비하실 때, 연출에 가장 중요하게 생각하신 점은 뭐였나요?

이거… 뭐냐면, 그 작품에 대해 가장 많이 알고 있으면 돼요. 감독이 가진 현장에서의 헤게모니는 그 작품에 대해 제일 많이 알고 있는 사람이 가져가요. 예를 들어, 스태프가 감독한테 물어봤어요. "이건 뭐예요?" 감독이 대답 못 해요. 그럼 두번 다시 안 물어봐요. 그걸 대답해 줄 수 있는 다른 사람을 찾아요. 제작자면 제작자, 촬영감독이면 촬영감독. 감독이 현장에서 헤게모니를 가지고 가려면, 영화적으로 납득시킬 수 있을 만한 설득력을 가지고 있어야 해요. 본인 작품에 대해서 본인이 다른 사람들을 납득시킬 수 있을 만큼 잘 알고 있으면 돼요.

Q. 작가와 협업할 때 어떻게 하는가?

엄유나 작가(〈택시운전사〉 각본)님은 이창동 감독님 제자고, 연출부 생활도 잠깐 하셨죠. 본인이 연출 생각도 하시면서 시나리오작가도 하시고. 그분 글이 좋은 게 뭐냐면, 본인이 납득할 수 있는 글을 쓰세요. 각색한다고 턱턱 기계적으로 고치는 게 아니고, 본인이 소화할 수 있는 선에서, 받아들일 수 있는 선에서 글을 쓰셨어요. 본인 나름대로의 선을 잡고 글을 쓰시고, 매번 그런 글을 각색고마다 냈다는 게 좋았어요. (협업하려면) 어느 정도 작가로서의 자기 내공이 있어야 할 것 같아요. 그게 없이 "이렇게 써주세요" 한다고 그대로 써주면, 사실 퀄리티가 안 나올 수도 있어요. 그러니까 어느 정도 내공과 철학이 있어야 해요.

마무리할게요. 설악산에 대한 이야기를 만든다면, 사람들이 기억하는 설악산은 다 다르잖아요? 사람들 머릿속의 설악산은 다 다를 거라고요. 영화에 참여할 때도, 각각의 사람이 그 영화에 참여하려는 이유는 다 제각각이에요. 자기만의 설악산 때문에 참여하려는 거죠. 나중에 작품에 참여하시게 되면 아마 느끼실 기회들이 있을 거예요. 그러니까 마인드를 오픈해놓고, 대화를 하고, 다른 사람들의 설악산에 대한 이야기도 들어보세요. 그다음 결정하시면 돼요. 그 설악산을 올라가는 방법은 굉장히 많겠죠? 등산로가 엄청 많을 거잖아요. 자신 있고, 올라갈 수 있을 것 같은 길로 가면 돼요. 그 산을 오르는 길은 굉장히 많아요. 여러분만의 길을 찾을 수 있었으면 좋겠어요.
감사합니다.

| 장훈 |

서울대학교 시각디자인을 졸업하고 〈영화는 영화다〉(2008)로 데뷔. 깡패같은 영화배우 '장수타'와 영화배우가 꿈인 조직폭력배 '이강패'가 영화의 주인공이 되기 위해서 처절하게 싸우는 내용의 작품이었다. 그후 〈의형제〉(2009)를 연출했다. 〈의형제〉는 6년 전 적으로 만났던 남파공작원과 국정원 직원이 다시 만나, 서로를 이해하고 우정을 나누게 되는 과정을 다룬 영화였다. 세 번째 영화는 〈고지전〉(2011). 이 작품은 한국전쟁 당시 휴전협정 직전에 최전방 애록고지에서 일어나는 남북한의 처절한 전투를 그리고 있다. 장훈 감독은 이렇게 단 세 편의 영화로 한국영화계에서 주목받는 영화감독으로 떠오른 인물이다.

시나리오로 보는 영화 〈6〉

1987

2017.12.27 개봉

각 본 | 김경찬

감 독 | 장준환

출 연 | 김윤석, 하정우, 유해진, 김태리 외

수 상 | 제20회 우디네 극동영화제 관객상 수상
제23회 춘사영화상 각본상 수상
제54회 백상예술대상 시나리오상 수상

87년 1월,
물두살 대학생의 죽음

김윤석 · 하정우 · 유해진 · 김태리 · 박희순 · 이희준

1987

<When the day comes>

이 이야기는 실화를 기초로 재구성되었습니다.
영화 내의 모든 사건과 인물은 실제와 다를 수 있음을 밝힙니다.

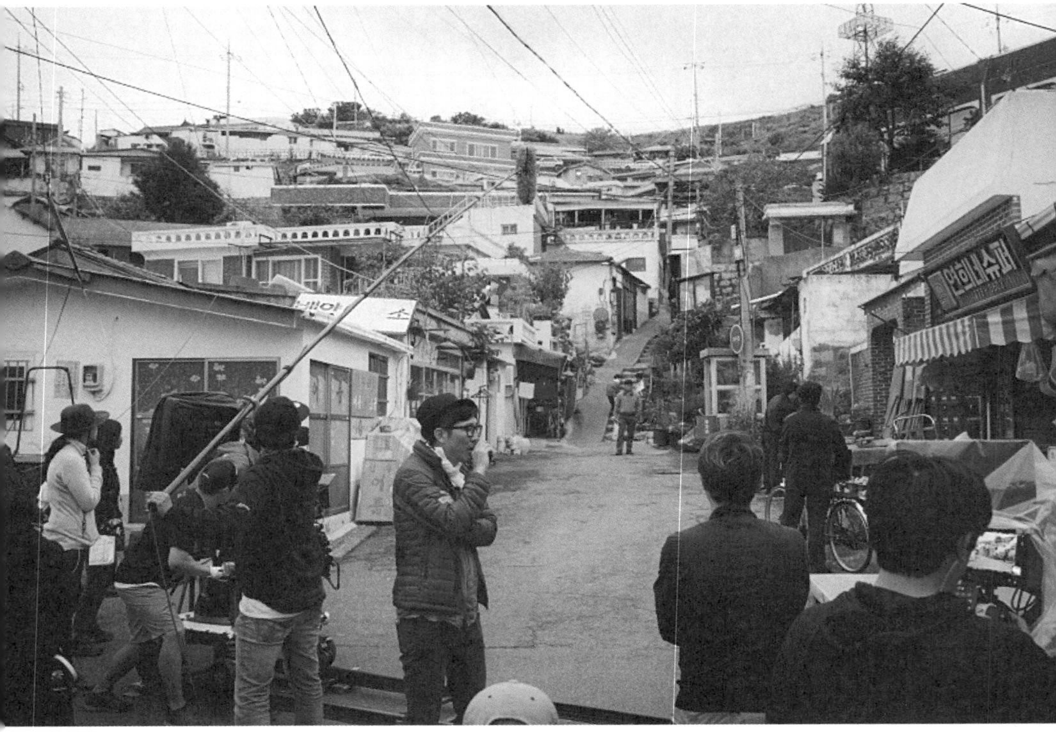

1. 오프닝 시퀀스

스크린 가득,
채널을 돌리는 다이얼이 빠진, 오래된 텔레비전 한 대가 보인다.
80년대 유행가요와 함께 모래알 화면 나타나면
카메라가 거칠게 지지직거리는 브라운관 안으로 서서히 빠져들며…

1979. 12. 12. 군사 쿠데타를 시작으로
1980. 5. 18. 광주 민주화 운동
1980. 9. 1. 전두환 대통령 취임 이후 각종 간첩 조작 사건, 김대중 사형 선고, 국풍 81 축제, 서울 올림픽 유치, 김영삼 단식, 프로야구 개막과 전두환 대통령의 시구, 이산가족 찾기, 아웅산 테러, 김대중 귀국, 눈부신 경제성장의 이미지들, 서울 아시안게임 개최, 금강산댐 모금운동, 부천서 성고문 사건, 5 · 3 인천 사태 등 연도가 표시된 시대 몽타주 아래로 최루탄 발사, 곤봉으로 학생들을 내려치는 전경들, 물고문 등 각종 폭력의 이미지들이 Top Credit과 함께 어지럽게 얽힌다.

2. 대한뉴스, 대강당 등 / 오전

휘날리는 태극기를 배경으로 '제 1627호 대한뉴스 문화공보부' 화면 떠오르며 웅장한 행진곡과 함께 대통령이 대강당으로 들어서서 손을 흔든다.
객석에서 기립한 경찰들, "와아~!" 하는 거대한 함성과 박수를 터뜨린다.

cut. to. 예복을 입은 박 처장, 뚜벅뚜벅 걸어와서 절도 있게 우향우를 한다. 대통령이 박 처장의 목에 훈장을 걸어준다.

뉴스 멘트(off) 전두환 대통령은 신년을 맞아 치안본부에 방문해, 북괴 간첩 검거 유공자에게 훈장을 달아주고 노고를 치하했습니다.

태산처럼 당당하게 거수경례를 하는 박 처장.

cut. to. 연단에 서서 연설을 하는 대통령의 모습에 이어 휴전선 부근 영상들이 흐르며 뉴스 멘트가 이어진다.

뉴스 멘트(off) 전두환 대통령은 급진 좌경화된 일부 의식분자들이 반국가적 불순 세력과 직접, 간접에 연계 아래 폭력 선동으로 우리의 자유민주주의 체제를 파괴하려는 책동마저 보이고 있는 데 대해, 우리는 심각한 우려를 갖지 않을 수 없다고 말하고 우리는 무엇보다도 먼저 국가 기본 질서와 사회 안정을 확보하는 데, 최우선적인 노력을 경주해야만 하겠다고 강조했습니다.

3. 임진각 망배단 / 낮

임진강 철책선을 비추는 대한뉴스 화면이 천천히 실사로 바뀌며, 휘날리는 눈발을 따라서 카메라가 내려오면, 제단 앞에 예복을 입고 무릎을 꿇는 박 처장 모습 위로 타이핑 자막.
박 처장/치안본부 대공수사처 치안감, 대공수사계 대부, 평안남도 용강 출신, 1950년 월남
대공 형사들이 주변에 서서 철통같이 경비를 선다.

4. 정문, 남영동 대공분실 / 낮

구급차가 흩날리는 눈발을 뚫고 골목을 달린다.
구급차 안. 껌을 씹고 있는 황 형사와 다리를 달달 떨고 있는 반 형사.
건너편의 오연상과 간호사가 형사들의 매서운 시선을 피하며 고개를 떨군다. 창밖을 힐끗 확인한 반 형사가 무전을 보낸다.

반 형사 (무전) 정문 개방.

cut. to. 정문. 시커멓고 육중한 정문이 열리고 있는데, 구급차가 좁은 틈으로 아슬아슬하게 통과하며 음침한 남영동 대공분실 건물이 보인다.
자막 : 1987년 1월 14일 오후 12시 30분

5. 임진각 망배단 / 낮

박 처장, 음식이 차려진 제단에 술을 올리는데, 1945년 무렵 찍은 가족 사진(젊은 박 처장, 부모, 여동생, 동이 등) 액자와 훈장이 있다.
박 처장이 큰절을 올린다. 급히 달려온 유 과장이 박 처장의 재배가 끝나기를 기다린다.

6. 취조실, 남영동 대공분실 / 낮

물이 흥건한 바닥에 웃통이 벗겨진 채 누운 남자에게 심폐소생을 하던 조 반장, 취조실 문으로 들어오는 의사 오연상을 발견하고 일어나 물러선다.
다급히 달려가 무릎을 꿇고 앉은 오연상, 남자(박종철)의 동공을 확인하고 청진기로 심장박동 소리를 듣는다.
오연상의 모습 위로 타이핑 자막. 오연상 내과 의사 / 중앙대학교 용산병원
오연상 뒤편의 조 반장, 착잡한 표정으로 지켜본다.
강 형사와 이 형사가 욕조 근처에서 안절부절못하며 서성인다.

오연상 (조 반장을 바라보며) 진작, 사망했습니다.
조 반장 …살리세요.
오연상 (간호사에게) …강심제.

간호사가 오연상에게 주사기를 건넨다. 오연상, 거즈로 박종철의 가슴에 있는 물기를 닦고 심장에 주사기를 꽂는다.

7. 임진각 망배단 / 낮

재배를 하고 일어선 박 처장이 일어서자, 유 과장이 다가온다.

유 과장 남영동에서… 시나이가 깨졌습니다. (남자가 죽었습니다)

박 처장, 대답 없이 목례하고 물러나며 구두를 신는다.

8. 취조실, 남영동 대공분실 / 낮

오연상이 거친 숨을 뱉으며 흉부 압박 심폐소생술을 하는 모습이 보인다.
문이 열리고 황 형사가 들어와서 조 반장에게 귓속말을 한다.
미간을 살짝 찡그리는 조 반장.
오연상이 심폐소생술을 중단하고 조 반장 쪽으로 일어선다.

오연상 (이마에 땀을 닦으며) 소생이… 불가능합니다.
조 반장 …옮겨.

책상 위, 물방울이 흐르는 도수 높은 안경 너머로 허둥지둥 시체를 옮기는 형사들 보인다.

cut. to. 현관. 승용차들이 줄줄이 도착하고 박 처장과 유 과장 등 대공 형사들이 차에서 내린다. 현관 옆 쪽문으로 간호사와 오연상을 서둘러 데리고 나오던 반 형사, 박 처장을 발견하고 간호사와 오연상을 재빨리 가리며 경례를 한다.
흙탕물이 묻은 가운 밑단을 털던 오연상, 놀란 얼굴로 현관 쪽을 바라본다. 박 처장이 오연상을 힐끗 보며 지나친다. 눈길이 매섭다.

cut. to. 처장실. 소파에 앉은 박 처장, 손 안의 호두알을 굴린다.
박 처장 옆에 유 과장, 박 계장이 서 있다.
박 처장의 정면에 조 반장과 반 형사가 열중쉬어 자세로 서 있다. 고요하다.
박 처장이 손 안에서 굴리는 호두알 소리만 드르륵, 드르륵! 울린다.
똑, 똑! 노크 소리가 들리고, 황 형사와 강 형사, 이 형사가 들어온다.
서열에 따라 한 줄로 서는 대공 형사들.

유 과장 의사, 누가 불렀어?
조 반장 접니다. 용공 분자도 아니고 참고인이라서…
박 계장 새끼가 보고도 없이… 목격자 생겼잖아, 목격자! 어쩔 거야?

박 처장, 호두알을 돌리던 손을 딱 멈춘다. 순간 정적.
일동 긴장하며 박 처장을 주시한다.

박 처장 보따리 하나 터진 거 개지고 소란 떨 거 있네? 밥들 먹으라우.

당황한 조 반장이 눈치를 살피는데, 유 과장이 나가라고 고갯짓한다.
동시에 좌향좌를 한 조 반장과 대공 형사들, 줄줄이 밖으로 나간다.
박 처장, 일어나 바로 옆 캐비닛으로 향한다.
캐비닛을 열면 양복과 점퍼가 걸려 있고 그 밑으로 훈장 박스들이 가득하다. 테이블 위에 있던 훈장 박스를 올려놓는 박 처장.

유 과장 (다가오며) 시신은… 어떻게 할까요?
박 처장 …태우라우.
유 과장 (목례를 하며) 받들겠습니다!

유 과장과 박 계장이 처장실을 나간다.
정복 상의 단추를 하나씩 푸는 박 처장. 평온하다.

9. 요정 / 저녁

일본식 히로쓰 가옥을 개조한 요정 앞으로 검은 벤츠 두 대가 멈춰 선다.
뒤차에서 뛰어내린 경호원들이 앞차를 둘러싸며 문을 열면 박 처장 뒤로 대공 간부 10여 명이 거수경례를 하고 그 옆으로 한복을 입은 젊은 여인들이 깍듯이 고개를 숙인다.
차에서 내리는 안기부장의 모습 위로 **장 부장 / 안기부장, 전두환 최측근**

안기부장(장 부장) (다가가 손 내밀며) 아이고~ 처장님. 축하드립니다. 영광스러운 자리에 참석도 못 하고, 실례가 많습니다.
박 처장 일 없시오.
안기부장 하하 괜찮단 말이죠? (출입문 쪽으로 걸어가며) 일 없다… 좋은 말인데 왜 이렇게 낯선지 몰라…

장 부장과 박 처장 뒤로 줄줄이 따라 들어가는 대공 형사들과 젊은 여인들.

cut. to. 음식이 거하게 차려진 요정 방 안.
안기부장, 주머니에서 청와대 봉황 마크가 그려진 돈 봉투를 꺼내 건넨다.

안기부장 각하께서… 직접 못 줘서 미안하다고 하셨습니다.
박 처장 (돈 봉투를 받으며) 영광입니다.

돈 봉투를 상 위에 내려놓은 박 처장, 두툼한 서류를 안기부장에게 건넨다.
안기부장이 받아서 보면, 맨 앞장에 김정남의 사진이 붙어 있다.

안기부장 김정남? (서류를 들춰본다)
박 처장 인혁당, 민청학련, 보도지침 폭로, 인천 사태 배후 조종자디요.
안기부장 변변한 직책도 없는 놈인데, 뭘 하시려고…

안기부장 문득 말을 멈추고 김영삼과 김정남, 김대중과 김정남이 비밀스럽게 대화하는 사진을 뚫어지게 바라본다.

박 처장 고거래 김영삼이 단식 성명서, 김대중이 김영삼이, 8·15 공동 선언문 작성자입네다.
안기부장 (**박 처장** 올려보며) 한 보따리로 엮으시겠다?
박 처장 고거이 김일성이 끄나풀로 밝혀지믄, 대통령 직선제 개나발 부는 간나들, 단칼에 격멸하갓디요.
안기부장 역시… 청와대 주인은 바뀌어도 남영동 주인은 안 바뀐다더니… 정말 대단하십니다. 빨리 검거해서 대학생들 개학 전에 정리합시다. (양주병을 든다)
박 처장 (잔을 들며) 그래야디요.

입이 귀에 걸린 안기부장이 박 처장에게 술을 따른다.

10. 공안부장실, 서울지검 / 밤

낡은 휴대용 위스키병에 '시바스 리갈' 양주를 따르고 있는 공안부장의 모습 위로 최 검사 / 서울지검 공안부장, 각종 시국사건 담당

공안부장이 '시바스 리갈'을 캐비닛에 넣는데, 캐비닛 안에 압수 딱지가 붙은 양주들과 양담배들이 즐비하다. 공안부장이 휴대용 위스키병을 잠그면서 돌아서면, 검찰 수사관이 대학생 한 명을 조사하고 있는데, 책상 위에 소주병으로 만든 화염병이 놓여 있다.

공안부장 새끼, 신성한 소주병에 휘발유나 처넣고…
대학생 휘발유 아닌데요.
공안부장 뭐?
대학생 신나예요.

공안부장, 서류철을 집어 들어서 대학생의 머리를 연신 내려친다.

공안부장 (퍽) 잘났다, 새꺄. (퍽) 잘났다. (퍽) 잘났어.
배달부(off) (들어오며) 짜장면이요!

배달부를 본 공안부장, 자신의 사무실을 가리킨다.
배달부가 공안부장의 사무실로 향한다.
공안부장, 서류철을 책상에 내던지고 사무실로 향하다가 다시 돌아선다.

공안부장 뭐? 신나? (다시 서류철 들어 내려치며) 이 새끼가 아주 신났어. 신나! 부모 가슴에 대못 박아서 좋냐? 좋아?!!

cut. to. 사무실. 소파에 앉은 공안부장, 짜장면을 비비고 휴대용 위스키병에 든 양주를 팔각 엽차 잔에 따른다.
양주를 한 모금 마신 공안부장이 짜장면을 막 먹으려는데,

유 과장(off) 아이쿠야! 공안부장님이 그딴 거 드셔야 되겠습니까?

공안부장, 올려보면 유 과장과 박 계장이 문 앞에 서 있다.

공안부장 웬일이야? 이 시간에?
유 과장 나가시죠. 제가 모시겠습니다.
공안부장 (입에 넣으려던 짜장면 면발을 내려놓으며) 그르까? 흐흐흐.

박 계장, 짜장면 그릇을 밀어놓고 서류 뭉치를 탁자 위에 내려놓는다.

박 계장 도장 하나만 찍어주십쇼.

의아한 표정의 공안부장이 서류를 살핀다. '변사 사건 지휘 요청서'.
유 과장, 책상에서 도장이 꽂힌 인주함을 들고 다가온다.

공안부장 간만에 공짜 술 얻어먹나 했더니… (유 과장을 보며) 안 본 사이에 많이 못 써졌어?

공안부장, 지휘 요청서 겉장을 넘긴다. '서울대 박종철 심장마비'.

공안부장 심장마비? 스물두 살짜리가?
유 과장 오늘 밤 안으로 화장해야 됩니다.

심드렁한 표정으로 다시 서류를 보는 공안부장.

11. 요정 복도 / 밤
대공 간부들의 노랫소리로 시끌벅적한 복도.
장 부장이 경호원에게 서류를 넘기며 코트 깃을 여민다.

안기부장 조용히 갑니다. 오늘은 허리띠 풀고 좀 노세요. 대공 식구들 수고 많은데… (가려다가 돌아보며) 아, 그 서울대생, 일 없겠죠?

박 처장 기럼요. 관례대로 처리 중입네다.

빙긋 웃는 장 부장, 돌아 나간다.

12. 공안부장실 서울지검 / 밤

미간을 구기고 사망진단서와 화장동의서를 넘겨보고 있는 공안부장, 갑자기 벽시계를 가리킨다.

돌아보는 유 과장과 박 계장. '7시 42분'이다.

공안부장 죽은 지 여덟 시간도 안 됐는데? 아버지가 죽은 아들, 봤다? 못 봤다? 머뭇거리는 유 과장을 보고) 못 봤네, 못 봤어.

박 계장 부산 영도경찰서에서 부친한테 동의 받았습니다.

공안부장 이 양반아. 아버지란 사람이 서울대 다니는 아들 시신도 안 보고 '화장해주세요' 했다고? 구라를 쳐도 좀 적당히 쳐! (서류를 흔들며) 이걸 누가 믿냐?

박 계장 대공 업무-ㅂ니다. 찍으시죠.

공안부장 이 새끼가 누구한테 찍으라 마라…

유 과장 아 또 왜 이러십니까… 눈 딱 감고 한 번만 찍어주십쇼. 화끈하게 모시겠습니다.

공안부장 웬만해야지! 부검해서 사인이 나와야 화장을 하든 매장을 하든 할 거 아냐? 법이 그래, 법이!

유 과장 알죠. 예! 누가 모릅니까? 위에서 해 뜨기 전에 화장하랍니다!

공안부장 위? 어디? 안기부? 청와대?

유 과장 영감님. 저 좀 살려주십쇼!

공안부장 낼 아침에 부검해서, 오후에 화장해. (짜장면을 한입 먹고 유 과장을 흘겨보며) 뿔었잖아! 에이…

난감한 표정의 유 과장이 박 계장을 쳐다보자, 밖으로 나가는 박 계장.

13. 요정 2층 복도 / 밤

여인들의 배웅을 받으며 떠나는 장 부장의 차를 지그시 내려다보는 박 처장.
뒷짐 진 박 처장의 손에서 호두가 돌아가고… 여기에 전화벨 소리.

14. 공안부장실, 서울지검 / 밤

공안부장, 전화를 받고 있다.

공안부장 알죠. 아는데… 어차피 지금, 화장터 문 닫았습니다. …예.

전화를 끊은 공안부장이 유 과장을 노려본다.
딴청을 부리는 유 과장. 이때, 사무실 전화벨이 또 울린다.
공안부장, 뚜벅뚜벅 걸어가서 전화 코드를 확 뽑는다.
당황하는 유 과장. 똑, 똑! 노크 소리가 들린다.
공안부장이 돌아보면, 여직원이 문을 열고 들어온다.

여직원 부장님. 밖에 좀…

cut. to. 조사실. 공안부장이 사무실을 나오면, 차장검사가 기다리고 있다.

공안부장 웬일이십니까? 저녁 약속 있으시다고…
차장검사 청와대 전화 받고 밥이 넘어 가겠냐? 너, 왜 그래?
공안부장 대공 새끼들, 검사를 개똥으로 알잖습니까. 버르장머리를 고쳐야겠습니다.
차장검사 너부터 고쳐.

피식 웃는 공안부장.

차장검사 웃어? 찍어, 인마. 출초상 난다.
공안부장 제가 알아서…

차장검사 너 이 새끼, 장인 백 믿고 설치는 모양인데, 전화 한 통만 더 받기만 해. 도장 씨발, 내가 찍는다. 알았어?

애써 딴청을 부리는 공안부장.

차장검사 대답 안 해? 찍을래, 말래?
공안부장 …찍겠습니다.

cut. to. 사무실. 공안부장이 터벅터벅 들어서는데, 유 과장이 전화 코드를 꼽고 있다. 코드를 꼽자마자 전화벨이 울린다.

유 과장 괴…굉장히 급한 전화 같아서…

거침없이 책상으로 걸어간 공안부장이 전화기를 들어서 벽으로 내던진다.
요란한 소리와 함께 박살 나는 전화기.
찔끔하는 유 과장.
공안부장, 책상에 앉아서 뭔가를 휘갈겨 쓰더니, 도장을 콱! 찍는다.
유 과장, 빙긋 웃으며 안도한다.
공안부장, 서류를 흩뿌리고 사무실을 나간다.
유 과장이 서류를 주워서 보면, '시신 보존 명령서'다.

공안부장 (나가며) 시신에 손만 대봐! 공무집행방해죄로 족친다, 내가.
유 과장 (당황하며) 여… 영감! 영감님!

cut. to. 조사실. 자신의 사무실 문을 닫은 공안부장, 접이식 철제 의자를 문고리에 받쳐서 문 열림을 막는다. 어리둥절한 표정의 여직원을 뒤로하고 빠른 걸음으로 떠나는 공안부장. '영감!'을 외치며 문을 두드리는 유 과장.

15. 사우나 / 밤

공안부장이 눈을 감고 사우나실에 앉아 있는데, 대검 이 검사가 들어온다. 공안부장 옆에 앉는 대검 이 검사의 모습 위로 이 검사 / 대검찰청 공안4과장

공안부장 (실눈을 뜨고) 빨리빨리 안 와? 빠져가지고…

대검 이 검사 하이고… 얼마나 바쁜지, 오줌 싸고 손 씻을 간도 없습니다.

공안부장 원래 안 씻잖아?

대검 이 검사 으흐흐. 대충 하고 가시죠. 간만에 형수님 찌개에 쐬주 일병?

공안부장 집에 안 가.

대검 이 검사 또 싸우셨어요?

공안부장 집 전화 때려 부수면 마누라한테 혼나요.

대검 이 검사 어허, 누가 또 겁도 없이 우리 형님 콧털 뽑았으까?

공안부장 대공 새끼들이 또 사고 쳤다. 대한민국 검사를 호구로 알아, 씹새끼들.

대검 이 검사 군바리들이 오냐오냐하니까 세상이 만만해 보이는 거죠, 뭐.

공안부장 하~ 이 씨부럴 놈들… 확 그냥 들이받고 사표 쓰까?

대검 이 검사 그래 봐야 공구리에 금이나 가겠어요? 형님 머리만 깨지지.

공안부장 그래서 말인데… 니가 쥐약 좀 뿌려야겠다.

대검 이 검사 쥐약이요?

16. 테니스장, 남영동 대공분실 / 아침, 동틀 무렵

박 처장이 대공 간부들과 복식으로 테니스를 친다.
랠리가 오가는데, 유 과장이 테니스장으로 들어온다.
박 처장, 상대편이 넘긴 공을 강하게 스매싱!
대공 간부2가 공을 받지 못하면서 게임이 끝난다.

대공 간부1 나이 샷!

대공 간부3 아따메~ 공이 허벌나게 빨라불구마잉… 우리 처장님, 회춘 하신 거시 확실혀. 해구신 약빨이 아조, 지대로 받아부렀어!

웃음소리를 들으며 걸어간 박 처장, 네트에 걸친 수건으로 땀을 닦으며 대공간부3이 보온병 뚜껑에 따라준 음료를 들이켠다.

유 과장 (후다닥 달려와서) 공안부장, 종적이 묘연합니다. 근처 여관까지 샅샅이 뒤졌는데…

박 처장 그 아새끼, 빨갱이네?

유 과장 이유를… 모르겠습니다.

박 처장, 간이 책상으로 걸어가서 전화의 수화기를 집어 든다.

박 처장 (전화) 서울지검장 연결하라우.

17. 현관 –〉 지검장실, 서울지검 / 아침

서울지검 현관 앞에 승용차가 멈추자, 경비가 경례를 하고 차문을 연다. 지검장이 차에서 내리는데, #14 차장검사가 다가온다.

자막 : 서울지방검찰청 / 1987년 1월 15일 오전 7시 30분

차장검사 지검장님. 최 부장이 행방불명입니다.

지검장 (현관으로 들어가며) 수사관들 다 풀어서 찾아.

cut. to. 지검장실. 지검장이 들어오다가 멈칫.
공안부장이 소파에 대자로 뻗어서 자고 있다.

지검장 으이그 저 화상… 최 부장. 최 부장!

공안부장 (일어나며) 오셨습니까… (기지개를 켠다) 아흑…

지검장 (옷장에 다가가며) 내가 인마, 아침부터 **박 처장** 전화 받아야 되겠냐? 재수 옴 붙었어. (코트 걸며) 대충 마무리하자.

공안부장 딴 건 몰라도 부검은 꼭 해야겠습니다.

지검장 (책상으로 다가가며) 상대 봐가면서 객기 부려. **박 처장** 건드려서 살아남은 놈 못 봤다.

공안부장 부천서 성고문 사건 때, 그 새끼들이 하자는 대로 기소유예 했다가 우리만 똥물 뒤집어썼습니다. 이번엔 법대로 하시죠.

지검장 야. 지나가는 사람 아무나 잡아다가 사돈에 팔촌까지 털어봐. 월북자 한 명쯤 나오게 돼 있어. 남영동 무서운 줄 모르고…

공안부장 정황상, 고문치사가 확실합니다.

지검장 그래서 더 안 되는 거야. 밖에 알려졌다간 어후… 감당 못 해.

공안부장 그니까 더 깔끔하게 해야죠. 까딱하면, 우리가 죽습니다.

지검장 아이고… 이 꼴통…

공안부장 그거 좋네! 선배님은 그냥 꼴통이 땡깡 부린다고
혀만 끌끌 차십쇼. 제가 알아서 하겠습니다.

지검장 …자신 있어?

공안부장 없죠.

지검장 ???

공안부장 (휴대용 위스키병 뚜껑을 열며) 주사는 있죠, 제가. (위스키를 한 모금 마신다) 크… 술은 역시 빈속이야. 허허허.

한심하다는 듯, 혀를 끌끌 차는 지검장.

18. 기자실, 대검찰청 / 아침

텅 빈 기자실에 신성호 기자가 들어온다.
'중앙일보' 명패가 붙은 책상에 가방을 내려놓는 신성호 기자의 모습 위로
신성호 기자 / 중앙일보 사회부

19. 공안4과장실, 대검찰청 / 아침

#15 사우나실의 대검 이 검사, 통화 중이다.
신성호 기자가 들어와서 인사를 한다.
자막 : 대검찰청 공안4과

신성호 기자 과장님, 밤새 안녕하셨습니까?

대검 이 검사 어. 신 기자. (소파에 앉으라고 손짓을 한다) (전화) 오~ 얘기 잘 됐네요? …예. …염려 마십쇼. (전화를 끊는다)

그사이, 여직원이 들어와서 신성호 기자 앞에 커피를 내려놓고 나간다.

대검 이 검사 (다가오며) 오늘도 일착이네?
신성호 기자 (커피를 마시고) 부지런해야 뭐라도 건지죠.
대검 이 검사 (털썩 앉으며) 후… 경찰들, 큰일 났어. 서울대생이라지?
신성호 기자 예…? (아는 듯이) 그… 그러게요… 법대생… 이라던가…?
대검 이 검사 언어학과 아닌가? 박종… 뭐라던데…
신성호 기자 아, 그렇죠. 언어학과…
대검 이 검사 아까운 목숨이 참… 남영동 애들, 막 나가서 큰일이야.

커피를 마시는 신성호 기자의 손이 사시나무 떨듯 떨린다.
신성호 기자, 떠는 것을 감추려고 두 손으로 커피잔을 잡는다.

20. 공중전화, 거리 / 아침

신성호 기자, 출근하는 사람들을 헤치며 인도를 뛴다.
공중전화 부스로 뛰어 들어간 신성호 기자, 동전을 투입하고 전화를 건다.

신성호 기자 부장! 남영동에서 조사받던 서울대생이 사망했답니다!

21. 정문 -> 영안실, 한양대병원 / 아침

승합차가 멈추고, 대공 형사들과 박종철 어머니, 누나가 내린다.

박종철 어머니 (병원 간판을 보고) 우리 철이가 여 있나? (형사를 보며) 와?
대공 형사1 아, 그… 좀 다쳐서요. 들어가시죠.

대공 형사들, 박종철 어머니와 누나를 데리고 들어간다.

cut. to. 영안실. 박종철 아버지, 넋이 나간 얼굴로 허망하게 앉아 있다. 대공 형사들이 박종철 어머니와 누나를 끌고 들어온다.

박종철 어머니 놔라! 내를 와 영안실로 데꼬 오노? (박종철 아버지를 보고) 철이 아부지. 여서 뭐합니까? 우리 철이 어데 있는…

박종철 어머니가 제단에 놓인 아들 사진과 위패를 발견한다. 망자의 이름은 '故 박종철'. 사진과 위폐를 보고 경악하는 박종철 어머니와 누나.

cut. to. 복도. 날카로운 비명과 오열이 경찰들로 가득한 복도로 터져 나온다.

22. 기자실, 대검찰청 / 오후

소파에 홀로 앉아 설렁탕을 먹는 윤상삼 기자.
게걸스럽게 먹는 윤상삼 기자의 얼굴 위로 윤상삼 기자 / 동아일보 사회부

책상에 앉은 대여섯 명의 다른 신문사 기자들이 동아일보 석간을 읽고 있다. 이때, 기자실로 들어오는 고참 기자1.

고참 기자1 (윤상삼 기자에게) 뭐하다 이제 처먹냐?

윤상삼 기자, 탁자 위에 놓인 동아일보를 보란 듯이 슥 민다.
응? 하며 동아일보를 집어 드는 고참 기자1.

기자2 상삼이가 노동운동 후원회 사건, 5단 기사 썼어요. 글발이 일취월장입니다.
고참 기자1 (신문을 툭 던지고 자신의 자리로 가며) 글발 죽여서 뭐해? 받아쓰기 안 하면 쥐도 새도 모르게 끌려가는 판에.
기자2 행간이란 게 있죠. 그 와중에, 아리까리, 아사모사, 긴가민가.

고참 기자1 니미. 도긴개긴이다.
배달원 중앙이요!

배달원, 기자실에 신문 뭉치를 던져놓고 나간다.

기자2 (신문 뭉치로 걸어가며) 중앙이 오늘 늦었네? 뭐 있나?

기자들이 하나둘 신문 뭉치로 걸어가는데, 따르릉! 전화 한 대가 울리더니, 순식간에 모든 책상의 전화가 시끄럽게 울린다. 순간, 헉! 하며 시선을 교환한 기자들, 일제히 중앙일보 뭉치로 달려간다. 중앙일보 사회면을 펼쳐 든 기자들, 사색이 된 얼굴로 다급하게 뛰어나간다.

영문을 모르는 윤상삼 기자, 설렁탕 그릇을 내려놓고 뒤늦게 달려와 신문을 보면, '경찰 조사 받던 서울대생 숨져'. 경악하는 윤상삼 기자.

23. 공중전화, 거리 -> 편집국, 중앙일보 / 오후
중앙일보를 손에 든 신성호 기자가 통화 중이다.

신성호 기자 기사 봤습니다. 인적사항, 누가 확인했어요? 김 선배-ㄴ가?

cut. to. 중앙일보 편집국. 사회부장이 책상 밑에서 잔뜩 웅크린 채 통화 중이다. 보안사 군인들이 집기를 발로 차고 서류들을 내던지며 난리법석.

사회부장 지금 그게 문제야? 회사에 보안사 군바리들 쳐들어 와서… (뭔가 깨지는 소리에 움찔하고) 깽판이야, 깽판!
신성호 기자(off) 예…? 팩트잖아요. 다 확인하셨다고…
사회부장 팩트고 나발이고 보도지침 어겼다고 아주… 너 당장 짱박혀서, 꼼짝도 하지 마. 군바리들한테 잡혔다간 맞아 죽어!

cut. to. 공중전화. 기겁한 신성호 기자가 수화기를 내던지고 황급히 떠난다. 전화기에 대롱대롱 매달린 수화기가 불안하게 흔들거린다.

24. 본부장실, 치안본부 / 오후

경찰 고위 간부들이 심각한 얼굴로 신문을 보고 있고 그 뒤로 새파랗게 질린 본부장이 연신 허리를 굽히며 전화를 받고 있다.

강 본부장 죄송합니다!… 예! 인자부터 분골쇄신해서… 예!… 예!!.

전화를 끊고 긴 한숨을 내쉬며 머리를 쓸어 담는 본부장의 모습에서
강 본부장 / 치안본부 치안총감. 경찰 총수
이때 본부장실로 빠른 걸음으로 들어서는 박 처장과 유 과장, 박 계장.

강 본부장 (박 처장에게 시선 주며) 우야노… 일이 꼬여뿟다.
박 처장 나랏일 하다 보믄 종종 있는 일이디요. 기까짓 거 개지고…
정보국장 야, 박 처장! 그까짓 거 때문에 우리 모가지가 간당간당이야!

박 처장이 정보국장을 매섭게 노려보자, 정보국장이 시선을 피한다.

강 본부장 이랄 때 아이다. 각하께서 신문을 패대기쳤다 카대. 삐끗하모, 다 죽는기라. 우짜든둥, 발등에 불부터 꺼야 안 되겠나.

박 처장, 양복 안주머니에서 서류를 꺼내 강 본부장에게 건넨다.

박 처장 이대로 발표하시라요.

강 본부장이 서류를 펼쳐보면, '관계기관 대책회의 결정사항' 문건인데,
'좌익 대학생, 심장 쇼크사'라는 제목으로 발표할 내용이 정리돼 있다.

cut. to. 시간 경과. 강 본부장 옆에 박 처장이 배석했다.
카메라 플래시가 터지고, 기자들이 수첩에 메모를 한다.
자막 : 치안본부 본부장실 / 1987년 1월 15일 오후 6시

강 본부장 그리 된 깁니다. 내사 마, 갱찰에 명예를 걸고 말씀드리는 긴데요. 가혹 행위는 결단코! 없었심다.
고참 기자1 그럼 어쩌다 죽었단 말입니까?
강 본부장 아… 그기… 조사받는 와중에… 조사관이 책상을… 책상을… (말을 잊지 못하고 난처한 표정으로 박 처장을 쳐다본다)
박 처장 (마지못해서) 탁 치니, 억 하고… 쓰러졌답네다.

기자들, 어이가 없다는 듯 탄식을 내뱉는다.

강 본부장 마… 심장 쇼크사라꼬 봐야지요.
기자2 팔팔한 청년이 그렇게 쉽게 죽었다구요?
강 본부장 쇼크사 맞심다. 중대병원 의사가 확인했다 아입니까.

순간, 얼굴이 일그러지는 박 처장.

윤상삼 기자 중대병원이요? 의사 이름이 뭡니까?
강 본부장 아… (박 처장을 힐끗 보고 아차 싶다) 하이고야… 이름이… 뭐…뭐였드라…
기자3 확인 안 된 거 아닙니까?
강 본부장 그기 아이고… 오…윤상이라꼬…

기자들, 우당탕! 자리를 박차고 일어나서 문으로 달려간다.
기자들이 썰물처럼 빠져나간 자리에 강 본부장과 박 처장만 남는다.

강 본부장 우야꼬… 내가 실수한 기재. 미안타…

벌떡 일어선 박 처장, 책상으로 뚜벅뚜벅 걸어가서 전화를 집어 든다.

25. 현관 -> 당직실, 중앙대 용산병원 / 오후

현관. 빠르게 달려온 지프차가 멈춘다.
서둘러 차에서 내린 황 형사와 이 형사가 현관으로 달려간다.

cut. to. 당직실. 황 형사와 이 형사가 문을 벌컥 열고 들어서면, 환자를 진찰하던 오연상이 화들짝 놀란다.

cut. to. 시간 경과. 본부장실에 있던 기자들이 당직실에 모두 모여 북새통.

기자2 심장 쇼크사 맞습니까?
오연상 그건 제가 모르구요. 부검을 해봐야 아는 거라…
고참 기자1 응급실 왔을 때, 살아 있었습니까?
오연상 응급실이 아니라 남영동에서… (문 옆에 서 있는 황 형사의 눈치를 살피고) 제가 도착했을 땐 이미 심정지 상태였습니다.
고참 기자1 (짜증) 자세히 좀 설명해보세요!
오연상 도착해서… 몸에 물기부터 닦고 강심제를 주사했는데…
윤상삼 기자 (이상하다) 물기요?

오연상이 황 형사의 눈치를 살피는데, 황 형사가 손을 허리에 올리면서 점퍼를 젖히자, 보란 듯이 권총이 드러난다. 흠칫 놀라는 오연상.

오연상 형사들 말이… 사망자가 만취 상태여서 조사받을 때 물을 되게 많이 마셨다고…

cut. to. 복도. 기자들이 "쇼크사란 거야, 아니란 거야?" 투덜거리며 나온다. 답답한 표정의 윤상삼 기자, 당직실 건너편에 있는 화장실로 들어간다.

cut. to. 화장실. 윤상삼 기자, 뭔가 떠오른 듯 갑자기 걸음을 멈추고 화장실 문을 약간 열어서 당직실을 바라본다. 이 형사가 문 앞을 지킨다.
화장실 문을 닫고 생각에 잠기는 윤상삼 기자.

26. 안치실 앞, 한양대 병원 / 오후

반 형사와 강 형사 등 대공 형사들이 안치실 앞을 지킨다.
먼 복도에 공안부장과 사진사, 그리고 표 검사가 서 있다.
귀찮은 표정이 역력한 표 검사 위로 표 검사 / 서울지검 형사부
흰 가운을 입은 국과수 황적준 박사와 한양대 박동호 박사가 걸어온다.
다가오는 황적준 박사의 모습 위로 황적준 부검의 / 국립과학수사연구소
공안부장과 마주 서서 인사를 나누는 황적준, 박동호 박사.

황적준 박사 국과수 황적준입니다.
한양대 박동호 참관의 박동호-ㅂ니다.
공안부장 엄중한 사안입니다. 원칙대로 부검해주세요. (표 검사에게) 검시 보고서에 손톱만 한 상처까지 세세하게 기록해서 가져와.
표 검사 마, 그랄 필요 있습니까? 어차피 요식 행위…

퍽! 공안부장이 표 검사의 정강이를 사정없이 걷어찬다.
악! 하며 겅중거리는 표 검사.

공안부장 새파란 놈이 못된 것만 배워 가지고… 뒤질래?
표 검사 시… 시정하겠습니다. 아흑…

표 검사가 사진사와 황적준, 박동호 박사를 데리고 안치실 쪽으로 걸어간다. 후… 한숨을 쉰 공안부장, 휴대용 위스키병의 뚜껑을 여는데

대공 형사들 누구 맘대로 부검이야! / 꺼져, 새끼들아!

공안부장이 안치실 앞을 보면, 표 검사 일행이 대공 형사들에게 가로막혔다.

표 검사 지금 검찰 명령을 거부하는 기야?
반 형사 우린 그런 명령, 받은 적 없수다. 어여 가.
표 검사 이 쉐끼들이… 나, 검사야, 검사!!!
강 형사 (장난스럽게) 어찌라고?

낄낄거리는 대공 형사들 뒤로 안치실 문을 막고 앉은 조 반장이 보인다.
심드렁한 얼굴로 자판기 커피를 마시는 조 반장.
얼굴을 잔뜩 구긴 공안부장이 조 반장을 향해 걸어가려는 순간, 뒤에서 누군가 다급하게 달려오는 소리가 들린다.

대공 형사(off) 잡아!

공안부장이 뒤를 돌아보면, 박종철 누나가 달려오다가 대공 형사들에게 붙잡힌다. 대공 형사들이 박종철 누나의 입을 막은 채 질질 끌고 복도 코너를 돌아간다. 버둥거리는 박종철 누나의 다리가 보인다.
공안부장, 몸을 돌려 복도 코너를 향해 빠르게 걸어간다.
공안부장의 시점. 복도 코너를 돌면, 대공 형사들이 박종철 누나를 구석에 패대기친다.
공안부장이 몇 발짝 더 걸어가서 보면, 대공 형사들이 박종철 가족을 둘러싸고 있다. 초점 없는 눈으로 널브러진 박종철 아버지… 고개를 숙인 채 흐느끼는 박종철의 형… 하염없이 눈물을 흘리며 대공 형사의 옷깃을 붙잡고 통사정을 하는 박종철의 어머니.

박종철 어머니 보소… 우리 철이, 손 한 번 잡게 해주이소. 오늘 아니모, 몬 잡는다 아입니꺼… 내 새끼, 한 번만 만지게 해주이소.
한 번만 만져봅시더… 흑흑…

철옹성처럼 버티고 선 대공 형사들, 미동도 없다.
박종철 어머니를 바라보는 공안부장의 얼굴이 뜨거워진다.
대공 형사의 옷깃을 붙잡고 흐느끼는 박종철 어머니.
공안부장의 눈이 벌겋게 충혈된다.

공안부장 씨부럴…

몸을 휙 돌린 공안부장, 성큼성큼 걸어간다.

27. 상황실, 남영동 대공분실 -> 공중전화, 한양대 병원 / 오후

대공 형사들이 김정남 검거 상황실로 바꾸느라 분주한 넓은 취조실 전경. 박 처장이 뒷짐을 진 채 호두알을 굴리며 몇 발짝 앞으로 걸어가면, 중앙에 놓인 '김정남 간첩단 사건' 대형 상황판에 김정남 사진을 중심으로 김일성, 김영삼, 김대중, 재일동포, 재야 인사들, 가족, 친구 등 관련인 사진들이 표지에 붙은 서류철들이 즐비하게 걸려 있다. 관련인 3명의 사진 위에 '검거' 도장이 찍혀 있고, 대공 형사1이 다가와서 또 한 명의 사진 위에 '검거' 도장을 꾹! 찍는다. 박 처장, 손 안의 호두알을 굴리며 김정남의 파일을 들춰보는데… 대공 형사1이 한 손에는 전화기, 한 손에는 수화기를 받쳐 들고 다급히 다가온다.

박 처장 (수화기 들며) 나야. …(짜증) 뉘기야?

cut. to. 남영역 근처 공중전화.

공안부장 서울지검 공안부장이요. 여기 한양대 병원인데, 당신 부하들이 정당한 공무집행을 방해하고 있습니다.
박 처장 기관들끼리 진작에 정리한 거이야. 부검이래, 날래 철회하라우.
공안부장 당신, 나 알아? 어따 대고 반말이야?
박 처장 내래, 대공 처장이야.

공안부장 대공은 뭐, 법이고 나발이고 안 지켜도 된다, 이거야? 검찰 수사관들 싹 다 불러서 깽판 한번 쳐보까? 엉?

박 처장 머이가 어드래?

공안부장 당장 형사소송법 펼쳐서! 수사 지휘권이 누구한테 있는지 확인해봐! (끊으려다가 말고) 아, 하나 더. 웬만하면 사투리 좀 고치지? (사투리 흉내) 김일성이네? (전화를 쾅! 끊는다)

cut. to. 상황실. 꽈직! 박 처장이 쥐고 있던 호두알이 부서진다.
박 처장이 손바닥을 보면, 산산이 부서진 호두알 조각들이 남아 있다.

28. 정문, 남영동 대공분실 -> 대공분실 소각장, 남영동 / 오후

육중한 정문이 열리며 박 처장의 승용차가 나와 우회전한다.
이때 갑자기 골목 옆 건물 사이에서 튀어나오는 한 남자.
끼익! 박 처장의 승용차가 급정거한다.
박 처장이 앞을 보면, 공안부장이 승용차 앞에 버티고 서 있다.

cut. to. 대공 형사가 공안부장의 팔을 잡고 소각장 쪽으로 끌고 간다.
소각장 지나면 대공 건물 옆 좁고 긴 골목.
맞은편에 박 처장이 서 있고, 뒤로 대공 형사들이 거리를 두고 지켜보고 있다.

공안부장 (부검명령서를 펼쳐서 다가가며) 부검명령서-ㅂ니다.

박 처장 사내새끼가 종이 쪼가리 뒤에 숨어서 어칸?

공안부장 모양새 좋게 갑시다. (부검명령서 내밀며) …법대로~!

박 처장, 부검명령서를 받아 든다.

박 처장 사냥개끼리 싸우다 사냥감 놓치믄, 주인이 가만 있간? 나랑 내기하자우. 우리 둘 중 가마솥에 들어가는 기, 누구갓어?

공안부장 내가 족보 없는 똥개라, 성질이 개좆 같거든요? 닥치는 대로 물어뜯는 게, 똥개에 매력 아니겠습니까? 멍멍.

박 처장 (피식)기래?… 어카네? (부검명령서 쭉~ 찢으며) 기캐봤자 니 아가리만 아플 거인데.

눈이 휘둥그레지며 이내 핏발이 서는 공안부장.
박 처장이 찢어진 부검명령서 구겨 쥐며 돌아서는데…
공안부장, 갑자기 코트 젖히고 뒷주머니에서 무언가를 꺼낸다.
놀란 대공 형사들이 안주머니에서 '철컥! 철컥!' 총을 꺼내든다.
'착!' 공안부장이 잡지를 펼치면 영어 주간지 뉴스위크다.

공안부장 쩌~기 우리 5촌 당숙 처고모 셋째 딸이 여기 기자랑 국제결혼 했거든요? 피터 뭐시깽인가… 이놈의 자식이 쌈박한 정보 좀 달라고 아주 그냥, 들들 볶아서… 아~ 이거 팔팔 올림픽에 문제 생기면 각하께서 몹시 화내실 텐데… 어쩌죠?

박 처장 (한참 동안 노려보다가) 말해보라우. 너래 진짜 원하는 기 뭐이가?

공안부장 씨발 그런 거 모르겠고!… 내 할 일만 하면 끝입니다.

박 처장 (찢어 구겨진 종이 쪼가리 던지며) 기래 맘껏 물어뜯어 보라. 기칸다고 달라질 거 없으니끼니.

몸을 돌린 박 처장, 성큼성큼 걸어간다.

공안부장 (종이 쪼가리 집어 들고) 부검합니다!

박 처장 내래 니 모가지 땄어야! 똥개니끼니, 똥이나 먹고 살라우.

박 처장이 떠나고 공안부장이 멍한 표정으로 서 있다.

공안부장 (혼잣말) 이런 니미… 공구리에 대가리 깨졌네.

공안부장, 휴대용 위스키병을 꺼내 위스키를 마시려는데 다 떨어졌다.

공안부장 휴~ 쏘주 마시고 살지, 뭐.

공안부장, 휴대용 위스키병을 소각장에 휙 던지면 '땡' 벽에 부딪혀 소각장 안으로 떨어지는 위스키병.

29. 수술실, 한양대 병원 / 밤

수술대 위에 흰 천을 덮은 박종철의 시신이 있다.
표 검사와 수술복을 입은 황적준, 박동호 박사가 서 있고, 사진사가 플래시를 터뜨리며 사진을 찍는다.
자막 : 한양대학교 병원 / 1987년 1월 15일 밤 9시 05분

문이 열리고 박종철의 삼촌 박월길이 들어온다.

표 검사 유족 대표시죠? 성함이…
삼촌 박월길 삼촌… 박월길입니다.
표 검사 (검시 보고서에 이름을 적고) 황 박사님. 시작하입시다.
황적준 박사 먼저 고인의 영면을 빌겠습니다. 일동, 묵념.

일동, 묵념을 한다.

황적준 박사 바로.

황적준, 박동호 박사가 천을 내리자, 목덜미와 가슴에 새까맣게 멍이 든 박종철의 시신이 드러난다. 참담한 표정으로 이를 악무는 삼촌 박월길.

30. 복도 -> 화장실, 중앙대 용산병원 / 밤

복도. 당직실 문이 열리고 오연상이 나온다. 막아서는 이 형사.

오연상 화장실 좀…

이 형사가 물러서고, 오연상이 화장실로 향한다.
오연상에게 따라붙어서 몇 발짝 걷던 이 형사가 멈춰 선다.
오연상, 건너편 화장실로 들어간다.

cut. to. 화장실. 소변기 앞에 선 오연상. 뒤쪽에서 문 열리는 소리가 들리더니, 윤상삼 기자가 바로 옆 소변기 앞에 선다.

윤상삼 기자 동아일보 윤상삼 기자-ㅂ니다. 고문 흔적, 못 보셨습니까?

오연상, 말없이 세면대로 가서 물을 튼다.

윤상삼 기자 (따라와서) 보신 대로만 말씀해주세요. 아까 몸에 물기가 있었다고 하셨는데, 시신 상태가 어땠습니까?
오연상 (쏟아지는 물을 잠시 보다가) 바닥에… 물이 흥건했습니다. 욕조가 있었고… 폐에서 수포음도 들렸구요.
윤상삼 기자 (놀라며) 수포음이요?

31. 수술실 -> 현관, 한양대 병원 / 밤
수술실. 박동호 박사가 박종철 시신 위에 흰 천을 덮는다.
피가 묻은 수술 장갑을 벗는 황적준 박사.
삼촌 박월길은 구석에서 흐느끼고 있다.

cut. to. 현관. 경찰들이 장벽을 치고 있다. 장벽 앞에 서 있는 기자들.
황적준 박사와 삼촌 박월길이 대공 형사들에게 둘러싸여 나온다.
박 계장이 황적준 박사를 서둘러 승용차에 태운다.
대공 형사들이 삼촌 박월길을 데리고 승합차로 향한다.

기자들 사인이 뭡니까! / 한 말씀 해주세요!

삼촌 박월길 (대열을 이탈하며) 갱찰이 죽였습니다! 쇼크사 아이고… 웁, 웁…

(대공 형사가 입을 틀어막아 승합차에 태운다)

윤상삼 기자 고문치사 맞죠? 물고문하다…

퍽! 반 형사의 주먹에 얻어맞은 윤상삼 기자가 나동그라진다.
아우성치는 기자들을 거칠게 밀어내는 경찰들.
입술이 터진 윤상삼 기자, 입가에 묻은 피를 닦으며 일어선다.
승용차와 승합차가 현관 앞을 떠난다.

32. 처장실, 남영동 대공분실 / 밤

박 처장, 소파에 앉아 눈을 감고 있다.
유 과장이 마주 앉은 조 반장, 강 형사에게 서류를 내민다.

유 과장 내일 본부 감사과 가서 이대로 진술해. 그쪽도 알아.

강 형사 (울상이다) 아, 이게… 저는 잠깐 도와주러 왔다 그런 건데….

유 과장 형식적인 거니까, 휴가라 생각하고 감사과 애들이랑 놀다 와.

조 반장 (눈을 부릅뜨고) 제가 무슨 잘못이 있다고 감사를 받습니까?

유 과장 이 새끼가 어디서 눈을 까뒤집고…

조 반장 까라면 까고, 박으라면 박고, 밟으라면 밟았습니다. 제가 왜…

박 처장 한경아.

조 반장 예, 처장님…

박 처장 (눈을 떠서 조 반장을 바라보며) 다녀오라우.

조 반장 …받들겠…습니다

33. 편집국, 동아일보 / 밤

회의실. 신문사 간부들이 회의를 하는데, 입술에 딱지가 붙은 윤상삼 기자가 열변을 토한다.
사회부에 서 있는 사회부 기자들이 회의실을 주시하며 서성인다.

회의실 문이 열리고 간부들과 사회부장, 윤상삼 기자가 나온다.
사회부로 걸어오는 사회부장과 뛰어오는 윤상삼 기자.
윤상삼 기자가 달려와서 가방을 들고 뛰어나간다.
사회부 기자들이 윤상삼 기자를 바라보며 의아한 표정.

사회부장 주목! 내일부터 고문 근절 캠페인 연재한다. 특별 취재반 구성해서 왜 죽었는지, 누가 죽였는지, 샅샅이 밝혀내!
황 기자 부장… 저거는…?

부장이 시선을 돌리면, 칠판에 '보도지침 : 서울대생 사망, 절대보도금지!'.

사회부장 까고 있네. 경찰이 고문해서 대학생을 죽였는데 씨발, 보도지침이 대수야? 앞뒤 재지 말고 들이박아!!!
기자들 예!!!

기자들, 부리나케 수첩과 가방을 챙겨서 뛰어나간다.

34. 본부장실, 치안본부 / 밤

박 계장과 대공 형사들이 황적준 박사를 호위해서 복도를 걷는다.
박 계장이 본부장실 문을 열어서 황적준 박사를 들어가게 한다.

cut. to. 본부장실. 황적준 박사가 들어서면, 내복만 입은 강 본부장이 내실에서 나온다.

강 본부장 아이고 우리 황 박사. 고생 마이 했다. 거 앉아라. (소파에 앉아서) 우애 됐노?
황적준 박사 경부 압박에 의한 질식사-ㅂ니다. 물고문 과정에서 목이 욕조 턱에 눌리면서…
강 본부장 (버럭) 말조심 안 하나!!!

당황하는 황적준 박사.

강 본부장 내 말, 똑또기 들으래이. 니가 고문치사라 카모, 세상이 후딱 뒤비질 끼고, 우리 다 죽는기라.
황적준 박사 그게… 시신에 남은 증거가 워낙 확실해서…
강 본부장 화장한다카이! 다 소용없는기라. 부검소견서에 심.장.마.비. 네 글자만 써도. 그 은혜, 평생 갚을 기다. (봉투를 내밀며) 여는… 국과수 아들, 회식비하고. 어이?

황적준 박사가 청와대 봉황 마크가 찍힌 봉투를 보고 흠칫 놀란다.

황적준 박사 (잠시 고민하다가) 죄송합니다, 본부장님… (일어선다)
강 본부장 그캐봐야 니만 죽는데이. 우짜둔둥 쇼크사로 발표할 끼다! 알았나?!

황적준 박사가 묵묵히 문을 열고 나간다.
문이 닫히자, 아침 햇살로 밝아지는 본부장실.
카메라 돌아보면 플래시 불빛 속에서 기자회견 중인 강 본부장 보인다.
자막 : 1987년 1월 16일 오전 9시

강 본부장 오른쪽 폐으 탁구공 크기 출혈반은 폐결핵 흔적일 가능성이 높고, 목과 가슴으 피멍 또한 인공호흡 과정에서 발생한 것으로써, 마… 가혹 행위가 일절! 없었다는 잠정 소견입니다.

창가에 버티고 선 박 처장, 무덤덤한 표정으로 기자회견을 지켜본다.

35. 화장장, 벽제 / 오전
타고 남은 박종철의 유골을 양철 집게와 삽으로 수습하고 있다.
오열하던 어머니가 쓰러지고, 박종철의 형과 누나가 부축한다.
박종철 형이 서둘러서 어머니를 업고 누나가 부축해서 버스로 향한다.

구석에 쪼그려 앉은 박종철 아버지, 넋이 나간 표정으로 뭔가를 중얼거린다.

cut. to. 주차장. 승합차 안. 삼촌 박월길이 대공 형사들 사이에 끼어 앉았다. 삼촌 박월길의 눈에서 눈물이 하염없이 흐른다.

cut. to. 화장장 출입구. 유 과장과 대공 형사들이 뭔가를 모의하느라 쑥덕거린다. 똑같은 승용차 3대와 장례용 버스가 대기 중이다.
유골함을 든 박종철 형과 아버지가 대공 형사들과 함께 나온다.
전경들에게 막힌 기자들, 고개를 내밀며 유가족의 움직임을 확인한다.
윤상삼 기자, 전경들의 어깨너머를 살피려고 펄쩍펄쩍 뛴다.
대공 형사들에게 둘러싸여 장례용 버스로 향하는 박종철 형과 아버지.
전경들, 갑자기 방패를 추어올려서 기자들의 시선을 가로막는다.
대공 형사들이 버스에 타려는 박종철 형과 아버지에게 갑자기 달려들어서 두 번째 승용차로 끌고 간다.
시선이 막힌 기자들이 당황해서 우왕좌왕.
급히 바닥에 엎드리는 윤상삼 기자.
윤상삼 기자가 박종철 형과 아버지의 발걸음을 확인한다.

36. 국도, 편도 1차선 / 오전

똑같은 승용차 3대와 장례용 버스가 국도를 달린다.
버스 뒤에 신문사 취재 차량이 줄지어 따라간다.

cut. to. 사거리. 승용차 3대와 장례용 버스가 사거리에 멈춘다.
신문사 취재 차량도 잇달아 멈춘다.

cut. to. 동아일보 차 안. 윤상삼 기자, 승용차와 버스의 움직임을 주시한다.

cut. to. 사거리. 첫 번째 승용차가 경적을 울리면서 유턴을 한다.
두 번째 승용차는 우회전, 세 번째 승용차는 좌회전, 버스는 직진한다.
신문사 취재차들, 사거리 중앙에서 갈피를 못 잡고 주춤거리다가 대부분 버스를 따라서 직진하고, 일부 차량이 좌회전 또는 우회전한다.

cut. to. 동아일보 차 안. 윤상삼 기자, 옆을 스치는 차를 유심히 바라본다.

윤상삼 기자 좌회전!!! 좌회전!!!!!!

동아일보 취재차가 급하게 좌회전을 하려는데 기자 차들이 서로 엉킨다.

37. 임진강변 / 오전

흐느끼는 박종철 형이 얼어붙은 농수로에 유골을 뿌리고 있다.
허망한 표정으로 서 있는 박종철 아버지.
급하게 달려오던 동아일보 취재차가 대공 형사들의 제지로 멈춰 선다.
윤상삼 기자와 사진기자가 급히 내리는데, 대공 형사들이 막아선다.
대공 형사들이 윤상삼 기자와 사진기자를 떠민다. 살벌하다.
운전기사까지 끌어내린 대공 형사들이 윤상삼 기자 일행을 둘러싼다.
윤상삼 기자가 대공 형사들 어깨너머로 박종철 아버지와 형을 바라본다.

바람을 타고 날아간 유골 한 무더기가 떠나기 싫다는 듯 얼음 위 한 곳에 모인다. 뭉친 유골을 애처롭게 바라보던 박종철 아버지가 발이 빠지는 줄도 모르고 살얼음 위를 저벅저벅 걸어간다.
박종철 아버지, 얼음 위에 모인 유골을 쓸어 모아 다시 바람에 날린다.

박종철 아버지 철아! 잘 가그래이! 이 아부지는… 아무 할 말이 없대이!!!

흐느끼는 박종철 아버지와 형.

눈시울이 붉어진 윤상삼 기자,
애써 하늘을 보며 흘러내린 눈물을 닦아낸다.
박종철의 유골이 스산한 바람을 타고 살얼음 위에 흩어진다.
이를 악문 윤상삼 기자, 대공 형사를 확 밀치고 취재차에 탄다.
윤상삼 기자가 운전하는 동아일보 취재차가 급하게 후진한다.
대공 형사들을 뒤로하고 빠르게 달려가는 동아일보 취재차.

38. 공안부장실, 서울지검 –〉 현관 / 오후

쓰레기통이 보이다가 '공안부장 최환' 명패가 툭! 처박힌다.
공안부장, 책상 서랍에 담긴 물건을 종이 박스에 아무렇게나 쏟아붓는다.
이때 밖에서 들려오는 고성에 창밖을 보는 공안부장.

cut. to. 현관 앞. 윤상삼 기자가 경비 경찰들과 실랑이를 벌이고 있다.

경비 경찰 아 글쎄, 오늘은 외부인 출입 불가라니까~. 가세요.
윤상삼 기자 뭐야, 새끼들아! (밀고 들어가며) 비켜, 나 여기 출입기자야!

cut. to. 윤상삼 기자를 한심한 눈으로 보는 공안부장.

공안부장 (혼잣말) 똥개 하나 추가요~.

잠시 생각하던 공안부장, 서류철을 종이 박스에 던져 넣고 걸어 나간다.

cut. to. 현관 앞. 윤상삼 기자, 몸싸움까지 하며 경찰과 실랑이 중이다.

경비 경찰 가라면 가, 씨발. 확 그냥…
윤상삼 기자 뭐? 씨발? 너 이 새끼 소속 어디야? 대공이야? 엉?
공안부장 어이, 윤 기자! 살살해.

윤상삼 기자가 보면, 종이 박스를 들고 출입구를 나온 공안부장이 보인다. 윤상삼 기자가 공안부장에게 후다닥 달려가는데, 종이 박스를 든 공안부장이 주차장을 향해 걸어간다. 급히 따라붙는 윤상삼 기자.

윤상삼 기자 사실 확인 좀 합시다! 익사죠? 물고문하다 죽인 거 맞죠?
공안부장 익사 같은 소리 하고 자빠졌네.
윤상삼 기자 그럼 뭔데요? 폭행치사? 말 좀 해봐요!
공안부장 내가 그걸 왜 알려줘? 니 할 일이잖아?
윤상삼 기자 아, 씨발 진짜! (공안부장 어깨를 붙잡으며) 당신도 한패지? 높은 자리 준데? 어디? 안기부? 청와대?

팍! 공안부장이 종이 박스를 윤 기자 앞에 내동댕이친다.
온갖 잡동사니와 서류철이 바닥을 나뒹군다.

공안부장 그래 새끼야. 군바리 똥꾸멍 빨아서 출세할란다. 됐냐?
윤상삼 기자 (대거리하려다가 참고) …부끄러운 줄 아세요.

공안부장, 자신의 승용차에 타서 시동을 건다.
윤상삼 기자, 핏발 선 눈으로 공안부장을 노려본다.
붕~! 엔진음을 남기고 떠나는 공안부장의 차.
분을 참듯 허공으로 시선을 돌리며 눈을 깜박이던 윤상삼 기자, 허무한 표정으로 돌아서다가 멈칫.
바닥에 떨어진 서류철이 보이는데, #29의 '검시 보고서'다!
공안부장의 차가 정문 앞에 멈추자, 경비가 달려와서 바리케이트를 치운다.
눈이 휘둥그레진 윤상삼 기자가 후다닥 달려가서 검시 보고서를 집어 든다.

cut. to. 공안부장의 차 안. 공안부장이 룸미러로 윤상삼 기자를 살핀다.
룸미러 속 윤상삼 기자가 검시 보고서를 재빨리 들춰 보고 있다.
검시 보고서에는 '사망원인 : 경부 압박에 의한 질식사'로 기록돼 있고 표 검사, 황적준 박사, 박동호 박사의 서명이 있다.

공안부장 (씩 웃으며) 받아쓰기나 잘해, 새꺄.

공안부장의 차가 바리케이트가 치워진 서울지검 정문을 유유히 빠져나간다.

39. 여관방 / 오후

여관방 문이 쾅, 쾅! 과도를 쥐고 재빨리 일어나 손잡이 버튼을 누르는 남자. 신성호 기자다.

신성호 기자 누…누구세요?
배달부 짬뽕이요!

가슴을 쓸어내린 신성호 기자가 문을 열자, 배달부가 짬뽕을 내려놓는다.

신성호 기자 신문 사왔죠?

배달부가 배달통에서 접힌 신문을 꺼내 방바닥에 툭 던진다.

신성호 (신문을 집어 들어서 펼치며) 에이, 중앙일보 사오라고…

접힌 신문을 펼쳐서 1면을 보고 경악하는 신성호 기자의 얼굴.

40. 처장실, 남영동 대공분실 / 오후

동아일보 1면 기사는 '물고문 도중 질식사'. 신문이 확 구겨진다.
박 처장, 신문을 박박 찢어발기며 일어선다.
박 처장이 저벅저벅 걸어 나간다. 유 과장이 따라간다.

41. 정문, 신길동 대공분실 / 오후
승용차 2대와 승합차 2대가 골목을 달린다.
'신길산업' 정문을 통과하는 자동차들.
자막 : 치안본부 신길동 분실 / 1987년 1월 19일 오후 4시

자동차들이 현관 앞에 멈추고, 승용차에서 정보국장이 내린다.
승합차에서는 제복을 입은 경찰들과 조 반장, 강 형사가 내린다.

강 형사 (두리번거리며) 어라? 감사과 아닌데…?
조 반장 (느낌이 이상하다) 국장님! 뭐하자는 겁니까?
정보국장 채워!

제복을 입은 경찰들이 강 형사의 손목에 수갑을 채운다.
조 반장, 자신에게 수갑을 채우려는 두 명의 경찰을 순식간에 때려눕힌다.
이때, 현관에서 10여 명의 형사들이 곤봉을 들고 달려온다.
형사들이 합세하며 전세 역전. 조 반장이 곤봉을 얻어맞고 쓰러진다.
조 반장을 찍어 누르는 형사들.
시멘트 바닥에 얼굴이 눌린 조 반장, 입술이 터져서 피가 흐른다.
정보국장이 조 반장에게 다가온다.

정보국장 니들, 가혹 행위 치사죄로 구속됐어. 지금부터 경찰 아니고 범죄자야, 범죄자!

형사들, 기겁한 조 반장과 강 형사를 끌고 현관으로 들어간다.

42. 본부장실, 치안본부 / 오후
잔뜩 긴장한 강 본부장이 책상으로 다가오는 박 처장의 눈치를 살핀다.
두 손으로 책상을 짚은 박 처장이 몸을 슥 기울이며 강 본부장을 노려본다.

강 본부장 우…우야겠노… 청와대에서 구속하라꼬…

박 처장 오뎁네까?

강 본부장 말 몬 한다. 니 가서 깽판칠낀데 사고 나모 우야노? 박 처장아. 맘 단디 묵으래이. 몸통이 살라모, 꼬리를 짤라야 된다.

안광을 번뜩이는 박 처장.

cut. to. 복도. 본부장실에서 나온 박 처장, 성큼성큼 걸어간다.
유 과장이 따라붙는다.

유 과장 신길동입니다.

43. 신길동 대공분실 / 저녁

현관. 승용차 한 대와 승합차 한 대가 멈춰 선다.
승합차에서 내린 박 계장과 대공 형사들이 경비 경찰들에게 권총을 들이 밀며 밀쳐낸다. 승용차에서 박 처장과 유 과장이 내린다.
박 처장, 부하들의 호위를 받으며 현관으로 들어간다.

cut. to. 복도. 박 처장이 대공 형사들을 대동하고 기세등등하게 걷는다.
박 처장을 마주친 조사과 형사가 바짝 긴장한 얼굴로 거수경례를 한다.
조사과 형사를 지나친 박 처장이 취조실 문을 벌컥 열고 들어간다.

cut. to. 취조실. 박 처장이 들어서면, 조 반장이 상의가 모두 벗겨진 채 거꾸로 매달려 있다. 조사과 형사 3명이 조사를 준비하는 중이다.

박 처장 종간나 새끼들…!

조사과 형사들이 화들짝 놀라서 박 처장에게 경례를 한다.
대공 형사들이 조사과 형사들을 밀어내고 조 반장이 묶인 끈을 풀어낸다.

정보국장 (들어오며) 동작 그만! (박 처장을 보며) 너 지금 누구 명령…

순간, 얼굴이 일그러진 박 처장이 정보국장의 멱살을 잡아서 밀고 간다.
박 처장에게 밀린 정보국장이 복도를 지나쳐 건너편 벽에 등을 부딪친다.
박 처장, 건너편 취조실 문을 열어서 정보국장을 밀어 넣고 들어간다.

cut. to. 건너편 취조실 안. 몸을 일으키는 정보국장.

정보국장 이 새끼가 명령 불복종에 상관 폭행…

퍽! 소리와 함께 쓰러지는 정보국장. 박 처장이 주먹을 날렸다.
박 처장이 정보국장의 멱살을 잡아 끌어올린다.

박 처장 경찰이믄 다 같은 경찰인 줄 아내? 니들이 뽀찌 뜯어서 이밥에 괴깃국 먹을 때, 내래 칼 맞아가믄서 빨갱이 잡았댔어. 나 아니었으믄 이 나라! 김일성이한테 먹혔을 끼야. 알간!!!
정보국장 너 이 새끼, 실수하는 거야. 감히 각하 명령을…

퍽! 박 처장의 주먹이 정보국장의 턱에 꽂힌다.

박 처장 똑또기 새기라우. 내래 빨갱이 잡는 거 방해하는 간나들은, 무조건 빨갱이로 간주하갓어!!!

축 늘어져서 반응이 없는 정보국장.
박 처장이 정보국장을 내팽개치고 몸을 일으킨다.

cut. to. 취조실. 웃옷을 걸친 조 반장이 의자에 앉아 있고, 조사과 형사들이 박 계장에게 '원산폭격'을 받고 있는데, 박 처장이 들어온다.

박 처장 비우라우.

박 계장 (조사과 형사들을 발로 차며) 나가, 새끼들아!!!

발길에 밀려서 쓰러진 조사과 형사들이 급히 몸을 일으켜서 나간다.
대공 형사들까지 모두 나가자, 박 처장이 조 반장 앞에 앉는다.
박 처장, 멍이 들고 입술이 터진 조 반장을 물끄러미 바라본다.

박 처장 …아프내?

조 반장 …억울합니다. (고개를 스르륵 숙인다)

박 처장 (고함) 고개 들라우!

조 반장, 고개를 번쩍 치켜든다.

박 처장 너래, 애국자디. 고개 빳빳이 들고 살라우.

조 반장 가혹 행위 치사죄는… 형량이 최하 10년입니다.

박 처장 몇 달만 참으라우. 과실치사로 바꿔서, 집행유예로 빼주갔어.

조 반장 딸린 식구가 다섯입니다.

박 처장 내래 다 책임질 끼야.

조 반장 …받들겠습니다.

박 처장 길티. 고거이 남영동이디.

박 처장의 얼굴에 미소가 번진다.

44. 구치소, 영등포 교도소 / 밤

검신실. 교도관들이 지켜보는 가운데, 남자 2명이 알몸인 상태로 허리를 90도로 숙여서 엉덩이를 벌리고 있다.

교도관 일동, 기침!

콜록, 콜록… 억지로 기침을 하는 남자들.
교도관 1명이 남자들의 항문을 살핀다.

교도관 일어서!

남자들이 일어서면, 조 반장과 강 형사다. 담담한 표정의 조 반장과 다르게 강 형사는 금방이라도 울음이 터질 듯한 표정이다.
자막 : 영등포 교도소 / 1987년 1월 20일 밤 11시

cut. to. 감방 안. 10여 명의 재소자들이 좁은 방에 누워서 잠을 자고 있다. 구석 담요 안에서 꾸물거리는 누군가의 뒷모습.
발자국 소리에 담요를 제치고 복도 쪽으로 시선을 돌리는 이부영의 얼굴. 잡지에다 무언가를 적고 있었는지 얼른 잡지와 볼펜심을 감추고 긴장하는 이부영의 모습 위로 **이부영 / 동아일보 해직 기자, 5·3 인천 사태 주도 혐의로 구속 수감 중**

cut. to. 조 반장이 감방으로 들어오고 건너편 감방으로 강 형사가 들어가는 모습이 보인다. 철컹! 문이 잠기고 방을 천천히 둘러보는 조 반장. 넓은 방 안에 냉기가 가득하다. 이때, 강 형사의 흐느끼는 소리가 들린다.

cut. to. 건너편 감방 안. 구석에 쪼그려 앉은 강 형사가 흐느낀다. 설움에 복받쳐 울음을 터뜨리는 강 형사. 찬송가 부르는 소리가 들려온다.

cut. to. 감방 안. 조 반장이 우렁차게 찬송가를 부른다.

cut. to. 복도. 조용한 복도에 찬송가 소리와 울음소리가 묘하게 뒤섞인다. 책상에서 잡지를 손에 쥐고 고개를 절레절레 흔드는 교도관 한병용의 모습 위로 **한병용 / 영등포 교도소 교도관. 교도관 노조 설립 시도 혐의로 파면 후 복직.**
한병용이 철창 두드리는 소리에 고개를 들면, 감방 철창으로 잡지가 삐죽.

cut. to. 감방 안. 이부영, 철창 사이로 잡지를 내밀고 있다.
한병용이 다가와서 자신의 잡지와 교환한다.

이부영 조용히 좀 시켜. 잠 다 깨겠네.
교도관 한병용 접근 금지-ㅂ니다.
이부영 사형수야?
교도관 한병용 그… 서울대생 고문해서 죽인… (떠난다)

눈을 번쩍 뜬 이부영, 독방 쪽을 바라본다.

윤상삼 기자(off) (소리) 끝나긴 뭘 끝나요?

45. 막걸리집 / 밤
동아일보 사회부장과 사회부 기자들이 막걸리를 마신다. 다들 취했다.

황 기자 시국이 얼음장이야, 인마. 중대병원 의사, 협박에 시달려서 잠적한 거 몰라? 더 파다간 신문사 폐간돼.
윤상삼 기자 죽기 살기로 몸부림치는 청년을, 딸랑 두 명이 제압했다? 말이 안 되잖아요!
사회부장 말 안 되지. 내가 소싯적에 고문당해봐서 아는데, 둘 가지구 택두 없어.
동아일보 기자1 (사회부장의 뚱뚱한 몸을 보며) 한… 열 명 붙었겠네요?

키득거리는 기자들.

사회부장 이 새끼들이… 나도 젊었을 땐, 젓가락이었거든?
윤상삼 기자 부장! 뻔히 아는 분이 그래요? 들이박읍시다!
사회부장 상삼아. 진실은 말이다. 꾹꾹 누르다 보면 언제든 터져 나오게 돼 있어. 김밥 옆구리 터지듯이. 팍~! 응? (윤상삼 어깨를 두드리며) 재판 과정에서 뭐가 튀어나오는지 보자고. (잔을 들며) 자! 오늘은 코가 삐뚤어지게 들이켜자. 마시고!!!

기자들 (잔을 들며) 죽자!!!

'씨이발!!!' 소리치며 상을 뒤엎는 윤상삼 기자.
그 바람에 막걸리를 뒤집어쓰는 황 기자.

윤상삼 기자 그래 죽자. 죽어! 받아쓰기 하는 게 기자야? 기자냐고!!!
황 기자 이 개새끼가… (윤상삼 멱살을 잡으며) 너만 잘났냐? 군바리들한테 맞아 죽고 싶어?
윤상삼 기자 나도 무서워! 씨발. 무서운데… 여기서 끝낼 거야?!
황 기자 이 새끼가 어따 대고.. 나와, 새꺄!

기자들, 서로 뒤엉키며 난장판이 되는데…
쾅! 미닫이문을 열어젖히는 동아일보 사회부 기자2.

동아일보 기자2 부장! 터졌어요!
사회부장 (머리에 쏟아진 안주 치우며) 터져? (역시 예상대로라는 듯) 그렇지! 뭔데?
동아일보 기자2 북한 주민 열한 명 해상 탈출!!!
사회부장 (실망하며) 이런 니미… 출처는?
동아일보 기자2 안기부요!

기자들, 우당탕 뛰쳐나간다.
윤상삼 기자와 황 기자만 뒤엉킨 채 엉거주춤, 멀뚱멀뚱. 잠시 정적.

사회부장 (소리친다) 안 튀어??!!

그제야 후다닥 뛰어나가는 황 기자.
윤상삼 기자, 허탈한 표정으로 털썩 주저앉는다.
사회부장, 끙… 하며 주전자에 입을 대고 막걸리를 꿀꺽꿀꺽 들이켠다.

46. 버스정류장, 거리 / 오전

신문 가판대 신문 1면은 온통 일본에 있는 '김만철 일가' 기사다.

동아일보 – 北韓주민 11명 海上망명

경향신문 – 亡命일가 韓國引渡 협의 중

조선일보 – 북괴, 日에 협박 김씨 가족 送還요구

서울신문 – 北韓 일가, '따뜻한 남쪽나라 가고 싶다' 韓國行 희망

버스를 기다리는 40대 남자 2명이 혀를 끌끌 차며 신문을 펼쳐 보고 있다.

40대 남자1 옘병할… 종철이가 종 치니까, 만철이가 그만 치라네. 드럽게 절묘해.

40대 남자2 한두 번이냐? 찍소리 못 하는 우리가 모지리 십빠빠여. 조까라 마이싱…

버스가 도착하고 40대 남자1, 2가 버스 앞문으로 탄다.
버스 뒷문에서 사복을 입은 교도관 한병용이 내린다.
한병용, 손에 쥔 잡지를 허벅지에 툭툭 치며 거리를 걷는다.
코너를 돌던 한병용, 갑자기 몸을 돌려서 벽 뒤에 몸을 감춘다.
한병용이 고개를 슬쩍 내밀어서 거리를 보면,
전경들이 길을 막았고 백골단들이 지나가는 사람들을 검문한다.
한병용, 난처한 표정으로 손에 쥔 잡지를 바라본다.
'탤런트 김희애'가 표지 모델인 〈TV 가이드〉다.
한병용이 잠시 망설이는데, "저놈 잡아!!!" 외침이 들린다.
화들짝 놀란 한병용이 고개를 내밀어서 거리를 보면,
백골단들이 검문을 받다가 도망치는 남자를 덮친다.
쓰러진 남자를 마구잡이로 짓밟는 백골단들.
기겁한 한병용, 서둘러서 되돌아간다.

47. 연희의 집, 동네 슈퍼 / 낮

골목 삼거리에 있는 작고 낡은 동네 슈퍼 전경.
한병용이 골목을 걸어오는데 한 손에는 잡지를, 한 손에는 작은 종이 가방을 들었다. 슈퍼로 들어가는 한병용.

cut. to. 슈퍼 안. 한병용이 들어서면, 연희 엄마가 계산대에서 밥을 먹는다.

한병용 나 왔어.
연희 엄마 너는 퇴근하면 곧장 와서 잠이나 잘 것이지, 어딜 그렇게 싸돌아다녀? 그러다 뼈 삭아. 장가도 못 간 놈이… 어유…
한병용 싸돌아다녀야 여자도 만나고 그러지.
연희 엄마 지랄하고 자빠졌네. 그래서 니가 데이트했냐? 데이트했어? 허구헌날 헛짓거리… (문득) 너 혹시, 또 이상한 사람들 만나고 다니니? 응?
한병용 이상한 거로 따지면 내가 젤 이상하지. 이 나이 먹도록 누나 잔소리 듣고 사는데, 제정신이겠수?
연희 엄마 썩을 놈… 밥이나 처먹어. 찌개 끓여놨다.
한병용 (피식 웃고) 연희는?
연희 엄마 퍼질러 자. 아주 벌써부터 먹고 대학생이야.

한병용이 문을 열고 슈퍼와 연결된 안채로 들어서면, 왼쪽에 있는 안방 미닫이문이 활짝 열려 있는데, 연희가 라디오를 틀어놓고 '김완선'이 표지 모델인 〈하이틴〉 잡지를 얼굴에 덮은 채 자고 있다.

DJ(라디오) …옆집 오빠랑 듣고 싶어요, 라고 사연 보내주셨습니다.
소원, 들어 드려야죠? 불안한 청춘들을 위한 노래-ㅂ니다.
유재하의 가리워진 길.

벌떡 일어난 연희가 후다닥 기어가서 카세트 레코더의 녹음 버튼을 누른다. 안방으로 들어가던 한병용, 깜짝 놀라서 걸음을 멈춘다.

연희가 녹음 버튼을 연거푸 누르는데, 도무지 눌러지지 않는다.
신경질이 난 연희, 카세트 레코더를 확 밀쳐서 넘어뜨린다. 음악이 끊긴다.

연희 에이! 이놈의 고물…
한병용 망치 갖다줘?
연희 삼촌! 내가 이거 고쳐주라고 했어, 안 했어?
한병용 하여간 엄마나 딸이나…
연희 뭐?
한병용 (종이 가방을 내밀며) 옜다! 오다가 주웠다.

연희가 종이 가방을 받아 들어서 내용물을 꺼내면, 미니 카세트다.

연희 (벌떡) 꺅! 마이마이! (한병용 껴안으며) 역시 삼촌밖에 없쪙!
한병용 (연희 밀어내며) 야야. 다 큰 놈이. (앉으며) 합격 선물이다.

신이 난 연희, 포장을 뜯어서 미니 카세트를 살피느라 정신이 없다.

한병용 (눈치를 살피다가) 연희야. (TV 가이드를 내밀며) 이거…
연희 (잡지를 보고 얼굴이 싸늘해지며) 또 그 아저씨 만나라고?
한병용 아니, 그… 내가 생긴 게 이래서, 검문마다 걸리잖냐. 넌 안 잡으니까…
연희 정신 좀 차려, 쫌! 노조 만들다 짤릴 뻔해놓고… 잘났어, 증말.
한병용 노조 아니라니까?
(TV 가이드를 내밀며) 좋은 일 하는 거야, 좋은 일. 어?

미니 카세트를 탁 내려놓고 〈TV 가이드〉를 확 낚아채서 뒤지는 연희.
연희가 이부영의 글씨가 가득한 부분을 펼쳐서 한병용 얼굴에 들이민다.

연희 이래도? 교도관이 죄수 심부름하고 그래두 돼?
한병용 (입맛을 다시고) 안 되면 뭐, 할 수 없고.

한병용이 미니 카세트를 잡아서 천천히 끌어당기는데, 연희가 한병용의 손을 덥석! 잡는다.

연희 합격 선물이라며?

한병용 두봉이도 합격했거든?… 계장님 아들!

연희 씨… 마지막이다?

한병용 당연하지.

미니 카세트를 집어 든 연희, 배시시 웃으며 버튼을 눌러본다.
연희를 바라보며 빙긋 웃는 한병용.

48. 버스정류장, 거리 / 오후

#46 버스정류장에 버스가 멈추고, 뒷문에서 잡지를 손에 든 연희가 내린다.

cut. to. 거리. 전경들이 길을 막고 백골단들이 사람들의 소지품을 뒤진다.
연희가 다가오자, 백골단이 그냥 통과하라고 손짓한다.
연희, 잡지를 손에 쥐고 전경들 사이를 유유히 통과한다.

49. 사찰, 서울 시내 / 오후

주지 스님과 가톨릭 사제복을 입은 함세웅 신부가 마주 서서 인사를 나눈다.

주지 스님 오랜만입니다, 신부님.

함세웅 신부 성불은 하셨습니까?

주지 스님 시절이 하 수상해서, 번뇌가 끊이질 않습니다.

함세웅 신부 저도 마찬가지-ㅂ니다. 이참에 계나 묻을까요? 번뇌계.

껄껄 웃으며 화단으로 향하는 주지 스님과 함세웅 신부.
화단에서 노무자 한 명이 말라 죽은 나무를 뽑아내고 있다.

주지 스님 (합장을 하며) 저는 그럼… (떠난다)

함세웅 신부가 화단에 놓인 묘목을 집어 들어서 살핀다.
함세웅 신부의 얼굴 위로 자막. 함세웅 신부 / 천주교 정의구현 전국사제단

함세웅 신부 (묘목을 살피며) 무슨 일 생겼습니까?

삽으로 땅을 파던 노무자가 허리를 펴면, #9 사진 속 김정남이다.
김정남 / 각종 민주화 운동 관련자 도피방조혐의로 수배 중

김정남 (삽질을 하며) 박종철 군 진상규명 요구 성명 발표하신다구요?
함세웅 신부 내일입니다.
김정남 고문 경관이 더 있을 거란 얘기는 빼고 책임자 처벌만 강조하시죠. 어설피 건드렸다가 경계가 심해지면, 진상 규명이 어려워집니다.
함세웅 신부 (주변을 경계하며) 영등포 교도소 보안계장이, 앉은자리에 풀도 안 날 양반이랍디다. 교도관도 접근 금지라는데… 되겠습니까?
김정남 되게 만들어야죠. 진짜 고문 살인범들의 소속, 계급, 이름… 은폐 조작한 놈들까지 명명백백하게 캐낼 겁니다.
함세웅 신부 때를 놓치는 것보단 대충이라도 터뜨리는 게 낫습니다.
김정남 이 나무, 누가 죽였는지 아십니까?

함세웅 신부가 시선을 돌리면, 말라 죽은 나무가 뽑혀 있다.

김정남 제가 죽였습니다. 마음이 급해서 대충 심었거든요.

갑자기 삽질을 멈춘 김정남이 몸을 일으켜서 함세웅 신부를 응시한다.

김정남 신부님, 우리한테 남은 마지막 무기는… 진실뿐입니다.

잠시 김정남을 응시하던 함세웅 신부가 긍정의 뜻으로 고개를 끄덕이는데.

연희(off) 아저씨!

화들짝 놀란 김정남과 함세웅 신부가 돌아보면, 연희가 다가온다.

김정남 (안도하며) 연희구나.

연희가 〈TV 가이드〉를 불쑥 내민다. 김정남이 얼른 받아서 펼치는데

연희 삼촌이, 기다리는 소식 못 드려서 죄송하대요.
김정남 (실망하고 잡지를 덮으며) 아, 그래…
연희 (함세웅 신부를 훑어보며) 불공 드릴 복장은 아니고…

응? 하는 표정의 함세웅 신부.

연희 아~, 신부님이… 수괴?

뜨악한 표정으로 눈만 끔벅이는 함세웅 신부.

김정남 한병용 교도관 외조카-ㅂ니다.
연희 (합장하고 고개 숙이며) 자수해서 광명 찾으세요~.

휙 돌아서서 걸어가는 연희의 뒷모습에 김정남과 함세웅 신부, 어이없다는 듯 헛웃음을 터뜨린다.

50. 일반 접견실, 영등포 교도소 / 오후
복도. 보안계장 안유가 강 형사를 데리고 걷는다.
보안계장 안유의 모습 위로 타이핑 자막. 안유 / 영등포 교도소 보안계장

cut. to. 일반 접견실. 강 형사의 아내와 아버지, 어머니가 대기 중이다.
유리창 너머 문이 열리고 보안계장이 강 형사를 데리고 들어온다.
자막 : 1987년 2월 20일 오후 4시 30분

강 형사, 가족들을 보자마자 고개를 숙이고 흐느낀다.
보안계장, 책상에 앉아 접견기록부를 펼치고 볼펜을 집어 든다.

강 형사 아내 여보…
강 형사 어머니 대체 이게 무슨 변고니… 흑흑…
강 형사 걱정 마요, 엄마… 별일 아니에요… 흑흑…
강 형사 아버지 사람 죽여놓고 별일 아니라고? 내가 이눔아! 널 어떻게 키웠는데 사람을 죽인단 말이냐!
강 형사 아버지! 억울합니다! 진짜 억울합니다… 흑흑…
강 형사 아버지 억울해? 뭐가 억울해? 말해봐!
강 형사 전… 다리만 잡았어요. 죽인 사람들, 따로 있다구요!

기록을 하던 보안계장, 놀란 눈으로 강 형사를 돌아본다.
문이 벌컥 열리고 박 계장과 대공 형사들이 들어온다.

박 계장 끌어내!

대공 형사들이 강 형사를 끌고 나간다.

강 형사 저 아니에요! 아버지! 저 아니라구요! 믿어주세요!

대공 형사들이 제지하는 교도관 한병용을 거세게 밀치고 들어와서 울부짖는 강 형사 가족들을 끌고 나간다.
한병용 '끙' 하며 허리를 잡고 일어서서 유리창 너머를 보면 박 계장과 보안계장이 남아 있다.

보안계장 면회 규정을 준수해주십시오.

피식 웃은 박 계장, 접견기록부를 집어 들어서 대화 기록을 확 뜯어낸다.
당황하는 보안계장.

박 계장 (대화 기록을 찢어발기며) 한 번만 더 이딴 거 써봐. 교도소 통째로 날려버린다.

박 계장, 갈가리 찢은 대화 기록을 흩뿌리고 나간다.
보안계장, 바닥에 나뒹구는 접견기록부와 찢어진 대화 기록을 보며 긴 한숨.

cut. to. 복도. 박 계장, 면회접수 창구 밖으로 꺼낸 전화로 통화 중이다.

박 계장 빡스에 금이 갔습니다.

51. 박 처장의 승용차, 도로 / 해 질 녘

승용차 안. 카폰으로 보고를 받는 박 처장.
박 처장의 승용차가 우회전을 하다가 급정거한다.
박 처장이 앞을 보면, 전경들이 '박종철을 살려내라, 고문살인 진상규명'을 외치는 시위대를 막고 있다. 전경들, 시위대를 향해 최루탄을 쏜다.
유턴을 해서 골목으로 향하는 박 처장의 승용차.

박 처장 (전화) …치우라우.

박 처장이 창밖을 바라본다. 박 처장의 얼굴 위로 쿠궁! 천둥소리가 울린다.

52. 강 형사의 집, 단독주택 / 밤

주택 앞. 장대 같은 비가 쏟아진다. 빈 트럭이 서 있고 번쩍! 번개가 친다.

cut. to. 주택 안. 박 계장, 처마 밑에서 무덤덤한 얼굴로 담배를 피운다. 강 형사의 어머니가 대공 형사들에게 붙잡힌 채 절규한다.

강 형사 어머니 이런 법이 어딨어요! 이런 법이! 누구 맘대로 이사를… 흑흑…

쿠궁! 천둥소리가 울린다. 강 형사 아버지는 넋이 나간 얼굴로 주저앉았고, 강 형사 아내는 포대기에 싼 아이를 업은 채 울고 있다.
억수같이 비가 쏟아지는데, 대공 형사들이 가재도구를 들고 밖으로 나간다.

cut. to. 주택 앞. 대공 형사들이 트럭 적재함에 가재도구를 싣는다.
트럭 적재함에 던져진 이불 위로 장대비가 쏟아진다.

53. 올림피아 호텔 / 밤

비를 뚫고 달려온 승용차가 호텔 현관 앞에 멈추고, 유 과장과 박 처장이 내린다. 유 과장이 박 처장에게 우산을 받쳐준다.

cut. to. 복도. 박 처장과 유 과장이 복도를 걷는다.
객실 문 앞에 검은 양복 2명이 서 있다.
박 처장과 유 과장이 복도가 교차하는 곳을 지나서 다가오자, 검은 양복이 문을 연다. 박 처장이 객실로 들어가고 유 과장이 남는다.

cut. to. 객실. 박 처장이 들어서면 안기부장과 장관들이 탁자에 앉아서 회의 중이다. 탁자로 향하는 박 처장.

안기부장 문공부! 모든 언론사에 특별 보도지침 내려.모든 데모가 직선제 때문이다, 개헌 쌈박질에 나라 망한다. 이런 논조로 집중 보도할 것!
문공부 장관 예!
안기부장 (박 처장을 힐끗 보고) 내무부는 지방 전경들 차출해서 주요 대학들 검문검색 강화하고 최루탄 생산 풀가동시켜!
(짜증) 에이… 이런 것까지 내가… 아후…

자리에서 벌떡 일어선 안기부장이 박 처장에게 따라오라는 듯이 방으로 들어간다. 안기부장을 따라서 방으로 들어가는 박 처장.

cut. to. 방. 안기부장이 소파에 앉으며 담배를 피워 문다.
박 처장이 옆에 앉는다.

안기부장 (까칠) 교도소가 시끄럽다면서요?
박 처장 …구속된 요원들, 과실치사로 바꿔주시라요.

안기부장, 협탁 위 동아일보를 집어 들어서 박 처장 앞 테이블에 툭 던진다. '김만철 일가 서울 왔다' 경향신문 1면(87.2.9) 위로 덮이는 동아일보 사회면은 '朴군 49재 집회 비상'.

안기부장 하늘이 도와서 간신히 껐는데, 불쏘시개 넣자구요?
박 처장 약속을 지켜야디 말썽이 없습네다.
안기부장 조무래기도 관리 못 하면서 나랏일은 도대체 어떻게 하십니까?
박 처장 ……
안기부장 (담배를 대충 끄고) 재판은 무기한 연기해드리죠. (일어서서 나가며) 알아서 처리하세요.

박 처장의 굳은 얼굴 위로 담배 연기가 모락모락 피어오른다.

안기부장(off) 박 처장.

박 처장이 고개를 들면, 안기부장이 문턱에 멈춰 서서 삐딱하게 돌아본다.

안기부장 각하께서 심려가 크십니다. (나간다)

박 처장, 시선을 돌려 재떨이 속 꺼지지 않은 담뱃불을 지그시 바라본다.
박 처장의 굳은 얼굴 위로 담배 연기가 모락모락 피어오른다.

54. 보안과 사무실 -〉 면담실, 영등포 교도소 / 밤

비가 그친 영등포 교도소 전경. 고요하다.
텅 빈 사무실에 보안계장이 홀로 앉아서 뭔가를 한다.
보안계장이 갈가리 찢긴 #50 대화 기록을 퍼즐 맞추듯이 맞추고 있다.
전화벨이 울리자, 전화를 받는 보안계장.

보안계장 (전화) 보안계장입니다. …가겠네.

cut. to. 면담실. 보안계장이 들어서면, 기다리고 있던 한병용이 목례를 한다. 탁자 건너편에 이부영이 앉아 있다.

보안계장 안녕하십니까.
이부영 어, 안 계장. 혈색이 별로네? 우환 있어?

탁자를 사이에 두고 마주 앉는 보안계장과 이부영.

보안계장 면담 신청 하셨다구요. 불편하신 거라도 있습니까?
이부영 요즘 고문 경찰 뒤치다꺼리 하느라 퇴근도 제대로 못 한다면서?
보안계장 교도 행정과 상관없는 얘기-ㅂ니다. 불만 사항, 말씀하시죠.
이부영 고문 경찰, 더 있다는 소문… 사실인가?

보안계장, 시선을 돌려서 한병용을 쳐다본다.
한병용, 민망한 표정으로 시선을 피한다.

보안계장 불만 사항 없으시면 면담 종료하겠습니다. 이왕 오셨으니, 쉬다 가십시오. (일어선다)
이부영 공범이 될 텐가?
보안계장 공무원은 직무상 얻은 정보를 누설할 수 없습니다.
이부영 진실은 감옥에 가둘 수 없어!!!

보안계장 제 일이 가두고 지키는 겁니다.

보안계장이 성큼성큼 면담실을 나간다. 한숨을 쉬는 한병용.
이부영, 아쉬움에 주먹으로 책상을 쿵! 내려친다.

55. 상가 거리, 명동 / 오후
고급 원피스를 입고 화장을 한 정미가 누군가를 기다린다.
시계를 본 정미가 건너편으로 시선을 돌리면, 20대 남자가 시계를 보고 경계하는 눈빛으로 주변을 살핀다. 의아한 눈빛의 정미가 주변을 둘러보면, 젊은 남녀 대학생들이 삼삼오오 모여 있다.
자막 : 故 박종철 사십구재일 / 1987년 3월 3일 오후 2시

연희(off) 정미야!

정미가 돌아보면, 하늘하늘한 원피스에 어설픈 화장을 한 연희가 다가온다.

정미 (돌아보며) 야! 넌 집도 가까운 년이… (위아래 훑어보며) 때 빼고 광낸다고 늦었구나? 미팅한다고 아주…
연희 (화색이 가득한 얼굴로) 광나? 번쩍번쩍?
정미 화장이 쫌… 심한 거 아니니?

이때, 건너편에서 시계를 봤던 20대 남자가 거리 중앙으로 뛰어나온다.

20대 남자 고문살인! 자행하는! 군부독재! 타도하자!

주변에 있던 젊은이들이 기다렸다는 듯 뛰쳐나와 구호를 따라 외친다.
순식간에 150여 명의 대학생 시위대가 거리를 점령한다.
시위대를 보고 당황하는 연희와 정미.

20대 남자 애국 시민 여러분!
오늘 조계사에서! 고 박종철 열사 사십구재가 열리고!
고문 추방 국민 대행진이 시작됩니다! 모두 모입시다!
(박수 치며) 박종철을!
시위대 (박수를 치면서 행진한다) 살려내라! 박종철을 살려내라!

연희와 정미가 조금씩 멀어지는 시위대의 뒷모습을 바라보며 안도의 한숨을 내쉬는 찰나, 꺅! 비명 소리가 들리더니 펑! 펑! 사과탄이 터지면서 시위대가 몸을 돌려 달려온다. 경악한 연희와 정미가 도망치려는 순간,
펑! 바로 옆에서 사과탄이 터진다. 정신없이 기침을 하며 비틀거리는 연희.
도망치는 시위대가 연희를 휩쓸고, 연희가 누군가에 부딪혀서 넘어진다.
청바지에 청재킷을 입은 백골단들이 곤봉을 휘두르며 달려온다.
바닥에 쓰러진 연희, 따가운 눈을 억지로 뜨며 정미의 행방을 찾는데
백골단 한 명이 연희의 뒷머리를 잡아챈다. 악! 비명을 지르는 연희.
백골단이 곤봉을 치켜드는 순간, 퍽! 검은 옷을 입고 검은 손수건으로 얼굴을 가린 잘생긴 남학생이 몸을 날려서 보디첵으로 백골단을 쓰러뜨린다.
급히 몸을 일으킨 잘생긴 남학생이 연희의 손을 잡고 뛴다.
정신없이 골목을 달리는 연희와 잘생긴 남학생.
연희와 잘생긴 남학생을 쫓아오는 백골단 2명, 간격을 좁혀오는데…
잘생긴 남학생이 한 손엔 연희를 안고 한 손엔 골목에 세워진 리어카 손잡이를 잡고 휘리릭 돌더니 발로 뻥! 리어카를 날리면 달려드는 리어카 위로 쓰러지는 백골단들.

56. 신발 가게, 명동 / 오후

골목에서 뛰어나온 잘생긴 남학생과 연희가 신발 가게 앞을 지나친다.
가게 주인이 기침을 하며 셔터를 내리고 가게 앞 물건을 정리하고 있다.
잘생긴 남학생과 연희가 갑자기 멈추더니 신발 가게 쪽으로 뒷걸음질 친다.
멀리 앞에서 백골단들이 학생들을 잡아 곤봉을 휘두르고 있다.
잘생긴 남학생이 뒤를 돌아보면, 골목을 돌아 달려오는 백골단 2명.

잘생긴 남학생이 주춤거리는 사이, 백골단들을 본 가게 주인이 들고 있던 신발들을 내던지고 잘생긴 남학생과 연희를 끌고 가게 안으로 들어간다.

cut. to. 가게 안. 주저 없이 셔터를 내리는 가게 주인.
가게 주인이 셔터 끝단을 밟자, 텅! 텅! 텅! 셔터 두드리는 소리가 들린다.

백골단(off) 셔터 올려! 셔터!
가게 주인 (천연덕스럽게) 장사 안 해요~!
백골단(off) 올려, 씨발!
가게 주인 장사 안 해, 개시키들아~!

백골단들이 셔터를 쾅! 치고 떠나는 소리가 들린다.
귀를 기울이던 가게 주인이 셔터 끝단에 굽은 숟가락을 꽂아서 잠근다.

cut. to. 신발 창고. 문고리를 붙잡고 바깥의 동태를 살피던 잘생긴 남학생이 연희의 기침 소리에 시선을 돌린다. 구석에 웅크린 연희가 얼굴에 흐른 눈물을 손으로 닦아낸다. 화장이 번진다.

연희 에이 씨… 첫 미팅인데 데모하고 지랄이야. (재채기를 한다)
잘생긴 남학생 손으로 닦으면 따가워요.

콧물을 훔치던 연희가 따가운 눈을 억지로 뜨며 잘생긴 남학생을 쳐다본다. 연희의 얼굴은 눈물 때문에 화장이 번져서 볼썽사납다.
잘생긴 남학생이 얼굴을 가린 손수건을 내린다. 미소를 머금은 잘생긴 남학생은 정말 잘생겼다!

잘생긴 남학생 세수하세요.

헉! 한연희, 새초롬한 표정으로 흐트러진 머리카락을 가다듬는다.

cut. to. 가게 안. 가게 주인이 반쯤 올린 셔터 아래로 나가서 밖을 살핀다. 잘생긴 남학생과 연희가 창고 앞에 서 있다.
연희가 잘생긴 남학생의 얼굴을 힐끗 훔쳐보고 시선을 떨구면, 잘생긴 남학생의 발이 보이는데, 운동화 한 짝이 사라지고 없다.

연희 저… 신발이…
잘생긴 남학생 (발을 보고) 아, 괜찮아요. 양말은 있네, 뭐. (씩 웃는다)
가게 주인 그러고 나가면 잡혀가.

가게 주인, 흰색 타이거 운동화를 꺼내 잘생긴 남학생 발 앞에 내려놓는다.

가게 주인 이백칠십이지? 8천 원짜린데, 5천 원만 줘.
잘생긴 남학생 (주머니 뒤적이며) 제가 돈이…
연희 (가게 주인에게 5천 원짜리 한 장을 내밀며) 여기요.
(잘생긴 남학생에게) 빚 갚는 거예요.

어? 하는 표정의 잘생긴 남학생.
돈을 받던 가게 주인이 연희의 얼굴을 보며 피식 웃는다.
눈을 끔벅이며 서 있던 연희가 황급히 거울 앞으로 달려간다.
거울 속 연희의 얼굴은 화장이 번져서 엉망진창.
헉! 한연희가 창피한 듯 얼굴을 감싸 쥐며 화장실로 뛰어간다.

잘생긴 남학생 (연희에게) 저기요!

연희를 부르려던 잘생긴 남학생이 어쩔 수 없다는 듯 운동화를 신는다.

57. 복도 -> 특별 접견실, 영등포 교도소 / 오후
황 형사, 반 형사, 이 형사가 어슬렁어슬렁 걸어와서 철창 앞에 멈춘다.
철창 너머에 있던 한병용이 철창을 열자, 대공 형사들이 들어온다.

철창을 닫고 책상에 앉은 한병용이 출입자 기록부를 펼치고 기록을 하려는데, 누군가 볼펜을 쏙 빼간다. 한병용이 고개를 들면, 반 형사다.

반 형사 (때리는 시늉) 확 그냥! 기록 남기지 말라니까.

반 형사가 볼펜을 휙 내던지고 떠난다.

cut. to. 접견실 복도. 조 반장과 보안계장이 걸어온다.
특별 접견실 앞에 박 계장과 황 형사, 반 형사, 대공 형사1, 2가 서성인다.
황 형사와 반 형사가 조 반장에게 깍듯하게 인사를 한다.
귀찮은 표정이 역력한 조 반장과 보안계장이 접견실로 들어간다.

cut. to. 특별 접견실. 표 검사가 서류를 펼쳐놓고 탁자 앞에 앉아 있고, 조사를 받던 이 형사가 일어서서 조 반장에게 인사를 하고 나간다.
조 반장이 표 검사 앞에 앉고 보안계장은 문 옆에서 지켜본다.

표 검사 진술이 엇갈리가 확인할라꼬. 피해자 손을 뒤로 돌리가 수갑을 채웠다 캤는데… (사진을 밀어 보이며) 피해자 손목에 수갑 흔적이 없었거든?

조 반장 어차피 과실치사-ㄴ데, 뭔 상관이요? 대충 합시다.

표 검사 과실치사? 니는 가혹행위치사죄야. 고문치사!

조 반장 (당황) 죄목 변경… 안 됐습니까?

표 검사 씻나락 까묵는 소리하고 자빠짓네. 니는 반성 안 하모, 15년 때린다카이! 진술 똑바로 몬하나!

조 반장 (절망) 씨발…

표 검사 뭐라카노? 니 방금 욕했제?

조 반장 내가 안 죽였어.

표 검사 뭐…뭐…?

조 반장 귓구멍 막혔냐? (소리친다) 죽인 놈 따로 있다고!

표 검사 이…이라믄 안 되는데…?

우당탕! 문이 열리며 박 계장과 황 형사 등이 들어온다.

박 계장 조 반장!!!

대공 형사1, 2가 표 검사에게 달려들어서 일으키고 서류를 챙긴다.

표 검사 와 이라노?
대공 형사2 영감님. 다음에 합시다, 다음에. 응?

표 검사를 끌고 나가는 대공 형사1, 2.
보안계장, 굳은 얼굴로 상황을 지켜본다.
천천히 일어선 조 반장이 박 계장 앞으로 다가간다.

조 반장 박 처장한테 약속 지키라고 하세요.
박 계장 (조 반장 멱살을 잡고) 뭐 이 새끼야? 뜨거운 맛 보고 싶어?
조 반장 뜨거운 맛은… (황 형사 등을 바라보며) 쟤들이 봐야죠.
황 형사 아이, 반장님. 왜 이러십니까…

박 계장의 손을 확 뿌리친 조 반장, 옆으로 움직이며 황 형사 등을 노려본다.

조 반장 죽인 건 니들이잖아. 아냐?

황 형사, 반 형사, 이 형사가 대답을 못 하고 조 반장의 시선을 피한다.
눈이 커진 보안계장이 황 형사, 반 형사, 이 형사를 훑어본다.
보안계장의 시선을 확인한 박 계장, 얼굴을 구긴다.

박 계장 이 새끼, 잡아!!!

황 형사 등이 머뭇거리다가 조 반장에게 달려드는 순간.

조 반장 동작 그만!!! (황 형사 등이 멈추면) 니들 모가지, 내 혀끝에 달렸어. 잘 생각해라. (돌아서며) 면회 끝! 시마이!

조 반장, 뚜벅뚜벅 걸어서 접견실을 나간다.
보안계장, 나가려고 돌아서는데

박 계장 야, 간수! (보안계장이 돌아보면) 어떻게 해야 되는지 알지?

난감한 표정의 보안계장에게 황 형사 등이 위압적인 몸짓으로 다가선다.

58. 징벌방, 영등포 교도소 / 오후

교도관들이 구속복을 입은 조 반장을 징벌방으로 던져 넣는다.

조 반장 이 개새끼들아! 나한테도 인권 있어! 변호사 불러, 변호사!

0.75평 징벌방에 처박히는 조 반장.
쾅! 문을 닫고 떠나는 교도관들.
조 반장, 일어서려 애쓰며 밖을 향해 소리친다.

조 반장 변호사 불러주라고!!! 안 계장! 변호사! 안 계장!

cut. to. 멀리 조 반장의 외침이 들려오는 복도.
잰걸음으로 사무실로 걸어가는 보안계장을 따라가는 한병용.

한병용 계장님! 우리가 왜 경찰 명령에 복종합니까? 예? 변호사 선임권은 헌법이 보장한 권리잖아요. 맨날 법! 규정! 원칙 따지는 분이, 이래도 됩니까? 예?

굳은 얼굴의 보안계장, 묵묵히 사무실로 들어간다.
문이 쿵! 닫히자, 모자를 벗어서 바닥에 내던지는 한병용.

cut. to. 보안과 사무실 안. 문에 등을 기댄 보안계장, 두 눈을 질끈 감는다.

59. 처장실, 남영동 대공분실 / 오후
책상에 앉아 전화를 받던 박 처장, 수화기를 내려놓는다.
잠시 생각에 잠겨 있던 박 처장이 몸을 일으킨다.
박 처장이 부속실 문을 열고 들어간다.

cut. to. 부속실. 박 처장이 들어서면, 이부자리가 깔린 침대가 놓여 있다.
박 처장이 걸어가서 침대 건너편에 멈춘다.
대형 금고가 있고, 금고 위에 박 처장의 가족사진 액자가 놓여 있다.
주저앉은 박 처장이 끼릭, 끼릭… 금고의 다이얼을 돌린다.
손잡이를 젖혀서 금고문을 여는 박 처장.
금고 안에 중요 서류와 만 원권 돈다발이 가득하다.

60. 영등포 교도소 / 밤
비바람이 세차게 몰아치는 영등포 교도소 전경.

cut. to. 징벌방. 구속복을 입은 조 반장, 눈을 감은 채 알아들을 수 없는 말을 중얼거리며 기도를 한다. 철컹! 문 열리는 소리가 들린다.

cut. to. 특별 접견실. 보안계장이 조 반장과 강 형사를 데리고 접견실에 들어서면, 탁자에 박 처장이 앉아 있고 바로 옆에 박 계장이 서 있다.
벽 쪽에는 대공 형사들이 버티고 서 있다.
자막 : 1987년 4월 2일 밤 11시

조 반장과 강 형사가 박 처장 건너편에 앉는다.
보안계장, 문 옆에 서서 열중쉬어 자세를 취한다.
고개를 숙인 강 형사와 달리, 조 반장은 허리를 세운 채 먼 곳을 응시한다.

박 처장 (조 반장을 잠시 보다가) …살 만하네?

조 반장 몰라서 묻습니까? 조총련 명단 빼겠다고 강도짓 해서, 일본 형무소에 갇힌 적 있다면서요?

박 처장 1년 반 있었디. 옛날 생각 나누만.

조 반장 감옥이란 데가 말입니다. 생각할 시간이 좆나게 많아서 돌아버리겠습니다.

박 처장 신나는 생각만 하는 기야.

박 처장, 양복 안주머니에서 통장 2개를 꺼내 두 사람 앞에 놓는다.
조 반장이 집어서 보면, 자신의 이름으로 1억 원이 입금돼 있다.
강 형사, 통장에 수기로 쓴 동그라미를 세며 눈이 휘둥그레.

강 형사 백만, 천만… 1억…!

조 반장 이걸로 제 인생 10년을 버리라구요? (통장을 내던지고) 이달 안에 빼주십쇼.

박 처장 각하께서… 후계자에게 정권 물려주시고 나믄, 특사가 있을 끼야.

조 반장 내년까지 기다려라? 제가 한두 번 속았습니까? 어차피 이판사판… 양심선언해서 형량이라도 줄일랍니다.

박 처장 지금이 중차대한 시기디. 애국자답게…

조 반장 (탁자를 쾅! 치고) 그놈에 애국자, 애국자!

박 처장, 눈을 치켜뜨고 조 반장을 노려본다.

조 반장 여기서! 하루도 편히 자본 적 없습니다. (손을 보이며) 이 손… 이 손으로 때려잡은 사람들 비명 소리가! 머릿속을 빙빙 돌아요. 우리가… 애국자-ㅂ니까?

박 처장 (벌떡 일어서며) 간나 새끼!

박 처장, 탁자를 발로 뻥! 찬다.

탁자에 밀린 조 반장과 강 형사가 뒤로 넘어진다.
박 처장, 옆에 선 박 계장의 웃옷을 젖히고 권총을 뽑아든다.
박 처장, 뚜벅뚜벅 걸어가서 조 반장의 얼굴에 권총을 겨눈다.
놀란 보안계장이 달려오는데, 대공 형사들이 막아선다.

박 처장 (총구로 조 반장의 볼을 누르며) 쌍판대기에 구멍 나고 싶네?
조 반장 (이를 악물고 박 처장을 노려본다) 쏘세요. 쏴!
박 처장 아니디, 아니야. 니 마누라, 니 아새끼들! 임진강에 던지갔어. 월북하다 되진 거로 처리하믄 그만이디. 해봤으니끼니, 알 끼야. 내래, 니 속이 썩어 문드러지는 꼴을 똑또기 봐야디.
조 반장 (당황한다) 처… 처장님….
박 처장 선택하라우. 애국자네, 월북자네?
조 반장 바…받들겠습니다… 받들겠습니다!!!

박 처장이 조 반장의 멱살을 놓고 일어선다.
드러누운 채 숨을 거칠게 몰아쉬는 조 반장.
무릎을 꿇은 강 형사, 고개를 숙인 채 바들바들 떨고 있다.
권총을 박 계장에게 건넨 박 처장, 문을 향해 걸어간다.
박 계장이 권총을 넣고 굳은 얼굴의 보안계장에게 다가와 봉투를 내민다.

박 계장 간수들, 회식비.

보안계장이 봉투를 밀치고 빠르게 복도로 뛰어나와 박 처장 앞을 막는다.

보안계장 처장님! 교도소 규정을 준수해주십시오!

무표정한 얼굴로 보안계장을 슥 쳐다보는 박 처장.

보안계장 규정에 따라 면회인은…

퍽! 달려 나온 박 계장이 날린 주먹에 복부를 맞고 고꾸라지는 보안계장. 박 처장이 한 걸음 걷다가 멈춰 선다. 박 처장이 내려다보면, 바닥에 쓰러진 보안계장이 박 처장의 바짓가랑이를 잡았다.

보안계장 재소자와… 신체 접촉을 할 수 없으며…

박 계장이 눈짓하자, 뛰어나온 대공 형사들이 보안계장을 발로 짓밟는다.
몸을 웅크린 채 얻어맞는 보안계장.
박 처장, 눈 한 번 깜짝이지 않고 밖으로 나간다.
대공 형사들이 고통으로 신음하는 보안계장을 두고 밖으로 나간다.

박 계장 애쓴다.

박 계장, 봉투를 툭 던지고 나간다.
보안계장의 눈앞에 떨어진 봉투에서 만 원권 뭉치가 삐져나왔다.
보안계장, 두 주먹을 꽉 움켜쥐고 부르르 떤다.

61. 정문 -> 학생회관 앞, 대학교 / 오전

정문 앞에 전경들이 진을 쳤다. 등교하는 학생들이 전경들 사이로 통과한다. 사복을 입은 백골단 서너 명이 학생들의 가방을 뒤지는 중이다.
수더분한 옷차림의 연희, 가방을 수색 당하며 뚱한 표정.
옆에 야구 모자를 깊이 눌러쓴 사복 경찰이 리포트 앞의 연희의 이름과 학번을 수첩에 옮겨 적는다.

연희(off) 아이 씨! 나 원래 절대 안 걸리는데. 야 내가 운동권처럼 보여?

cut. to. 학생회관 앞. 연희와 정미가 학생회관 건물에서 나온다.
연희는 어깨에 가방을 멨고, 정미는 영어 원서를 가슴에 품었다.

정미 (위아래 훑어보며) 오늘은 왠지… 딱 운동권이네. 너 구해준 흑기사랑 잘 어울리겠다.

연희 어? 아… 그 오빠, 운동권 아니라니까?

정미 (뜨악하다) 오빠? 정신 차려 이년아. 어차피 다시 만나도 니 얼굴 기억 못 해. 뭐, 화장 번진 얼굴은 기억하겠네. (손가락에 침 묻혀 연희 얼굴에 가져가며) 침 발라줄까?

연희 (피하며) 야! 하지 마!

정미 (키득거리다가 가슴에 품은 원서 올리며) 그러니까 너도 이런 거 하나 하고 다녀. 절대 안 잡혀. 청순해 보이잖아.

연희가 주변을 돌아보면, 여학생들이 모두 원서를 가슴에 품었다.

연희 에이 씨. 왜 다들 가슴을 책으로 가리고 지랄이야.(정미의 책을 탁! 치며) 가진 것 없어도 당당하게 살어! 당당하게!

정미 (자기 가슴을 보고 빠르게 걸어가는 연희에게 눈 흘기며) 야!

몇 발짝 걷던 연희가 우뚝 멈추며 한 곳에 시선 고정.
정미가 다가와 연희의 시선이 꽂힌 곳을 살핀다.

연희 (배시시 웃으며) 저 오빠야.

근처에서 '만화사랑' 동아리 티셔츠를 입은 학생들이 홍보판 주변에서 유인물을 나눠주는데, 그들 중 한 명이 #56 잘생긴 남학생이다. 잘생긴 남학생 주위로 여학생들이 바글바글하다.

정미 어머, 어머! 얘! 저 정도 얼굴이면 간첩이라도 사귀겠다.

이때, 잘생긴 남학생이 미소를 머금고 연희와 정미 쪽으로 곧장 다가온다.

정미 어뜩해, 어뜩해. (귓속말) 알아봤나 봐.

잘생긴 남학생 (연희에게) 신입생이죠? **연희** (수줍게 미소를 지으며) 예.

정미 말 편하게 하세요. 어차피 구면인데… (재밌다는 듯 키득키득)

잘생긴 남학생 (어리둥절) 네? 어?… 어 그런가?

활짝 웃은 잘생긴 남학생이 시선을 돌려서 연희를 바라본다.

연희, 잘생긴 남학생을 바라보며 기대에 찬 표정이다.

잘생긴 남학생 (연희에게 유인물을 건네며) 이따 우리 동아리에서 비디오 상영회 하는데… 올래?

연희 (뜨악하다) …예?

잘생긴 남학생 끝나고 캐리커처도 그려줄 거야.

정미 (유인물을 낚아채며) 갈게요. (잘생긴 남학생 운동화를 보며 능청스럽게) 어머나! 운동화 이쁘네요?

잘생긴 남학생 아… 그래? 싼 건데… 고마워. (웃으며 떠난다) 이따 보자!

실망해서 얼굴이 일그러진 연희, 멀어지는 잘생긴 남학생을 흘겨본다.

정미 푸하하하. (손사래 치며) 몰라, 몰라. 전혀 몰라.(연희 어깨를 두드리며) 어뜩해. 싼 거래. 싼 거!

토라진 연희, 몸을 휙 돌려서 걸어가고 정미가 웃으면서 따라간다.

62. 강의실, 대학교 / 오후

복도. 정미가 연희의 손목을 잡아서 끌고 온다.

강의실에 들어가지 않겠다고 버티던 연희 "잠깐만!" 하며 정미의 손을 뿌리치더니 가방 지퍼를 열어 뒤적인다.

cut. to. 강의실. 가슴에 원서를 품은 연희, 머리카락을 귀 뒤로 쓸어 올리며 강의실로 들어온다. 주변을 살피던 정미가 연희를 툭 치고 고갯짓으로 앞쪽을 가리킨다. 잘생긴 남학생이 대형 TV의 빠진 다이얼을 펜치로 돌리고 있다. 연희와 시선이 마주친 잘생긴 남학생이 빙긋 웃는다.
연희, 얼른 얼굴을 돌려서 시선을 피한다.
20여 명의 신입생들이 앉아 있는데, 정미와 연희가 빈 의자에 앉는다.

회장(女) 지금부터 만화사랑 동아리에서 주최하는 비디오 상영회를 시작하겠습니다.
신입생1 무슨 영화예요?
회장 영화 아니고 다큐예요, 외국에서 만든. 여러분들, 광주사태 알죠? 북한 간첩들이 독침 쏘고, 시민들 사주해서 데모하고… 고등학교에서 그렇게 배웠죠? 여기, 진실이 담겨 있습니다.

연희, 심드렁한 표정으로 TV를 바라본다.
회장이 버튼을 누르자, 비디오가 시작된다.
호기심 어린 눈빛의 신입생들.
TV에서 공수부대원들의 만행이 담긴 영상과 사진이 흐른다.
경악하는 신입생들.
얼굴이 벌겋게 상기된 연희, 충격을 받아서 흔들리는 눈빛이다.
5 · 18 희생자들의 사진이 흐르자, 정미가 얼굴을 감싸 쥐고 흐느낀다.
애써 고개를 돌리며 이를 악무는 연희. 하지만 비디오에서 흘러나오는 총소리와 울음소리가 가슴을 뒤흔든다.
연희의 눈에 눈물이 맺히는 순간, 벌떡 일어나서 달려나가는 연희.
잘생긴 남학생이 놀라서 연희를 쳐다본다.

63. 동산, 대학교 / 해 질 녘

나무 밑에 쪼그려 앉은 연희, 씩씩거리며 줄줄 흐르는 눈물을 닦아낸다.
누군가 연희 옆으로 다가와서 앉는다. 잘생긴 남학생이다.

연희, 잘생긴 남학생을 쳐다보지도 않고 소매로 눈물을 훔쳐낸다.

잘생긴 남학생 …나두 처음엔 끝까지 못 봤어. 너무 떨리고… 아무것도 몰랐던 게 너무 부끄러워…
연희 만화 동아리에서 그런 걸 왜 보여줘요? 어쩌자는 건데요!!!

당황하는 잘생긴 남학생.

연희 총 가진 군인들하고 싸울 거예요? 뭘루 싸울 건데? 그러다 또 사람 죽으면, 누가 책임지냐구요!!!

벌떡 일어서서 달려가는 연희.
엉거주춤 일어선 잘생긴 남학생, 달려가는 연희의 뒷모습을 바라본다.

64. 상황실, 남영동 대공분실 / 오전

박 처장, 검거 상황판을 바라보며 유 과장에게 보고를 듣는다.

유 과장 스물두 명 따서 돌리는데… 김정남 은신처를 아는 놈이 없는 것 같습니다.

박 처장이 서류를 뽑아서 보면, 'no.6' 김정남 사촌 동생의 사진과 인적사항, 심문 기록이 보인다.

박 처장 보따리 터질까 봐, 슬렁슬렁했드랬네?!
유 과장 죄송한 말씀입니다만… 요원들 사기가 예전 같지 않아서…

이때, 띠리리릭! 전용 회선 전화벨이 울린다. 벨소리가 특이하다.
박 처장과 유 과장, 동시에 전용 회선 전화를 쳐다본다.
주변의 대공 형사들 역시 동작을 멈추고 긴장한 표정이다.

박 처장, 급히 다가가서 전화를 받는다.

박 처장 대공 처장입네다.

유 과장, 침을 꼴깍 삼키며 통화 중인 박 처장을 바라본다.
심각한 표정으로 얘기를 듣는 박 처장.

박 처장 …알갓습네다.
안기부장(off) 각하께서 김정남 보따리, 기다리십니다. 마지막 기회–ㄴ 거, 아시죠? (딸깍! 전화가 끊긴다)

천천히 수화기를 내려놓은 박 처장, 잠시 생각에 잠긴다.
유 과장, 궁금한 눈빛으로 박 처장을 바라본다.

박 처장 (돌아서며) 다 풀어주라우.
유 과장 예…? 처장님 이럴 때일수록 빨리 공을 세워야…
박 처장 내래, 리북 살 때 수캐를 키웠댔디. 갸래, 빽하믄 사라지는 기야. 기칼 때마다 어찌 찾았는디 알간?

영문을 모르고 눈만 끔벅이는 유 과장.
박 처장, 소파 건너편에 있는 TV 쪽으로 걸어간다.

박 처장 (걸어가며) 발정 난 암캐 몰고 산보 다녔디. 기카믄 개구멍에 박혀 있던 수캐가 침 흘리믄서 기 나완.

박 처장이 여전히 무슨 말인지 모르겠다는 듯 미간이 구겨진 유 과장을 돌아보더니 리모컨을 들어 TV를 켠다.
브라운관 TV가 서서히 켜지며 전두환 대통령의 특별 담화가 나온다.
자막 : 1987년 4월 13일 오전 9시

전두환 대통령(TV) …본인은 임기 중 개헌이 불가능하다고 판단하고 현행 헌법에 따라, 내년 2월 25일 본인의 임기 만료와 더불어, 후임자에게 정부를 이양할 것을 천명하는 바입니다…

박 처장 (소파에 앉으며) 이제 아니 기어 나올 수 없을 기야. 암캐들 다 풀어줘 서리, 몰고 다니라우.

유 과장 받들겠습니다!

대공 형사들을 모두 데리고 나가는 유 과장.

홀로 TV를 바라보는 박 처장의 입꼬리가 슬쩍 올라간다.

65. 4 · 13 호헌 몽타주 / 오전

동아일보 기자실. TV를 보며 울분을 터뜨리는 기자들.

전두환 대통령(TV) …이와 함께 본인은 평화적인 정부 이양과 서울 올림픽이라는 양대 국가 대사를…

윤상삼 기자 씨발!!!

퍽! 윤상삼 기자가 던진 신문 뭉치가 TV 속 전두환 대통령의 얼굴을 때린다.

윤상삼 기자 부장! 저건 독재 연장 선언입니다!

사회부장, 씩씩거리는 윤상삼 기자의 어깨를 잡으며 한숨을 푹 쉰다.

cut. to. 여관방. 수염이 덥수룩한 얼굴의 오연상, 잠이 든 세 살 아이를 앞에 두고 TV를 바라본다. 자지러지게 우는 갓난아이 울음소리가 들린다.

전두환 대통령(TV) …성공적으로 치르기 위해서 국론을 분열시키고 국력을 낭비하는 소모적인 개헌 논의를 지양할 것을 선언합니다.

오연상 아내, 갓난아이를 달래며 걱정스러운 눈길로 오연상을 쳐다본다. 오연상, 답답한 듯 두 손으로 머리를 감싸 쥔다.

cut. to. 서울지검 회의실. 중앙에 앉은 지검장과 바로 옆에 앉은 차장검사. 검사들이 탁자 앞에 앉아서 TV를 바라본다.

전두환 대통령(TV) …본인의 이 결단은 오늘의 난국을 타개하고 국가 목표를 수행하는 데, 현실적으로 최선의 길이라는 판단에 따른 것으로서…
표 검사 (옆에 앉은 선배 검사에게) 이기… 우째 되는 깁니까?
선배검사 좆나게 바빠지것다. 후….

cut. to. 해장국집. 공안부장과 사무장, 해장국을 먹으며 TV를 본다.

전두환 대통령(TV) …국민 여러분께 전폭적인 호응과 신뢰를 보내주실 것을 간곡히 당부하고자 합니다.
공안부장 (숟가락으로 탁자를 탁! 내려치고) 아줌마! 쐬주 한 병!
사무장 변호사님. 한 시간 뒤에 재판이…
공안부장 (버럭) 안 가, 씨부럴!

벌떡 일어선 공안부장, 식당 아줌마가 꺼낸 소주를 뺏어 들더니 이로 뚜껑을 따서 병나발을 분다.

cut. to. 만화사랑 동아리실. 담화를 들으며 울분을 터뜨리는 회원들.

전두환 대통령(TV) …두 가지의 국가적 대사를 완수한 후에 충분한 시간을 두고 개헌 문제를 다시 생각한다면 나라의 백년대계를 위한 좋은 방안이 발견될 수 있을 것으로 본인은 확신하는 바입니다.
회장 개새끼들… 7년을 더 해 먹겠다고…

가만히 앉아 있던 잘생긴 남학생이 벌떡 일어서서 탁자로 향하더니, 광목천 두루마리와 페인트통, 붓 등을 끄집어 내린다. 의아한 표정의 회장과 회원들.

회장 뭐 하려고?
잘생긴 남학생 뭐라도 해야죠.
회원1 (일어서서 다가오며) 같이하자.

잘생긴 남학생과 회원1, 광목천 두루마리를 펼친다.
회장과 나머지 회원들이 벌떡 일어선다.

회장 상호야! 등사기!

회원들, 등사기와 유인물 용지를 꺼내는 등 일사분란하게 움직인다.

cut. to. 사찰 부엌. 뒤로 밥 짓는 스님들과 보살들 보이고 한쪽 구석에서 주지 스님과 함께 라디오를 듣고 있는 굳은 표정의 김정남.

김정남 (고무장갑을 벗으며) 스님, 잠시 나갔다 와야겠습니다.
주지 스님 (김정남의 팔을 잡으며) 그러고 나가면 위험해.

어? 하는 표정으로 주지 스님을 바라보는 김정남.

cut. to. 영등포 교도소 보안과 사무실. TV를 보는 한병용과 교도관 대여섯 명이 고개를 절레절레 흔들거나 혀를 차고 한숨을 쉰다.
책상에 앉은 보안계장, 얼굴이 조금씩 일그러진다.

전두환 대통령(TV) 본인은 오늘 여러분에게 밝힌 결단에 따라 앞으로 평화적 정부 이양을 위한 정치 일정을 신속하게 진행시켜 나아가야만 합니다.

보안계장 (버럭) 뭣들 하는 거야! 교대 안 해?!?!

화들짝 놀라 모자를 챙겨서 나가는 한병용과 교도관들.
걸어 나가던 한병용이 돌아보면, 보안계장이 상기된 얼굴로 TV를 뚫어지게 바라보고 있다.

박 처장(off) 내래… 니들 총알받이가 되갓어. 아무 걱정 말고서리…

66. 현관 앞마당, 남영동 대공분실 / 낮

박 처장이 마당 앞 단상에 올라 서 있다.
그 앞에 부동자세로 줄지어 서 있는 100여 명의 대공 형사들.

박 처장 청와대 먹갓다고 설치는 빨갱이들, 싸그리 격멸하라우!
대공 형사들 (함성 구호) 멸! 공! 방! 첩!

순식간에 흩어지는 대공 형사들.
부하들을 굽어보는 박 처장의 얼굴이 비장하다.

교도관 한병용(off) 사천팔백칠십십구 번!

67. 감방, 영등포 교도소 / 밤

동료 죄수들과 함께 이부자리를 깔던 이부영,
어리둥절한 얼굴로 감방 창살문 너머에 교도관 한병용의 얼굴을 돌아본다.

한병용 사천팔백칠십십구 번, 면담 준비!

cut. to. 복도. 한병용, 복도를 막은 쇠창살 문을 연다.
어리둥절한 이부영, 문을 넘어서 복도를 걸어가는데

한병용 여깁니다. (바로 옆 감방 문을 연다)

의아한 표정의 이부영, 감방 안으로 들어간다.
한병용이 문을 닫고 보초를 선다.

cut. to. 빈 감방 안. 이부영이 들어서자, 창밖을 보던 보안계장이 돌아선다. 이부영이 다가가자, 보안계장이 접견기록부를 내민다.
이부영, 접견기록부를 받아서 펼친다.
테이프로 꼼꼼하게 붙여진 강 형사의 면회 기록과 조 반장의 면회 기록인데, 대화 내용이 자세히 기록돼 있다. 접견기록부를 넘기며 놀라는 이부영.

보안계장 제가 할 수 있는 건 여기까지-ㅂ니다.

보안계장이 걸어가서 문을 두드리자 문이 열린다.
한병용이 들어오고 보안계장이 나간다.
이부영에게 다가온 한병용, 갱지와 볼펜을 내민다.

한병용 기상 시간 전에 끝내셔야 됩니다.

갱지와 볼펜을 받아 드는 이부영.
한병용이 나가고 문이 닫힌다.
이부영, 창문으로 들어오는 달빛에 접견기록부를 비춘다.
접견기록부의 내용을 갱지에 서둘러 베끼는 이부영.

68. 버스정류장 근처 사거리 / 오전

#46 버스정류장 근처 사거리 코너 벽에 서 있는 한병용.
한병용이 머리를 내밀어서 거리를 보면, 전경들이 길을 막고 검문 중이다.
심호흡한 한병용, 잡지를 똘똘 말아 쥐고 전경들을 향해 뚜벅뚜벅 걸어간다.

cut. to. 거리. 전경들이 길을 막고 백골단들이 검문한다.
사람에 따라서 그냥 보내기도 하고 붙잡아서 소지품을 검사하기도 한다.
긴장한 표정의 한병용, 말아 쥔 잡지로 허벅지를 툭툭 치며 다가온다.
백골단이 20대 남자의 소지품을 검사하는 사이, 한병용이 아무렇지도 않게 전경들 사이를 통과하는데

백골단1 거기 스톱!
한병용 (우뚝 멈춰 서서 돌아보며) 저… 저요?

백골단1이 한병용에게 오라고 손짓한다.
한병용, 주머니에서 신분증을 꺼내며 다가간다.

한병용 (교도관 신분증을 건네며) 저도 공무원입니다. 법무부…

백골단2가 한병용의 잡지를 탁! 낚아챈다.
헉! 놀라는 한병용.
잡지 펼치면 선정적 표지의 〈썬데이 서울〉이다. 씩~ 웃는 백골단2.

백골단1 (신분증을 보고) 간수네? (신분증 사진과 얼굴을 비교하며) 생긴 건 영락없이…
한병용 죄수죠? 하하…

한병용이 슬쩍 백골단2의 눈치를 보면, 백골단2가 잡지를 대충 뒤적인다.

한병용 생긴 게 이래서 이거… 맨날 걸리네요? 허허허…
백골단1 (한병용을 빤히 쳐다보다가 신분증을 건네며) 통과.
한병용 (신분증과 잡지를 받아 들고) 수고하십쇼!

거리를 걸어가는 한병용, 두근거리는 가슴을 쓸어내린다.

69. 사찰, 서울 시내 / 오전

이 형사, 골목에 몸을 감춘 채 사찰 정문을 주시한다.
#64 'NO.6' 사진 속 김정남 사촌 동생이 정문에서 나오더니, 주변을 살피고 반대 방향으로 걸어간다.
김정남 사촌 동생을 주시하던 이 형사, 지프차 엔진음을 듣고 몸을 돌린다.
골목을 달려온 지프차가 멈추고, 이 형사가 조수석 쪽으로 다가간다.
지프차 조수석에 황 형사, 운전석에 반 형사가 있다.

이 형사 암캐 6호가 방금 절에 들렀다 나왔습니다.
황 형사 절? 김정남 집안은 천주교잖아?
이 형사 그게 이상해서…
황 형사 들어가서 확인해.

이 형사, 귀에 무전기 이어폰을 꽂으며 골목을 나간다.

황 형사 (반 형사에게) 후문 맡아.
반 형사 보고부터 하시죠. 우리끼리 덮치다가…
황 형사 죽 쒀서 개 줄래? 보따리 터진 거, 반까이하자.

께름칙한 표정의 반 형사, 어쩔 수 없다는 듯 지프차에서 내린다.

cut. to. 긴 계단이 이어진 사찰 정문 앞. 한병용이 조심스럽게 주변을 살피며 정문으로 들어선다.

cut. to. 사찰 경내. 이 형사가 사람들을 살피며 대웅전으로 향한다.
노무자로 위장한 김정남이 담벼락 옆에서 부서진 기왓장을 갈고 있다.
김정남을 무심히 지나친 이 형사가 대웅전 앞에서 합장하며 안을 살핀다.
불상 앞에 앉은 승려 몇 명이 불경을 읊조리며 기도를 드리고 있다. 실망한 표정의 이 형사가 돌아서다가 손수레를 밀고 대웅전 뒤편으로 향하는 김정남과 눈이 마주친다. 얼른 고개를 돌리는 이 형사의 눈이 휘둥그레.

cut. to. 지프차 안. 운전석에 앉은 황 형사가 껌을 질겅질겅 씹는데 치직!

무전(이 형사) 그림자 발견!

cut. to. 사찰 경내. 대웅전 뒤로 향하는 김정남의 뒷모습을 몰래 지켜보며

이 형사 (무전) 그림자 발견! 진입 요망!

cut. to. 지프차 안. 황 형사가 창밖으로 껌을 퉤! 뱉고 시동을 건다. 지프차가 용수철이 튕기듯 급출발한다.

cut. to. 힘들게 계단을 오르는 한병용 뒤로 지프차가 달려 올라간다.

cut. to. 사찰 경내. 정문을 통과한 지프차가 곧장 달려와서 대웅전 앞에 급정거한다. 황 형사가 내리자, 이 형사가 튀어나와 대웅전 오른쪽을 가리킨다.

이 형사 뒤요! 노가다 복장!

이 형사, 몸을 돌려 대웅전 왼쪽을 돌아서 뒤편을 향해 달려간다.
황 형사, 대웅전 오른쪽으로 달려간다.

cut. to. 계단을 다 오른 한병용, 대웅전이 보이자 걷는 속도를 높인다.

cut. to. 대웅전 뒤편. 이 형사가 달려와서 보면, 담벼락 앞에 손수레가 놓여 있다. 이 형사가 당황해서 주변을 살피는 사이, 황 형사가 달려온다.

이 형사 분명 이쪽으로…

황 형사가 손수레를 보면, 누군가 손수레를 밟고 담을 넘은 것 같다.

황 형사 넘어가!

이 형사, 손수레를 밟고 담을 넘는다.
몸을 돌려 대웅전 건물 쪽을 살피는 황 형사.
대웅전으로 통하는 쪽문이 있다.

cut. to. 대웅전. 황 형사가 쪽문으로 들어서면, 승려들이 대웅전을 나간다. 황 형사가 승려들 뒷모습을 살핀다. 노가다 복장은 없고 전부 승려들이다. 대웅전 구석구석을 뒤지는 황 형사.

cut. to. 사찰 경내. 한병용, 잡지를 손에 쥔 채 대웅전으로 다가온다.
한병용이 대웅전 앞을 보면, 승려들이 숙소 쪽으로 걸어가고 있다. 승려들이 대웅전 앞을 빠져나가면서 무전기를 손에 들고 대웅전을 나오는 황 형사가 보인다! 기겁해서 방향을 틀어 나가는 한병용.

황 형사 (무전) 그림자 위치 보고!
이 형사(무전) 확인 불가, 확인 불가!

울화통이 터진 황 형사, 대웅전 앞 소원 성취 기와를 발로 차며 분풀이 한다. 이때, 숙소로 향하는 승려들의 모습이 보이는데, 승려들 틈에 파르라니 깎은 머리에 승복을 입은 김정남이 있다!
승려인 척 걸어가는 김정남의 승복 아래로 가발이 떨어진다.
맨 뒤에서 걸어가던 승려가 가발을 얼른 주워서 옷 속에 감춘다.

cut. to. 부리나케 계단 밑 샛길로 나온 한병용, 종종걸음으로 도망친다.
이때 맞은편에서 정문을 향해 뛰어 스쳐가는 반 형사.
정문으로 향하던 반 형사가 갑자기 멈추더니, 뒤를 돌아본다.

샛길을 빠르게 걸어가는 한병용의 뒷모습이 보인다.
반 형사가 고개를 갸우뚱하며 정문으로 달려간다.
잔뜩 긴장한 표정의 한병용, 서둘러 골목을 빠져나간다.

70. 상황실, 남영동 대공분실 / 저녁

차가운 표정의 박 처장 앞에 박 계장과 황 형사 일행이 잔뜩 긴장해 서 있다.

박 계장 죄송합니다…

퍽! 박 처장이 박 계장의 배를 걷어찬다.
바닥에 널브러진 박 계장, 오뚝이처럼 일어서서 박 처장 앞에 선다.
다시 퍽! 박 처장의 발길질에 또 쓰러지는 박 계장.
고개를 숙인 채 숨조차 제대로 쉬지 못하는 황 형사와 반 형사, 이 형사.
반 형사가 뭔가 떠오른 듯 눈을 번쩍 뜬다.
박 계장이 다시 일어서서 박 처장 앞에 서는 순간.

반 형사(off) 처장님!

박 처장이 쓱 돌아보면, 반 형사가 손을 번쩍 치켜들었다.

71. 연희의 집, 동네 슈퍼 / 밤

한병용이 계산대에 앉아서 통화 중이고 그 너머로 터벅터벅 걸어오는 연희가 보인다.

한병용 (전화) 김 선생님은 피신하셨습니까? 네… 다행입니다. 아, 거기요. 알죠….예. 어떻게든 전달해야죠.
연희 (안채로 향하며) 엄마는?
한병용 (연희에게) 계모임. (전화) 네. 근데… 남학생은 좀 위험해서…

시큰둥한 표정의 연희, 안채로 들어가며 문을 탁! 닫는다.

cut. to. 시간 경과. 연희의 방. 미니 카세트가 플레이 중이다.
헤드폰을 낀 연희, 책상에 앉아서 일기를 쓰고 있다.
답답한 듯 한숨을 쉰 연희, 서랍을 열어서 바닥 밑 비밀 공간에 일기장을 넣는데, 문 열리는 소리가 들린다.
연희는 헤드폰 때문에 듣지 못한다.
한병용이 연희의 어깨를 톡 친다.

연희 깜짝이야!… (헤드폰을 벗고) 왜?
한병용 연희야… 그…

연희가 망설이는 한병용을 보는데, 오른손에 잡지를 말아 쥐고 있다.

연희 (고개를 휙 돌리며) 안 해.
한병용 중요한 거야. 꼭, 알려야 돼.
연희 알려서 뭐 할 건데. 삼촌만 다쳐.
한병용 (버럭) 야 그럼 사람이 억울하게 죽었는데, 가만히 있어?!?!

연희, 눈을 치켜뜨고 한병용을 노려본다.

한병용 그리고 삼촌 혼자 이러는 거 아냐! 도와줄 사람들 있어.
연희 (싸늘하게) 우리 아빠 왜 돌아가셨는지 몰라? 밀린 월급 받자고 부추긴 사람들, 다 도망갔잖아!
한병용 매형은! 당연히 해야 될 일, 한 거야! 애초에 월급 안 준 사장 놈을 탓해야지!!!
연희 아빠가 사장 때문에 못 마시는 술, 드셨어? 사람들한테 상처받아서 그런 거잖아!!!
한병용 그건 그냥, 교통사고였어. 그 사람들 잘못이 아니라고!!!

연희 웃기지 마. 그 사람들이 도망만 안 갔어도!!! 우리 아빠 안 돌아가셨어.

연희, 헤드폰과 미니 카세트를 한병용 쪽으로 확 밀어낸다.

연희 이딴 거 필요 없어.

벌떡 일어선 연희, 방을 나간다.
난감한 표정으로 서 있는 한병용.

cut. to. 시간 경과. 슈퍼 안. 어린 여자아이와 남자아이가 연희가 앉아 있는 계산대 앞에 과자 두 봉지와 백 원짜리 동전 두 개를 올려놓는다.

연희 (짜증) 2백50원이야. 50원 모자라.

아이들이 눈만 끔벅끔벅. 연희만 바라보고 있다.

연희 (후~ 한숨 쉬더니 과자 두 봉지에 눈깔사탕 2개를 더해서 건네며) 그래. 잘 먹고 자아알 살아라~.

과자와 눈깔사탕을 받아 든 아이들이 신이 나서 달려나가는데, 연희 엄마가 들어온다.

연희 엄마 (아이들에게) 조심해! 넘어질라. (연희에게) 삼촌은?
연희 몰라. (계산대에 앉는다)
연희 엄마 (의아한 표정으로 연희를 보다가) 병용아! 병용아!

안채로 향하는 문이 열리고 한병용이 나온다.

연희 엄마 밖에 물건 좀 들여놓자. 비 올 거 같애.

한병용, 연희의 눈치를 살피며 신발을 신는다.
연희, 시큰둥한 표정으로 딴청을 부린다.

연희 엄마 (한병용과 연희를 번갈아 보고) 니들, 싸웠니?
한병용 싸우긴… (슈퍼 밖으로 나간다)
연희 엄마 (연희에게) 너는 애가… 삼촌이 아빠 대신이라고 몇 번을 말해? 기집애가 꼬박꼬박 말대꾸하니까 싸우지!
연희 (혼잣말) 잘났어, 증말…

이때, 우당탕! 소리와 함께 한병용이 슈퍼 안 진열대로 넘어진다.
깜짝 놀란 연희와 연희 엄마가 보면, 황 형사와 반 형사가 들어온다.
황 형사와 반 형사가 쓰러진 한병용을 마구 짓밟는다.

한병용 악! 왜…왜 이러… 윽!

연희 엄마가 비명을 지르며 달려드는데, 반 형사가 가로막는다.
황 형사가 한병용의 팔을 뒤로 꺾어서 수갑을 채운다.

한병용 저도 공무원입니다!
황 형사 아가리 닥쳐라.

지프차와 승용차가 슈퍼 앞에 급정거한다.
"병용아! 삼촌!"을 외치며 반 형사와 승강이를 벌이는 연희 엄마와 연희.
지프차에서 내린 이 형사가 달려와서 반 형사와 함께 연희 엄마와 연희를 밀어낸다. 황 형사가 한병용을 지프차로 데려가는데, 한병용이 멈춰 선다.

한병용 (돌아보며 애써 미소를 짓고) 괜찮아… 괜찮아, 누나…

황 형사가 한병용을 지프차에 태우자, 반 형사와 이 형사도 차로 향한다.

승용차에서 내린 대공 형사들이 구둣발로 집 안으로 들어가고 물건들을 뒤지며 깨지는 소리가 난다.
절망한 연희 엄마가 털썩 주저앉고 연희가 엄마를 부축한다.
후드득! 지프차 위로 빗방울이 떨어진다.
지프차가 떠나고, 슈퍼 앞에 진열된 물건 위로 장대비가 쏟아진다.

72. 상황실 -> 취조실, 남영동 대공분실 / 밤

어두운 방. 문이 열리고, 황 형사와 반 형사, 이 형사가 한병용을 데리고 들어와서 중앙에 무릎을 꿇린다. 밝은 손전등 불빛이 한병용의 얼굴 쪽을 비춘다. 두건을 쓴 한병용이 거칠게 숨을 몰아쉬는데, 프레임 안으로 서서히 들어오는 박 처장의 얼굴.

박 처장 교도소에서리… 우리 요원들, 본 적 있네?

두건을 쓴 한병용, 흠칫 놀라며 숨을 고르더니

한병용 지나가는 거 몇 번… (고개를 숙이며) 봤습니다…

박 처장, 두건을 쓴 한병용의 머리채를 잡아서 고개를 들게 한다.
박 처장, 한병용의 숨결에 따라 펄럭이는 두건을 노려본다.

박 처장 너래… 김정남이 알간?
한병용 모…모릅니다.
박 처장 김정남이가 말이디. 김일성이한테 공작금 받아서리, 야당 것들하고 나눠 썼댔구나? 길티?
한병용 모…모릅니다, 그런 사람!

한병용을 뚫어지게 바라보던 박 처장, 갑자기 두건을 확 벗겨낸다.

눈이 부신지 눈을 껌벅이던 한병용이 게슴츠레 눈을 뜨면, 눈앞에 박 처장이 보이고, 그 너머 벽면 가득히 '김정남 간첩단 사건' 아래 김정남을 중심으로 만들어진 조직도가 보인다.
눈을 동그랗게 뜬 한병용, 당황한 눈빛으로 조직도를 이리저리 훑어본다.

박 처장 (씩 웃고) 모른다믄서, 와 놀라는 기야?
한병용 (박 처장을 올려보며 고개만 절레절레) ……
박 처장 (차갑게) 돌리라우.

cut. to. 복도. 반 형사와 이 형사가 두건을 씌운 한병용을 끌고 비명 소리가 가득한 복도를 걸어간다. 한병용을 509호실 앞에 멈춰 세우더니 문을 열고 문 양쪽에 서는 반 형사와 이 형사.
한병용, 불안한 듯 숨소리 커지는데 퍽! 날아드는 황 형사의 워커발.
외마디 비명을 지른 한병용이 문에 부딪혀 날아가더니 취조실 바닥에 나뒹굴고, "골인!" 외치며 들어오는 황 형사와 반 형사, 이 형사.

황 형사 (두건 벗기고) 야 간수! 여기 재수 옴 붙은 방이거든?(시계를 풀며) 언능 끝내고 나가자~! 뒈지기 전에?!

철컹! 509호의 문이 닫힌다.

73. 연희의 집, 동네 슈퍼 / 해 질 무렵
슈퍼 안. 연희 엄마가 안채에서 나오고, 연희가 뒤따라 나온다.

연희 경찰서 또 가서 뭐 해? 대답도 안 해준다며!
연희 엄마 어떻게든 찾아야지. 가게 보고 있어.
연희 (따라가며) 어딨는지 알면, 삼촌 풀어준대?
연희 엄마 (확 돌아서서 버럭) 뭐든 해야지!!! 넌 걱정도 안 되니? 병용이가 널 어떻게 키웠는데… (나가며) 모진 년.

연희 (당황해서) 엄…엄마…

슈퍼를 나가는 엄마를 차마 붙잡지 못하고 멍한 표정으로 서 있는 연희.

배달부(off) 석간이요!

cut. to. 슈퍼 앞. 해 질 무렵. 자전거를 탄 신문배달부가 신문 한 뭉치를 평상에 내려놓고 떠난다.
계산대에 앉아 눈물 그렁그렁한 눈으로 마이마이를 만지작거리던 연희, 눈물 훔치며 평상 쪽으로 다가가 신문 뭉치를 집어 든다.
신문 1면 기사는 '여야 4 · 13조치 집중공방 긴장 예고'.
멀리서 펑, 퍼벙… 최루탄 터지는 소리가 들리는 가운데, 신문 가판대에 신문을 정리하는 연희, 등 위로 그림자가 드리운다. 인기척을 느낀 연희가 돌아보면, 하얀 타이거 운동화가 보인다.
연희가 일어서면, 잘생긴 남학생이 미소를 머금고 있다.

잘생긴 남학생 정미가 가르쳐줘서…

cut. to. 시간 경과. 슈퍼 앞 평상에 나란히 앉은 연희와 잘생긴 남학생. 둘 다 같은 종류의 음료수를 마시고 있다.

연희 왜 왔어요?
잘생긴 남학생 (장난스럽게) 너, 포섭하러 왔지. (활짝 웃으며) 우리 동아리 들어와. 정미도 가입했어.

뜨악한 표정의 연희.
빙긋 웃는 잘생긴 남학생, 가방에서 반으로 접힌 유인물 뭉치를 꺼내 한 장을 연희에게 건넨다.

잘생긴 남학생 우리 동아리에서 만든 거야.

연희가 마지못해 유인물을 받아서 보면, '호헌철폐와 고문정권 타도를 위한 대국민 호소문'이라는 제목 아래 박종철의 얼굴을 그린 그림, 추모시 등이 빼곡하다. 이때, 펑, 펑! 빠바바방! 시내 쪽에서 다연발 최루탄 터지는 소리가 요란하다.

연희 데모하러 가요?

잘생긴 남학생, 대답 없이 멋쩍은 웃음.

연희 (싸늘하다) 그런다고 세상이 바뀌어요? 왜 그렇게 다들 잘났어?! 가족들 생각은 안 해요?!

버럭 화를 내는 연희에게 아무 말 못 하고 시선을 내리는 잘생긴 남학생.
머쓱해진 연희가 고개를 숙이고 유인물을 뒤집어본다.
반대 면엔 노래 '그날이 오면' 악보가 그려져 있다.

연희 그날 같은 거, 안 와요. 꿈꾸지 말고 정신 차리세요.
잘생긴 남학생 …그래. 그러고 싶은데, 그게 안 돼… (유인물 위에 그려진 박종철 보며) …마음이 너무 아파서.
연희 (벌떡 일어서며) 가세요.
잘생긴 남학생 (잠시 연희를 바라보다가) …갈게.

골목으로 걸어가는 잘생긴 남학생.
연희가 평상에 유인물을 툭 던지고 다시 가판대 앞으로 가는데

잘생긴 남학생(off) 연희야!

멈춰 선 연희가 보면, 잘생긴 남학생이 뒷걸음질로 걸어간다.

잘생긴 남학생 마음 바뀌면 전화해!

활짝 웃은 잘생긴 남학생, 손을 흔들고 돌아서서 뛰어간다.
어이없는 듯 입을 삐죽 내민 연희, 다시 가판대 앞에 앉아 신문을 정리한다. 심란한 표정의 연희 얼굴 위로 봄바람이 스치는데…
연희의 얼굴 위로 작은 빛이 어른거린다.
연희가 고개 돌려 평상을 보면, 유인물이 바람에 날려서 넘어가고, 유인물 사이에 낀 새하얀 종이가 황혼 빛을 받아서 밝게 빛난다.

연희가 새하얀 종이를 집어 들어서 뒤집으면 연희의 캐리커처인데, 화장이 번져서 울상인 얼굴이다. 구석에는 잘생긴 남학생을 닮은 장난스러운 캐릭터가 'T. 000-0000' 전화번호가 적힌 피켓을 들었다.
그림을 보며 피식 웃는 연희.

cut. to. 연희의 방. 연희가 그림을 들고 들어와서 서랍을 열다가 멈칫.
서랍 안, 비밀 공간에 한병용의 잡지가 들어 있고, 잡지 위에 쪽지가 놓여 있다. 쪽지를 집어 들어서 읽는 연희. 이때, 따르릉! 전화벨이 울린다.

cut. to. 슈퍼 안. 안채에서 나온 연희가 계산대 위의 전화를 집어 든다.

연희 여보세요?
연희 엄마(off) 연희야… 흑흑…
연희 엄마…? 왜 그래? 무슨 일 있어?
연희 엄마(off) 병용이가… 남영동에 끌려갔대. 서울대생 죽인 데… 흑흑…

소스라치게 놀라는 연희의 얼굴.

74. 처장실, 남영동 대공분실 / 아침

1호선 전철이 요란하게 지나가는 남영동 대공분실의 아침 전경.
방금 세수를 했는지 수건으로 얼굴을 닦는 박 처장. 스탠드 옷걸이에 수건을 걸고 국방색 점퍼를 집어 걸친다. 옆에 유 과장과 박 계장이 아침 보고를 하고 있다. 거울이 있는 창가로 걸어가며 보고를 듣는 박 처장.

박 계장 일곱 바퀴 돌렸는데도… 입을 안 엽니다.
박 처장 고저, 썩어지게 버티는구나야. 신상 자료 개꼬 오라우.

유 과장이 서류철을 들추며 박 처장에게 다가온다.
거울 앞에 선 박 처장, 전기면도기로 면도를 하다가 창밖을 바라본다.
유 과장이 한병용의 자료를 박 처장에게 내미는데

박 처장 (창밖을 보고 얼굴을 찡그리며) 저거이 뭐이네?

75. 남영동 대공분실 앞 골목 / 아침

연희, 진이 빠져서 제대로 걷지 못하는 엄마를 부축해서 골목을 걷는다.

검거자 가족1(off) 창진아! 엄마 왔다! 창진아!

연희와 연희 엄마가 앞을 보면, 방패를 든 전경들이 굳게 닫힌 남영동 대공분실 정문 앞을 막았고, 검거자 가족들이 방패를 두드리며 절규한다.

검거자 가족2 비켜, 이놈들아! 여기 있는 거 알고 왔어! 영숙아! 애비다!
검거자 가족4 우리 아들 고문하지 마! 고문하지 말라고! 흑흑흑…

연희와 연희 엄마가 다가가면, 방패를 몸으로 들이받는 아저씨, 목 놓아 소리치는 아줌마, 전경 앞에 주저앉아서 통곡하는 할머니 등.
전경 앞에 선 연희가 고개를 들어서 음침한 대공분실 건물을 바라보는데

연희 엄마 병용아! 한병용! 누나야! 누나 왔다!

전경의 방패를 붙잡고 울부짖는 연희 엄마.
목 놓아 소리치며 전경들과 승강이를 벌이는 검거자 가족들.
연희 엄마가 전경의 방패에 밀려서 뒤로 넘어진다.
"엄마!" 하며 달려간 연희, 엄마를 부축해서 일으킨다.
연희가 방패를 민 전경 앞에 바짝 다가선다.

연희 당신 뭐야? 깡패야? 깡패냐고!!!

이때, '끼이익!' 소리와 함께 경찰 승합차 3대가 연달아 도착하고 백골단들이 차에서 내려 검거자 가족들에게 달려든다.

연희 엄마… (엄마에게 다가가려고 애를 쓰며) 엄마! 엄마!
연희 엄마 연희야! 연희야!

연희가 엄마에게 다가가려는데, 전경들이 밀고 백골단이 끌어당겨서 가족들을 강제로 승합차에 나눠 태운다. 아수라장이다.
백골단에 의해 각각 다른 차에 실리는 연희와 연희 엄마.
검거자 가족들을 나눠서 태운 승합차들이 대공분실 정문 앞을 떠난다.
전경들이 뒤로 물러나자, 벗겨진 신발들이 바닥에 나뒹군다.

76. 시골길, 일산 인근 / 오전

경찰 승합차가 희뿌연 먼지를 일으키며 달려온다.
승합차가 멈췄다가 떠나면, 길가에 나동그라진 연희가 보인다.
힘겹게 몸을 일으키는 연희.
연희가 주변을 살피면, 황량한 시골길이고 마을이 아주 멀다.
한쪽 발을 약간 절룩이며 걸어가는 연희. 신발 한 짝이 없고 맨발이다.
연희가 묵묵히 시골길을 걷는데, 후드득! 비가 쏟아진다.

77. 시골 슈퍼, 일산 인근 / 오전, 낮
비를 맞으며 비척비척 걸어온 연희, 낡고 허름한 '일산슈퍼' 옆 공중전화 앞에 멈춰 서서 주머니를 뒤진다. 연희가 손을 꺼내서 보면, 손바닥 위에 백 원짜리 동전 하나뿐. 수화기를 든 연희, 동전을 넣고 다이얼을 돌린다.

cut. to. 시간 경과. 낮. 비를 뚫고 달려온 택시가 슈퍼 앞에 멈춘다.
택시에서 내린 잘생긴 남학생이 우산을 들고 슈퍼 옆으로 걸어간다.
처마 밑의 연희, 벽에 등을 기댄 채 무릎 사이에 얼굴을 파묻고 앉아 있다.
잘생긴 남학생이 연희 앞에 멈춰 선다.
연희, 슬며시 고개를 들어 잘생긴 남학생을 올려다본다.
잘생긴 남학생이 가방에서 뭔가를 꺼낸다.
연희의 발 옆에 새하얀 타이거 운동화를 내려놓는 잘생긴 남학생.
연희, 운동화를 물끄러미 바라본다.

78. 시골길, 일산 인근 / 오후
완행버스가 비가 추적추적 내리는 편도 1차선 도로를 달린다.

cut. to. 버스 안. 맨 뒤에 나란히 앉아 있는 연희와 잘생긴 남학생.
잘생긴 남학생의 셔츠를 걸친 연희, 텅 빈 눈으로 창밖을 바라본다.
연희의 얼굴 위로 유재하의 '가리워진 길' 노래가 흐른다.
잘생긴 남학생, 걱정스러운 눈길로 말없이 연희를 지켜본다.
유리창에 흐르는 빗물을 바라보던 연희, 갑자기 울컥해서 눈물을 흘린다.
잘생긴 남학생이 주춤주춤 손을 뻗어서 연희의 손을 슬며시 잡아준다.
연희가 내려 보면, 잘생긴 남학생이 손수건을 연희 손에 쥐어준다.
손수건을 건넨 잘생긴 남학생의 손을 꼭 쥐고 울음을 토해내는 연희.
'똑, 똑' 눈물방울이 떨어지는 두 사람의 꼭 쥔 손에서 카메라 내려가면
물그림자 어른거리는 타이거 운동화 두 켤레가 나란히 보인다.

유재하 가리워진 길(노래)
그대여 힘이 돼주오. 나에게 주어진 길 찾을 수 있도록.
그대여 길을 터주오. 가리워진 나의 길을…

cut. to. 시골길. 비를 뚫고 버스가 달리며 노래가 끝난다. F.O
화면 암전 상태에서 저벅저벅 구둣발 소리가 점점 커진다.

79. 취조실, 남영동 대공분실 / 오전

F.I 긴 복도. 저벅저벅 걸어오는 박 처장.
검은 두건을 머리에 씌운 여자를 끌고 오던 대공 형사들이 비켜서며 경례를 한다. 박 처장이 지나친 취조실 문이 열리고, 대공 형사들이 축 늘어진 남자를 질질 끌고 반대편 복도로 향한다.
기세등등하게 걷는 박 처장의 얼굴 위로 비명들이 메아리친다.

cut. to. 509호 취조실. 탁자에 앉은 황 형사가 변압기 다이얼을 올린다.
징… 전기가 통하는 소리와 함께 비명을 지르다가 경련을 일으키는 한병용.
한병용이 입에 문 재갈 사이로 게거품이 흘러나온다.
절연테이프로 전깃줄이 감긴, 격하게 버둥거리는 한병용의 발 너머로 문이 벌컥 열리고 박 처장이 들어온다.
박 처장을 본 황 형사, 재빨리 변압기를 끄고 벌떡 일어선다.
축 늘어지는 한병용.
박 처장, 탁자 앞에 앉는다.
황 형사와 반 형사, 이 형사가 한병용이 앉은 의자를 통째로 들어서 탁자 앞에 내려놓고 나간다.
고통에 신음하는 한병용, 간신히 고개를 들어서 박 처장을 쳐다본다.
박 처장, 가족사진이 든 액자를 탁자 위에 내려놓고 한병용에게 보여준다.

박 처장 누이 옆에 선 종간나 보이디? 고거 이름이 동이야.

한병용이 사진을 보면, 열다섯 살쯤 된 소녀 옆에 남자가 서 있다.

박 처장 보릿고개 때 다 죽어가는 거, 우리 오마니가 거둬간 살렸디. 고거래 골 돌리는 기 신묘해서리, 우리 아바이가 식구 삼고 장가도 보냈어야. 내래, 고거를 형님으로 모셨더랬디. 기캤는데 말이디… 김일성이가 리북에 들어오니끼니, 고거래 인민 민주주의 하갓다고 완장 차고 설쳐대드만. 고 간나 새끼가 우리 집에 인민군 끌고 와서리 뭐랬는지 알간?

숨조차 제대로 못 쉬는 한병용.

박 처장 (소리친다) 인민의 적! 악질 지주, 반동분자를 지옥으로 보내자우!!!

소스라치게 놀라는 한병용.

박 처장 고거래, 총알도 아깝다믄서… 우리 아바이 가슴에 말이야. 죽창을 찔렀댔어. 내래, 대청마루 밑에 숨어서리, 다 봤디.

핏발 선 박 처장의 눈동자가 미세하게 떨리고…
옆방의 비명소리인가? 당시의 처절한 목소리들이 방 안 가득 들려오는 듯한데… 잔뜩 구겨진 한병용의 얼굴 위로 갑자기 탕! 총소리가 울린다.

박 처장 이보라우. 내래, 고때라도 기 나갔으믄 우리 오마니, 살렸갓네?…

공포에 휩싸인 한병용의 눈가가 파르르 떤다.

박 처장 누이 목숨은 살렸을 기야. 나 대신 죽었으니끼니…

이때, 환청처럼 '아악!' 하는 어린 소녀의 비명이 들린다.
질끈 눈을 감는 박 처장의 얼굴 위로 '오라비~!' 하는 여동생의 절규.

박 처장 지옥이 뭔지 알간? (눈을 뜨고) 내 식구들이 죽어나가는 판에, 손가락 하나 까딱 못 하고, 소리 한 번 못 치는 거… 고거이 바로 지옥이디.

박 처장에게 시선을 고정한 채 거칠게 숨을 쉬는 한병용.
박 처장이 점퍼 안주머니에서 꺼낸 사진을 한병용 쪽으로 슥 내민다.
한병용이 보면, #75 대공분실 정문에서 찍힌 연희의 사진이다!
숨이 턱 막힌 한병용, 부들부들 떨며 박 처장을 쳐다본다.

박 처장 어찌 하간?

거칠게 숨을 쉬는 한병용, 기이한 소리를 내며 흐느낀다.
눈을 가늘게 뜬 박 처장의 얼굴에 살기가 스친다.

cut. to. 정문이 열리고 빠르게 달려나가는 박 처장의 승용차와 승합차들.

80. 00교회 / 오전
진입로. 연희가 성경책과 성가책, 잡지를 겹쳐 들고 걸어간다.
교회 정문 앞에 선 연희가 고개를 들어서 보면, 높은 종탑이 있는 교회다.

cut. to. 예배당 안. 연희와 김정남이 마주 섰다.
연희, 잡지를 건넨다.

연희 우리 삼촌… 고문 안 당하게 해주세요.

돌아서서 떠나는 연희.
김정남, 잡지를 손에 든 채 연희를 바라본다.
눈에 눈물이 그렁그렁한 연희, 예배당을 나간다.

(인서트) 도로를 질주하는 박 처장의 승용차와 대공 형사들의 승합차들.
조수석에 탄 박 처장의 시야에 교회의 첨탑이 보인다.

cut. to. 복도. 잡지를 손에 들고 걸어온 김정남, 목사실로 들어간다.

cut. to. 목사실. 김정남이 들어서면, 주임 목사와 함세웅 신부가 있다.

김정남 신부님. 마침내 비둘기가 날아왔습니다.

김정남이 수영복을 입은 여인이 요염한 포즈로 활짝 웃고 있는 브로마이드 부분을 펼쳐 함세웅 신부 앞에 놓는다.

함세웅 신부 비둘기가 헐벗었구려. 허허허.

껄껄 웃은 함세웅 신부가 브로마이드를 활짝 펼친다.
비키니를 입은 여인의 사진 위에 이부영이 쓴 갱지가 연이어 붙여져 있다.

함세웅 신부 (주임 목사에게) 목사님 기도발이 무지하게 필요합니다.
주임 목사 무르팍이 까질 때까지 기도하겠습니다.
함세웅 신부 고맙습니다. (김정남에게) 몸 조심하세요.
김정남 함께하지 못해서 죄송합니다.

함세웅 신부, 괜찮다는 듯 김정남의 어깨를 두드리고 잡지를 챙겨 나간다.

cut. to. 교회 마당. 예배당을 나온 함세웅 신부가 승용차에 탄다.
승용차가 정문으로 나간다.

cut. to. 진입로. 정문을 나온 함세웅 신부의 승용차가 진입로를 달려간다. 반대편 차선에서 박 처장의 승용차 등이 달려온다.
박 처장의 승용차 등이 함세웅 신부의 승용차와 교차한다.
진입로를 벗어나는 함세웅 신부의 승용차.
박 처장의 승용차 등이 정문으로 줄줄이 들어간다.

cut. to. 예배용 도구를 들고 예배당을 나오던 교회 직원이 박 처장 앞에 멈춘다.

교회 직원1 어디서 오셨습니까?

퍽! 대공 형사가 휘두른 주먹에 맞아서 나뒹구는 교회 직원1.
문 앞의 교회 직원2, 예배용 도구를 던지고 예배당에 들어가서 문을 잠근다. 대공 형사가 문을 여는데, 철컥! 철컥! 문이 잠겨서 안 열린다.
당황한 대공 형사들이 박 처장을 쳐다본다.

박 처장 부수라우.

대공 형사들, 몸으로 문을 들이받는다.

cut. to. 복도. 목사실에서 나온 김정남과 주임 목사가 서로 다른 방향으로 내달린다.

cut. to. 예배당 안. 교회 직원, 신도들이 쿵! 쿵! 소리가 나는 출입문으로 달려간다. 뒤늦게 예배당에 들어온 주임 목사가 합류한다.

cut. to. 계단. 김정남이 겅중겅중 계단을 뛰어오른다.

cut. to. 예배당 안. 쾅! 문이 열리고, 박 처장과 대공 형사들이 들어온다. 주임 목사와 교회 직원, 신도들이 팔짱을 낀 채 통로를 막았다.

주임 목사 이곳은 하나님의 성전입니다! 당장 나가세요!
직원, 신도 나가세요! / 빨리 나가!

목사를 물끄러미 바라보던 박 처장이 가소롭다는 듯 씩 웃는다.

박 계장 제껴!

대공 형사들이 주임 목사 등에게 달려든다.
비명을 지르며 쓰러지는 사람들.
대공 형사들, 예배당을 닥치는 대로 뒤지며 헤집고 다닌다.

cut. to. 창가. 계단을 올라온 김정남, 철문을 열어보려 하지만 잠겨 있다. 옆에 좁은 창문 틈으로 나가려 애쓰는 김정남, 겨우 몸이 빠져나가지만 지붕위로 떨어지며 날카로운 쇳조각에 허벅지를 베인다.
'아아악!' 터져 나오는 비명에 손으로 입을 막으며 짓누르는 김정남.

81. 명동성당 / 오전
정문. 따스한 5월의 햇살이 비추는 명동성당 전경.
전경들이 '5·18 광주영령 추모 미사' 플래카드가 붙은 정문을 막고 있다.

cut. to. 성당 안. 윤상삼 기자 등 기자 20여 명이 앉아 있다.
길쭉한 책상이 앞에 있는데, 미사복을 입은 사제들이 들어와서 앉는다.
자막 : 1987년 5월 18일 오전 11시 30분

함세웅 신부 저희 정의구현 사제단은 5·18 7주기를 맞아, 성스러운 하느님 성전에서 중대 성명을 발표하겠습니다.

긴장하는 기자들.
플래시가 터지는 가운데, 중앙에 앉은 김승훈 신부가 성명서를 집어 든다.
김승훈 신부 / 천주교 정의구현 전국사제단 대표 신부

김승훈 신부 고 박종철군 고문치사 사건의 진상이 은폐, 조작되었다. 박종철 군을 직접 고문하여 죽음에 이르게 한 범인은…

(플래시백) 취조실. 애국가 노랫소리가 울리는 가운데…
종교 잡지를 뒤적이며 책상에 앉아 있는 조 반장의 느린 화면 위로 김승훈 신부의 목소리에 맞추어 강렬하게 박히는 타이핑 자막.
치안본부 대공수사 2단 5과 2계 학원분과 1반 경위 조한경,
욕조 속에 들어가 박종철의 머리를 누르는 이 형사 위로…
2계 1반 경장 이정호,
박종철의 왼팔을 잡고 힘을 쓰는 황 형사의 구겨진 얼굴 위로…
2계 1반 경위 황정웅,
박종철의 오른팔을 잡고 튀어 오르는 물을 피하는 반 형사 위로…
2계 1반 경사 반금곤,
양다리를 양 옆구리에 끼고 힘겨워하며 애국가를 부르는 강 형사 위로…
2계 5반 경사 강진규

느린 그림 풀리며 격하게 몸부림치는 박종철의 다리를 놓치는 강 형사.
잡지를 보고 있던 조 반장에게까지 물이 튀고 박종철, 세면대에 머리를 찧고 바닥에 나뒹군다.
황 형사, 반 형사가 강 형사에게 "에이, 씨발! / 똑바로 못 잡아?" 하며 몸에 튄 물을 닦는데, 잡지를 박종철의 안경 앞에 툭 던진 조 반장이 다가와서 거세게 기침하는 박종철과 시선을 맞춘다.

조 반장 야, 박종철. 여기 남영동이야. 너 하나 죽어 나가도 아무 일 안 생기거든? …종운이 어딨어?
박종철 (눈물 흘리며) 몰라요… 정말 몰라요…
조 반장 (피식) 간만에 애국가 다 듣겠네? (책상으로 돌아가며) 4절 가자.

와락 달려든 형사들이 박종철을 붙잡아서 욕조로 향한다.
심호흡을 한 강 형사가 박종철의 다리를 옆구리가 아닌 양어깨에 올려놓고 강하게 움켜쥔다.

박종철 (발버둥 치며) 살려주세요. 제발… 안 돼요! 그만! 살려…

첨벙! 박종철의 머리가 욕조에 박힌다.

강 형사 (애국가) 이 기상과 이 맘으로 충성을 다하여~

강 형사, 버둥거리는 박종철의 다리를 꽉 붙잡아서 민다.
버둥거리면서 욕조 턱에 눌리는 박종철의 목.
물속에서… 서서히 힘이 빠져가는 박종철의 얼굴이 아득히 멀어져간다.

cut. to. '쾅!' 본당 정문 열리며 쏟아져 나오는 기자들.
부리나케 뛰어나온 기자들이 마당에 있는 공중전화를 향해 달린다.
공중전화는 딱 3대인데, 기자는 20여 명.
윤상삼 기자, 재빨리 수화기를 붙잡고 전화기에 동전을 넣는다.
부스를 차지하지 못한 다른 기자들이 정문으로 달려간다.

cut. to. 정문 근처 골목. '비켜!' 하며 공중전화를 찾아서 달려가는 기자들. 뒤늦게 달려온 기자 한 명(카메라를 둘러멘 대공 형사1)이 눈치를 살피다가 정문을 막은 전경들 뒤로 돌아가서 전경 중대장에게 다가간다.
기자로 위장한 대공 형사1이 경찰 신분증을 중대장에게 몰래 보여주며

대공 형사1 무전기 줘. 빨리!

놀란 전경 중대장이 대공 형사1에게 무전기를 건넨다.

82. 취조실, 남영동 대공분실 / 오전
탁자에 앉은 한병용 앞에 설렁탕이 담긴 쟁반을 내려놓는 이 형사.
황 형사, 반 형사, 이 형사가 취조실을 나간다.
고개를 숙인 채 가만히 앉아 있던 한병용, 숟가락으로 국물을 떠먹는다.
울컥 울음이 터진 한병용, 끅끅 흐느낀다.

83. 00교회 / 오전

예배당 안. 분주하게 오가는 대공 형사들.
뒷짐을 진 박 처장, 제단 앞으로 걸어가서 십자가를 쳐다본다.

cut. to. 창가. 계단을 올라온 대공 형사가 창문으로 몸을 내밀어서 아래위를 살핀다.

cut. to. 지붕. 지붕에 엎드린 김정남, 고통을 참으며 몸을 감추고 있다.

cut. to. 창가. 지붕 위 부서진 기왓장을 본 대공 형사가 철문을 당겨본다. 열리지 않자 주머니에서 만능키를 꺼내 자물쇠에 꽂는다.

cut. to. 지붕. 몸을 낮춘 김정남이 절룩거리며 위태롭게 지붕 위를 걷는다.

cut. to. 예배당. 박 처장, 창가로 향한다.
유리창에는 십자가에 못 박힌 예수의 모습이 스테인드글라스로 장식돼 있다.

cut. to. 지붕. 피를 흘리며 위태롭게 걷던 김정남, 첨탑 코앞에서 발을 삐끗하며 미끄러진다. 지붕에서 미끄러져 내려오는 김정남.
김정남이 가까스로 손을 뻗어서 처마를 붙잡고 매달린다.

cut. to. 예배당. 창가에 버티고 선 박 처장, 예수의 모습을 올려다본다.
예수의 머리 위쪽에서 김정남의 발그림자가 어른거린다.

cut. to. 지붕. 처마에 매달린 김정남이 지붕으로 올라가려고 안간힘을 쓴다.

cut. to. 예배당. 언뜻 그림자를 본 박 처장이 한 발짝 다가가는데

유 과장(off) 처장님!

박 처장이 시선을 돌리면, 무전기를 든 유 과장이 허겁지겁 달려온다.
미간을 살짝 찡그리는 박 처장의 얼굴. 불안감이 스친다.

cut. to. 처마에서 지붕으로 가까스로 올라오는 김정남의 등 뒤로 사이렌 소리가 요란하다.
김정남, 가쁜 숨 쉬며 돌아보면 대공 형사들의 차량이 경광등을 번쩍이고 사이렌을 울리며 교회 앞 골목을 빠져나가는 모습이 보인다.

cut. to. 승용차 안. 카폰으로 통화 중인 박 처장.

박 처장 (의아하다) 대책회의를 본부장실에서 합네까? …알갔습네다.

카폰 수화기를 손에 쥔 박 처장, 입술을 깨문다. 뭔가 심상치 않다.

cut. to. 도로. 2차로에서 신호대기 중인 안기부장의 승용차.
승용차 안. 카폰을 끊는 안기부장.

안기부장 차 돌려. 청와대로.

안기부장의 승용차가 거침없이 1차로에 진입하고, 달려오던 승용차가 급정거한다. 그대로 유턴해서 달려가는 안기부장의 승용차.

cut. to. 진입로. 박 처장의 승용차가 진입로를 벗어나 대로에 접어든다.
승용차 안. 눈을 가늘게 뜨고 통화 중인 박 처장의 얼굴.

박 처장 …태우라우.

84. 뒤뜰, 남영동 대공분실 / 오후

바닥에 가득 쌓인 서류들이 활활 타고 있다.
서류를 들고 달려온 대공 형사들이 불길 속으로 서류들을 내던진다.
거세게 타오르는 서류들.
서류 속 연희의 사진에 불이 옮겨 붙는다.

85. 식당 앞, 먹자거리 / 오후

황 형사, 반 형사, 이 형사가 이쑤시개로 이를 쑤시며 식당에서 나온다.
정보국장과 건장한 치안본부 형사 8명이 사방에서 다가온다.

정보국장 어이, 황 경위! 오랜만이야?
황 형사 국장님께서… 웬일이십니까?

정보국장이 눈짓하자, 치안본부 형사들이 일제히 달려든다.
황 형사와 반 형사, 이 형사가 붙잡힌다.

황 형사 일행 니들 뭐야! / 이거 안 놔? / 내가 누군 줄 알아? / 놔!

치안본부 형사들이 황 형사 일행을 끌고 간다.

86. 현관 –> 본부장실, 치안본부 / 오후

현관 근처에 승용차가 멈추고 박 처장이 내리면, 기다리고 있던 유 과장과 박 계장이 다가온다. 박 처장이 현관을 보면, 기자들이 진을 쳤다.
유 과장과 박 계장이 박 처장에게 목례를 하고 먼저 현관으로 향한다.
박 처장, 20여 미터쯤 떨어져서 걸어간다.
대기하던 기자들, 유 과장과 박 계장에게 몰려든다.

기자3 과장님! 고문 경관이 다섯 명인 걸 아셨습니까?
유 과장 난 모르는 일이요!

기자2 조직적인 축소, 은폐가 있었습니까?
박 계장 그런 일 없어! 몰랐다니까!

기자들이 유 과장, 박 계장에게 몰린 사이 박 처장이 서둘러 현관으로 들어가는데, 윤상삼 기자가 박 처장 앞으로 불쑥 튀어나온다.

윤상삼 기자 처장님! 감옥에 있는 경찰관들한테 1억 원씩 주셨죠?

당황하는 박 처장.

윤상삼 기자 가족 증언 확보했습니다. 그 돈, 어디서 났습니까?

윤상삼 기자를 노려보는 박 처장,

윤상삼 기자 고문 살인, 은폐 조작에 횡령… 끝났어, 당신.

와락! 윤상삼 기자의 멱살을 잡는 박 처장.
박 처장, 핏발이 선 눈으로 윤상삼 기자를 노려본다.
빙긋 웃는 윤상삼 기자.
놀라서 다가온 기자들이 플래시를 터뜨리는데, 유 과장과 박 계장이 달려와서 박 처장을 감싼다. 박 처장을 데리고 가는 유 과장과 박 계장.
현관으로 들어가는 박 처장 일행에게 질문과 플래시 세례가 쏟아진다.
기자들이 따라서 들어가려다가 경찰들에게 막힌다.

cut. to. 복도. 박 처장과 유 과장, 박 계장이 복도를 빠르게 걸어간다.
본부장실 앞에서 경비를 서던 경찰들이 거수경례를 한다.
박 처장이 본부장실로 들어간다.

cut. to. 본부장실. 박 처장이 본부장실로 들어오다가 멈칫.
본부장실에 아무도 없다.

굳은 얼굴의 박 처장 시선이 소파 탁자 위에 놓인 서류에 멈춘다.
박 처장이 서류를 집어 들어서 보면, '관계기관 대책회의 결정사항' 문건인데, 제목이 '대공수사처 처장 朴 치안감 등 상급자 3명, 처벌 불가피'다!
서류를 든 박 처장의 손이 파르르 떨린다.
얼굴이 벌겋게 달아오른 박 처장의 눈에 살기가 가득하다.
끄아악! 포효하는 박 처장. 소리가 기괴하다.

87. 신문 몽타주 / 오후
윤전기가 쉴 새 없이 돌아간다.
자막 : 1987년 5월 29일 오후 4시

화면 가득 신문이 튀어나온다. '全 대통령, 은폐 관련자 처벌 강력 지시'.
다른 신문기사는 '2억 원 통장 수사비서 빼 – 공금유용 적용될 듯'.
마지막 신문기사는 '朴 치안감 등 상급자 3명 구속 결정'. #86에서 찍힌 박 처장과 유 과장, 박 계장의 사진이 대문짝만 하게 실렸다.

88. 처장실, 남영동 대공분실 / 밤
#8의 훈장 박스에서 약장을 꺼내는 박 처장의 손.
예복 가슴 위 수많은 약장 옆에 꽂히는 약장의 압정.
플라스틱 고정 장치를 단단히 꽂는 박 처장의 손.
예복을 입은 박 처장, 거울 앞에서 옷매무새를 단정히 한다.
리볼버 권총을 집어 드는 박 처장. 카메라가 뒤로 빠지면, 유 과장과 박 계장 등 대공 형사들이 소파에 앉아 권총에 총알을 장전한다.
장전을 마친 유 과장이 박 처장에게 다가간다.

유 과장 준비됐습니다.

장전한 권총을 주머니에 넣은 박 처장, 문을 향해 거침없이 걸어간다.
유 과장과 박 계장 등 대공 형사들이 따라간다.

89. 올림피아 호텔 / 밤

호텔 현관 앞에 검은 양복들이 포진해 있다. 삼엄하다.
박 처장의 승용차가 다가오자, 검은 양복들이 권총을 빼 들고 경계한다.
박 처장의 승용차가 멈추자, 검은 양복들이 권총을 겨누며 차를 둘러싼다. 검은 양복 한 명이 천천히 다가가서 뒷문을 열자, 대공 간부3이 앉아 있다.

대공 간부3 아따메~ 욕 쪼까 보시는구마잉…밥들은 자셨소?

어리둥절한 표정의 검은 양복들.

cut. to. 비상문 안쪽. 잔뜩 쌓인 음료수 박스들이 지진이 난 듯 흔들리더니, 쾅! 비상문이 열리며 바닥에 떨어져서 깨지는 음료수병들.
박 계장이 앞장서고 박 처장이 비상문으로 들어간다.

cut. to. 조리실. 요리사들 사이로 박 처장과 유 과장, 박 계장, 그리고 대공 형사들이 거침없이 걸어간다.

cut. to. 복도. 회의실 앞에 검은 양복 2명이 보초를 서는데, 박 처장이 홀로 뚜벅뚜벅 걸어온다. 검은 양복들이 권총을 빼 들고 "거기서!" 하며 박 처장에게 다가가는데, 박 처장은 멈추지 않는다.
검은 양복들이 복도가 교차하는 곳에 진입하는 순간, 퍽! 퍼벅! 복도에 숨어있던 대공 형사들이 덮쳐서 검은 양복들을 순식간에 제압한다.
박 처장, 바닥에 널브러진 채 무장해제를 당하는 검은 양복들 사이를 거침없이 통과해서 객실 앞에 멈춘다. 박 처장이 문을 잡아당기는데 열리지 않는다. 탕! 주저 없이 자물쇠를 향해 권총을 쏘는 박 처장.

cut. to. 객실. 박 처장과 유 과장, 박 계장이 객실로 들어선다.
차갑게 돌아보는 안기부장 너머로 테이블 밑으로 기어 들어가는 장관들.
박 처장이 안기부장을 향해 권총을 겨누는 순간.

검은 양복(off) 총 버려!

방과 화장실에 숨어 있던 검은 양복들이 M16 소총을 겨누며 나온다.
당황하는 유 과장과 박 계장.
소총을 겨눈 검은 양복들이 박 처장 일행을 순식간에 둘러싼다.

cut. to. 복도. 근처 객실에서 튀어나온 검은 양복들이 대공 형사들에게 소총을 겨눈다. 대공 형사들, 권총을 버리고 양손을 치켜든다.

cut. to. 다시 객실. 검은 양복들과 박 처장 일행의 일촉즉발의 긴장 속에서… 안기부장, 의자에서 일어나 검은 양복들에게 기다리라는 제스처와 함께 박 처장에게 다가온다.

안기부장 (다가가며) 아이고… 박 처장. 경비가 삼엄하죠? 시국이 어수선하니까, 객기 부리는 놈들이 많아서 걱정입니다.
박 처장 내래 평생을… (총 치켜세우며) 평생을!!!
안기부장 알죠, 알아… (총구에 바짝 다가가며) 애국자지, 진짜 애국자!
박 처장 ……
안기부장 당신이나 나나 고생 많았잖아요? (총구를 비켜서서 박 처장의 가슴 가득한 약장들을 매만지며) 각하께 부담 주지 말고 조용히 떠납시다. 애국하는 마음으로…

박처장의 눈빛이 흔들리는데… 순식간에 다가와 박 처장의 권총을 낚아채고 팔을 꺾는 검은 양복. 그 모습을 보고 힘없이 제압당하는 유 과장과 박 계장의 모습 위로 타이핑 자막. 경정 유정방/대공 5과장, 경정 박원택/대공 5과 2계장
안기부장이 돌아서서 자리로 향한다.
박 처장의 모자가 벗겨져서 바닥을 뒹굴고, 바닥에 얼굴을 박은 박 처장의 손목에 수갑이 채워진다. 치안감 박처원/대공수사처 처장

박 처장, 다시 회의를 진행하는 안기부장의 모습을 허망한 눈으로 바라본다.

90. 현관 앞, 영등포 교도소 -> 복도 / 오후
정문을 통과한 호송 버스가 현관 앞에 멈춘다.
철컹! 호송 버스 앞문이 열린다.

cut. to. 복도. 안내실 창문 앞에 선 공안부장이 안내실 교도관으로부터 자신의 신분증을 받아 든다.

공안부장 접견실에 쥐약 좀 놉시다? 쥐새끼가 고양이만 해, 씨…

가방을 손에 든 공안부장이 철창 앞으로 다가가는데, 철창문이 열리며 포승에 묶인 유 과장, 박 계장과 교도관들이 들어온다.
공안부장과 유 과장, 박 계장이 철창 앞에 마주 서서 서로를 바라본다.

cut. to. 현관. 호송 버스에서 포승에 묶인 박 처장이 내린다.
자막 : 1987년 5월 30일 오후 3시

cut. to. 복도 철창 앞. 유 과장을 보던 공안부장이 품속에서 명함을 꺼낸다. 유 과장이 묶인 포승줄 사이에 명함을 꽂는 공안부장.

공안부장 변호사 필요하면 연락하시고.

철창문을 통과하는 공안부장.
유 과장과 박 계장, 똥 씹은 표정으로 공안부장을 노려본다.

cut. to. 현관. 박 처장이 교도소를 훑어보다가 시선을 멈춘다.
현관 옆에 보안계장이 서 있다.

유유히 현관을 나오던 공안부장, 뭔가를 발견하고 멈춘다.
공안부장의 시점. 박 처장과 보안계장이 서로를 바라보며 가만히 서 있다. 후… 한숨을 쉰 공안부장, 바지 주머니에 손을 넣으며 묘한 눈길로 두 사람을 바라본다. 박 처장이 보안계장을 물끄러미 바라본다.
보안계장이 박 처장의 시선을 피하지 않고 조용히 응시한다.
교도소 현관 앞에 마주 선 박 처장과 보안계장. 바람이 분다.

91. 편집국, 동아일보 / 오후

편집국이 북새통이다. 전화가 쉴 새 없이 울리고, 밖에서는 시위대의 '호헌철폐! 독재타도!' 구호 소리와 비명, 최루탄 터지는 소리 등이 들린다.
모든 책상 위에 불이 켜진 양초가 놓여 있고, 기침하는 기자, 눈에 랩을 붙인 기자, 코 밑에 치약을 묻힌 기자 등.

윤상삼 기자 (재채기) 에취… 부장! 전국이 전쟁터-ㅂ니다! 다 카바하기 어렵겠는데요?
사회부장 (휴지로 코를 막았다) 주요 대학하고, 광장만 카바하라 그래!

콧김을 흥! 불어서 휴지를 빼낸 사회부장이 사진부로 가면, 사진기자들이 방독면, 헬멧 등을 챙기고 있다.

사회부장 6시에 교회, 사찰, 성당 종치고, 차량들 경적 울린다니까, 그림 확실하게 만들어와!
사진기자들 예!

사진기자들이 나가는데, 퍼버벙! 밖에서 최루탄 쏘는 소리가 들리더니, 쨍그랑! 유리창을 뚫고 들어온 SY-44 최루탄 한 발이 천장을 튕겨서 바닥에 떨어진다. 놀란 기자들이 혼비백산 몸을 피하는데, 펑! 최루탄이 터진다.

92. 연희의 집, 동네 슈퍼 / 오후

안방. 연희 엄마, 넋이 나간 얼굴로 구석에 앉아 있다.

cut. to. 슈퍼 안. 연희가 종이 박스에서 양초를 꺼내 선반에 진열한다. 멀리서 펑, 퍼벙! 펑! 빠바바방! 최루탄 터지는 소리가 요란하게 들린다.

신문배달부 석간이요!

신문배달부가 평상에 석간신문 뭉치를 내려놓고 떠난다.
신문에 관심이 없는 연희, 양초들을 계속 진열하다가 문득 평상을 쳐다본다. 뭔가 느낌이 이상한 연희, 양초를 손에 쥔 채 일어선다.
평상으로 다가온 연희가 신문을 보는데, 거꾸로 놓여서 명확히 알 수 없다. 신문을 주시하며 평상을 돌아가는 연희.
신문 1면이 똑바로 보이며 제목과 사진이 선명하게 드러난다.
'최루탄 맞은 연세대생 死境'이라는 제목 아래에 피를 흘리며 쓰러진 학생이 다른 학생에게 안겨 있는 사진이 있다.
손에 든 양초를 떨어뜨린 연희가 신문을 집어 들어서 사진을 자세히 살핀다. 피를 흘리며 쓰러진 학생은 '잘생긴 남학생(이한열)'이다!

93. 정문, 연세대학교 / 오후

'빠아앙~' 기적 소리와 함께 기차가 화면을 스치면
대학생들, 정문으로 향한다. 플래카드 문구는 '6·10 대회 연세인 출정식'.
자막 : 1987년 6월 9일 오후 5시

대학생들, '호헌철폐! 독재타도!'를 외치며 정문을 통과한다. 대열 앞줄에 마스크를 쓰지 않고 'YONSEI' 글씨가 박힌 티셔츠를 입은 잘생긴 남학생(이한열)이 '박종철을 살려내라' 플래카드의 왼쪽 끝을 들고 있다. 플래카드 오른쪽 끝은 회원1이 들었다.

cut. to. 정문 건너편. 전경들, 최루탄 발사기를 45도로 조준하더니, 퍼버벙!

cut. to. 정문. SY-44 최루탄이 대학생들 머리 위에서 터진다. 최루탄 연기가 대학생들을 뒤덮고, 대학생들이 몸을 돌려 정문 안으로 도망친다.
플래카드 오른쪽 끝을 쥐고 있던 회원1이 도망치다가 넘어진다.
그 바람에 플래카드를 놓친 이한열이 돌아보면, 회원1이 쓰러졌다.

cut. to. 정문 건너편. 전경들, 최루탄 발사기를 직격으로 바꿔서 '퍼버벙!'.

cut. to. 정문. SY-44 직격탄이 대학생들에게 날아든다.
벽에 맞아 터지는 직격탄, 땅에 튕기는 직격탄 등.
회원1에게 다가가는 이한열의 뒷머리를 향해 SY-44 직격탄이 날아온다. 퍽! 직격탄이 이한열의 뒷머리를 강타하고 이한열이 쓰러진다.
'한열아! 이한열!'을 외치는 누군가의 애타는 목소리가 환청처럼 들린다.
이한열, 희뿌연 최루탄 연기 속에서 주변을 둘러본다.
이한열의 왼발에서 벗겨진 타이거 운동화가 저만치 놓여 있다.
엉금엉금 기어간 이한열이 운동화를 집으려는데, 피가 뚝뚝 떨어져서 새하얀 운동화를 벌겋게 적신다.
어리둥절한 이한열이 손으로 뒷머리를 만져서 보면, 손바닥이 피범벅!
마스크를 쓴 학생(이종창)이 이한열을 발견하고 달려온다.
여전히 무슨 일이 벌어진지 모르는 이한열이 운동화를 집으려는 순간,
이종창이 이한열을 부축해서 일으킨다.
뒷머리에서 흘러내린 피가 이한열의 뺨을 적신다.
카메라 플래시가 터진다.
이한열을 껴안은 이종창이 정문 안으로 뒷걸음질 친다.
몽롱한 눈빛의 이한열, 운동화를 잡으려고 손을 뻗는다.
이한열의 손이 연거푸 허공을 움켜쥐고, 잡힐 듯 잡히지 않는 운동화가 조금씩 멀어진다. 서서히 정신을 잃어가는 이한열.

백골단을 선두로 전경들이 정문을 향해 돌진한다.
전경들의 군홧발 사이로 이한열의 운동화가 보인다.
학생들을 쫓아서 정문 안으로 진입하는 백골단과 전경들. 무시무시하다.

94. 연희의 집, 동네 슈퍼 / 오후
사진을 보며 울컥 울음을 터뜨리는 연희. 이때, 성당과 교회, 사찰들의 다양한 종소리가 울리기 시작하고, 자동차들이 경적을 울린다.
하얀 타이거 운동화를 신은 연희, 골목을 달려간다.

95. 몽타주 / 오후
cut. to. 도로. 사거리에 멈춰 선 자동차들, 경적을 울린다.
태극기를 창밖으로 내밀어서 흔드는 택시들.
택시를 스친 연희, 자동차 경적 소리로 가득한 도로를 가로지른다.

cut. to. 거리. 시위대(넥타이부대)들이 이한열 사진이 실린 신문을 들고 거리를 점령했다. '이한열 살려내! 살인정권 타도하자! / 동해물과…' 애국가 부르는 소리가 드높은 가운데, 빌딩에서 던진 화장지와 서류들이 휘날린다. 연희, 행진하는 시위대를 빠르게 지나쳐서 골목으로 달려간다.

cut. to. 광장. 골목에서 달려 나온 연희가 멈춰 선다. 시민들이 쌓아놓은 바리케이트로 길이 막혔다. 수많은 사람이 서로 끌어주고 밀어주며 바리케이트를 넘어간다. 바리케이트 위로 올라서는 연희, 광장을 바라보는 연희의 얼굴… 연희의 떨리는 눈동자 아래로 먹먹하고 무거운 감동의 눈물이 흐르고, 연희를 비추던 카메라가 떠오르면, 드넓은 서울시청 광장에 가득한 사람들.
60여 만 명의 군중들이 외치는 '호헌철폐! 독재타도!' 소리가 거대하게 울려 퍼진다. 광장을 메운 사람들의 목소리가 최고조에 달하며 스크린 가득 떠오르는 메인 타이틀.『1987』

노래 '그날이 오면' 전주가 흐르며 메인 타이틀 F.O

F.I. 자막 :

- 1987년 6월 29일 대통령 직선제를 수용하는 '6·29 선언'이 발표됐다.
- 최루탄에 맞아 병원으로 후송된 이한열은 7월 5일에 사망했고 7월 7일에 열린 장례식 노제에 100만여 명이 운집했다.

이한열의 서울시청 앞 광장 노제 사진에 이어, 복원된 이한열의 타이거 운동화 사진, 6·10항쟁 당시의 TV 자료 화면들과 실제 인물들의 육성 등이 이어지고 마지막으로 이한열 열사의 장례식에서 민주주의를 위해 희생됐던 열사들의 이름을 목 놓아 부르는 문익환 목사의 모습이 보인다.
오래된 TV에서 들려오는 열사들의 이름이 아득히 메아리치고 있다.

그날이 오면(노래)

(독창) 아 짧았던 내 젊음도 헛된 꿈이 아니었으리
그날이 오면 그날이 오면
(합창) 내 형제 그리운 얼굴들 그 아픈 추억도
아 피 맺힌 그 기다림도 헛된 꿈이 아니었으리
그날이 오면 그날이 오면.

끝.

| 나의 개봉 작품 집필기 & 시놉시스 |

개봉 : 2018. 2. 28.
출연 : 심은경, 이승기 외
감독 : 홍창표

최고의 합을
찾아라!
〈관상〉 제작진의 역학시리즈
궁합
2월 28일 대개봉

※ 본 이미지는 영화 본 포스터입니다.

| 이소미 |

주요 작품

2007년 KT 디지털콘텐츠공모전 시나리오부문 장려상

2018년 영화 〈궁합〉 각본

시놉시스

극심한 흉년이 지속되던 조선시대. 왕은 관상감의 조언에 따라 가뭄의 방책으로 혼기 찬 송화옹주의 부마 간택을 실시한다. 그녀는 사나운 팔자라고 소문난 탓에 과거 혼담을 퇴짜 맞은 전력이 있다.

사헌부 감찰이자 역술에 능한 서도윤은, 송화옹주의 국혼에서 궁합 풀이를 맡게 된다.

송화옹주는 자신의 언니이자 롤 모델인 여희공주가, 천생연분의 합으로 결혼했지만 불행한 생활을 하는 것에 충격을 받고, 얼굴도 모르는 사람을 남편으로 맞이할 수 없다는 생각에, 부마 후보들의 명단이 적힌 사주단자를 훔친다. 그리고 궐 밖으로 나가 그들을 차례로 염탐하기 시작한다.

한편 송화옹주가 사주단자를 훔친 궁녀라고 오해한 서도윤은 사주단자를 되찾기 위해 그녀의 여정에 함께하는데….

집필기

■ 1

2013년 주피터필름과 인연을 맺었다. 그 후 내가 작업한 시나리오를 긍정적으로 보신 대표님과 이사님께서 역학 시리즈로 기획 중인 〈궁합〉의 각본을 제의하셨다. 당시 영화사는 작자 미상의 고전소설인 〈윤지경전〉을 〈궁합〉의 모티브로 삼아 기획 중이었고, 〈관상〉과 〈명당〉과는 달리 궁궐에서 일어나는 사랑 이야기를 원했다. 생각지도 못한 제안인 데다 역학 시리즈라는 타이틀이 무겁게 다가왔다. 그럼에도 주피터필름의 중요한 기획을 신인 작가인 내게 제의해주신 두 분께 감사한 마음이 컸기에, 나는 평소와는 달리 궁합에 대한 짧은 기획 방향을 써 볼 테니, 보시고 마음에 드시면 같이 하자고 말씀드렸다.

■2.

그때부터 가장 많이 고민하고 생각한 물음은, '궁합은 과연 무엇일까?'였다. 궁합 하면 쉽게 떠올리는 것이 남녀의 합이다. 지금 만나는 사람, 짝사랑하는 사람, 결혼을 앞둔 사람, 헤어질 위기에 있는 사람 등등 '상대방'과 '나'의 관계에 대한 호기심.

그래서 내린 결론은, 나의 짝은 나와 맞는가? 이것이 첫 번째 아이디어가 되었다.

그리고 〈윤지경전〉. 대강 요약하자면, 윤현의 아들로 최고 신랑감인 윤지경은 예쁜데 착하기까지 한 연화와 결혼을 약속하지만, 왕의 명령에 따라 박색인 옹주의 부마로 간택된다. 하지만 윤지경은 옹주를 멀리하고 밤마다 월담해서 연화와 사랑을 나누며, 왕이 잘못하면 면전에다 쓴소리도 하는 등 그의 활약상을 그린 소설이었다.

〈윤지경전〉에서 유일하게 내 흥미를 끈 것은 윤지경이 아니라 박색인 옹주였다. 옹주가 못생겼다는 이유로 성격까지 포악하게 그려진 것이 읽는 내내 불편했던 나는, 문득 그녀 입장에서 이 상황들을 진행시키면 어떨까? 하는 생각이 들었다. 자유 연애가 금지된 조선의 공주나 옹주는 사랑을 꿈꿔본 적 없을까? 간택된 부마가 옹주와 서로 맞지 않는다면 어떻게 될까? 대부분 숙명처럼 받아들이고 산다 해도 반발하는 소수는 있지 않았을까? 옹주가 그 소수라면? 상대를 직접 만나보려고 하지 않을까?

나의 짝이 나와 맞는지 말이다.

그래서 〈윤지경전〉에 나오는 부마 간택과 박색 옹주 설정을 뒤집어, 옹주를 주인공으로 놓고, 윤지경을 앤태거니스트로 정했다. 그녀는 정략결혼에 반기를 드는 인물로, 사랑을 마냥 기다리는 것이 아닌, 직접 찾아 나서는 주체적인 캐릭터로 확장시켰다.

이것이 궁합의 두 번째 아이디어가 되었다.

이 두 가지 아이디어로, 궁합 때문에 생긴 악의적인 소문과 편견 속에서 살아온 한 소녀가 사랑을 찾아가는 성장 로맨스를 쓰기로 결정했다.

그다음은 좋아하는 로맨스 영화를 떠올렸다. 〈오만과 편견〉〈아멜리에〉〈로마의 휴일〉〈온니 유〉〈당신이 잠든 사이에〉 등 이 영화들을 왜 좋아하는지, 어떤 매력에 끌렸는지 살펴보던 중에 자신의 사랑을 찾아가는 주체적인 여성 캐릭터라는 공통점을 찾았다.

무엇보다 더 나은 인생을 위해, 처음으로 용기 낸 옹주가 다양한 부마 후보를 만나며, 그 속에서 자신의 모습을 발견하고 성장할 수 있도록 하고 싶었다. 그러기 위해서 다양한 부마 후보를 어떻게 설정할지 고민하던 차에 연애할 때 흔히들 한 사람을 알려면 사계절은 겪어봐야 한다는 말이 떠올랐고, 옹주가 만날 부마 후보들을 사계절(조유상(봄), 강휘(여름), 남치호(가을), 윤시경(겨울))에 적용시켰다. 그리고 이들과의 만남을 거치며(함축적으로 1년을 비유), 계속 부딪히는 한 남자 서도윤과의 로맨스로 스토리 방향을 설정하게 된 것이다.

〈궁합〉의 남자 주인공은 〈관상〉의 관상가 내경처럼 궁합가로 하기엔 무리가 있었다. 실제 궁합가라는 직업이 존재하지 않았고, 로맨스물의 남자 주인공은 〈오만과 편견〉의 다아시처럼 멋있어야 한다는 강박 때문이었다. 그래서 문무를 겸비하고, 역술에 재능을 지닌 사헌부 감찰 서도윤은 강자에게 강하고 약자에게 약하며, 말보다 행동으로 보여주는 진중함을 가진 원칙주의자로 설정했다. 원칙주의는 옹주와 티격태격 다투다 변하게 될 도윤의 성장을 위해 넣은 코드였다.

그 외 기획 방향으로 〈궁합〉의 영화적 재미를 위해 이성 간의 궁합

외에도 부모와 자식 간의 궁합, 직장에서의 궁합 등 사람과 사람 사이의 모든 궁합과 동 · 식물, 음식과 질병까지. 궁합에 대한 정보와 재미를 담을 것이라고 썼고, 영화 전체를 운명론으로 단정 짓지는 않을 거라고 덧붙였다. 이렇게 쓴 여섯 장 분량의 기획안에는 주인공 옹주와 도윤 그리고 부마 후보 네 명의 각 캐릭터와 기승전결이 있는 짧은 줄거리까지. 영화 〈궁합〉의 내용이 들어가 있다.

■ 3

영화사에 보낸 기획안은 반응이 좋았고, 거기서 구체화된 시놉시스를 쓰게 됐다.

나는 등장인물의 이름에 공들인다. 이름 수첩도 따로 만들어두었는데, 이름은 캐릭터의 대표 이미지기 때문에 신경을 많이 쓰는 편이다. 옹주의 이름은 소나무꽃인 송화에서 따왔다. 꽃말이 용기이기도 했고, 호기심 많고 단아한 옹주와 어울렸다.

남자 주인공인 서도윤은 언젠가 쓰려고 아껴둔 이름이었다. 도윤의 외사촌이며 대립관계인 윤시경은 〈윤지경전〉의 주인공 이름을 변형했고, 부마 후보 조유상, 강휘, 남치호 역시 각 캐릭터를 떠올리며 신경써서 지었다. 송화의 유모궁녀는 들꽃인 으아리에서 가져왔다. 송화에게 엄마와 같은 사랑을 주는 캐릭터로, 으아리 꽃말인 아름다운 당신의 마음이 이름에서부터 잘 표현된다고 여겨졌다.

이렇게 각 등장인물의 이름을 포함한 전체적인 이야기 얼개를 완성한 후, 사극과 궁합을 공부하기 시작했다. 먼저 조선시대를 알기 위해 〈조선왕조실록〉, 박시백의 〈조선왕조실록〉 〈조선 공주실록〉 〈조선공주의 사생활〉 〈조선이 버린 여인들〉 〈조선 직업실록〉 〈조선의 뒷골목 풍경〉 등을 읽으며 참고했다.

예를 들면, 문종의 딸 경혜공주는 일곱 살에 산후병 걸린 생모 권씨가 세상을 떠나자, 궐에서 나와 사가에서 자란다. 조선시대 궁궐에서는 살던 곳에 안 좋은 일이 생기면, 재액을 피하기 위해 궁궐 밖으로 나가서 지내도록 했다.

송화도 태어나자마자 엄마를 잃고, 궁합을 본 관상감의 조언으로 초년 흉액을 피해 으아리와 함께 사가에 나가게 된다.

태종 딸인 정신옹주의 부마를 간택하는 과정에서 〈윤지경전〉처럼 부마 자리를 거부한 사건이 있었다. 화가 난 태종은 대신들의 반발에도 조선 최초의 부마 간택을 시행했다. 이 부분은 윤시경에게 퇴짜당한 송화옹주 서사에 참고가 되기도 했다.

인조의 딸 효명옹주는 정치적인 이유로 부마 간택 조작을 벌였는데, 〈궁합〉과는 다른 이야기지만 부마 간택을 조작했다는 실화 자체가 스토리를 구상할 때 설득력에 힘을 실어줬다. 그리고 인조의 재혼 당시 후궁에 빠진 왕의 상황을 안 양반들이, 일부러 간택 단자를 내지 않았고, 금혼령이 선포되자 딸의 나이를 속이거나 숨겼다. 그래서 금혼령이 발표된 지 삼 개월이 지나도록 간택 단자가 접수되지 않았다는 대목도 참고가 되었다.

또한 부마 간택 조건에 공주나 옹주의 나이 위아래로 두세 살 차이인 상대를 정한점도, 간택 연령대를 정하는 데 도움이 됐다.

이어 조선시대 궁중과 혼례를 다룬 다큐멘터리를 찾아보았다. 실제 가뭄이 길어지면, 궁궐의 음기가 강해진다는 이유로 궁녀를 방출시킨 기록이 있었다. 이 사실이 흥미로웠던 나는 〈궁합〉에서 송화옹주가 외부로 나갔을 때, 도움을 줄 백이를 방출궁녀 출신으로 정했다. 또한 궁녀는 공무원처럼 나랏돈을 받고 휴가를 받았는데, 궁녀 휴가를 얻은 만이를 대신해서 송화가 나가는 것으로 설정했다.

신분을 감추고 부마 후보들을 만나러 가는 옹주의 설정 때문에 적절한 직업을 살피던 중 책쾌를 하려고 했다가, 이미 모 드라마에 나온다는 사실을 알고 제외시켰다.

직업을 계속 고민하다가 양반집에 직접 들어가서 책을 읽어주는 책비로 정했다. 영화에는 나오지 않았지만, 송화는 원래 염정소설을 즐기는 취미를 가졌기 때문에 적절한 직업군이기도 했다. 이렇게 자료를 찾아 공부하며, 익숙지 않은 사극 용어를 발췌해서 단어집을 만들었다.

송화의 성장을 잘 나타낼 수 있는 구성을 생각하다가, 병렬식인 로드무비를 떠올렸다. 생뚱맞겠지만 〈궁합〉을 쓰면서 〈어린왕자〉를 자주 읽었고, 영화 〈브로큰 플라워〉와 〈어웨이 위 고〉는 개인적으로 좋아해서 도움이 됐다.

궁합에 대해서는 관련 서적을 읽으며, 천간과 지지의 여덟 글자 보는 법과 궁합의 속설 등 얄팍한 지식만 갖춘 채, 트리트먼트 쓰기에 들어갔다.

■ 4

나는 스토리를 구성할 때 클라이맥스를 먼저 떠올린다. 다음으로 엔딩을 정한다. 엔딩도 정해지면, 전환 포인트 지점을 잡는다.

〈궁합〉은 로맨스다 보니 주인공의 감정 변화를 전환점으로 잡았다.

송화는 국혼 장에서 사주가 조작됐다고 고백한 도윤 덕에 윤시경과 결혼하지 않는다.

여기까지 영화에 나온 장면이다. 이후 송화는 어린 시절 자신의 유모궁녀 으아리의 부고 소식을 뒤늦게 접하고, 왕에게 외출 허락을 받는다. 으아리의 조카를 만난 송화는 도윤이 으아리 장례식에 큰 도움을 줬다는 얘길 듣고 놀란다. 사주 조작으로 체포된 후 도윤의 행방을 몰랐던 송화는 혹시 소식이라도 들을까 싶어 그의 집으로 향한다. 그곳에서 앞이 거의 보이지 않는 도윤의 동생 서가윤을 만난다.

가윤이 그리고 있는 두루미 그림을 보게 된 송화는, 도윤이 지금까지 자신을 좋아하고 있다는 사실을 깨닫는다. 그리고 그가 유배 간다는 정보를 듣는다. 입궁한 송화는 밤새 고민하고, 용기를 낸다. 항상 두려워하던 왕인 아버지를 찾아가 생전 처음 고백이자 부탁을 올린다. 밖을 나간 이유와 부마들을 만나 깨달은 점, 자신이 본 세상, 그리고 도윤에 대해 말한다. 인생에서 사랑을 빼면 무엇이 있습니까? 하고.

아쉽게 편집되었지만, 여기까지 클라이맥스로 가는 시퀀스이고, 송화옹주의 대사는 〈궁합〉의 주제이기도 하다. 〈궁합〉의 엔딩은 도윤이 송화에게 고백하고 키스하는 것으로 정했다. 마지막이 되어서야 비로소 시작되는 두 사람을 보여주고 싶었다.

송화가 도윤에게 한 박치기 키스를 첫 전환점으로 두고, 부마 후보들을 만나는 동안 각기 다른 감정으로 부딪히는 두 사람을 중심으로 구성을 짰다. 영화는 코미디가 강조되었지만, 시나리오 궁합은 사극 로맨스에 가깝다.

캐릭터를 구체화할 때, 생각나는 대로 디테일한 전기를 썼다. 어느 정도 구체화되면, 캐릭터가 타고난 운명과 선택할 욕망을 상충시킨다. 〈궁합〉에서 송화옹주는 궁합대로 사는 운명이지만, 그 탓에 궁합을 불신하고 스스로의 짝을 보려고 욕망한다. 서도윤은 송화옹주의 국혼에서 궁합을 보게 된 운명이지만, 송화를 위해 택한 욕망은 반대의 결과를 가져오는 것으로 설정했다.

4명의 부마는 앞서 말한 것처럼 계절별로 비유해서 캐릭터를 만들었다. 외적으로 조유상(봄)은 새싹 같은 연하이고, 강휘(여름)는 화려하며 끼가 많고, 남치호(가을)는 풍성한 겉치레와 달리 추수 끝난 들판의 황량한 내면으로, 앤태거니스트인 윤시경(겨울)은 예의 바르지만 얼음처럼 차갑게 이미지화했다.

그 후 4명의 부마 후보에게 부마가 되려는 각기 다른 목적을 심었는데, 조유상(봄)은 아버지가 원해서고, 강휘(여름)는 인기와 관심을 지속시켜야 하기 때문에 부마가 되려고 한다. 남치호(가을)는 높은 신분에 대한 열등감과 야욕 때문이고, 과거 송화의 부마 자리를 퇴짜 놓은 윤시경(겨울)은, 도윤에게 사주 조작을 부탁하면서까지 필사적으로 부마가 되려고 한다. 영화에선 아쉽게 그의 목적이 편집되었지만, 왕을 향한 복수가 목적이다. 이렇듯 각 캐릭터의 부마 목적을 다르게 설정한 것은, 사건의 발생과 방법이 반복되면 지루함이 느껴지기 때문이다. 그래서 도윤의 궁합풀이 상황 또한 각각 다르게 설정했다.

■5

이렇게 해서 주요 대사와 전체 스토리가 구성된 스물아홉 장의 트리트먼트를 완성했다. 다행히 트리트먼트가 통과됐고, 곧바로 시나리오 작업에 들어가게 됐다. 그 즈음 영화사를 통해 역술가 한 분을 소개받았고, 궁합에 관련된 디테일을 추가해갔다.

그분을 인터뷰하면서, 역술이 내가 구상한 〈궁합〉의 세계관과 유사해 안도한 기억이 있다. '운명'은 움직일 運에 목숨 命이라는 두 글자를 합친 단어다. 이렇듯 목숨을 움직일 수 있는 것이 운명이라면, 단어 자체가 자기 의지를 나타내는 셈이다.

아무리 유명한 역술가일지라도 타인의 사주를 100프로 다 맞출 수 없다고 했다. 사주는 통계학이기 때문에 해석 여부에 따라 60프로 정도 알려줄 수 있지만, 나머지 40 프로는 자기 의지라는 것이다. 예를 들어, 어느 해 하반기 합격운이 들어온 사람이 막상 시험을 보러 가지 않는다면 소용없는 것처럼 말이다.

그분께 묻고 또 물으며 〈궁합〉을 쓰기 위한 준비를 했다. 그리고 송화를 포함한 등장인물의 정보를 건네며, 사주와 궁합을 부탁드렸다. 만들어주신 사주와 궁합을 캐릭터에 맞게 재작업하기 시작했고, 수정을 계속 해나가며 인물들의 사주팔자를 맞춰나갔다. 그 와중에 나는 본의 아니게 까다로운 요구자가 됐지만, 감사히도 이해해주셨다. 그렇게 해서 내가 원하는 캐릭터의 사주팔자와 궁합들이 완성되었다.

트리트먼트도 있고, 역술을 포함한 자료 조사까지 준비되자 시나리오 작업을 시작했다. 나는 초고를 오래 쓰는 편인데, 쓰면서 계속 수정한다. 시나리오 작업을 시작하면, 생활 패턴이 규칙적으로 바뀐다. 매일 정해진 시간에 작업을 시작하고, 쓰고 지우고 반복하면서 가장 신경 쓰는 것은 개연성이다. 사건과 상황이 납득되는지, 캐릭터의 감정선은 맞는지, 이들의 행동이 말이 되는지 내 대본에 냉정해진다. 재미없다고 판단되면 힘들게 쓴 장면이라도 삭제했다. 반대로 막힘없이 쓴 장면은 나도 모르게 어디서 본걸 쓴 건 아닌지 끝까지 의심했다. 이렇게 자기 검열과 시행착오를 거치며 최선이라고 쓴 장면도 막상 읽으면 재미없는 경우가 많았다. 그렇게 고민하고, 생각하고, 쓰고 다시 고민할 동안 어느새 마감일을 넘겼다. 늦을수록 더 잘 써야 한다는 압박감에 괴로워하며, 좁은 원룸에서 끙끙 앓듯 치열하게 〈궁합〉의 초고를 완성했다.

생각보다 반응이 좋았다. 〈궁합〉의 연출자로 내정되신 홍창표 감독님을 소개받았다. 그리고 심은경 배우가 시나리오를 읽고 긍정적인 대답을 해왔다.

■6

고군분투했지만, 돌이켜보면 브레이크 없이 왔으니 수월하게 온 셈이었다. 모니터 결과가 나왔고, 몇 가지 수정 사항이 있었다. 앤태거니스트인 윤시경 라인이 사건적으로 더 크게 들어올 것과 도윤의 궁합풀이가 전문용어라서 어려우니 다시 풀어 쓸 것. 그리고 초고의 도윤은 왕과 관상감 대신들이 모인 자리에서 송화옹주와 윤시경의 사주 조작을 고백하고 끌려가는데, 이 장면을 더 극적인 타이밍으로 바꿨으면 좋겠다는 것. 마지막으로 정확한 시대 배경이 있었으면 좋겠다는 의견이었다. 이 부분을 중심으로 2고를 수정했다.

문제는 남자 주인공인 서도윤의 비중을 키워야 한다는 의견이 있었다. 그래서 도윤과 시경의 대결 구도로 3고를 작업했다. 로맨스로 구성된 원래 이야기에 액션이 추가되자 전체 톤이 맞지 않았다. 4고까지 쓴 뒤 영화사와 회의 끝에, 다시 2고 버전으로 돌아와 재수정하기로 했다. 그렇게 시작된 5고에서, 그동안 송화 몽타주로 시작했던 도입부 구성에 변화를 줬다. 서도윤에게 붙잡힌 이개시가 송화옹주에 대한 이야기를 들려주는 지금 영화 버전으로 수정했다. 당시 나는 5고를 마지막 작업으로 하고 그만 쓰기로 한 상태였다. 그런데 마감일에 쫓겨 부랴부랴 보낸 탓에 아쉬움이 컸고, 영화사에 연락해 재수정하겠다고 했다. 그렇게 마지막 수정을 끝내고, 일 년을 훌쩍 넘기며 작업해온 〈궁합〉에서 마침내 손을 뗐다.

그 후 두 달이 지날 무렵, 대표님께서 서도윤 역에 이승기 배우가 캐스팅됐다는 소식을 전해주셨다. 서도윤의 이미지와 딱 맞는 캐스팅인 것 같아서 기뻤고, 드디어 들어가는구나 싶어 행복했다.

영화사에서는 내가 나간 후 각색한 〈궁합〉의 모니터를 부탁했다. 내가 작업한 대본에서 사건이 추가되긴 했지만, 캐릭터의 톤이 달라졌고, 세계관이 바뀌어 있었다. 이틀 동안 전체적인 의견을 정리해서 보냈다. 모니터를 읽은 영화사에서 다시 수정해달라는 연락이 왔다. 〈궁합〉에 대한 애정이 컸던 나는 각색을 수락했고 최종 촬영고가 나올 때까지 두 달 동안 여러 차례 수정 작업을 했다. 그 가운데 의견이 부딪힐 경우, 설득해서 끝까지 지켜낸 부분도 있고 그러지 못해 수정된 부분도 있다.

〈궁합〉이 영화가 될 수 있었던 것은 모두의 절실함과 무엇보다 주피터필름의 뚝심과 추진력이 있었기 때문이다. 그래서 나도 짧지 않은 시간 동안 〈궁합〉을 작업하면서 최선을 다했다. 최선이라고 말하기가 오글거릴 수 있지만, 〈궁합〉만큼은 그랬다. 잠잘 때도 밥 먹을 때도 걸을 때도 언제나 송화옹주와 서도윤을 떠올렸다. 도윤이라면? 송화라면? 이 상황에서 어떻게 할까만 생각했다.

무채색과 같은 송화옹주의 인생이, 도윤의 인생이 다양한 색으로 채워지길 바라면서 나는 진심으로 송화와 도윤을 사랑했다.

■7

크랭크업을 하고 개봉까지 오래 걸릴 줄 몰랐다. 2년을 기다리는 동안, 굳이 귀를 열지 않아도 주위에서 여러 이야기들이 들리기 시작했다. 어떤 건 맞고 어떤 건 틀린 소문들. 그 사이에서 나도 점점 객관적이 되었다. 어쨌든 좋은 타이밍은 기다려야 한다는 사실이었다.

2018년 2월 28일. 〈궁합〉이 세상에 공개된 날, 나도 시나리오 작가로 입봉했다. 오랜 시간 작가로 일해온 터라, 늦깎이 입봉이 실감나지 않았다. 시나리오를 공부하기 위해 울산에서 서울의 영상작가교육원까지 왕복 10시간을 고속버스로 오가던 시절부터 입봉까지 15년이 걸린 셈이다.

〈궁합〉을 작업하면서 예전부터 들어 머리는 알지만, 가슴으론 미처 느끼지 못한 것을 깨달았다. 내가 시작한 이야기지만 내 손을 떠난 순간, 나만의 작품이 아니라는 것이다. 조금은 유연하게, 그럼에도 성실하게, 여전히 절실하게 임하려고 한다.

나에게 〈궁합〉은 과정이 소중한 작품이었다.

| 나의 개봉 작품 집필기 & 시놉시스 |

개봉 : 2018. 3. 14.
출연 : 소지섭, 손예진 외
감독 : 이장훈

※ 본 이미지는 시나리오 책자의 표지 이미지입니다.

| 강수진 |

주요 작품

2018 〈와이프를 찾습니다〉 각본 / 8월 베트남 개봉 예정
2018 〈지금 만나러 갑니다〉 각본
2016 〈하유교목 아망천당〉 (중국 개봉작) 각본
2013 〈박수건달〉 각색
2010 〈쩨쩨한 로맨스〉 각색
2007 〈못말리는 결혼〉 각본
2006 〈조폭마누라3〉 각색
2004 〈어깨동무〉 각색

시놉시스

비가 오는 날 다시 돌아오겠다는 믿기 힘든 약속을 남기고 세상을 떠난 '수아'.

그로부터 1년 뒤 장마가 시작되는 어느 여름날, 세상을 떠나기 전과 다름없는 모습의 '수아'가 나타난다. 하지만 '수아'는 남편 '우진'과 아들 '지호'가 누구인지조차도 기억하지 못한다.

'우진'과 '지호'는 자신이 죽었다 살아 돌아온 사실조차 알지 못하는 '수아'를 위해 그 모든 사실을 비밀로 한다.

그리고 이 마법 같은 6주간의 장마 기간을 행복으로 함께 보내기 시작한다. 제발 이 비가 그치지 않길 바라며.

수아가 다시 돌아가는 순간이 오지 않기만을 바라며.

자신을 기억하지 못해도 그녀가 곁에 있다는 사실만으로 행복에 젖은 '우진'과 자신이 기억하지 못하는 그와의 이야기가 궁금한 '수아'.

'우진'이 들려주는 첫 만남, 첫사랑, 첫 데이트, 그 모든 설렘의 순간을 함께 나눠가며 '수아'는 '우진'과 다시 사랑에 빠지는데….

집필기

■ "왜요? 나한테 왜 멜로를요?"

처음 〈지금 만나러 갑니다〉 리메이크 작업 의뢰가 들어왔을 때 가장 먼저 던진 질문이다.

코미디 영화인 〈박수건달〉 시나리오 작업 당시 '쇼박스'에서 함께 작업했던 김우재 피디님(현재는 영화사 대표님)의 제안이 낯설었다.

10년이 넘게 시나리오작가 생활을 하며 로맨틱 코미디 작업은 꽤

해보았지만 이런 '눈물 찍 콧물 찍 멜로'와는 거리가 멀었기 때문이다.

또 공동제작사인 '무비락'의 지난 작품들 작가군을 보니 대한민국에서 멜로 잘 쓰기로 소문난 작가들이 적지 않았다. 게다가 이 작품은 멜로 덕후들 사이에서도 인정받는 멜로 중의 멜로가 아니던가.

그런데 왜 그 작가들이 아닌 나에게 이 작업을 하자고 하는 걸까?

"그냥 비슷한 멜로를 만들 거면 굳이 리메이크할 필요도 없죠. 기분 좋은 유쾌함도 있고 한국 정서에 맞는 새로운 멜로로 만들려고 합니다. 그래서 작가님이 같이 작업을 해주셨으면 좋겠어요."

오호, 분명 새로운 도전이었다.

내가 보아도 〈지금 만나러 갑니다〉 원작은 참으로 '일본스러워서' 그 매력이 살아 있는 영화였다.

일본 애니메이션류의 판타지 스토리, 말간 수채화 같은 차분한 정서, 전형적인 일본 여성상이 담긴 주인공 캐릭터.

이러한 이국적인 매력이 주는 이야기의 허용성을 그대로 한국영화로 옮겨놓다 보면 그 부분들이 오히려 이질감으로 작용될 수도 있다는 우려가 들었다. 내가 작업을 시작할 당시, 이미 이장훈 감독님이 일년 이상 시나리오 작업을 해 여러 버전의 고를 써놓은 상태였다.

감독님 최종고를 읽어보니 군더더기 없는 담백한 감성들이 강점으로 느껴졌다. 그 반면, 한국적인 활력과 상업적인 재미 요소가 부족해 다소 밋밋한 느낌이 들었다. 이것들 중 무엇을 걷어내고 무엇을 새롭게 변화시켜야 '성공적인 한국형 영화'로 재탄생시킬 수 있을까? 쉽지 않은 고민이 시작되었다.

■ 멜로를 공부합니다

먼저 새로운 도전 장르인 멜로 영화에 대한 공부를 시작했다. 그간 한국에서 성공하거나 호평받은 멜로 영화들에 대해 분석해보았다.

〈클래식〉은 신파성 짙은 남주 캐릭터와 삼각관계 구도로 운명적인 첫사랑을 꿈꾸는 20대의 욕구를 만족시켰고, 〈늑대소년〉은 하이틴 로맨스에 나올 법한 판타지한 남주 캐릭터로 '영원히 변치 않고 기다려주는 사랑'을 이야기하며 10대들을 열광시켰다.

그리고 국내 최고 멜로 흥행작인 〈건축학개론〉은 누구나 한번쯤 경험해봤을 다소 찌질하고 서툴렀던 첫사랑의 추억을 소환하며 30대에게 깊은 공감대를 일으켰다. 그렇다면 〈지금 만나러 갑니다〉는 어떤 새로운 부분의 감성을 핵심 포인트로 하여 현재의 관객의 마음을 흔들어놓을 수 있을까?

먼저, 첫 회의에서 내가 가장 먼저 제안한 것은 원작과 감독님고에서 큰 이야기 틀로 쓰인 '액자식 구성'을 깨자는 것이었다.

원래 이야기는 엄마가 떠난 뒤 19번째 생일을 맞이한 아들과 아빠가 죽은 엄마가 장마 기간 6주 동안 돌아왔던 사실을 추억하는 것으로 시작된다.

나는 이 이야기에서 관객이 가장 기대하게 될 최종 지점은 엄마가 다시 떠난 뒤 남겨진 어린 아들과 아빠가 잘 살아낸 결과를 보게 되는 것이라고 생각했다. 그런데 그 부분을 가장 먼저 오픈하고 간다니!

그건 중요한 영화적인 카타르시스를 포기하고 가는 게임이 될 것 같았다. 아무리 예견되는 뻔한 결말이어도 관객의 입장에서는 서프라이징처럼 받고 싶은 선물 같은 감정들이 있다.

(예를 들어, 여자들은 남자가 기념일에 어떤 선물을 사뒀는지까지 미리 눈치채고 있으면서도 그 선물을 그냥 툭 주는 것과 서프라이징 느낌으로 주는 것에는 천양지차의 감동을 느낀다. 전달 방식의 중요성! 남자분들, 기억하시길^^) 그리고 성인이 된 아들 역을 맡을 배우는 단역처럼 잠깐 등장하겠지만, 그냥 아역 배우와 닮은 신인 배우가 아니

라 관객이 그의 실루엣만 봐도 '와~!' 하는 탄성이 나올 정도의 유명 배우였으면 좋겠다는 제안을 했다. 그건 관객들을 놀라게 하거나 순간 웃음을 터져 나오게 하기 위한 단순 장치가 아니다.

성공한 유명 배우의 아우라에서 관객은 '아, 엄마가 떠난 뒤에도 아이가 저렇게 훌륭하게 잘 자랐구나!' 하는 완벽한 충족감을 느끼고, 그것이 영화의 엔딩 장면이 될 때 영화 자체의 만족도가 훨씬 높아질 거라 확신했기 때문이다.

(이 지면을 빌려 밝고 건강한 이미지의 박서준 배우가 성인 아들 역으로 우정 출연 해주신 것에 깊은 감사를 드립니다)

캐릭터 부분에서는 무엇보다 여주인공 캐릭터를 재구축할 필요가 있었다. 원작의 캐릭터는 지나치게 일본적인 순종적 여성상으로 느껴지기도 했고, 남자들의 판타지가 결집되어 그려진 허구적인, 착한 인형 같은 여자의 모습이라는 생각이 들었다.

사실 같은 여자로서 그다지 순종적이지 않고 매사 덜렁대는 나의 성향으로 볼 땐 살짝 반감까지 느껴지는 캐릭터였다고 할까?

그리고 아무리 원작 영화가 성공했어도 이건 벌써 10여 년 전의 캐릭터가 아니던가.

아무리 좋은 캐릭터도 시대에 따라 그 매력은 낡고 퇴색하기 마련.

무엇보다 판타지 요소를 품고 있는 이야기인 만큼 여주인공이 좀 더 현실적인 캐릭터로 느껴져야 했다. 가짜 같은 여주인공이 중심에 있는 영화가 관객의 공감을 얻기란 불가능할 테니 말이다.

다행히 감독님도 그 부분을 가장 중요하게 생각하고 있었다.

아무리 현재는 그럴듯한 엄마라도 그전에는 철부지였던 시절이 있지 않은가? 엄마가 살아 돌아온 줄 알았지만 사실은 결혼 전 20대의 수아가 온 것인 만큼 초반에는(자신이 엄마라는 인식을 충분히 못 하고 있는 상태에서는) 조금은 엉뚱하기도 하고 때론 걸 크러시가 느껴지기도 하는 여주인공의 모습을 보여줘야 한다는 데 의견이 일치됐다.

그리고 전반적으로 너무 가라앉은 영화의 톤을 좀 더 밝고 유쾌하게 끌어올릴 수 있도록 코미디적인 요소를 넣기로 했다.

초반 도입 부분 / 주변 인물 캐릭터 / 어린 아들의 순수함이 만들어내는 웃음 / 학창 시절 에피소드 / 남주와 여주가 가까워지는 어설픈 연애 단계 등에서 충분히 코미디적인 요소를 넣을 수 있는 좋은 위치들이 보였다. 여기서 정말 중요한 것은 어떤 스타일과 강도의 코미디를 넣는가가 문제였다.

코미디 요소가 자칫 영화의 본질적인 정서를 헤쳐서는 안된다.

자연스럽게 스며들어 보색 효과처럼 핵심 정서를 더 강화해주는 것이 관건이다. 사실 무조건 웃기기 위한 코미디 영화를 쓰는 것보다 훨씬 고난도의 작업인 것이다.

■ '초고'라는 미로에 빠지다

이런 부담을 느꼈는지 감독님과 영화사에서는 일단 초고에서는 마음껏 놀아봐 달라고 했다.

나의 착각, 원작의 기본 콘텐츠가 워낙 탄탄한 이야기이다 보니 가볍게 한 달 정도면 초고 작업이 금세 완성될 거라 생각했다.

하지만 막상 작업에 들어가 디테일하게 고민할수록 어려운 부분이 한두 가지가 아니었다. 이미 영화화되어 관객에게 많은 사랑과 인정을 받은 원작이 망령처럼 꼭대기에 앉아 한 글자를 쓸 때마다 '어허 어헛, 지금 이건 영화를 더 망치고 있는 거라고!' 하며 끊임없이 잔소리를 해대고 있는 느낌이었달까? 그 망령과 싸워가며 내가 할 수 있는 이야기들을 모두 쏟아부어 넣기 시작했다.

먼저 남자 주인공의 친구로 나오는 홍구를 통해 극의 전체 톤이 좀 더 유쾌해지도록 중점을 두었고, 두 주인공의 추억도 리얼해서 웃픈 설정들로 만들어 넣었다. 실제 나의 고등학교 시절, 포크댄스를 배우며 혼자만 발동작이 자꾸 틀려 곤혹스러웠던 추억도 재가공해 넣고, 상대에게 잘 보이고 싶어 억지로 꾸미고 나간 모양새가 간절한 고백의 순간 바보 같은 모습을 연출해내지만 그게 오히려 상대에게 매력적으로 보이는 상황도 만들어보았다. 하지만 그중 가장 어려웠던 것은 일본적인 설정이 아니면 안 되는 것들이었다.

예를 들어 원작 속에서 아들이 비를 계속 내리게 하기 위해 '테루테루보우즈'라는 일본 전통 인형을 거꾸로 매다는 장면이 중요한 설정으로 나온다.

이 부분을 어떻게 하면 한국적인 설정으로 바꿀 수 있을까?

기우제와 관련된 국내 풍속들을 아무리 찾아보아도 대체할 만한 마땅한 것이 보이지 않았다. 그러다 문득 생각난 것이 꼭 아이들 눈높이에서 일어날 만한 사건을 넣는다면 어떨가 싶었다.

실제로 여섯 살 아들을 기르고 있는 내 안의 엄마 본능이 발동되는 순간이었다.

아이들은 원작 속 아이처럼 늘 천사같이 구는 존재가 절대 아니다.

게다가 여덟 살의 남자아이 아닌가.

엄마가 돌아온 상황에서도 뭔가 말썽을 일으키고 사고를 치는 게 훨씬 진짜 아이답다. 문득 어른들이 아이들 앞에서 흔히 하는 말 중에 '세차만 하면 꼭 비가 온다니까' 하는 말이 떠올랐다. 바로 그거다. 지호가 그 말을 믿고 친구 아빠의 차를 몰래 세차하다가 말썽을 일으키게 하자. 그 순수함이 더 간절한 감정을 전달할 것 같았다.

그렇게 하나하나 조각들이 맞추어지며 에피소드들이 완성되었지만, 내가 닿기 힘든 감정이 하나 있었다.

바로 남자 주인공인 아빠, 우진의 감정이었다.

■ 진심을 담아봅니다

이 이야기는 얼핏 주인공이 뚜렷하지 않아 보이지만, 작가만은 주인공을 알고 있어야 한다고 생각했다. 과연 누구의 시점에서 펼쳐지는 이야기인가.

나는 그것은 아빠 우진이라고 생각했다. 아내와 행복했던 사랑의 추억부터 아이와 단 둘이 남겨져 겪어낸 아픔까지 모든 감정을 끌어안고 있는 사람.

영화 속 우진은 표현이 많지 않은 인물이었기에 그럴수록 감정이 깊어야 했다.

그래서 우진의 마음을 탐색하기 시작했다.

이것저것 자료를 찾다가 우연히 예전 〈인간극장〉에서 방영된 비슷한 상황(엄마가 어느 날 갑자기 병으로 먼저 떠나고 남겨진 다섯 살 아들과 아빠)의 이야기가 있음을 알게 되었고 그 아빠가 쓴 책을 바로 구입해 밤을 새우며 읽어 내려갔다.

그날 밤 읽은 강남구 작가님의 〈지금 꼭 안아줄 것〉이라는 책은….

내가 엄마가 된 뒤 읽은 책 중 가장 많은 눈물을 쏟게 한 책이었다.

그제야 우진의 마음이 조금씩 손에 닿을 듯했다.

그렇게 초고를 완성해 영화사에 전달했을 때, 초고인 만큼 완성도에서는 미흡한 부분이 있지만 새로 들어간 설정들이 그간 원작 중심으로 매달려 있던 시나리오에 새로운 물꼬를 텄다는 피드백을 받았다. 이 부끄러운 초고를 대표님이 한 투자사에만 살짝 공개했는데 투자 가능성이 높다는 소식도 들려왔다. 그제야 조금 더 용기가 났다.

그리고 감독님께 강남구 작가님 이야기를 전하니 대표님과 함께 직접 그분을 만나러 다녀오는 노력까지 보여주셨다.

이런 진심들이 모여 조금씩 더 성장하는 시나리오가 만들어 질 수 있었던 게 아닌가 싶다.

■ 혼자 쓰는 시나리오? 모두의 기운으로 만드는 영화!

솔직한 고백으로 〈지금 만나러 갑니다〉 감독님의 경우, 나의 작업 경험에 따르면 같이 작업하기 힘든 인물군에 속하는 유형이었다.

바로 시나리오를 직접 쓰는 신인 감독.

솔직히 이런 경우에 작가가 아무리 새로운 것을 써가도 받아들이지 못하는 경우가 많다. 자신이 시나리오 작업을 하며 이미 완고해진 세계에 균열이 생기는 것을 받아들이기 쉽지 않기 때문이다. 그리고 때론 작가와의 자존심 대결로 확장해 받아들이기까지 한다.

그런 경우, 아무리 더 좋은 것을 내밀어도 감독의 생각과 다르면 갈등이 씨앗만 될 뿐이니, 불필요한 곳에 에너지가 낭비되고 창의적인 시나리오 작업의 의욕이 떨어질 수밖에 없다.

또 그 반대의 경우, 자기 확신이 부족한 감독은 회의 때마다 흔들리며 매번 전혀 다른 영화를 이야기하며 곤혹스럽게 한다.

하지만 이장훈 감독님은 달랐다.

감독님 성향에서 보기에는 분명 황당할 만한 에피소드를 써가도 신선한 환기라고 받아들였고, 작가에게 모든 선택을 우선적으로 내맡기는 리스펙트를 보여주면서도 감독으로서 지켜야 할 이야기의 중심점을 명확히 알고 있었다.

그리고 우연히 나부터 감독님, 제작사 대표님 모두 비슷한 또래의 어린아이를 키우고 있는 엄마 아빠인지라 모이면 아줌마 수다 같은 이야기들이 끊이질 않아 늘 유쾌한 회의가 되었다.

시나리오 글 작업은 결국 작가 혼자 하지만, 영화를 만드는 것은 결국 이런 에너지와 분위기들을 바탕으로 큰 기류가 형성된다.

만나면 기분 좋은 감독과 제작자가 작가의 글 또한 잘 풀리게 하는 에너지원이 된다는 뜻이다. 그런 의미에서 늘 유쾌하고 아이디어가 반짝였던 김우재 대표님, 디테일하면서도 냉철했던 김재중 대표님, 포용

력 있으면서도 단단했던 이장훈 감독님과 함께 즐겁게 작업할 수 있었던 것에 다시 한번 감사드린다.

■ 나는 코미디 작가다

나는 우연히 첫 영화를 코미디로 시작하게 되어 계속 같은 장르 일만 연결되다 보니 '어쩌다 코미디 작가'가 되었다고 생각했다.

더 솔직히 말하면, 아주 한때는 코미디 작가인 것이 약간의 콤플렉스인 적도 없지 않았음을 고백한다. 영화제 등에서 코미디 장르가 푸대접을 받는 현실과 함께 '정색하고 쓰는 다른 장르'의 작가보다는 뭔가 가벼운 취급을 받는 경우도 적지 않았기 때문이다.

그래서였을까? 7년 여 전 우연히 아주 진지한 '공포 스릴러' 작업을 한 적이 있었다. 감독의 권유로 시작한 작업이었는데 그때 역시 나에게 왜 이런 작업을 맡기느냐고 물었더니 뭔가 내가 잘 써낼 것 같다고 덜컥 믿음을 주었다.

그 믿음을 저버리고 싶지 않다는 생각, 나도 마음 먹으면 쓸 수 있다는 걸 보여주고 싶은 오기가 생겼다.

실제로 기획부터 트리트먼트까지 나는 꽤 잘 써냈다.

경성시대를 배경으로 마루타 실험을 하는 이야기를 극화한 내용이었는데 이를 악물고 장르를 공부하고 온갖 자료를 뒤져 제법 그럴듯한 이야기 구조를 만들어냈던 것이다.

하지만 결론부터 말하면, 대본 작업 단계로 들어가기 전 나는 스스로 그 글을 포기했다. 여러 가지 상황도 이유였지만 무엇보다 그 글을 쓰는 동안 너무도 불행해진 내 자신을 발견했기 때문이다.

밤마다 마루타 실험에 관한 다큐멘터리를 보고, 온갖 살인 사건과 악인에 대한 자료를 뒤지고 회의 때마다 어떻게 하면 사람을 더 신박하게 죽일 수 있을까에 몰두하다 보니 밤마다 악몽을 꾸고, 현실 세상마

저 점점 무섭게 느껴지기 시작했다.

밤거리를 걷다가 우연히 마주치는 사람만 있어도 섬뜩한 느낌이 들고 생활 속 작은 에피소드도 어떤 끔찍한 사건의 전조처럼 생각되었다.

나도 모르는 새 우울증에 걸리는 듯했다. 늘 긍정적이고 허튼소리 하며 낄낄대길 좋아하던 내가 말수도 줄어들고 표정도 어두워졌다.

내가… 이러고 살려고… 힘든 시나리오작가 생활을 하는 것은 분명 아닌데. 그 순간, 삶과 글은 분리될 수 없음을 스스로 깨달았다. 적어도 내게는 그랬다.

결국 작가의 자존심 따위 포기하고 그 글을 놓으니, 마치 다시 밝은 광명의 세계로 나온 듯한 홀가분함과 함께 다시 돌아갈 코미디의 품이 있음이 너무도 행복했다.

인생은 멀리서 보면 희극, 가까이서 보면 비극이라는 말이 있다.

실제로 코미디 영화의 소재를 정색하고 들여다보면 모두 비극적인 이야기다. 내가 작업했던 〈박수건달〉은 끔찍한 운명의 구렁텅이에 빠진 남자의 이야기다.

크게 성공한 〈수상한 그녀〉는 늙음에 대한 슬픔, 〈7번방의 선물〉은 사회적 약자의 비극을 이야기한 것들이다.

〈지금 만나러 갑니다〉 역시 어찌 보면 팔자 드센 남녀의 비극적 스토리에 불과할 수 있다. 하지만 그것들을 '코미디'라는 렌즈를 통해 보면 그 위에도 솜털처럼 돋아나 있는 따스함과 유쾌함이 보인다.

바로 그것을 확대해 보여주는 일, 그래도 당신의 인생이 꼭 나쁜 것만은 아니라는 즐거운 농담을 건넬 수 있는 것이 진정한 코미디 작가의 소명은 아닐까?

나 역시 인생에서 어떤 고통스러운 일이 발생할 때면 이젠 혼자 툭 웃으며 무심코 중얼거리게 된다.

'오호라? 요거이 이번 시퀀스에 등장한 인생의 유머구먼. 오… 너 좀 쎄다?'

그렇게 생각하면 사실 뭐 그리 심각할 것도 없다. 모든 코미디 영화의 엔딩은 항상 해피엔딩이듯 이 시퀀스만 넘기고 나면 곧 더 좋은 것이 오리라 그냥 믿어본다.

이 행복한 삶의 방식을 길들여준 코미디를… 나는 정말 사랑한다.

세상 전체를 변화시키진 못하더라도, 힘든 세상에서 스크린 앞으로 도망쳐온 사람들에게 단 120분간만이라도 유쾌하고 따스한 행복을 안겨주는 일, 이것을 더욱 값지게 해내는 깊고 단단한 작가로 성장하고 싶다. 끊임없이.

개봉 : 미정
출연 : 미정
감독 : 미정

※ 본 이미지는 시나리오 책자의 가상표지 이미지입니다.

| 배세영 |

주요 작품

2018 [7년의 밤] 윤색(개봉, 바른손폴룩스)
[바람바람바람] 각본(개봉, 하이브미디어코프)
[완벽한 타인] 각본(7월개봉 예정, 필름몬스터)
[원더풀 고스트] 각색(8월개봉 예정, 데이드림)
[극한직업] 각색(촬영중, 어바웃필름)
[스텔라] 각본(프리, 데이드림)
2014 [우리는 형제입니다] 각본 (개봉, 필름있수다)
2013 [미나문방구] 각본 (개봉, 별의 별)
2012 [미스고] 각색(개봉, 도로시)
2011 [적과의 동침] 각본(개봉, RG엔터웍스)
2010 [된장] 각색(개봉, 소란)
2009 [킹콩을 들다] 각본(개봉, RG엔터웍스)
2007 [사랑방 선수와 어머니] 각본
(개봉, 태원엔터테인먼트, 아이비픽쳐스)

시놉시스

불법 대출 회사의 말단 직원인 영배.

빚을 갚지 못한 채무자가 담보로 걸어놓은 차를 뺏어오는 게 그의 주요 업무다.

어느 날, 중고차 사업을 하는 친구 동식이 전시용으로 쓴다며 압류해온 슈퍼카를 며칠만 빌려달라고 한다. 어린 시절부터 지금까지 가장 친한 친구인 동식의 부탁이었기에 영배는 조금도 의심하지 않았고 결국 회사 사장인 '형님' 몰래 차를 빌려준다. 하지만 모든 이야기의 시작이 그렇듯 동식은 영배가 빌려준 차를 가지고 사라진다.

친구의 배신으로 충격에 빠진 영배. 그런 그에게 설상가상으로 아버지의 부고가 날아든다. 어린 시절 온 가족을 불행에 빠뜨리고 심지어 무책임하게 버리기까지 한 아버지였기에 장례식 따위는 갈 이유가 없었다. 하지만 아버지가 유산을 남겼다는 여동생의 말에 영배는 못 이기는 척 아버지의 집으로 내려간다.

물론 거짓말이었다. 유산은커녕 아버지가 남긴 것은 수많은 빚과 낡고 오래된 자동차 '스텔라' 한 대뿐이었다. 스텔라는 어린 시절, 아버지가 택시 기사를 할 때 처음 뽑은 택시로 아버지에겐 세상 그 무엇과도 바꿀 수 없이 소중한 차였고 친구였다. 하지만 스텔라로 인해 시작된 가족의 불행과 스텔라로 엮인 수많은 아픔을 고스란히 겪어낸 영배에게는 그야말로 원수 같은 고물 덩어리일 뿐이었다.

한편 영배 때문에 납품 날짜를 어기게 된 형님과 그 일당들은 영배를 찾아 아버지의 집으로 내려온다. 생명의 위협을 느낄 만큼 얻어터진 영배는 아버지의 장례만 무사히 마치고 나면 모든 것을 해결하겠다고 약속한다. 하지만 그날 밤 영배는 아버지의 스텔라를 타고 도망을 가버린다.

그토록 싫어했던 스텔라를 타고 형님에게 잡히기 전에 친구를 잡아내야만 하는 영배. 그들의 로드무비는 그렇게 시작한다.

집필기

처음 집필기를 부탁받았을 때, 과연 어떤 작품에 대한 글을 써야 할지 고민스러웠다. 소중하지 않은 작품이 없었고, 힘들지 않은 작품이 없었으며, 자랑하고 싶지 않은 작품이 없었다. 하지만 결국 개봉한 작품, 개봉 예정인 작품, 편집 중인 작품, 한창 촬영 중인 작품을 모두 접어두고 아직 프리 단계의 이 작품을 선택한 데에는 그만한 이유가 있었다. 이 영화를 쓰기 전 마지막 각본이었던 작품이 표절 시비에 휘말렸다. 물론 시기적으로 마지막 개봉한 작품은 '우리는 형제입니다'지만, 가장 마지막에 쓴 시나리오는 '미나 문방구'였다. 작가가 당할 수 있는 일 중 가장 끔찍하고 치욕스러운 일이 있다면 그것은 아마 표절 시비가 아닐까? 단 한 번 본 적도, 들은 적도 없는 작품이 단지 비슷한 소재를 가지고 있다는 이유만으로 천하의 몹쓸 짓을 한 작가가 돼버렸다. 하소연할 곳도 없었고, 하소연을 들어주는 사람도 없었다. 너무 억울해 상대편 작가에게 메일을 보냈다. 초고부터 완고까지의 모든 시나리오를 첨부하고, 이 이야기가 어떻게 흘러흘러 이런 구조가 되었는지, 두 작품 간의 장르와 주제와 내용이 얼마나 다른지, 작가로서의 양심을 걸고 읍소했고 한 번만 읽어줄 것을 부탁했다. 하지만 아무 대답도 돌아오지 않았고, 결국 영화는 네티즌들의 뭇매로 일명 평점테러라는 것을 당하면서 형편없는 성적으로 끝나고 말았다.

정신과를 다녔다. 하루에도 몇 번씩 치밀어 오르는 억울함과 분노 그리고 감히 말이나 글 따위로는 형언할 수 없는 고통 속에서 몇 번의

죽음을 생각했고, 두번 다시 글을 쓰지 않겠다고 다짐했었다. 아니 쓸 수 없을 것 같았다. 그렇게 아주 오랜 시간을 맥없이 보냈다. '차라리 표절로 고소라도 해줬으면 법정에 가서 모든 억울함을 벗을 수 있을 텐데…'라는 생각에 상대 측 작가가 너무나도 야속했고, 그런 웹툰이 있다는 것을 미리 알아내지 못한 내 자신의 편협한 시각이 한심했고, 인신공격은 물론 기존의 작품까지 표절로 몰아가는 네티즌을 도무지 용서할 수 없었다. 고소장을 만들었다. 명예훼손으로 신고하고 싶었다. 하지만 서너 차례 변호사를 만나고 경찰서를 들락거리다가 결국은 모든 것을 포기했다. 이유는 단 하나. 아이 때문이었다. 혹시나 고소를 당한 사람 중에 누군가가 우리 아이를 알아내서 해코지하면 어떡하지? 하는 두려움 때문에. 결국 아직까지도 새로운 작품만 개봉하면 '엄마, 이 영화는 표절 아니지?' 하고 걱정스레 묻는 내 아이의 안위를 위해 모든 것을 내려놓고 말았다.

그리고 그렇게 끝나지 않을 것 같았던 고통의 시간을 보내고 처음으로 쓴 각본이 바로 '스텔라'였다. 물론 그전에 작업한 몇 개의 작품이 있다. 하지만 모두 원작이 있거나 초고가 있는 작품들이다. 오리지널 각본을 쓴다는 것에 대한 두려움이 거의 공포 수준에 이르러 그야말로 한 자도 쓸 수 없는 지경에 이르렀었다. 그런 나에게 손을 내밀고 천천히 한 발씩 앞으로 나와보라고 말해준 것이 바로 '스텔라'다.

스텔라… 맞다. 1980년대 후반에 있었던 바로 그 자동차 이름이다. 그리고 이 이야기는 인간과 자동차에 관한 이야기다. 소재는 오래된 차를 팔기 위해 중고차 시장에 갔던 그날의 기억에서 얻었다.

새로운 차를 사게 되었다는 기쁨이 너무 커서 나의 오래된 차와 이별을 해야 한다는 사실 따위는 의식조차 하지 못했다. 모든 서류 작업을 마친 후 내 차의 열쇠를 건네주자 한 직원이 내 오래된 차를 끌고 어딘가로 이동을 하기 시작했다. 난 가만히 내 오랜 차의 뒷모습을 바라보고 있었는데 그때, 내 차의 비상등이 깜빡깜빡하기 시작했다. 순간 예전에 아버지가 해주신 말이 떠올랐다.

'비상등은 뒷사람에게 미안하거나 고마울 때… 그걸 대신하는 말로 켜는 거야.'

'깜빡깜빡' 마치 차가 나에게 '그동안 미안했어요, 고마웠어요' 하고 인사를 하는 것만 같았다. 순간 나도 모르게 울컥하며 눈물을 쏟아내고 말았다. 그렇게 집에 오는 내내 마치 사랑하는 누군가를 떠나보내고 온 듯 오열하는 나를 보며 남편이 어리둥절해했던 기억이 생생하다.

살아 있지 않은 것 중에 이렇게 사람과 감정을 교류할 수 있는 것이 몇 개나 될까? 난 집에 오자마자 컴퓨터를 켜고 바로 시놉시스를 써 내려갔다. 분명 사람이 아니라 차가 나왔는데, 마지막 순간 그 차를 보며 관객이 펑펑 울 수 있는 영화를 만들고 싶어진 것이다.

많은 사람이 공감할 수 있는 이야기라 생각했다. 거의 모든 사람에게 차에 대한 기억이 있기 때문이다. 특히 자신만의 차를 가져본 사람이라면 더더욱.

차는 누구보다 나를 잘 안다. 만약 차가 말을 할 수 있다면 '오늘 무슨 안 좋은 일 있어요? 왜 이렇게 엑셀을 세게 밟아요?' '방금 같이 타고 온 사람 누구예요? 혹시 좋아하는 사람이에요?' 할 것만 같다. 내 기분, 내 통화 내용, 내가 간 곳, 만난 사람….

그렇다. 만약 내 차가 말을 할 수 있다면, 난 나의 가장 많은 비밀을 알고 있는 이 차를 어쩌면 누구에게도 팔 수 없을지도 모르겠다. 심지어 그게 아주 오래된 차라면 어떨까? 난 그 차를 타고 데이트를 하고, 신혼여행도 가고, 아이를 낳으러 가고, 그 아이를 태워 놀이동산에도 가고, 아이를 수능시험장에도 데려가고, 아이의 결혼식장에도 가고,

심지어 내가 죽고 나면 내 유골함을 안은 자식이 이 차를 타고 납골당까지 갈 수도 있겠다. 여기까지 생각이 미치자 갑자기 흥분되기 시작했다. 차가 주인공이라면 차와 함께 일생을 보낸 아버지의 차가 좋겠다. 아버지의 차라면 스텔라나 포니 등이 있을 텐데, 이왕이면 영화에 많이 등장하지 않은 스텔라로 하기로 했다. 스텔라가 별이라는 뜻을 가지고 있어서 더 마음에 들기도 했다.

그렇다면 아버지는 어떤 인물이어야 할까? 당연히 차와 오랜 시간을 함께하는 사람이고, 차를 그 누구보다 소중하게 생각하는 사람이며, 결국 차와 운명을 같이할 수 있는 사람이면 좋을 것 같았다. 택시 운전사였다. (솔직히 〈택시 운전사〉라는 영화가 나왔을 때 다시 한번 가슴을 쓸어내려야만 했다.) 그렇지만 단순히 차와 운전자의 우정과 일생을 그리는 것은 너무 단순하고 지루하지 않은가. 그때 다시 생각한 것이 아버지의 차를 지긋지긋하게 싫어하는 아들이 있다면? 그런데 그 아들이 어쩔 수 없이 그 차를 타고 다녀야 하는 일이 생긴다면? 그 과정에서 아버지에 대한 오해와 감정을 풀 수 있다면? 하는 것이었다. 미나 문방구 때도 그랬지만 난 아버지와 자식이 갈등이 있고 그것을 풀어가는 과정의 이야기를 좋아한다. 순전히 내 어린 시절의 기억 때문이다. 평생 아버지는 힘이 드셨다. 하지만 그 순간들의 나는 늘 불편함에 대한 불평만 할 줄 알았지, 단 한 번도 아버지의 심정과 상황을 들여다본 적이 없었다. 어른이 되고 나니 아버지가 얼마나 외로운 사람이었는지, 가족을 위해 얼마나 애를 썼는지, 얼마나 많은 순간 포기하고 싶었고, 그 포기를 왜 다시 포기해야 했는지, 무엇보다 아버지가 나를 얼마나 사랑하셨는지 너무나도 잘 이해할 수 있게 되었다. 그래, 바로 그런 아버지와 아버지를 미워했던 아들의 이야기를 해보자. 아버지와 아버지를 미워했던 딸의 이야기 '미나 문방구'는 그렇게 큰 상처만 남기고 끝났지만 이번 이야기는 잘해내고 말 거야. 어떻게 보면 '문방구'가 '스텔라'로 변했을 뿐이다. 지난번에 다 보여주지 못한 이야기를 다시 할 수 있지 않을까?

그러던 어느 날 전화 한 통이 걸려왔다. 기획 중인 시나리오가 있는데 각색을 의뢰하고 싶다는 전화였다. 지금 당장은 어려우나 글은 한번 읽어보겠다고 전한 후 메일을 열었다. 그런데 이게 무슨 운명의 장난인지 책 제목이 '포니'였다. 너무 놀란 나는 바로 메일을 꺼버리고 다시 그분께 전화를 했다. 그리고 혹시 이 시나리오의 내용이 차에 관련된 이야기인지를 조심스레 물어봤다. 그렇다고 했다. 나는 그야말로 나락으로 떨어져 내린 기분이었다. 그래서 그분께 저도 지금 자동차와 관련된 이야기를 쓰는 중이어서 이 각색을 맡을 수 없을 것 같다고 말씀드렸다. 하늘이 원망스러웠다. 하필이면 이 시점에 이런 소재의 영화가 그것도 하필이면 나에게 각색 의뢰가 들어오다니. 이대로 '스텔라'를 접어야 하는 걸까?

오랜 고민 끝에 '스텔라'의 시놉을 함께 고민하고 정리해주셨던 데이드림엔터테이먼트 김성진 피디님께 연락을 드렸다. 다행히도 피디님은 '포니'의 내용을 알고 계셨고 차에 대한 접근이 우리 이야기와는 확연히 다르다는 것을 알려주셨다. 안도의 한숨을 쉬었다. 정말 겪어보지 않은 사람은 상상도 할 수 없을 만큼 최악의 공포였다. 그렇게 두 달여의 시간을 보내고 드디어 시나리오가 완성되었다.

초고를 읽고 많은 사람에게 너무 착한 영화라고 칭찬 반 걱정 반 섞인 모니터링을 받았다. 한마디로 착한 것이 가장 큰 단점이자 장점인 시나리오라는 것이 총괄적인 견해였다. 그렇다고 해서 갑자기 이야기의 방향을 꺾는다거나 트랜스포머처럼 자동차가 변신하여 악당들을 물리치는 블록버스트를 만들 수는 없었다. 언제나 시나리오를 쓰면서 내가 갖는 생각은 하나다. 내가 가장 하고 싶은 얘기, 내가 가장 잘할 수 있는 얘기 그리고 내가 신나서 쓸 수 있는 이야기를 쓰자. 나조차도 재미없는 이야기를 남에게 재밌게 봐달라고 하는 것은 그야말로 불한당 같은 짓 아닌가. 그렇게 시나리오 작업을 마쳤고 현재 시나리오는 투자를 확정받고 프리 단계에 있다. 시나리오 작가에게는 가장 힘든 시간이다. 내가 낳은 이야기가 어떤 각색을 거쳐 어떤 영화로 자라게 될지 조용히 지켜봐야 하는 시간이기 때문이다. 그래서 나는 가끔 과격하게나마 시나리오작가라는 직업을 '대리모'로 빗대어 표현한다. 아기를 낳아주고 대가를 지불받고 나면 시나리오작가의 역할은 사라진다. 사라지는 정도가 아니라 '네가 할 일은 다 끝났으니 이제 이 근처에는 얼씬도 하지 마!'라는 식으로 저만치 쫓겨나고 만다. 이제 감독의 손에 넘어갔으니 미련을 버려야지 하면서도 어미의 마음은 그렇지가 않다. 그래서 늘 전봇대 뒤에 숨어서 아이가 잘 자라고 있는지를 몰래몰래 훔쳐본다. 내가 낳은 아이가 반듯하고 예쁘게 잘 자라서 사람들에게 사랑을 받으면 너무나도 기쁘지만, 아이가 불량하게 자라 사람들에게 손가락질 당하는 모습을 볼 때면 가슴이 미어터진다. 그래서 내 자식을 잘 키워줄 좋은 감독을 만나는 것이야말로 시나리오 작업만큼이나 작가에게는 중요한 일이라고 할 수 있다.

'스텔라'는 윤유경이라는 신인 여감독이 맡았다. 신인이라는 점과 여자라는 점 게다가 심지어 나이까지 어리다는 것이 마음에 걸렸다. 하지만 감독님과 만나 이런저런 이야기를 나누는 과정에서 나의 걱정이 기우였음을 알게 되었다. 신인이라 열정적이었고 여자 특유의 섬세함을 가졌고, 젊은 감각이 신선했다. 너무 착하기만 한 시나리오는 젊은 신인 여감독님을 통해 훨씬 더 볼륨 있고 개성 있는 색깔을 얻게 될 것이라는 확신이 생겼다. 나의 '스텔라'가 이제 윤 감독님의 품에서 멋있게 자라나는 모습을 난 여전히 전봇대 뒤에서 기도하는 마음으로 훔쳐볼 것이다.

| 개봉 : 2018. 예정
| 출연 : 도경수, 박소담, 박철민, 이준혁
| 감독 : 오성윤

집 떠나면 개고생? 개이득!
<마당을 나온 암탉> 감독
언더독
DOGS, BE AMBITIOUS!
2018 COMING SOON
제22회 부천국제판타스틱영화제 개막작

※ 본 이미지는 포스터 이미지입니다.

| 오성윤 |

극장용 장편 〈아기공룡 둘리 얼음별 대모험〉(1996)을 기획 · 제작했고, 노무현 전 대통령의 대선광고 '겨울–서정 편'을 제작했다. 이 외에도 〈마당을 나온 암탉〉(2011)을 감독했으며, 〈마당을 나온 암탉〉을 비롯한 여러 배리어프리 버전의 연출을 담당하고 있다. 현재 극장용 장편 애니메이션 〈언더독〉을 제작 중이다.

수상 경력

2011 제5회 아시아태평양영화상 최우수 애니메이션상
제44회 시체스 국제영화제 애니메이션부문 가족영화상

시놉시스

〈언더독〉은 극장용 장편 애니메이션으로 버려진 개들의 위대한 여정을 그린 작품이다. 사람에게 쫓기고 내몰린 유기견들이 자신들의 삶을 위해 '사람이 없는 곳'을 찾아가면서 스스로의 정체성과 자유의 의미를 깨닫는 뜻깊은 내용을 담고 있다.

활발한 성격의 애완견 뭉치는 어느 날 북한산 자락에 버려져 하루아침에 유기견이 된다. 뭉치는 재개발지 폐가 마을에 사는 떠돌이 개들을 만나 유기견 생활에 적응하던 중 북한산 들개의 밤이를 만나면서 감추어진 본능이 되살아난다.

뭉치는 들개들의 생활을 동경하며 그들과 함께하길 원하지만, 그들은 뭉치를 원하지 않는다. 뭉치는 그들의 마음에 들기 위해 노력하고, 의욕에 넘쳐 염소농장을 엉망으로 만든다. 그 사건으로 인해 들개 토리와 함께 사냥꾼에게 잡히지만 뭉치와 토리는 들개 그룹의 도움으로 간신히 탈출에 성공하고, 들개 그룹과 떠돌이개 그룹은 군견 출신 개코의 제안으로 '사람이 없는 땅'을 찾아간다. 그러나 뭉치 몸에 심어놓은 위치추적 장치 때문에 뭉치와 무리는 사냥꾼에게 쫓긴다.

과연, 뭉치와 일행은 사냥꾼의 추격을 따돌리고 '사람이 없는 땅' '동물들의 유토피아'에 무사히 당도할 수 있을까?

집필기

〈마당을 나온 암탉〉 개봉 후, 본격적으로 차기작을 준비하기 시작했다.

일단 기존에 나와 있는 원작들을 리서치하며 작품들을 죽 훑어봤으나 딱히 마음에 드는 작품들이 눈에 들어오지 않았다.

시간은 빠르게 흘러가고 그나마 〈마당을 나온 암탉〉의 수익금은 바닥나고 먹고살 일이 막막했다. 초조한 시간들이었다.

하지만 '뜻하지 않은 곳에 길이 있다고 했던가?' 잠을 깨기 위해 틀어놓은 방송 프로그램 〈TV동물농장〉에서 우연찮게 나와 눈을 마주친 강아지 시츄. 한쪽 눈에 깊은 상처를 지닌 유기견이었다. 나와 마주친 그 눈망울로부터 강렬한 캐릭터의 힘이 전이되었다.

또한 유기견 보호소 창살 아래 갇힌 유기견들의 다양한 표정을 보면서 그들 각자의 사연들이 궁금해졌다.

그래서 애완견이 아닌 유기견 이야기, 그리고 인간과 펫의 우정 이야기가 아니라 유기견의 사회적 문제와 그 본질에 대한 이야기라면 작품화할 만한 충분한 가치가 있다는 생각이 들었다.

처음에는 콘셉트만 잡고 작가들을 섭외해 시나리오를 맡길 생각이었다. 하지만 회사의 자금 여건상 초기 투자가 힘든 상황이었다. 그래서 아마추어 작가인 감독이 직접 글을 쓰게 되었고 그렇게 시작된 집필에 3년의 과정이 걸린 듯하다.

방송 이미지를 통해 가져온 캐릭터를 구체화하고 스토리화하기 위해 1차적으로 자료조사에 들어갔다. 개의 생태학적 발전과 진화를 조사하다 보니 '개의 자연적 본성은 애완견화가 되면서 완전히 사라진 것인가?'라는 의구심이 들었고, 애완견으로 진화되었다고 하더라도 당연히 본성은 살아 있을 것이라고 생각했다.

지금 애완견들은 2종 교배된 잡종들이다. 유럽 귀족 문화에서 시작해 계속 인위적으로 만든 개들이다. 그로 인해 유전적 질병도 많이 발생한다. 더욱더 본성이 인위적으로 억눌린 개들일 것이다. 오스트레일리아에는 딩고라는 야생개가 있다. 애완견이었던 개가 들판에 버려져 점점 역진화해 야생화가 된 경우다. 이처럼 본성이 억눌려져 있는 길들여진 개라도 분명 본성은 살아 있을 것이란 생각으로 점점 실마리를 찾기 시작했다.

그런 와중에 명망 높던 친구 아버지의 장례식장에서 고인의 평생 삶의 키워드를 듣게 되었는데 '사는 대로 생각하지 말고, 생각하는 대로 살아라!'라는 소리가 상갓집에서 밤새워 지친 멍멍한 내 귓전을 울렸다. 평생 고인은 이 말을 실행하며 사셨다고 한다. 처음에는 그 말을 듣고 속으론 피식 부아가 치밀었다. '한국에 사는 서민들이 어떻게 그렇게 살 수 있어? 우리 서민들에겐 말도 안 되는 이야기지….'

하지만 그 말은 시나리오를 고민하던 나의 머릿속을 맴돌았다.

그리고 개와 사람과의 공존에 대한 문제도 다른 관점에서 사고한다면? 버려진 개가 새로운 자기 정체성의 고민 속에서 자연 발생적으로 자신의 존재에 대한 철학적 고민을 하게 된다면….

인간에게 버려진 개들은 자생적으로 살아갈 환경이 없다. 유기견 보호소로 가면 7일 안에 주인이 찾아가야 하고 만약 그렇지 않을 경우 안락사를 시킨다. 재입양률도 공식적으로 10~20%를 얘기하지만 그 이하로 보는 것이 맞다. 결국 버려진 개들은 들개가 되거나 잡혀서 죽음을 당한다. 이런 현실에서 버려진 개들과 사람의 공존은 불가능하다. 결국 도출한 답은 개들이 자신의 생각대로 살기 위해 해방구를 찾아야 하는 결단을 내리는 쪽으로 이야기의 방향을 잡아나갔다.

그러나 문제는 하나가 풀리면 또 다른 하나가 나오고 또 반복되는 지난한 과정의 연속이다. 마지막으로 가장 큰 걸림돌이 된 것이, 그렇다면 그들이 인간에게 안 잡히고 자유롭게 살 수 있는 곳은 어디인가? 그들만의 유토피아! 그런 곳이 있기나 한 걸까?

화가인 친구와 모처럼 술자리를 했다.

나의 꽉 막힌 고민 덩어리를 그 친구는 술 한 모금 입속으로 털어 넣으며 아무것도 아니라는 듯 툭 토해냈다.

"에이, 넘어가면 되겠구만…."

친구를 통해 시나리오 결말의 힌트를 얻고 만세를 부르고 싶었다. 그리고 술잔을 들어 잔을 부딪치며 나도 가볍고 진하게 털어 넣었다.

이런 과정 속에서 1년 정도의 시간이 걸려 누군가에게 보여줄 초고를 뽑아냈다.

부푼 희망을 가지고 창투사와 투자운영펀드에 시나리오를 직접 보여주었다. 하지만 그들의 반응은 영 신통치 않았다. 개들의 이야기라면 당연히 사람과 펫에 대한 가볍고 유쾌하고 재밌는 애니메이션을 연상하고 기대했던 그들에게 유기견의 이야기는 무겁고 어둡게만 느껴진 것 같다.

그러나 나의 초고는 사람들에게 버려진 개들의 주체적인 삶의 이야기에 방점이 있었고 그걸 포기하고 싶진 않았다.

다시 수정 작업이 시작되었다. 나에겐 스튜디오를 함께하는 스태프들이 있다.

그들에게 시나리오를 읽히고 냉정한 평가를 부탁했다. 정말 혹독한 평가가 날아왔다.

친한 후배가 던진 '도대체 무슨 이야기를 하려는지 모르겠다. 두 줄로 이야기해봐라?' 하고 말하는 순간 심한 굴욕감을 느꼈다. 그 말이 나를 무기력하게 만들었지만 난 주저앉을 수 없었다. 그래서 각색을 맡길 요량으로 작가를 찾기도 했다. 하지만 내가 원하는 방향으로 작품의 본질을 이해하고 소통이 되는 작가를 만나지 못했다. 아니면 내가 진짜 하고 싶은 이야기가 채 정립되지 않은 이유일 것이다.

결국 또 내가 쓰기로 마음먹었다. 그 순간 공동 제작을 하려 했던 영화사 대표가 한 말이 떠올랐다. '너의 글에 이미지가 잘 떠올라서 좋다. 그게 설득력이 있고 좋다. 끝까지 써봐.' 그렇지! 이런 장점이 분명히 나에게 있다는 자신감이 샘솟았다. 그리고 내가 하고 싶은 이야기에 천착하자.

내가 생각하는 영화란 무엇인가? 대중영화의 첨병으로서 미래적 가치를 담아내야 한다고 말하지 않았던가? 그렇다면 내 이야기는 미래적 비전을 담아내야 한다.

〈언더독〉은 유기된 개들이 자기 정체성을 생각하고 미래를 개척하는 것, 즉 자기 본성을 찾고 그 본질적인 생각대로 살고자 하는 욕망을 찾아 떠나는 로드무비 아닌가?

오스트레일리아의 딩고처럼 우리의 북한산 유기견, 들개도 그렇게 잘 살아가야 하지 않을까?

13고까지 수정을 했다.

작가로서 처음이라 그런지 비판은 여전히 나를 힘들게 했다. 하지만 그걸 통해 얻은 깨달음은 귀와 눈과 마음이 열려 있지 않으면 대중영화로서의 시나리오는 못 쓴다는 것이다.

이건 확실하다!!!

작가로서 중요한 덕목은 비판을 받아들이는 열린 자세인 것 같다.

비판을 어떻게 받아들이고, 소화해서 새살들을 생성해내느냐가 중요한 것 같다.

비판적 비판과, 대안적 비판 두 가지로 나눌 수 있는데 비판적 비판은 받아들이기 힘들다. 자꾸 대안적 비판을 바라는데 그럼 비판자는 소극적인 프레임에 갇히기 쉽다.

그러나 나 또한 대안적 비판만을 원했기에 무척 힘든 시간이 있었다. 얼굴이 붉어지고 싸우기도 많이 싸우고, 작가로서의 자존심이 회의 때마다 상처를 받으니 힘들었다.

하지만 그 과정을 겪고 난 후, 난 어떤 비판이건 겸허히 수용해야 좋은 시나리오를 만들 수 있다는 원리를 깨우쳤다. 그런 숙성의 과정 없이 나온, 날것의 시나리오는 대중영화와는 다른 장르의 영화에서나 가능하다는 것을….

난 작가 공부를 한 사람도 아니고 전업 작가가 아니다 보니 콘티를 그리듯이 이미지를 떠올리면서 이야기를 썼다. 그리고 컷의 흐름까지 쓰는 습관이 생겼다.

미야자키 하야오가 시나리오를 쓰는 방식을 어느 자료에서 본 적이 있다. 그는 아이템이 떠오르면 그만의 공간으로 잠적해서 이미지를 무조건 마구 그려낸다. 70~100장 정도의 마음에 드는 마스터 샷이 나오면 시나리오를 쓴다고 한다. 그전에는 구조만 대충 구상하고, 그림을 그리면서 전체 그림과 이미지의 구체성이 구축되었을 때 본격적인 시나리오 작업을 한다고 하는데, 애니메이션에서는 굉장히 좋은 방식이라고 생각한다. 돌이켜보니 나 역시 마스터 샷과 콘티 이미지 구성을 머릿속으로 그리며 시나리오를 써 내려간 것이다. 나의 애니메이션은 판타지 요소가 없는 리얼리즘 계열의 애니메이션이어서 가능했으리라 생각한다.

〈마당을 나온 암탉〉 투샷이 주가 되어 엄마 닭과 아기 오리에게 집중하면 되었다. 하지만 이번 작품은 등장하는 동물이 너무 많다 보니 다양한 캐릭터를 살리는 데 어려움이 있었다.

유기견 무리의 모든 캐릭터에 안배와 배려를 하기에 너무 힘들었다. 하지만 내가 만든 생명체에는 짧은 시간이라도 섬세한 배려가 있어야 한다는 지향이 있었다.

젊은 시절에 제주 4·3 항쟁을 다룬 〈오돌또기〉라는 작품을 만들기 위해 오돌또기 영화사를 만든 적이 있다. 30대 초반의 젊은 PD였던 나는 4 · 3을 다룬 제주의 작가님과 회의를 하면서 영화의 내용상 어린 아이들을 좀 죽여야겠다고 손쉽게 말했다. 하지만 회의 후 술을 마시면서 선생에게서 호되게 야단을 맞았다. 아무리 작품 속 인물이라 하더라도 그 죽음을 다루는 데는 깊은 책임이 있어야 한다는 것이다. 이후 영화적 인물에 대한 애정과 배려 역시 살아 있는 인물을 대하듯 깊고 섬세하게 다루어야 함을 큰 교훈으로 삼고 있다. 그러니 〈마당을 나온 암탉〉도 〈언더독〉도 그리고 이후 만들어질 영화도 '나'라는 인격이 그런 자격이 있는가? 반문하며 만들어나가야 할 것 같다.

나는 시나리오를 독학으로 공부했다.

그래서 어떻게 쓰는 것이 집필의 정도인지 정석인지 잘 모른다.

하지만 시나리오를 집필하는 건 문제와 고난의 연속이며 그걸 숙명으로 받아들이고 고민하다 보면 해결책은 나온다고 생각한다. 답은 분명히 나올 것이다. 여기에서 전제는 문제의식을 명확히 주객관적으로 가지고 있어야 가능하다는 것이다. 그리고 방대한 유관 자료를 많이 갖고 있을수록 그 문제를 푸는 데 아주 유용할 것이다.

나의 이번 작품 〈언더독〉 또한 그 과정의 산물이다.

모든 영화는 대중영화이며 대중영화는 필연적으로 사회적 가치를 담지한다. 정도의 차이는 있겠지만 모두 그러하다. 〈언더독〉 역시 과거와 현재 그리고 미래적 가치를 품으려 노력했고 동시대를 살아가는 모든 서민 대중의 마음을 개들의 마음속으로 녹여내고 싶었다. 동의와 동감, 감동으로 전달되기를 바라는 마음으로 써 내려갔다.

〈본 원고는 작가의 인터뷰를 통해 기록한 것임을 밝힙니다.〉

| 나의 개봉 작품 집필기 & 시놉시스 |

개봉 : 2017. 12. 7.
출연 : 백서빈, 정준영, 오경원 외
감독 : 유영의

※ 본 이미지는 포스터 이미지입니다.

| 유영의(대해(大海)스님) |

유영의 감독(대해스님)은 대한불교 조계종의 승려이며, 교육자, 영화감독, 작가다.

주요 영화

〈색즉시공 공즉시〉(2007), 〈본질의 시나리오〉(2008), 〈맹인모상〉(2009), 〈무엇이 진짜 나인가〉(2010), 〈이해가 되어야 살이 빠진다〉(2011), 〈소크라테스의 유언〉(2012), 〈대방광불 논리회로〉(2013), 〈화엄경〉(2014), 〈천상천하 슈퍼갑〉(2015), 〈돼지 목에 진주 목걸이〉(2016), 〈산상수훈〉(2017) 등

시놉시스

동굴에 모이게 된 8명의 대학원생들. 누구도 속 시원히 말해준 적 없었던 신과 인간과의 관계. 천국에 가는 방법 등.

감히 말할 수 없어 묻어뒀던 이야기들, 그러나 누구나 한번쯤은 문득문득 떠오르는 의문들. 하나님이 계시는데 세상은 왜 엉망진창이고, 인간은 왜 이토록 고통스럽게 살아야 하는 것인가? 하나님하고 하나가 되는 것은 바벨탑을 쌓는 것인가? 하나님은 선악과를 따먹지 말라고 하면서 왜 만들었는가? 무조건적인 믿음만으로 강요될 수 없는 난해한 철학적 질문들을 논리적으로 증명해나가는데…. 인류의 패러다임을 전환시킬 숨 막히는 비밀! 오늘 밤 그 비밀이 파헤쳐진다.

집필기

20여 년 전 어느 날,

'스님, 마음공부 하면 학교 공부는 안 해도 돼요?' 20여 년 전 한 초등학생의 물음에 저는 마음공부와 학교 공부가 둘이 아닌데 마음공부와 학교 공부가 따로 되어 있어서는 안 되겠다, 하나로 합쳐놓아야 되겠다는 생각에 선생님들께 교과서를 구해달라고 하여 한번 살펴보았습니다. 살펴보니 교과서는 본질은 없거나 박제되어 있었고 현상만을 이야기하고 있었습니다. 사실 모든 현상은 본질이 없으면 아무리 많이 알아도 누적되지 않고 일회용일 수밖에 없습니다. 그리고 자신의 삶과 분리된 지식만을 억지로 배우며 대학 입시를 위한 경쟁에만 휘말린 학생들은 그야말로 지옥 같은 생활을 하고 있었습니다.

어떻게 하면 삶의 본질을 알아 아이들이 현상에 시달리지 않고 자기 중심을 잡고 살아갈까 고민한 끝에 선생님들과 회의를 하게 되었습니다. 낱개로 가르치는 것보다 시간과 공간을 초월하여 가르칠 수 있는 바탕을 만들자는 취지 아래 '본질'이라는 생명의 뿌리를 접붙여 완전한 나무가 될 수 있는 '생명 교과서'를 제작하기로 하였습니다. 그리고 그 후 '아름답고 푸른 지구를 위한 교육연구소'까지 설립하게 되었습니다.

그리고 활자 시대를 넘어 영상 시대가 된 지금, 사람들이 자신의 본질을 알아서 힘들지 않게 살게 하고자 영화를 만들기 시작했습니다.

사실 인간의 본질은 변함없고 누구나 다 똑같기 때문에 영화로 만들어서 언어만 바꾸면, 전 세계인이 언제 어느 때나 다 볼 수 있고 또 후손들이 물려가며 볼 수 있기 때문에, 시간과 공간을 초월하여 이 지구상의 모든 인류가 자신의 본질을 찾을 수 있도록 할 수 있습니다. 그래서 저는 영화라는 그릇에 본질을 담고자 했습니다.

영화에는 문외한이었지만 이러한 뜻으로 시나리오를 쓰고 영화를 찍어서 데뷔작 〈색즉시공 공즉시색〉으로는 서울세계단편영화제에서 대상을 수상했고, 그 후 90여 편의 영화를 연출·제작·각본을 직접 했으며, 첫 개봉 작품인 〈산상수훈〉의 각본과 연출을 했습니다.

■ 소재를 어디서 찾는가?

일반 사람들은 시나리오 소재를 밖에서 찾으려고 합니다. 그러나 사실 우리의 본질, 즉 내면에는 무한한 창고가 있습니다. 그 창고는 '본질 창고'로 써도 써도 줄지 않는 재료들과 온갖 도구들이 다 들어 있습니다. 그것을 아는 사람은 본질 창고에서 자유롭게 꺼내 쓸 수 있지만 모르는 사람은 필요한 것을 밖에서 찾는데 밖에서 찾으면 한계가 있을 수밖에 없습니다. 모든 현상은 다 본질 창고에서 나옵니다. 물론 본질과 현상이 둘이 아니기는 하지만 둘이 아님을 모르면 현상은 다 본질에서 나온 구식 물건들에 불과합니다.

사실 우리는 참신하고 좋은 시나리오를 찾습니다. 그런데 그런 시나리오란 독창적이고 독보적이고 특이하고 미래에 실현 가능한 그런 것들이 재미도 있고 상품성도 있다고 봅니다. 기존의 구태의연한 것들은 사람들이 식상해합니다.

그래서 본질 창고를 알면 기존의 구태의연한 것들을 쓸 필요가 없습니다. 본질 창고에서 새로운 것을 평생 꺼내 써도 모자라지 않기 때문입니다. 그러한 본질 창고에는 시나리오 소재, 연출법, 연기 지도법 등 다 들어 있습니다. 그래서 굳이 다른 사람의 시나리오나 책에 의존할 필요가 없습니다. 다른 사람의 시나리오나 책도 본질에서 나온 구식 물건들이기 때문입니다. 물론 신선한 소재를 본질 창고 밖에서 찾을 수도 있겠지만, 본질 창고에서 찾으면 모든 것이 다 신선합니다. 그런데 기존의 것에서만 찾으면 모든 사람이 알고 있는 범주 내에서 찾음으로써 시나리오를 바꾼다고 해도 별로 새롭지가 않습니다.

그래서 이러한 점이 저만의 독특한 집필 방법이라고 할 수 있겠습니다. 본질은 무궁무진하며 모든 것이 다 새로운 것입니다. 저는 본질에서 집필을 하니, 소재도 사방팔방에서 나오고, 영화 제목도 사방팔방에서 나옵니다. 기존 영화의 형식을 떠나 본질에서 나왔기 때문에 응용도 무궁무진합니다.

지금까지 제가 써서 영화화한 시나리오가 10년 동안 90편이 넘습니다. 이 모든 시나리오는 본질을 활용한 독특하고 새로운 것들입니다. 저는 본질 창고에서 활용한 내용을 본질의 뜻에 맞게 잘 집필했기에 제 영화를 보면서 사람들은 오히려 생각지도 못한 많은 아이디어를 얻는다고 합니다.

■ 4대 성인 시리즈 기획

저는 본질을 알리는 방편으로 4대 성인 시리즈를 기획했습니다.

먼저 2012년 〈소크라테스의 유언〉이라는 작품을 발표했습니다. 〈소크라테스의 유언〉은 아무도 풀지 못한 내용을 알기 쉽게 풀어낸 영화로 4대 성인聖人 시리즈 영화의 신호탄이 되었습니다.

이 영화는 작품성을 인정받아 세계 최대 규모의 기독교 영화제 네브스키 블라고베스트에서 개막작으로 상영되기도 했습니다. 스님이 만든 영화가 어떻게 세계 최대 기독교 영화제의 개막작으로 초청되었는지에 대해 영화제의 사무국장 마리아 알렉세예브스카야가 이렇게 설명해주었습니다. “네브스키 블라고베스트 영화제는 기독교 영화 또는 기독교인이 만든 영화만을 대상으로 하는 영화제입니다. 영화제 초청작 선정위원회에서 영화를 심사할 때 감독이 누구인가? 유명한가, 아닌가 등을 보지 않고 순수하게 영화만을 보고 심사했는데, 선발하고 나서 보니까 스님이고 불교였습니다. 그래서 이것을 어떻게 할 것인가 많은 논의가 있었습니다. 그러다 ‘과연 종교란 무엇인가?’라는 지점까지 이르게 되었고, ‘종교란 인간의 본질을 말하는 것이 아닌가? 그리고 인간을 이롭게 하는 영화라면 우리가 받아들여야 하는 것 아닌가?’라는 합의에 이르러서 〈소크라테스의 유언〉을 네브스키 블라고베스트 영화제의 개막작으로 상영하기로 결정하고 감독님을 초청했습니다. 그리고 이것을 계기로 우리 영화제는 앞으로 인간의 본질에 대한 영화이고 인간을 이롭게 하는 영화라면 비록 다른 종교의 영화라 하더라도 받아들이기로 했습니다. 기독교 영화제의 벽을 깨고 종교의 문을 열게 되었습니다.”

이번에는 2017년 루터의 종교개혁 500주년을 맞이해 4대 성인 중 예수님 편을 만드는 것이 시의적절하겠다고 생각되어 예수님의 가르침 중 가장 핵심인 ‘산상수훈’을 바탕으로 영화 〈산상수훈〉을 제작해, 예수님 말씀의 본질을 올바르게 전달하고자 했습니다. 붓다와 공자 편은 차기작으로 준비하고 있습니다.

■ 〈산상수훈〉 집필 과정

저는 영화를 만들 때 일단 아무에게도 알려져 있지 않거나, 아무도 해결을 못 하는데 반드시 해결하고 알아야 하는 문제들만을 다룹니다. 그래서 일단 기독교 쪽에서 수천 년 동안 아무도 풀지 못한 난제難題를 수집했습니다.

그 난제들은 즉 '전지전능한 하나님이 계시는데 세상은 왜 이렇게 엉망진창인가?'

그리고 '아담이 죄를 지었는데 왜 나에게 죄가 있고 예수님이 십자가에 못 박혀 돌아가셨는데 왜 내 죄가 사라지는가?' '조물주가 피조물을 만들었는데, 피조물이 잘못되었다면 조물주에게 죄가 있지 왜 피조물에게 죄가 있는가?' '하나님은 왜 선악과를 만들어서 인간을 죄짓게 하는가?' 등의 의문들이었습니다.

그래서 그 난제들을 살펴보니 이 문제는 본질과 현상과의 관계를 알면 바로 풀리는 문제들이었습니다. 그래서 저는 성경에서 이 문제를 풀 수 있는 근거와 논리를 찾았습니다. 수학 문제를 푸는데 그 문제의 전제나 조건을 잘못 보거나 잘못 이해해서 안 풀리는 경우가 있습니다. 이럴 때는 그 문제의 전제나 조건을 다시 찾아서, 정확히 이해하고 나면 바로 풀 수 있습니다. 기독교의 풀리지 않는 난제들도 그와 같았습니다.

그래서 이 난제를 내세워 성경의 뜻(전제, 조건)을 올바르게 이해했는가를 들추고 잘못 알고 있거나, 생각하지 못했던 것의 올바른 뜻을 알림으로써 답을 풀어가는 식으로 했습니다.

성경의 가장 핵심적인 내용은 천국과 하나님, 그리고 인간을 죄인으로 만든 선악과, 죄를 풀어서 하나님 자리로 돌아가게 하는 예수님인데, 이것으로 성경 내용을 전부 설명할 수 있었습니다. 그런데 현재

가장 큰 난제로 안 풀리는 문제는 신과 인간과의 관계인데, 그 쟁점의 중심은 신과 인간이 다른 존재인가? 둘이 아닌 존재인가? 하는 것입니다. 그런데 지금 기존의 종교는 신과 인간을 분리해놓았기 때문에 이 점에서 신과 인간이 본래 하나였다는 것을 성경을 들어서 논증할 필요가 있었고, 그다음에는 신과 인간과 예수님이 모두 둘이 아니었다는 것을 논증할 필요가 있었습니다.

그리하여 먼저 천국天國 편에서는 천국을 올바로 가게 하는 방편으로 지금의 기독교인들이 천국 가는 길을 잘못 선택했을 수도 있는데 '너무나 당연히 맞다'는 전제 속에 있는 것을 알렸다.

그다음 선악과善惡果 편에서는 인간을 죄인으로 만든 선악과의 정체를 성경의 창세기를 근거로 해 '생명의 나무'와 '선악의 나무' 그리고 '선악과' 이러한 관계가 어떻게 되는가? 그리고 '선악의 나무는 무엇이고 선악과는 무엇인가?' 이러한 명제로 선악과의 정체를 명확하게 알게 하여 에덴동산에서 쫓겨나게 되었다는 것이 무슨 뜻인지, 그리고 어떻게 하면 선악과를 안 먹고 천국에서 살 수 있게 되는지.

이러한 것들을 바로 알 수 있게 했습니다.

그래서 이 선악과 편을 아주 중요하게 다루었고, 선악과의 정체를 알아내 선악과를 안 먹고 천국으로 부활하는 것까지 다 근거를 찾아서 써놨습니다. 이것으로써 성경 내용의 모든 의문이 사실 다 풀릴 수가 있습니다.

또 그다음은 '누구를 위하여 종을 울리나' 편인데, 사실 모든 종교가 인간이 전지전능하고 완전하고 청정하고 평등하고 둘이 아님을 알게 하기 위해서 있는 것인데, 지금 현실의 종교는 신神을 위하여 인간이 있는 것처럼 되어버렸습니다.

그래서 신을 위하여 인간이 있다고 하면, 모든 것이 논리에 맞지 않는다는 것을 논증했고, 그 후 신과 인간과의 관계가 둘이 아닐 수밖에 없으며 만약에 서로 다르다면 우리가 신에 대해 알 필요도 없고 성경을 배울 필요도 없다는 것을 논증했습니다. 그리하여 '누구를 위하여 종을 울리나' 편에서는 인간과 신의 관계가 본래 둘이 아님을 밝혔습니다.

다시 하나님 편에서는 이것을 증명하는 말씀 – 즉 인간과 하나님 그리고 중간 역할을 하는 예수님, 이 모두가 본질이 같다는 것을 성경 내용을 근거로 증명했습니다.

그리고 최종적으로 본질인 하나님의 체體로 현상을 나타낸 것이 바로 인간이라는 것을 성경의 말씀으로 증명했는데, 본질이 하나님이고 현상이 사람이라는 것을 논증하고, 사람뿐만 아니라 만물만생도 둘이 아니라는 것을 증명했습니다.

그리고 그다음에, 우리가 왜 하나님(본질)을 알아야 하는가? 그 이유는 하나님의 전지전능한 능력, 무죄, 우리가 모두 하나이며 평등하다는 것을 알면 우리 모두는 완전하고 깨끗하고 천국에서 자유롭게 살 수 있기 때문입니다.

그래서 그러한 본질의 능력에 대해 언급을 했습니다.

그다음 삼위일체三位一體 즉 현상의 본바탕인 본질, 본질과 현상과의 관계 그리고 본질의 능력(즉 현상을 만들 수 있는). 이 세 가지, 삼위의 정확한 뜻과 삼위三位가 일체라는 사실을 명확히 풀이함으로써 큰 라인으로 한꺼번에 이 현상계를 다 알 수 있도록 마무리를 지었고, 이러한 과정을 자세하게 밝혀내 제기되었던 난제들에 대한 답을 구했습니다.

어떤 형식으로 난제에 대한 정답을 알려주는 것이 자연스러울지 배우들의 캐릭터 구성을 고민하다가, 주인공은 이미 난제에 대한 정답을 알고 있지만 이 모든 것을 알고 있다는 사실을 알리지 않고 동등한 친구처럼 다른 학생들과 자연스럽게 토론을 해서, 학생들 각자가 스스로 깨달아가고 자연스레 주인공에 동화되어가는 형식을 취했습니다.

불가에 줄탁동시啐啄同時라는 말이 있습니다. 줄啐은 달걀이 부화하려 할 때 알 속에서 나는 소리, 탁啄은 어미 닭이 그 소리를 듣고 바로 껍데기를 쪼아 깨뜨리는 것을 말합니다. 제자의 역량을 알아차려 바로 깨달음에 이르게 하는 스승의 예리한 기질을 비유하는 말로 극 중 주인공인 도윤이는 어미 닭이라고 할 수 있습니다. 여러 방향에서 알을 쪼아줘 결국 자신의 알을 깨고 나올 수 있도록 도와주고 7명의 청년들은 각자 자신의 알을 쪼아갑니다.

그리고 영화의 공간적 배경은 동굴로 설정했습니다. 동굴은 형체가 없는 마음의 세계를 비유적으로 표현한 것입니다. 또한 모르는 세계는 캄캄하고 알면 환해지지 않습니까? 그런 세계들을 비유하여 표현했습니다.

사실 〈산상수훈〉이 나오기 전 같은 제목의 다른 시나리오를 썼는데, 장면이 많이 나오다 보니 결국 일부밖에 담을 수가 없었습니다. 부분적인 것만 이야기하면 오해의 소지가 있다 보니, 안 되겠다 생각하여 염주처럼 논리가 쫙 꿰어지게 한 장소에서 전체적인 맥을 짚었습니다.

결국 이 영화는 관객의 깨달음을 유도하는 영화이기 때문에 동굴에서는 오로지 그 말씀만 하고 복잡한 장면 없이 말하는 사람만 보이게 하면, 집중이 잘돼 어려운 내용을 집중해서 잘 이해할 수 있겠다고 생각했습니다. 그래서 이 영화를 본 관객들은 한 장소에서 이야기만 하는데 두 시간이 어떻게 지나갔는지 몰랐다는 관객이 많았습니다.

또한 토론을 하는 주체들이 청년들인 것도 상징으로 심어두었습니다. 청년들이 자신의 본질을 아는 것은 매우 중요합니다. 청년들은 앞으로 자신의 인생을 펼치며 살아가야 합니다. 그러려면 자신이 살아갈 수 있는 본바탕의 크기가 얼마나 되는지, 능력이 어느 정도 되는지를 알아야 자신의 삶을 완전하게 계산해서 살 수 있습니다. 그런데 자신에게 엄청난 능력이 있는지도 모르고 마치 밑천 없는 거지처럼 어렵게 살아가기 때문에, 이 영화를 보고 자신의 내면에 전지전능한 능력이 본래 갖추어져 있다는 사실을 깨달아 앞으로의 삶을 크고 완전하게 살아갈 수 있도록 하고자 했습니다.

시나리오 사례들은 모두 실제로 있었던 사례를 시나리오화했기 때문에 영화를 본 많은 관객이 공감한다 하고 또 실제 적용이 잘 된다고 합니다.

■ 마무리하며

연일 미투 운동에 관한 기사가 나오고 있습니다. 사실 완성된 시나리오를 보면 시나리오를 쓴 작가의 세계관이 나타날 수밖에 없습니다. 폭력적이고 선정적인 시나리오에는 폭력적이고 선정적인 작가의 세계관이 나타납니다. 그렇다면 더 아름다운 세상을 위해서는 어떤 시나리오가 나와야 할까요?

저는 세상을 푸르고 아름답게 하기 위해 시나리오를 쓰고 영화를 만듭니다. 영화 〈산상수훈〉의 관객과의 대화(GV)는 일반적인 풍경과 다른 아주 재미있는 장이 펼쳐집니다. 관객과의 대화는 기독교 신자, 가톨릭 신자, 불교 신자, 천도교 신자, 이슬람교 신자 등 여러 종교인과 무교까지 종교를 초월하여 사람들이 다 모입니다. 영화를 통해 종교 간의 오해가 풀리고 벽이 허물어지고 있습니다. 이러한 풍경이 아름답지 않은가요? 영화를 통해 고정된 자신의 생각을 벗고 본질을 회복하여 업그레이드될 수 있는 장이 열리고 있습니다.

영화는 여러 가지 이야기가 있지만 특히 있을 법한(실현 가능한) 이야기를 스크린으로 옮기기도 합니다. 그러면 사람들은 이러한 영화를 다시 따라 합니다. 그렇기에 본성으로 아름답고 푸르게 살 수 있는 영화를 만들면 세상은 자연히 아름답고 푸르게 될 것입니다. 영화를 본 후 관객 스스로가 생각하고, 또한 자신을 발전시킬 수 있는 영화가 좋은 영화가 아닐까요.

이탈리아의 종교영화제인 Religion Today Film Festival 조직위원장 안드레아 모르겐(Andrea Morghen)은 다카 국제영화제에서 영화 〈산상수훈〉을 관람한 뒤, "이탈리아 관객들, 특히 어린 관객이 무언가를 그냥 믿는 것보다 우리의 본질인 신神을 찾는 것이 중요하다는 것을 〈산상수훈〉을 통해 알 수 있게 되리라 생각합니다. 어린 관객이나 다른 관객이 신神의 본질뿐만 아니라 자신의 삶에서 긍정적인 가치를 발견할 수 있다는 것은 매우 중요한 일입니다. 〈산상수훈〉은 그들이 자신의 삶과 내면에서 그런 긍정적인 가치를 찾는 데 도움을 줄 수 있으리라고 생각합니다"라고 언급했습니다. 그래서 기왕이면 영화를 통해 세상을 아름답게 만들면 좋지 않을까요?

〈영화 산상수훈 수상 경력〉

❶ 제39회 모스크바 국제영화제 초청
❷ 제13회 카잔 무슬림 국제영화제 초청 및 심사위원 특별 언급
❸ 제 4 회 가톨릭 영화제 초청
❹ 제11회 네브스키 블라고베스트 국제 기독교영화제 초청
❺ 제47회 베오그라드 국제영화제 초청
❻ 제15회 예레반 국제영화제 초청
❼ 제17회 다카 국제영화제 초청
❽ 제 2 회 소치 국제영화제 개막작 초청 및 남우주연상 수상
❾ 제 2 회 소태산 영화제 원불교 영화제) 초청
❿ 제11회 체복사리 국제영화제 초청

오늘은 춥고 배고파도

| 이정근 |

작년 겨울, 유난히도 춥고 진눈깨비까지 흩뿌리던 날 저녁.

며칠 후 개봉할 영화 시사회에 다녀온 제자 녀석이 씨무룩 소주잔을 연거푸 비우더니 툭 내뱉었다.

"선생님, 그 영화에 제가 쓴 얘기는 십분의 일도 없었어요."

"어떤 인간이 그따위로 몽땅 뜯어고쳤다니?

"감독이겠죠, 뭐."

"얼마 걸려 쓴 건데? 니가….

"반년요"

"원고료는 고생한 것만큼 받았냐?

"….

"자막에 니 이름이나 제대로 나왔든?

"영화가 끝날 때쯤, 스태프들 속에 쥐똥만 한 크기로…."

"휴우…."

어깨가 축 늘어진 제자 녀석의 아픈 마음을, 명색이 선생이란 위인이 속 시원하게 풀어줄 뾰족한 묘수도 없고, 긴 한숨만 내뿜다가 옛 생각이 떠올랐다.

45~46여 년 전.

MBC에서 라디오 드라마를 써서 먹고살던 나는, 어느 날 문득 멋진 시나리오를 써서 극장에 걸리는 걸 보고 싶은 욕심이 생겼다.(여태껏 멋진 시나리오를 쓰지 못했지만.) 하지만 안면이 있는 감독이나 시나리오작가도 없고, 더더구나 영화사 문턱이 어디 붙어 있는지도 모르는 판국이라서, 시나리오를 열 편 백 편 써본들 소화할 방법을 찾을 수가 없었다. 생각다 못해 이리저리 인맥을 총동원해 영화사 문턱을 찾아보다가 해외 무역도 크게 하고, 영화제작도 하는 세기상사주식회사 제작 기획실 말단 직원으로 입사했다.

그 당시 세기상사는 전국 15~16개 영화사 중에서 연간 영화 제작 편수가 1위, 대한극장 세기극장(현 서울극장 자리에 있었음) 등 전국에 8개 극장을 소유한 거대 영화 제작사였다. 때문에 하루에도 10여 편 이상 기획실로 들어오는 시놉과 시나리오를 읽고 분석하면서 시나리오 쓰는 기법도 익히고, 영화제작 기획 업무를 차근차근 배워가던 무렵. 한 달여 간격으로 기획실 실장님과 차장님이 한 분은 병환으로, 또 한 분은 개인적인 사정으로 사직을 하셔서, 입사 8개월여 만에 기획실장이란 중책을 맡게 됐다.

너무나 뜻밖인 출세(?)라서 가슴이 콩닥콩닥 떨리고 당혹스러웠지만, 흥행이 될 만한 시나리오를 열 번 백 번 읽고, 고르고 골라 영화제작을 했는데, 황소 뒷걸음질 치면서 개구리 잡는다고 했던가?

내가 기획한 두 번째 작품인 고영남 감독의 〈결사 대작전〉이 크게 흥행돼서 괜스레 우쭐했을 때였다. 고영남 감독이 다음 작품으로 연출하고 싶다고, 툭 던져주고 간 시나리오를 읽으면서 느낌이 확 왔다.

"대박감이다."

그래서 며칠 후 기획실에서 만난 작가가 유열. 유열은 첫인상부터 도도했지만, 시나리오 계약 조건부터가 파격적이었다.

"촬영 시, 내 허락 없이는 대사 한 마디 고칠 수 없고, 원고료는 현찰로 50만 원."

그 무렵, 시나리오 원고료는 15만~20만 원. 그것도 현찰이 아닌 2~3개월짜리 약속어음으로 지불하는 것이 관례였기에.

"시나리오는 마음에 듭니다만, 그렇게 무리한 요구를 하시면…"

하는 내 말이 끝나기도 전에

"흥정을 하자는 거요? 내가 콩나물 장사로 보이쇼?

"그게 아니라…."

"관둡시다. 영남아, 가자!"

자리를 박차고 나가는 유열의 뒷모습을 보면서, 어처구니가 없다기보다는

"멋지다, 저게 진짜 시나리오작가의 모습이구나"

하고 경외감까지 느꼈던 기억이 새롭다.

후에, 유열과 나는 서로 자기가 형님이라고 티격태격 싸우는(?) 친구가 됐지만.

그런 와중에도 나는 유열이 작품으로나 인격으로나 나보다 서열이 몇 단계 높은 훌륭한 작가라고 생각하며 존경심을 항상 품고 있었다.

두둑한 배짱 얘기를 쓰자니, 또 한 사람 생각이 난다.

〈결사대작전〉을 쓴 이두형.

이두형은 문학성 짙은 주옥같은 시나리오를 80여 편이나 집필한 실력 있는 작가였는데, 시나리오작가라는 자긍심이나 기백 또한 유열 못지않은 강골파였다.

그가 쓴 시나리오가 기획실에서 채택되고, 사장님과 회장님 결제까지 나면 시나리오 매매계약서를 쓸 차례.

그런데 회사 내규에 따라, 내가 제시한 원고료 액수가 마음에 들지

않으면 나 몰래 회장실로 뛰어 들어가서

"작가를 착취하지 마세요. 영화의 승패는 시나리오에 있는데, 영화의 핵심인 시나리오 원고료를 적게 주려는 회사 내규가 있다니, 회장님은 영화 모리배나 다름없지 않습니까?"

하고 한바탕 호통을 치고 돌아가면, 영문도 모르고 회장실로 불려 들어간 나는 회장님께 애꿎은 화풀이를 당해야 했다.

유열과 이두형이 그렇게나 고집을 부리고 타협하지 않던 원고료 문제는, 단순한 돈 문제가 아닌 시나리오작가의 명예와 긍지를 지키고 찾겠다는 거센 항변이었고, 싸구려 원고료는 시나리오 작가의 자존심을 짓밟고 생존권을 착취하는 영화제작자의 횡포이자, 모리배적 근성이라는 신념으로 당당히 맞서 싸운 작가 정신이라고 믿고 있다.

나는 7~8년 전까지 영상작가교육원에서 10여 년간, 어설픈 실력이지만 시나리오를 쓰는 기법을 전수한답시고 학생들과 씨름을 했다.

수업이 끝나면 싸구려 삼겹살집에서 소주잔을 비우며, 극장에서 대박을 터트린 영화가 왜 대박을 터트렸는지 도대체 모르겠다고 트집을 잡았고, 시청률 높은 TV 드라마를 잘근잘근 씹은 과외수업(?)이 효과가 있었는지, 영화계나 방송국으로 진출한 제자 작가들이 제법 있다.

제자 녀석들이 교육원을 수료한 지도 어언 10여 년이 훨씬 지난 오늘.

영화계나 방송국에서 글을 써서 먹고사는 제자는 물론, 작가 되기를 포기하고 회사에 취직도 하고, 학원에서 논술 강사를 하고, 아기 엄마가 되고, 자기 사업을 하는 제자들조차도 각 기수별로 어떤 기수는 6개월마다, 어떤 기수는 연말에 한 번 술자리를 만든다.

그런데 작가 되기를 포기하고 자기 사업을 하는 제자들은 자가용을 타고 오고, TV 미니 시리즈를 쓰는 제자는 벤츠를 타고 오는데, 시나리오를 쓰는 제자들은 어김없이 버스나 전철이고, 생활 형편도 말이 아니다.

그 원인이라면, 제자들이 쓴 영화가 대박을 터트리지 못했다는 죄 아닌 죄 때문이겠지만. 개봉한 작품이 세 개나 되는 제자도 시나리오를 써서 호구지책을 못 하고 알바를 하고 있다.

얼마 전까지도 제자들과 소주잔 기울이다가

"고료는 어떻게 받았냐?"

하고 물어봤지만, 지금은 열불이 나서 묻지도 않는다.

"5개월 고생하고 600 받았어요."

"전 시놉만 석 달 쓰고 300."

"완고까지 8개월 걸려서 다섯 번 고쳤는데 100만 원"

등등의 얘기를 듣다 보면, 울화가 터져서 과음을 하게 되고. 비척비척 갈 지 자 걸음으로 집에 들어가면, 집사람의 앙칼진 잔소리가 터져 나온다.

"오래 살고 싶으면, 제발 제자들을 만나지 말라구욧!!"

이것이 요즘 우리 젊은 시나리오작가들의 처참한 현실이라 생각하니 서글프다 못해, 그동안 영상작가교육원에서 수많은 빈곤층을 양성했다는 자괴감까지 들 때가 있다.

몇 년 전 어느 잡지에서 '작가는 자기 이름 석 자를 목숨보다 소중히 여기고, 황금보다 명예를 먹고살아야 한다'라는 해병대 구호 같은 글을 읽은 적이 있다.

백번 옳고 지당한 말씀이다. 하지만 작금의 젊은 시나리오작가들이 자기 이름 석 자를 목숨보다 소중히 여기고 싶어도 영화 자막이나 포스터, 심지어는 시나리오 대본에서조차도 작가 이름이 깡그리 무시당했거나 쥐똥만 한 글씨로 표기되는 것이 요즘 영화계의 현실인데, 어디서 그따위 배부른 소리냐고 해병대 구호 같은 공자 말씀(?)을 한 그 사람의 뺨이라도 후려 갈겨주고 싶은 심정이다.

"시나리오작가의 이름은 영화 자막에서 빛이 난다."

몇 년 전 술자리에서 얼큰하게 취한 신봉승 선생이 하신 말이다.

'각본 이정근'이라고 자막이 뜬, 내 첫 번째 영화는 광화문에 있는 국제극장(지금은 고층 빌딩)에서 개봉된 코미디 영화였는데(흥행 성적도 별로였음), 극장에 불이 꺼지고 영화가 시작되면 화면 가득 메인 타이틀이 뜨고, 두 번째 화면에는 기획자 이름이 뜨고, 세 번째 화면에 떠오르는 '각본 이정근'이라는 내 이름 석 자를 보기 위해 개봉 첫날부터 연 3일, 극장표를 구입했었다.

커다란 화면에 단독으로 뜨는 내 이름 석 자가 왜 그렇게 멋있고 자랑스러웠는지, 연 3일 극장에 들어가서 보고 또 보고 했다.

그 무렵.

'기획 이정근'이라는 자막은 세기상사가 연간 7~8편씩 제작하는 영화에서 메인 타이틀 다음에 뜨기 때문에, 그 자막을 보면서는 별 감흥이 없었지만. '각본 이정근'이라는 자막이 왜 그렇게나 멋있고 자랑스러웠는지, 시나리오작가가 아닌 사람은 그 희열을 모를 것이다.

하지만 요즘 개봉되는 영화를 보면 시나리오작가의 이름은 어느 구석에 처박혀 있는지 가물가물하다 못해, 돋보기라도 들고 가서 눈을 부릅뜨고 찾아봐야 할 지경이니 ….

푸대접 받는 작가의 이름을 얘기하다 보니, 젊은 시나리오작가들은 꿈에도 생각지 못할 사건이 생각난다. 요즘에는 극장 건물 정면 벽에 현재 상영 중이거나 상영 예정인 영화 포스터들이 덕지덕지 붙어 있지만, 예전에는 상영 중인 영화 간판 딱 하나만 큼지막하게 걸려 있었다.

간판 그림은 극장 전속 화가가 그린, 요즘 감각으로 보면 촌스러운(?) 남녀 주인공들의 얼굴이었는데. 그 간판에 표기된 글씨 크기 때문에 사건이 터진 것이다.

영화 제목은 기억나지 않지만, 을지로4가에 있는 국도극장(지금은 호텔)에서 한국 시나리오작가계의 태두이신 최금동 선생님의 작품이 개봉됐는데, 극장 간판에 '각본 최금동'이라는 글씨 크기가 감독 이름보다 적은 글씨로 써진 것을 최금동 선생님이 아셨으니, 시나리오작가라는 긍지와 자존심이 하늘을 찌르고 깐깐하신 그 어른 성격에 잠자코 계실 리가 없었다. 시나리오작가를 능멸했다고 노기등등하신 최금동 선생님을 모시고 우르르 국도극장으로 몰려가서 "왜 시나리오작가 이름을 감독 이름보다 적은 글씨로 썼느냐"고 강력하게 항의를 했고, 당장 간판을 끌어 내려서 '각본 최금동'이라는 글씨 크기를 감독 이름과 똑같은 크기로 고쳐 쓴 기억이 새롭다.

요즘 젊은 작가들은 이 글을 읽으면서 "그깟 극장 간판에 써진 작가 이름의 글씨 크기가 뭐 그리 대단한 거라고 작가들이 떼로 몰려가 야단법석을… ?" 하고 웃을지도 모르지만, 그때 우리 시나리오작가들의 위상은 그만큼 당당했고, 우리 선배 작가들은 그만큼 자기 이름을 아끼고 자랑스럽게 여겼었다는 반증이라고 생각해줬으면 고맙겠다.

내가 영상작가교육원에서 학생들을 가르칠 무렵, 작금의 한국 시나리오작가들은 오리지널 시나리오를 쓰는 작가가 아니고. 감독에게 단순히 아이디어를 제공하는 보조 작가쯤으로 전락했다는, 서글프다 못해 꼭지가 도는 얘기를 들은 적이 있다. 내 기억으로는 1980년 초반까지도 한국영화계는 시나리오와 연출은 확연히 분리된 독립된 영역이었다.

예를 들어, 갑이라는 영화사가 A작가에게 의뢰해 탈고한 '춘향전'이라는 시나리오를 B작가에게 다시 맡겨 수정하려고 했을 경우, 영화사에서 수정 의뢰를 받은 B작가는 A작가를 만나 '춘향전'을 내가 수정해도 되겠느냐고 정중히 묻고 양해를 구한 후에, 시나리오 수정하는 것이 작가들 간의 예의고 관행이었다. 그때도 물론 시나리오작가들은 감독과 제작자를 만나 수정 방향을 의논하고 아이디어를 주고받고 했지만, 감독은 시나리오 완고가 나올 때까지 기다렸다가 콘티를 짰다.

그런데 요즘 영화계 현실은 A라는 작가가 피땀 쏟아 쓴 시나리오를 영화사에 넘겨준 후에는 그 시나리오를 누가 또 고치는지, 몇 사람이 고쳤는지, 내용을 어떻게 고쳤는지 까맣게 모르고 있다가 시사회에 가서야 자기 작품이 걸레가 된 것을 알고(보다 훌륭하게 고쳐진 작품도 있겠지만) 가슴을 쥐어짠다니 기가 막힌다.

그렇게 감독과 제작자에게 푸대접을 받고, 짓밟히고, 이름까지 잃어버린 것에 익숙해져서인지, 요즘 젊은 작가들은 지나치게 위축되고 마음까지 가난해진 것 같아 서글프다 못해 측은한 생각까지 든다.

글을 쓰는 사람의 위대한 능력은 남에게 푸대접 받고, 짓밟히고, 궁핍할 때 자기의 꿈을 찾아가는 능력이라고 한다.

동화작가 안데르센은 찢어지게 가난한 집에서 술주정뱅이 아버지에게 모진 학대를 받고 살았지만, "우리 아버지는 좋은 사람이고, 언젠가 우리는 부자가 될 수 있다"는 꿈을 꾸며 살았고, 그가 동화작가로 명성을 얻었을 때, "생각해보니 나의 역경은 정말 축복이었다. 가난했기에 '성냥팔이 소녀'를 쓸 수 있었고. 못생겼다고 놀림을 받았기에 '미운 오리 새끼'를 쓸 수 있었다"라는 술회가 제작자와 감독에게 푸대접받으며 가난하게 살고 있는 우리 시나리오작가들에게 새삼 귀감이 되는 명언이 아닐까?

'생우우환(生于憂患) 사우안락(死于安樂)'이라. 즉 어려운 상황에서는 사람을 분발하게 하지만, 안락한 환경에서는 쉽게 죽음에 이른다는 뜻이다. 평탄한 삶에서는 결코 걸작이 나오지 않고, 뼈를 깎는 고난과 역경은 작가에게 훌륭한 작품을 쓰라는 신이 내린 최고의 축복이라는 말도 있다. 한바탕 거센 폭우가 쏟아진 후에 맑은 하늘을 보며 반짝이는 별을 헤아리는 사람이 있고, 옷은 축축하게 젖었고 길은 진흙탕이 됐다고 짜증을 내는 사람도 있다.

꿈이라는 단어는 별이 반짝이는 맑은 하늘을 보게 하는 능력이며, 뼈를 깎는 고통을 이겨내는 힘이라고 한다.

자! 우리 시나리오작가들은 큰 꿈을 꾸면서 피를 토하듯 글을 쓰고 또 쓰자. 지금은 대박을 터트린 인기 작가가 아니라서 춥고 배고프고, 감독과 제작자들에게 무시당하고 사는 서글픈 인생이지만.

밤이 칠흙같이 깜깜하면 깜깜할수록, 동트는 새벽 햇살은 더더욱 눈부시고 현란하다고 하지 않더냐!

| 이정근 |

중앙대학교 경상대학 상학과 졸업

경력

KBS 연속방송극 입선, 광주방송국 단막극 당선 2회, KBS, 루터런 아워 성탄 특집극 당선, KBS 대공방송극 당선, KBS 특집극 당선, MBC 코미디 드라마 입선, 국방부 호국문예 시나리오 2회 입선, 국립중앙도서관 발행 〈월간 도서관〉 편집장, 세기상사 주식회사 제작기획실장, 〈안개부인〉 외 30여 작품 기획 제작, 대종상영화제 심사위원, 춘사영화제 심사위원, 국방부 호국문예 시나리오 심사위원, 관광공사. 병무청. 소방본부. 공모 시나리오 심사위원, 시나리오 뱅크 심사위원, 한국예술종합학교 영상원 출강, 영상작가전문교육원 교수 (전), 사단법인 한국시나리오작가협회 이사 (전)

작품 경력

MBC 연속극 〈쌔러리맨 출세작전〉 150여 회
MBC 심야극장 〈이슬비〉 〈설야〉 외 40여 편
극영화 〈마의태자〉 〈아리송해〉 외 30여 편
국방홍보원, 호국 영화 〈불르하트〉 외 8편
국방홍보원, 장병 교육 및 홍보 영화 〈어둠 속의 90일〉 외 80여 편

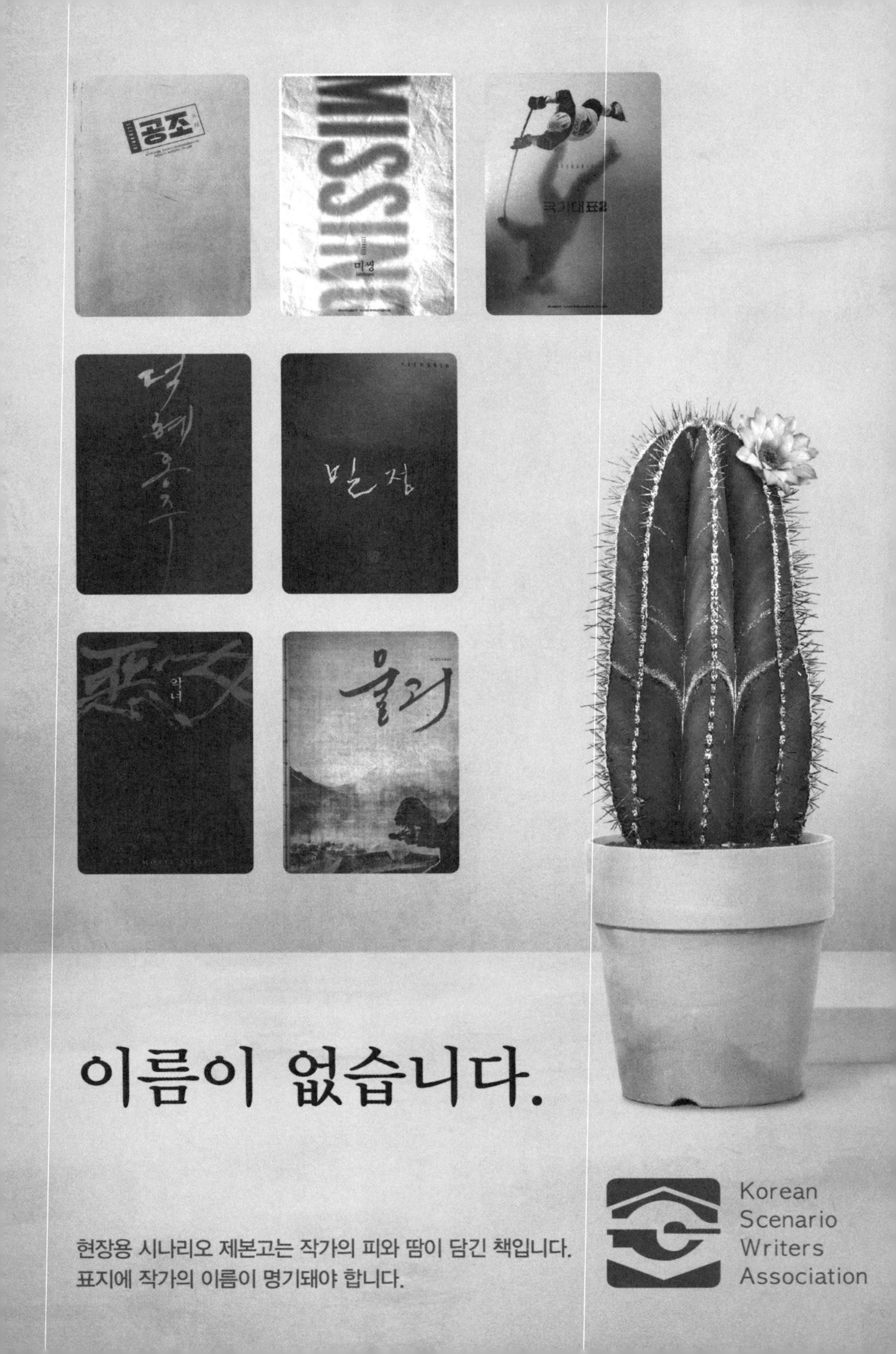

공조
MISSING
미씽
국가대표2
덕혜옹주
밀정
악녀
물괴
이름이 없습니다.
현장용 시나리오 제본고는 작가의 피와 땀이 담긴 책입니다.
표지에 작가의 이름이 명기돼야 합니다.
Korean Scenario Writers Association

충무로 비사(祕史) 〈5〉

한유림

1941년 함경남도 함흥에서 태어났다. 대학 졸업 후, 영화 월간지였던 〈영화 세계〉에 근무하다 김기영 감독의 〈하녀〉 시나리오를 접하고, 그 매력에 이끌렸다고 한다. 이후 시인이자 시나리오작가였던 김지헌의 집에서 3년 동안 머물며 사사했다. 1965년 〈성난 얼굴로 돌아오라〉의 시나리오로 영화계에 데뷔한 후, 1966년 이광수의 《유정》을 각색한다. 이후 1970년대 중반까지 다양한 장르의 시나리오 작업을 하는데, 그 가운데는 〈수절〉(1973)과 같은 공포물, 〈아빠하고 나하고〉(1974) 같은 가족 멜로 드라마, 〈금문의 결투〉(1971) 같은 무협물 등이 폭넓게 펼쳐져 있다. 1970년대 중반 이후로는 방송극으로 주요 활동 무대를 옮기는데, 1980년대에는 특히 기업 관련 다큐멘터리 드라마에 집중하여 현대건설, 대우그룹, 국제그룹 등의 기업사를 다룬 라디오 방송극은 단행본으로 출간되기도 한다. 1989년에는 백시종, 김녕희, 전범성 등의 작가들과 함께 기업문학협의회를 결성하여 기업사를 문학 장르로 넓히려고 시도한다(매일경제).

| 각본 | 안개도시(1988), 동백꽃 신사(1979), 천하무적(1975), 출세작전(1974), 연화(1974), 대형(1974), 아빠하고 나하고(1974), 위험한 사이(1974), 요화 배정자(속)(1973), 여대생 또순이(1973), 협기(1973), 수절(1973), 금문의 결투(1971), 월남에서 돌아온 김상사(1971), 첫정 (1971), 현대인(1971), 지금은 남이지만(1971), 미워도 안녕(1971), 당나귀 무법자(1970), 버림받은 여자(1970), 어느 소녀의 고백(1970), 불개미 (1966)

| 각색 | 며느리(1972) – 윤색, 괴담(1968), 유정(1966)

| 원작 | 여대생 또순이(1973)

기벽의 소유자들

| 한유림 |

영화인들은 술을 좋아한다. 술 때문에 망한 사람도 많다. 소주만 마시다가 먼저 간 작가들도 더러 있었다.

충무로의 괴짜 박남주 작가도 그중 한 사람이었다. 대낮에도 늘 취해 있었다. 석래명 감독, 이만희 감독, 하길종 감독, 김문엽 작가도 술 때문에 건강을 해쳤다.

이들의 공통점은 안주를 별로 좋아하지 않는다는 것이다. 김문엽은 김치 한 쪽으로 소주 서너 병은 거뜬히 해치웠다. 그는 우리가 잘 가는 둥글집에서 달랑 된장 하나 놓고 소주를 마셨는데, 안주를 시키려고 하면 안주가 뭐 필요하느냐, 그 돈으로 소주 딱 한 병만 하자고 그랬다. 그러다가 용산 어느 허름한 셋방에서 고독하게 먼저 갔다.

석래명 감독 같은 경우는 황 마담이 하는 평양집에서 사철 살았다. 내가 좋아하는 팔통(마작의 빠통처럼 얼굴이 긴) 최훈 감독 조감독으로 오랫동안 일하다가 〈가을비 우산속에〉로 데뷔해 한동안 청춘 멜로 영화를 많이 연출했다. 영화 일이란 거미의 실처럼 계속 잇지 못하는 경우가 많았다. 신상옥 감독도 부침이 많았고 유현목 감독도 일이 없을 때는 2년, 3년을 놀았다. 흥행이 돼야 일을 계속할 수 있는데 한 작품 깜박해서 졸작이나 비흥행작을 내면 우선 제작자와 지방 흥행사들이 외면했다. 이건 공산당보다 더 냉정했다.

그래서 영화계는 낭만이 있는 것 같은데 비정한 거리, 치열한 경쟁 사회, 빈틈없는 눈치 조직이라 해도 과언이 아니었다. 흥행이 안 되는 감독은 인사해도 잘 받아주지 않는 경우도 더러 있었으니까….

영화계 성공 법칙 세 가지가 있는데 이두형 작가는 입버릇처럼 늘 뇌까리며 충무로 거리를 걷곤 했다.

1. 끝발 유지 2. 현금 박치기 3. 안면몰수

이 세 가지였는데 잘나가려면 흥행은 필수요, 제작자들과 친해야 하고, 가끔은 지방에 내려가 흥행사들에게 술이라도 한잔 사야 하고, 춤 잘 추는 사람은 카바레에서 한바탕 손을 잡아줘야 끝발이 유지되었다.

영화계만큼 어음이 통하는 사회는 별로 없을 것이다. 연기자들은 물론이고, 스태프들은 개런티를 현금으로 받은 경우가 1960년대로 끝나고, 1970년대부터 어음 결제가 대부분이었다. 대개의 제작자들은 3개월, 4개월짜리 어음으로 지불했고, 자체 경리부에서 이른바 와리깡(어음 교환)을 해줬다.

당시 각본료로 300만 원 받으면 4부로 쳐도 48만 원이 선이자로 나가고 252만 원을 현금 수령했다. 여기서 세금 떼고, 외상 술값, 외상 찻값 제하면 100만 원 겨우 들고 집에 들어갈 수 있었다.

그래도 톱스타들은 티끌 모아 태산이라고 개런티 1000만 원 받으면 어음 교환해서 900만 원 정도 수입이 되는데, 30작품 겹치기 출연하면 2억 7000만 원 정도는 벌었다.

이렇게 비정한 거리여서 영화계를 '아사리판'이라고 낮춰 부르기도 했는데 가끔 어음 교환 안 해주는 양심적(?)인 영화사가 있는 반면 다방에 진을 치고 앉아 와리깡 해주는 업자도 있었다.

나와 제일 많이 거래했던 순이 아줌마는 40대 후반으로 제일 예뻤고, 개성댁, 고수머리 등 별명으로도 통해서 이들의 인기는 가히 상상을 초월할 정도였다. 여기저기서 이들을 찾는 전화가 빗발쳤고 머리

좋기로 유명한 청맥다방 마담은 이들의 행방을 훤히 꿰고 있었으므로 계약해서 어음을 받으면 우선 청맥으로 뛰어가곤 했다.

계약이 이뤄진 사람은 얼굴만 봐도 금세 표가 났다. 김문엽 작가는 늘 한잔만 사라고 빌붙다가도 계약이 되면 표정에는 변함없고 걸음걸이부터가 달라졌다. 두 팔을 휘젓고 팔자걸음으로 내달으며 "술 생각 있음 따라와!" 짧게 한마디 외치고 먼저 걸어갔다. 돈 없을 땐 충무로나 명보극장 뒷골목에서 마셨고, 계약이 있는 날엔 명동으로 넘어가 기분이 나면 계약금을 몽땅 써버리고 이튿날 "1000원만 꿔줘" 하고 손을 내밀었다.

이때에는 시놉시스니 줄거리 요약이니 서식 따윈 필요 없었다. 단골 감독이 와서 "뭐 좋은 거 없어?" 하면 딱 한 줄로 표현되는 이야기, "보스의 애인을 사랑해서 보스를 배신하는 이야기야"라고 말하고 그것이 신선하고 재미있는 소재라고 판단되면 감독은 손가락을 탁 튕기며 "좋았어! 우리 계약하자"

하고 작가를 제작자에게 데려가서 당장 계약서와 어음을 주었다.

그러니까 딱 한 마디로 표현되는 세련되고 새로운 이야기에 우리는 늘 목말라 했고, 그걸 캐내기 위해 다방에 앉았거나 거리를 걸으면서도 늘 그 생각에 골몰했다. 생각이 나지 않으면 감독에게 시원한 대답을 할 수 없었기에 수입이 전무했다. 잘나가는 작가는 늘 "이러이러한 얘기, 나중에 반전이 이렇고, 테마는 이것!" 하고 자신 있게 말하면 두 작품, 세 작품 겹치기 계약도 가능했다.

한동안 임하 작가는 뭐 마려운 강아지처럼 끙끙대며 이 다방, 저 다방으로 전전했다.

"임형, 왜 그래? 잘 안 떠올라?" 하면,

"이상해, 매너리즘에 빠졌어" 하고 풀이 죽어 있었다.

아무리 비상한 천재라도 좋은 아이디어가 떠오르지 않는 경우가 많았다. 너무 많은 작품을 연거푸 낳아서(임하는 작품을 쓰는 게 아니라 임산부처럼 산통을 겪고 낳는다고 표현했다) 머리가 텅 비는 상태, 다시 머릿속이 재미있는 소재로 꽉 차기까지 3,4년이 걸리는 경우도 있었다. 임하는 '학사주점' 사건 이후 뭔가 머릿속이 공처럼 텅 비는 상태, 즉 매너리즘에 빠진 걸지도 몰랐다.

이중헌(李重獻)이란 작가가 있었다. 정인엽(鄭仁燁) 감독과 주로 일을 같이 했는데, 이른바 〈왈가닥 시리즈〉의 작가였다. 당시 인기 있던 엄앵란 배우가 캡을 쓰고 시가 물고 당구 치는 포스터 〈왈가닥 시리즈〉는 한동안 흥행에 먹혔다. 정인엽 감독이 〈대형(大兄)〉 〈사랑하는 아들딸아〉를 나와 같이 일하기 전에는 주로 이중헌과 호흡을 맞췄다.

이중헌은 계약해주면 6개월 동안 행방불명되기로 유명한 작가였다. 정 감독이 "이 자식 나타나기만 해봐라. 죽여버리겠어!" 하고 이를 갈 때쯤이면 기다리다 지친 제작사에서 "이 작품 기획 취소됐으니 다른 작품 가져오라"고 통보가 왔다.

"아이고, 이놈의 작가!"

정 감독은 대폿집에서 술상을 치며 분을 내면서도 이 작가를 버리지 못하는 것은 거의 7개월째 접어들었을 때, 이중헌이 원고 봉투를 들고 싱글거리며 나타나고 그걸 뺏어 읽어보는 정 감독의 입가엔 서서히 미소가 번지고 "재미있다!" 하고 감탄하면서 즉시 제작사로 뛰어가 "여기 원고요" 하고 내밀면 "기획 취소됐다니까 지방에도 다 통보했다구" 하면 "글세 딱 한 번만 읽어보슈. 기가 막힙니다" 하면 호기심이 발동한 제작자는 "두고 가" 하게 되고 일주일 후에 〈또순이 여대생〉을 크랭크인 하는 거였다.

이중헌 작가는 감독이나 제작자가 간섭하면 딱 질색이고, 작품이 한 자도 써지지 않으므로 충무로를 벗어나 강원도 태백시나 동강, 흑산도, 울릉도 등지로 돌며 여관방에서 원고를 써왔다. 그 기간이 6개월

내지 7개월이었기에 정인엽 감독의 간은 다 말라버릴 정도였다.

그래도 흥행이 됐고, 제 2작 제 3작을 찾았음에도 정 감독은 이중헌과 헤어지지 못했다. 이중헌은 이중헌대로 “결과가 좋으면 다 좋지 뭐. 지들이 날 안 찾고 배겨?” 하는 배짱으로 그는 늘 단골 다방 ‘원’에 진을 치고 앉아 먹잇감이 오기를 기다렸다.

대개의 작가들은 호텔이나 여관에서 집필했다. 그런데 꼭 예외의 인물이 있었는데 임하 작가였다. 그는 대원다방, 카나리아다방, 초설다방 등을 돌면서 그 긴 다리(여류 작가 최x숙이 반한 그 긴 두 다리)를 포개고 앉아 원고를 펼쳐놓고 익숙한 솜씨로 썼다. 원고지 한 장 채워지면 쭉 찢어 옆 의자 위에 포개놓고 계속 써대며 “여기 커피 더 가져와!” 하면 평소 존경하는 눈으로 바라보던 레지가 냉큼 커피를 리필하고 그걸 마시고 연거푸 그 긴 손가락으로 권련을 피워대면서 쓰다가 싫증 나면 다른 다방으로….

그는 신이 나면 1주일 내지 2주일 만에 원고를 끝냈는데 한 다방에서 30매씩 쓰니까 다른 작가들이 여관방에서 비싼 방세 내고 밥값 내는 데 비하면 훨씬 경제적인 집필 생활이었다.

“여관방은 답답하고 좀 외설스러운 생각이 들어서…”라는 게 그의 다방 집필의 변이었다.

어쨌든 기벽, 괴벽이 있는 작가들이 많았다. 이형우(李亨愚) 작가(김지헌 사단 출신, 나의 후배)는 너무나 청결벽이어서 여관을 잡으면 종업원더러 깨끗한 하얀 걸레 두 벌을 특별 주문했다. 그는 주로 동신여관에 묵었는데 그가 입실하면 종업원이 알아서 수건과 걸레 두 벌을 소형 플라스틱 대야에 담아서 탁자와 같이 대령했다. 이형우는 백에서 원고를 눌러두는 쇳덩어리 세 개도 끄집어내고 원고지도 똑바로 추슬러서 놓고, 쇳덩어리 눌러놓고 계속 걸레질을 해대는 거였다.

그는 방바닥이며 탁자를 늘 닦아내며 글을 썼는데 그러면서 신을 다 듣고 대사를 생각했다. 황해도 구월산 8240부대 출신으로 요즘 화제가 된 백령도에서 동키부대에 있었다고 했다. 그때 괴뢰군들의 시체에서 계속 구더기가 나와 그 영상이 지금도 선명하게 떠오르곤 해서 주위를 깨끗하게 닦아내야 직성이 풀린다고 했다.

계속 코를 후벼 파는 작가, FM 라디오를 켜놓고 클래식을 들으며 쓰는 작가, 입실할 때 송곳을 사가지고 들어와 옆방 벽에 구멍을 내는 작가(아마 도시(盜視)벽이 있는 듯), 글 쓰면서 계속 발을 떠는 작가, 다방에 커피를 여러 잔 시키고 레지와 잡담해야 이미지가 떠오르는 작가, 남산을 한 바퀴 돌아야 신이 생각난다는 작가, 라디오 켜놓고 적당히 잡음이 나야 안정이 된다는 작가, 땅콩과 오징어를 계속 먹어대는 작가, 배스룸에서 족욕해야 지문이 잘 떠오른다는 작가, 귓바퀴를 계속 문지르면서 쓰는 작가, 별의별 기벽, 괴벽의 소유자들이 많았다.

'불량소녀 장미'를 써서 히트하면서 충무로에 입성한 박남주(朴南柱)는 부산 경남고 출신이라서 가까워졌다. 대사가 기발하고 참신했고 부산 사투리를 그대로 썼으므로 구수한 인간미를 느꼈지만 의외로 고집이 셌다. 초고를 그냥 읽지도 않고 넘긴다고 했다. 재고(再稿)는 물론 삼고(三稿)는 해본 일도 없고. 그런 단어가 있느냐고 되물었다.

"그럼 원고는 한 번도 추고 안 한다는 얘기요?"

"왜 합니까? 내 원고는 완벽합니다. 만약 내 원고 싫다면, 고칠 데가 있다면 고료 도로 가져가라고 외칩니다."

이 정도의 외골수여서 감독들에게 인기가 있었다.

"내 원고, 흥행 안 되면 필을 꺾어버리겠습니다!"

너무 자신만만해서 도망치는 감독도 있었지만 그래도 그의 독선과 고집이 한동안은 먹혔다. 나의 경우, 정인엽 감독의 '대형'을 쓰는 데 원고지 3000장을 쓰고 고쳤다. 아마 열 번은 고쳤을 것이다.

그런데 나중에 다시 결산하니 처음에 쓴 원고로 되돌아가 있었다.

첫 생각이 가장 정확하다는 우리끼리의 법칙이 맞아떨어진 결과였다.

그런데 원고를 한 번도 추고하지 않는다는 박남주가 나는 존경스러웠다.

하루는 밤 3시경에 그에게서 긴급 전화가 왔다. 지금 술 마시고 있는데 술값이 없으니 빨리 좀 와서 도와달라는 전화였다. 무시할까 하다가 사람이 그럴 수 없어 돈 있는 대로 털었지만 한 푼도 없었다. 그때 하길종 감독 생각이 떠올랐다. 유현목 감독과 잘 어울려서 친하게 됐는데 무엇보다 그가 미국 유학에서 돌아와 찍은 첫 작품 〈화분(花盆)〉이 마음에 들었다. 하 감독은 취해서 말했다. "한잔 생각나면 언제든 전화 줘요."

박남주는 세기극장, 지금의 서울극장 뒤편의 인근 집에서 색시들과 푸고 있었고 그는 거의 만취 상태였다. 하길종 감독도 도착해서 우리는 셋이서 또 마셨는데 그때 돈으로 40만 원이나 나왔다. 하 감독이 술값을 냈고 나중에 각본 '오계절(五季節)'에서 고료로 갚았다.

박남주는 그래놓고도 미안한 기색도 없었다. 나는 천재 작가니까 언젠가 신세 갚을 때가 있을 것이다, 이런 태도였다. 그런 점이 감독이나 제작자들의 눈 밖에 나서 그 이후 작품 활동이 뜸하다가 최근에는 충무로에서 사라졌다. 어떤 이는 외항선을 탔을 것이라고도 하고, 이미 병이 깊었으므로 이 세상 사람이 아니라는 얘기도 하지만, 어디선가 좋은 작품을 쓰고 있으리라고 생각한다. 하길종 감독 얘기가 나왔으니 그의 작품을 논하고 넘어가야 할 것 같다.

뉴욕에서 이른바 언더그라운드 영화 운동을 하며 아사펜 감독과 일도 하며 영상 감각을 키워온 그는 1970년대 초반에 한국에 돌아와 이효석(李孝石)의 단편 '화분'을 영화로 만들었다.

청대문집 안에서 사는 부르주아 남편과 아내. 그리고 아들딸과 그 연인들이 엮어가는 현대 한국 사회의 부조리를 극명하게 그린 〈화분〉

은 흥행엔 그다지 성공하지 못했지만 분명 주목을 받은 작품이었다.

하 감독의 아이러니한 시선과 담백한 카메라 워크, 그리고 모던한 연기자들의 움직임은 지금의 한국 영화 분위기와는 다른 스타일을 잉태하고 있었다.

유현목의 문제성과는 다른, 서양 감각의 프리즘을 통과한 그 영상들은 왠지 나의 눈에서 눈물이 나오게 했다. 결코 신파극이 아님에도 불구하고….

하길종은 이 영화를 만들고 크게 핍박을 받았다. 문화에는 무식한 군부는 하길종이 '언더그라운드' 운동을 한 것이 지하운동 즉 레지스탕스 운동이며 이른바 좌경 사상을 가진 감독이라고 단정 짓고, 청대문 집이 청와대를 상징하며 그 속에 부르주아 계층의 부패와 타락이 박정희를 비판하는 것이라고 뒤집어씌워 천상병 시인이 겪었던 고초를 겪고 나와 한동안 작품 활동을 하지 못하고 대학 교수(공주사대 불문과)였던 부인 전채린(全寀麟)이 준 돈으로 매일 충무로, 명동에서 술로 세월을 보냈다.

하길종, 유현목과 밤새도록 마시고 통금시대라 갈 곳이 막연했던 나는 하 감독이 이끄는 대로 정릉 어느 이층집에서 잤다. 아침에 깨어보니 방과 복도며 층계며 모두 책들이 쌓여 있었다. 원서며 한국 출판물이며, 불란서 책들이 먼지를 쓰고 널려 있었다. 부인이 해장국을 끓여 줘서 맛있게 먹는데 배우 하명중(河明中)이 나타났다.

"어?"

나는 두 사람이 형제인지 몰랐고, 같이 사는 줄도 몰랐기에 놀랐다. 하명중 부부는 아래층에 하 감독 부부는 이층에 살고 있었다.

"우리 작품 하나 하자."

하길종이 제안했고, 우리는 며칠 후 짐을 싸서 기차를 탔다. 물론 그의 부인 전채린도 함께였는데 영화사와 계약한 게 아니므로 전 교수가 우리의 진행비를 대기 위해서였다.

공주사대와 가까운 유성에 짐을 풀고 우리는 여관방 하나씩 잡고, 내가 제안한 타이틀 '오계절'에 매달려 작품을 구상했다.

작품 〈25시〉처럼 오계절은 현실에 없는 계절이지만 인간의 삶에 부조리한 제5의 계절이 분명히 있다고 보고 우리는 하릴없이 여관 뒤뜰 평상에 마주 앉아 죄 없는 소주만 축내고 있었다.

전채린은 공주에 가서 강의하고 강의료를 받아 우리의 술값을 댔다. 맛있는 안주도 사와서 구워 먹기도 했다. 내가 전반을 쓰고 하 감독이 후반을 썼다. 물론 이야기 구성과 테마도 정하고 신 분할도 한 상태이므로 톤은 튀었지만 나중에 바꿔서 재고하기로 하고 써나갔다.

내가 세 신을 쓰면 하 감독은 한 신도 못 쓰고 끙끙댔다. 가끔 부부가 익숙한 불어로 대화를 해대는 통에 나는 이방인이 된 느낌이었다. 나는 술을 마시고 제발 외국어는 쓰지 말라고 고함을 질렀다.

이럭저럭 한 달이 넘어 우리는 초고를 뗐다. 부인 전채린(소설가 전혜린의 동생)도 대사를 체크해주고 우리는 원고를 바꿔 재고를 했다.

한 달 반 만에 전 교수의 강의료만 축내고 유성을 떠났는데, 하길종은 촬영기사 출신 제작자 김형근 사장을 굳게 믿고 있었다.

"좋은 작품 있으면 언제든지 가져와. 하 감독 거라면 무조건 제작하겠어."

그때의 상호가 대양(大洋)영화 주식회사인지 기억이 잘 나지 않지만, 하 감독은 원고를 넘겼고 김형근 사장만 읽고 작품이 굿이라고 판단, 영문사에서 대본이 나왔다.

'오계절(五季節)'

한유림, 하길종 공동각본

하길종 감독

곧 크랭크인 할 거라면서도 나의 각본료는 지불하지 않기에 확인했더니 지방 흥행사들은 고개를 내젓는다는 전갈이었다.

"오계절이 뭐야, 재수 없게…."

이것이 그들의 반응이었다.

"지들이 예술을 어떻게 안다고…!"

하길종은 분통을 터뜨렸고 끝내 김형근 사장으로부터 '기획 취소'란 언도와 함께 우리의 각본료와 대분 인쇄비만 날아갔다. 이런 예가 허다했으므로 영화사는 부도가 나도 대본 인쇄사 영문사만은 승승장구였다.

영문사 김 사장과 가끔 충무로에서 맞닥뜨리면 그는 언제나 싱글벙글 웃었다. 영문사의 강점은 아무리 개판으로 원고를 휘갈겨 써도 영문사 타자수 미스 킴(이름은 기억나지 않지만)은 우리나라 작가의 필체를 다 알아보고 귀신같이 타자를 두드렸다.

친구 중에 김문엽과 정하연(鄭夏淵)의 원고는 우리는 물론, 쓴 자신들도 알아보지 못했다.

두 사람의 글씨는 바로 꾸물거리는 지렁이 형상이었는데도 미스 킴한테 걸리면 술술 풀리는 국수 기계나 다름없었기에 김 사장은 요즘 KBS와 MBC 작가들 원고도 받아 인쇄, 타자지를 바로 방송국에 보낸다고 하더니 나중에 영문사를 아예 KBS 지하로 이사해버렸다.

"영화해서 돈 번 사람은 영문사 김사장과 서울극장 곽정환 사장밖에 없다."

이것이 충무로 참새들의 입방아였다.

어쨌든 '오계절'의 기획 취소로 하 감독과 나의 주량은 더욱 늘었고 나는 가끔 하 감독 집에서 신세를 졌다.

나는 술에 취하면 농담처럼 각본료를 달라고 했고, 하길종은 그의 동생 처남이 화천공사 사장이므로 좋은 작품 가져오라고 큰소리쳐서,

전에 써뒀던 괴담(怪談) 시나리오 '수절(守節)'을 가져다줬더니 제목이 마음에 든다고 화천공사에 들고 가 덜컥 계약을 해버렸다. 공동각본이므로 각본료는 똑같이 나누었고 우리는 종로2가 족발집에서 고료의 반을 써버렸다.

근세조선 시대의 사대부 과부들은 평생 수절(守節)하고 사는 게 여성의 미덕이었다. 돈벌이한다고 떠난 남편이 돌아오지 않자 아들을 데리고 평생 수절하는 여인의 일생을 그린 이 작품을 하 감독은 돈벌이 떠난 게 재미없으니 전장(戰場)에 나가 전사한 줄 알고 수절했으나 부상을 당하고 돌아오는 남편, 그리고 아내를 핍박한 고을 영수에게 복수한다는 복수극으로 그려서 졸작이 되고 말았다.

나중에 후회했다. 그 작품은 하 감독에게 맞지 않는 소재였다. 하 감독은 조금 후에 〈바보들의 행진〉을 만들어 히트했고, 또 중정에 불려갔다. 학생들은 바보가 되지 않으면 이 정권 밑에서 숨이 막혀 살지 못한다는 암묵적인 메시지가 있다고 다그쳤다. 그가 물리적으로 얻어터졌는지, 심리적으로 타격을 받았는지는 잘 모르지만 하길종은 2년 후에 먼저 갔다. 충무로 참새 떼들은 그가 알코올 때문에 갔다고 했다. 가기 전날 밤에도 충무로에서 어느 여배우와 밤새도록 술을 마셨다는 얘기가 도는 것을 보면 전혀 근거 없는 얘기도 아니었다.

전채린 교수는 미국으로 이민 가서 아들 뒷바라지하며 수절한다고 했다. 내가 '수절' 시나리오만 주지 않았다면 하 감독은 아직도 살아서 그가 좋아하는 문제작을 마구 만들었는지 모른다.

이야기가 한참 옆으로 흘렀다. 술 좋아하는 김원두 작가 얘기를 하다가 작가를 홀대하는 충무로 얘기로 바뀌었지만, 김원두도 매일 술로 세월을 보내다가 간암으로 쓰러졌다.

이만희 감독 뒤를 따라다니다가 김원두가 현진영화주식회사(現進映畫株式會社)를 차린 이야기를 해야 할 것 같다.

'혼빙' 사건으로 교도소의 쓴맛을 보고 나온 김원두는 인생관이 좀 달라진 듯했다. 그 좋아하던 기타도 치지 않았고 '마이웨이' '예스터데이'도 부르지 않았다.

어느 날 술을 마시다가 마음먹고 그에게 진언(?)했다.

"형을 찾아가봐. 얘기라도 해보라구…."

"그 짠돌이가 이도 안 들어가! 꽉꽉이보다 더하다구…."

꽉꽉이는 서울극장 곽정환 사장 별명이었다. 성이 곽씨인데 이야기할 때 꽉꽉한다고 해서 영화인들이 붙인 별호였는데 정진우 감독이 코가 나빠 늘 '킁킁!'거려서 붙은 킁킁이와 쌍벽을 이루었다.

언젠간 영화계에서 성공한 두 사나이의 이야기 '꽉꽉이와 킁킁이'를 쓴다고 했더니 대뜸 그 글 쓰면 고소한다고 해서 아직 쓰지 못하고 있지만, 두 사람의 이야기는 우리 영화인들의 특징을 가장 잘 나타낸 본보기 인물이라 해도 과언이 아니었다.

"김원두, 그래도 열 번 찍어서 넘어가지 않은 나무 봤어? 내가 따라가줄 테니 형 사무실이 어디야?"

"정동…."

"정동 어디?"

나는 그때 동양방송에 '형사' '판결' 등을 쓰고 있어서 정동 MBC 제작부장과 가끔 미팅도 했다. 최풍이란 작가가 갑자기 작고하여 전에 쓰던 '법창야화'를 대신 할 드라마를 구하던 중이었다. 그때 법정물에 신물이 났던 나는 그런 드라마보다 바이코리안 정책으로 무역 1억 달러 목표로 진군하는 정부 시책에 맞춰 '종합상사'를 쓰는 게 어떠냐고 타진했다.

"그런 것도 쓸 수 있소?"

제작부장이 나더러 경제를 아느냐, 무역을 아느냐고 물었다.

"이래 봬도 상고 출신입니다. 더구나 대학 중퇴하고 석유 회사에 있어서 무역 실무 좀 연구해뒀죠.”

“알겠습니다. 결재 올릴 테니 준비하고 있으시오.”

해서 요즘 서소문과 정동을 들락거리며 종합상사 지사장 하던 사람들을 찾아다니며 취재를 하고 있던 중이었다.

“김원두, 나 취재 거부당하면 도시락 싸 들고 가서 회장실에서 까먹으며 지구전을 편다구….”

“회장들이 만나줘?”

“결국 취재 성공했어. A그룹 C회장, H그룹 Y회장 다 만났지.”

“넌 작가 아니야 기자지….”

“이봐, 이젠 작가가 뛰어야 하는 시대야. 상상력만 가지곤 안 되는 시대라구….!”

내가 강하게 나가니까 김원두도 약간 움직였다.

“좌우간 니 형 회사가 어딘지 가보기나 하자구.”

나는 그의 등을 밀었다.

우리는 거나하게 취해서 법원 거리를 지나 덕수궁 돌담길을 돌아 정동 거리로 들어섰다. 이승만 대통령이 나가서 예배 보던 정동교회를 지나자 바로 김원두의 큰형이 경영하는 모 방위산업 xx공사 사무실이 나왔다.

“형 재산이 어느 정도야?”

“한 5억 될걸… 아니 10억 정도는 벌었을 거야.”

“야, 방산업체면 그런 숫자가 아니야.”

“그럴까…?”

셈이 어두운 김원두는 그 큰 눈만 껌벅였다. 초저녁이나 밤에도 그 회사는 불이 환했다.

“들어가. 들어가서 형을 만나는 거야!”

나는 최면이라도 걸듯이 김원두의 눈을 똑바로 들여다보았다.

"아무래도…."

그는 자신이 없었다.

"자신을 가져. 이복형도 형은 형이야. 4억만 달라구 그래. 나중에 유산을 떼어줘도 4억은 줄 테니까 미리 좀 달라구 그래."

꼭 4억 원이 있어야 영화사 등록이 가능했기에 나는 4억이라는 데 힘을 주었다.

"나중에 다시 오자."

그는 끝내 용기를 내지 못했다.

"지금 들어가! 실패해도 괜찮아. 너한테 4억이 필요하다. 난 영화 제작해야 산다. 형한텐 4억이 껌값밖에 안 된다. 그러니 4억 내놔라."

나는 김원두더러 현금 4억이나 보증수표 4억짜리를 받는 그림(이미지)을 그리라고 강조했다. 그는 내가 본격적으로 덤비니까 할 수 없이 형의 사무실로 들어갔다. 나는 밖에 서 있었다.

약 40분 후에 그가 나왔다. 표정이 복잡 미묘했다.

"야, 뭐라구 그래? 준다구 했어?"

"일주일 후에 한번 들려보라구…."

"야, 됐어 그러면… 그건 긍정적인 대답이야. 그동안 형은 생각을 해야 할 거야. 네게 돈 주면 다 까먹지 않을까, 성공할 수 있을까…."

이래서 김원두는 두 달 후에 4억을 수령해서 현진영화(주)를 차렸다. 충무로가 싫어서 광화문 네거리 세종로 골목에 세웠는데 가보니 친구 정종화가 기획실장이었다. 예쁜 여사원과 비서도 있었다.

나는 김원두와 바둑을 한 판 두고 나왔는데 나더러는 작품을 같이하자든가 자주 들르라고 말하지 않았다.

"자기 비밀을 너무 알아서 경계하나…."

나는 이렇게 생각하고 그의 사무실에 가지 않았다. 나도 취재 건으로 바빴고 종합상사 제1화 '할라스 열풍(현대종합상사)' 편을 쓰고 있었다. 초대 쿠웨이트 지사장으로 가서 모래바람과 싸우며 우리나라 상품을 파는 상사맨의 활약상을 그렸다. 지사장 본인의 음성도 녹음해서 드라마 중간에 육성으로 증언을 넣어 현장감도 살리려고 애썼다.

오랜만에 머리를 식히려고 충무로에 나왔더니 김원두가 〈아무도 없었던 여름〉을 제작, 감독한다고 들려왔다.

"아뿔사!"

그 작품은 김원두의 첫 소설이어서 소설로서는 읽히지만 영화 소재는 아니었고 무엇보다 제목이 문제였다.

아니나 다를까, 그 영화 크랭크업해서 극장에 올렸는데 그야말로 '아무도 없었던 영화'가 되고 말았다. 손님이 몇천 명밖에 들지 않았다.

나는 속으로 김원두가 나를 불러주기를 기대했다. 그가 4억 원을 받아낸 속내는 나밖에 모르므로 나를 경계했는지 아니면 작가로서 라이벌 의식을 느꼈는지 혹은 나라는 작가를 우습게 알았는지 모르지만 제2작 독립군 영화(이장호 감독)를 만들어 또 흥행에 실패하더니 자기가 메가폰을 잡아 〈연분홍 치마〉를 대한극장에 올려 약간 재미를 봤다.

끝내 연락이 없어서 광화문에 찾아갔더니 충무로4가 민국상호금고 4층으로 이사했다고 해서 거기에 들렀다.

"어, 웬일이야?"

그는 달갑지 않게 나를 맞았다. 정종화 기획실장을 해임하고 모 기자를 기획실장으로 앉혔는데 나는 "기자가 어떻게 영화를 알아? 정신 좀 차려라 김원두!" 하고 고함을 치려는 걸 꾹 참았다.

"우리 냉면 내기 하자."

그는 또 바둑판을 꺼냈다. 내가 이겼으므로 오장동 냉면 골목에 가서 냉면과 소주를 샀다.

"연분홍 치마는 좀 괜찮더군."

작품 얘기를 꺼내도 그는 묵묵부답이었다. 헤어지면서 그가 말했다. "바둑 두러 와!"

나는 그의 바둑 친구 외에 아무것도 아니었다.

친구 김문엽의 얘기에 따르면 모 여배우와 동거하며 매일 술을 마셔 간이 상했다고 했다. 충무로에서 매일 술 마시는 영화인들은 하나 둘씩 사라졌다.

영화지(映畵誌) 얘기를 좀 해야 할 것 같다. 내가 처음 충무로에 와서 손댄 〈영화 세계〉는 유한영화사 강대진(姜大秦) 사장이 하던 잡지였고, 강대선(姜大宣) 감독이 초대 취재부장을 지냈다. 2대는 최인봉(崔仁鳳)이 맡았는데 취재의 귀신이었지만 기사는 일일이 내 손을 거쳐야 했다.

이때만 해도 영화가 황금기여서 〈영화세계〉 외에도 〈국제영화〉 〈실버스크린〉 〈스크린〉 등 영화 잡지가 모두 타산을 맞추고 있었다. 광고도 광고려니와 그때는 줄거리와 사진을 실어주고도 기사료를 받았다.

내가 하는 일은 기사 교정과 편집 디자인이었다. 지금처럼 컴퓨터가 없는 시대여서 일일이 손으로 기사를 교정했고, 편집을 끝내면 인쇄소에 가서 기사가 제대로 앉혔나 늘 점검해야 했다.

잡지 후반에 시나리오도 실렸는데 게재료를 받았다. 그만큼 작가와 감독들이 많이 방문했다.

〈국제영화〉와는 라이벌 관계여서 기사에 늘 신경을 썼는데, 가장 고통스러운 일은 광고부장이 가져온 줄거리를 줄였다 늘였다 하는 것이었다.

원고지 10장짜리 줄거리를 5장 혹은 3장으로 줄여 실어달라, 20장, 30장으로 늘여서 실어달라는 통에 식은땀을 흘렸다. 미개봉 영화여서 줄거리를 모르기 때문에 내 마음대로 늘인다는 것은 아주 힘이 들었다.

드라마 하면 '이것이다' 라고 드라마의 맥(脈)을 짚어나가다 보면 유형이 보였고, 그대로 늘려나가면 70%는 맞아떨어졌다. 나름대로 여기서 작가 수업을 하고 있었던 모양이다.

이 덕분에 줄거리 쓰는 데는 도가 좀 트였다. 그리고 활자 호수와 포인트, 지면 활용과 기사의 적당한 배치(配置)와 안배(按配), 그때그때의 영화계 문제점을 꼬집어 '충무로 산책' 등에 고소당하지 않게 쓰는 방법 등 많은 요령을 터득했다.

좌담회 등을 하게 되면 편집기자의 손이 더 바빠졌다. 좌담의 테마 정하기, 인사들의 선택과 대화 끌고 가기, 녹음된 대화를 채록, 그럴 듯하게 윤색하기, 사진 안배 등 제일 까다로운 기사였다.

선전부에서는 스타 후원회를 만들어 일 년에 두 번, 독자와 스타의 만남을 주선했다. 〈영화세계〉는 엄앵란, 김지미, 이민자 등 여배우들의 후원회를 만들고 엽서도 받았는데 전국에서 수천 통이 오기도 하고, 스타 후원의 밤에는 100여 명의 팬들이 와서 정릉 청수장에서 식사를 하며 대화를 나누기도 했다.

엄앵란이 제일 인기였다. 김지미는 겹치기 출연 때문에 잘 참석하지 못했는데, 이민자는 말수가 적어 그냥 미소로 받아넘겼다. 엄앵란은 재치가 있고 말도 잘해서 박수를 제일 많이 받았다.

내가 장사공 작가와 일하게 되면서 〈영화세계〉를 떠난 후, 습작 '초원의 불꽃'을 〈실버스크린〉에 게재했더니, 한국일보 영화기자 정의명(鄭義明)이 졸작(?)이라고 혹평해 나와 한바탕 전화로 설전을 벌였고, 이것이 계기가 되어 친구가 되었는데 나중에 정 기자가 〈주간경향〉 편집부 차장으로 옮겨 편의를 많이 봐주었다.

영화계에서 외도하여 방송 쪽에서 '종합상사' 시리즈를 쓰고, 기업 쪽에 관심이 많아 정의명 차장의 권유로 '기업가들의 유학 시절'을 연재했다. 모두 직접 취재한 것으로 기사화했고, 인기도 있어서 3년간 연재를 계속했다.

그때 삼성 이건희, LG 구자경 등 우리나라 50대 기업의 총수들의 유학 시절을 다뤘다. 취재하기가 어려웠고 약속한 동양화학의 이회림(李會林) 회장과의 만남이 펑크 나는 바람에 한국 IBM 사장의 면담을 요구했다.

그때 홍보실장 박x철 군이 나에게 물었다.

"이거 취재하면 어떤 매체에 나갑니까?"

"주간경향입니다."

"그거 여배우들이 벌거벗은 사진 내는 잡지잖아요?"

하고 달깍 전화를 끊는 거였다.

'아니, 이 사람이 어디 함부로 전화를 끊어?'

화가 났다. 아마 박 실장은 〈비지니스〉나 〈사상계〉 같은 권위 있는 잡지에서 취재 협조 용청이 온 줄 알았던 모양이었다.

다시 전화를 걸었다.

"방금 전화한 사람인데 당신은 에로 잡지 안 봐?"

하고 따졌더니,

"우리 사장님은 그런 삼류 잡지에 나가지 않습니다."

"당신네 사장 미국 사람이지?"

"그런데요?"

"일제강점기에 우리나라에 동양척식회사라고 있었다."

나이도 어려 보이기에 말을 놓았다.

"그런데요?"

"내가 보기엔 한국 IBM이 88올림픽 때 우리나라에 컴퓨터를 꽤나 팔았더군. 동양척식과 다른 점이 뭐 있어? 경고하는데 앞으로 한국 IBM 집중적으로 쓸 거야. 좋은 점, 나쁜 점 다 쓸 거고 왜 한국 IBM에 미국 지사장이 와 있는지도 쓸 거야. 왜 한국 사람은 IBM 지사장이 되지 못하는지 알았나?"

하고 전화를 끊었더니 10분도 안 돼 전화가 왔다.

"한국 IBM 전무이사 오인형입니다. 방금 우리 부하 직원이 크게 실수한 것 같은데 우선 사과드립니다."

"왜 사과합니까? 삼류 잡지에 나갈 수 없다던데…."

"죄송합니다. 제가 대신 사과드립니다. 지금 차를 보낼 테니 저희 회사로 와주시면 모든 자료를 제공하겠습니다. 그리고 홍보부장의 사과도 받으시고…."

"알았소. 30분 내로 가죠."

하고 택시를 타고 여의도 IBM 한국지사로 바로 찾아갔다.

전무실에 홍보부장이 꿇어앉아 있다가 내가 나타나자

"죄송합니다. 용서하십시오."

하고 고개를 깊이 숙였다.

나는 당당히 사과를 받고 전무이사와 대화를 나눴다.

여배우들의 반라 사진이 실린다고 다 삼류 잡지는 아니며, 명사들의 유학 시절은 건전한 내용이고, 청소년들에게 꿈을 심어주려는 취지에서 이 연재를 시작했다고 강조했다. 그는 직원을 시켜 미국 사장의 사진과 기사, 이력서 등을 가져왔다.

"가족사진이 필요합니다."

"가족사진은 좀 곤란합니다만…."

"나 이건희 회장 가족사진도 받았어요. 가져오세요. 알 권리가 있습니다."

강하게 나가니까 가족사진도 가져왔다.

"그 외에 뭐 더 도와드릴 거 없습니까?"

"있죠!"

그때 나는 백시종(白始宗), 전범성(田凡成). 김교식(金教埴) 등 작가들과 '기업문화협의회'를 만들어 한화그룹 이승연 회장이 내준 마포 사무실에서 시무식도 막 끝낸 참이었다.

"우리 작가들이 하는 기업문화협의회가 있는데 가을에 심포지엄을 합니다."

"아, 그래요? 좋은 일이죠."

"유성관광호텔에서 할 생각인데 IBM 사장님이 와서 '작가와 컴퓨터'라는 주제로 강연을 좀 해주시면…."

"좋습니다. 말씀드려서 꼭 실행하도록 하겠습니다."

나는 택시를 탈 때부터 이런 제의를 하려고 계획하고 있었다. 한국 IBM에서는 그 심포지엄을 위해 찬조금도 조금 내놨다.

나는 계획대로 충청 지방의 유력자 김종필 전 총재도 초청하고 당시 컴퓨터에 해박한 지식을 가진 교수 두 분도 초청해 심포지엄을 열었다.

왜 영화와도 관계가 없는 이 얘기를 꺼내는가 하면 그때 소설가, 시인, 수필가, 방송작가 외에 다수의 각본가들도 참석했기 때문이다.

유성관광호텔에서의 심포지엄 '컴퓨터와 한국 사회'는 성공적으로 진행됐다. 김종필 전 총재도 와서 같이 식사했고 끝까지 연사들의 강연을 경청했다.

맨 끝으로 한국인 IBM 지사장의 강연이 시작됐다. 내가 언급해서였는지 마침 방침이 그렇게 됐는지 모르지만 미국인 지사장이 사임하고 부사장이었던 한국인이 사장으로 승진된 거였다. 덕분에 통역이 필요 없어서 다행이었다.

'작가에게 왜 컴퓨터가 필요한가?'는 당시 컴퓨터가 들어온 지 얼마 안 되었고 1980년대 후반이라 해도 작가들은 비싼 컴퓨터를 장만할 수가 없었다.

지사장의 강연이 끝나고 질문을 받았는데 내가 손을 들고 일어섰다.

다 각본에 있는 순서였다.

"사장님 강연 감명 깊게 들었습니다. 작가들에게 컴퓨터가 필수품이란 거 충분히 인식했습니다. 그런데 한국 작가들은 가난해서 300만 원 350만 원짜리 컴퓨터를 선뜻 구입하지 못하고 있는 실정입니다. 여기 컴퓨터 가진 사람 손들어 보십시오."

나는 좌중을 둘러보았다. 그때 참석한 작가, 시인들이 63명이었는데 4명이 손을 들었다.

"보십시오. 이런 실정입니다."

지사장이 고개를 끄덕였다.

"존경하는 한국 IBM 사장님, 정식으로 제안합니다. 한국 IBM에서 한국 작가들에게 컴퓨터와 부속 프린터기를 한 대씩 기증할 의사가 없습니까?"

모두 예기치 않던 제의라 어리둥절했고 특히 지사장의 눈이 순간 흔들렸다. 나는 그걸 놓치지 않고 바라보았다. 지사장은 얼른 계산하는 듯했다. 60명 잡아도 3×6=18, 1억 8000만 원 상당의 컴퓨터를 기증해야 하는 거였다. 그는 짧은 순간 김종필 전 총재의 기색을 살폈다. 김 총재는 내 뜻을 짐작한다는 듯이 빙그레 미소만 지었다.

"좋습니다. 기증하겠습니다."

지사장이 이마에 맺힌 땀을 닦았다. 이래서 그날 참석한 작가들은 미국에서 공수한 IBM 컴퓨터와 프린터기를 한 대씩 받았다. 한국에서 막 컴퓨터를 제작하는 시기였고 컴퓨터가 귀했던 때여서 작가들은 그걸 유용하게 썼다. 나는 기념으로 그 흑백 컴퓨터를 보관하다가 최근에 이사하면서 새 기종으로 바꿨다.

당신의 떳떳한 음악구매,
대한민국을 문화강국으로
키웁니다!
그들의 노력과 땀으로 만들어진 소중한 음악-
올바른 구매가 국가 문화 경쟁력 강화는 물론
우리의 성숙된 문화의식을 키웁니다.
사단법인 한국음악저작권협회

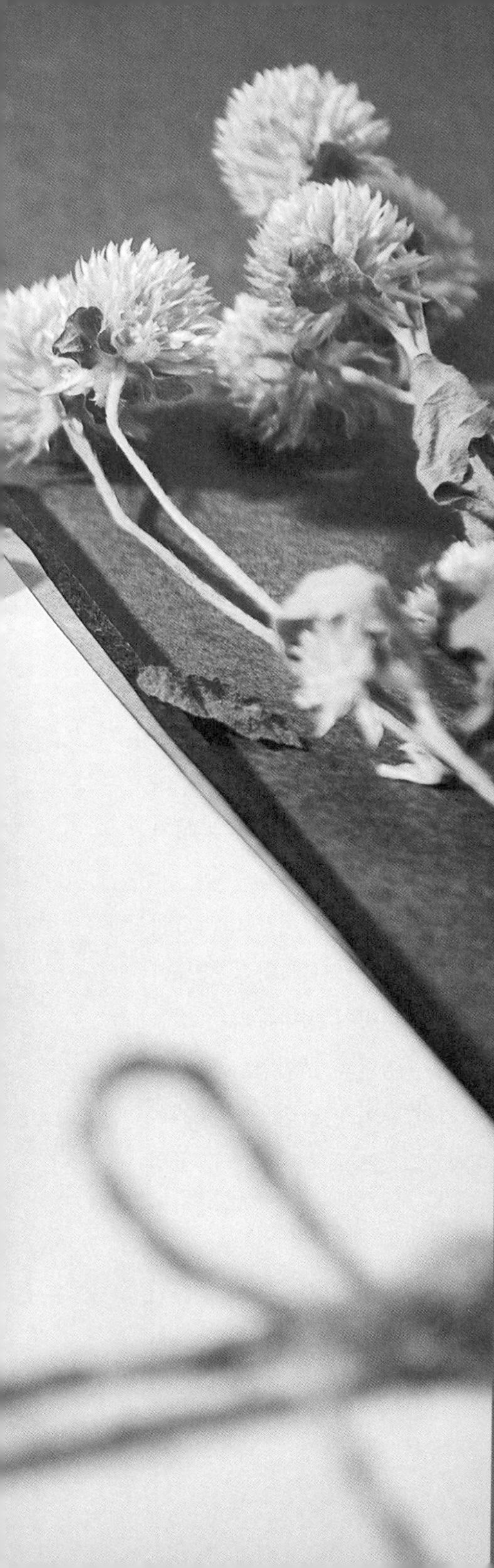

드라마 시나리오 작법 〈7〉

신봉승 작가/석좌교수

1933년, 강원도 강릉 출생. 경희대학교 대학원 국문학 석사. 1960년 현대문학 시와문학평론 추천 등단. 2009년 추계예술대학교 문화예술경영대학원 영상시나리오학과 석좌교수. 한국방송대상, 대종상 아시아 영화제 각본상, 한국펜문학상, 서울시문화상, 대한민국예술원상, 위암 장지연 상 등 수상. 《영상적 사고》 《신봉승 텔레비전 시나리오 선집》(5권) 《양식과 오만》 《시인 연산군》 《국보가 된 조선 막사발》 등 다수. 대하소설 《조선왕조 500년》(48권) 《소설 한명회》(7권) 《조선의 정쟁》(5권) 등 다수.

제7장 장면전환

| 신봉승 |

Ⅰ. 장면전환이란 무엇인가

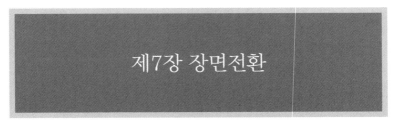

한마디로 요약해 장면전환(場面轉換)은 시나리오의 생명이나 다름없다.

시나리오에서 테마도 중요하고, 인물의 관계, 인물의 성격 등 그 어느 것 하나 소홀히 할 수 없는 것이지만, 유독 장면전환을 시나리오의 생명이라고 하는 것은, 시나리오란 결국 신(장면)의 연결로 이루어지는 것이기 때문이다.

예컨대 100개 내외의 신(Scene)으로 이루어지는 것이 시나리오의 형식이자 구성이라면, 그 장면들을 이어가는 변화(전환)처럼 중요한 것은 없다. 영화의 언어가 영상이며, 영화의 문법이 몽타주라는 것을 지금까지 수없이 되풀이해 설명해온 것처럼, 영화의 문법인 몽타주의 이론에 따라 영화의 장면이 전환되는 이치와 같이 시나리오 단계에서는 문자로 그것을 전환해가야 하는 것이다. 그러므로 시나리오를 구성하고 써가는 과정에서 몽타주라는 영화의 문법이 엄정하게 적용돼야만 올바른 장면전환이 이루어졌다고 할 것이다.

우리는 영화를 볼 때나 TV 드라마를 보면서 장면의 흐름이 유연하지 못하거나 부자연스러운 경우를 자주 발견하게 된다. 이 같은 결함은 시나리오가 쓰인 과정에서 장면전환의 법칙을 따르지 않았거나, 몽타주 이론에 어두운 탓일 것이다. 특히 우리나라의 TV 드라마가 유연한 장면전환에 약점을 노출하는 것은, TV 드라마를 쓰는 작가들이 몽타주 이론을 소홀했기 때문이며, 연출자 또한 정규 교육이 아닌 남이 만든 VTR 테이프를 보고 흉내 내고 있기 때문일 것이다. 더구나 오버랩(O · L)이나 페이드 인(Fade In), 페이드 아웃(Fade Out)과 같은 기술적인 전환에 이르기까지 과오를 거듭하는 것은 정말로 안타까운 일이 아닐 수 없다.

장면전환은 기술적인 방법이 포함되면서 이루어지는 것이므로 다양한 형태가 있으며, 또 여기에는 엄연한 규칙이 있다는 사실을 알아두는 것이 좋겠다.

영화에서 제일 작은 필름의 단위는 쇼트(Shot)이며, 기본 단위는 커트(Cut)다. 그러나 시나리오에서는 쇼트나 커트의 개념은 있다 하더라도 실제로 쓰이는 단위는 아니다. 그러므로 시나리오에서 최하위의 단위는 신(Scene)이다. 그러니까 감독이나 연출은 쇼트와 커트로 몽타주를 하지만, 시나리오작가는 신으로 몽타주를 하게 되는 것이다. 영화에서 A커트와 B커트를 연결하여 전혀 새로운 상징의 세계를 만들어내는 것이 몽타주의 논리라면, 시나리오는 A장면과 B장면을 연결하여 새로운 상징의 세계를 만들어가면 되는 것이다.

현상모집에 응모한 시나리오를 심사해보면 대체로 다음 세 가지의 큰 결함을 가지고 있음을 발견하게 된다.

A. 주제가 분명치 않다.

B. 인간이 잘 그려져 있지 않다.

C. 장면전환이 잘 되어 있지 않다.

여기서 A와 B는 대단히 관념적인 지적일 것이며 시나리오의 표현과는 다소 거리가 있다고 보지만, C에 해당하는 장면전환의 부실은 시나리오의 기본이 되어 있지 않았다는 것이 된다. 시나리오를 심사할 때, 발단 부분을 읽어서 좋지 않으면 결말 부분을 읽어본다. 그래도 좋지 않으면 가운데를 읽지 않고 버려도 무방하다는 것은 시나리오의 전체적인 구조를 본다는 의미도 있겠지만, 발단 부분의 장면이 얼마나 매력 있게 전환되고 있는가, 또 결말과 라스트 신의 전환이 얼마나 합리적이고 유연한 것인가를 판단할 수 있다면, 가운데 내용은 읽지 않아도 알 수 있다는 것이다.

아무리 테마가 좋고, 인간이 잘 그려져 있는 시나리오라고 하더라도 장면전환이 유연하게 되어 있지 않다면, 그것은 좋은 시나리오일 수가 없다. 테마가 좋고 인간이 잘 그려져 있는 작품이나 소재를 찾는다면, 소설도 있고 희곡도 있지 않은가.

시나리오가 소설이나 희곡과 다른 점은 장면전환으로 이루어져 있다는 것이다. 또 그것은 시나리오가 가진 형식상의 기본임을 명심해주기 바란다.

S# 1. 한강(A)

철교의 기하학적 구조 너머로 붉은 태양이 침몰하고 있다.

S# 2. 한강(B)

저녁 햇살을 받은 아파트군!

그것은 어느 외국의 풍경 같다.

S# 3. 한강(C)

카메라를 육박하듯이 밀려오는 파아란 전철!

카메라 쭉 빠지면, 굉음도 요란하게 전철이 달리고 있다.

S# 4.　한강(D)

강줄기!

얼어붙어도 좋다.

되도록 거대한 강줄기라는 분위기를 살리면 된다.

S# 5. 둑

한복 차림의 윤철(70)이 걷고 있다.

그는 그 강줄기가 자랑스러운 듯 만족한 표정이다.

윤철 "……."

문득 걸음이 멎는다.

무료히 강줄기를 바라보고 있다.

E 클랙슨 소리가 가까워진다.

윤철이 시선을 돌린다.

레코드 승용차가 미끄러지듯 달려와 선다.

창규가 운전석에서 내린다.

검은색 양복이다.

창규 "아버님, 상호 어머니가 돌아가셨답니다."

윤철 "(표정이 없다)……."

창규 "가셔야죠."

부축하듯 승용차에 모신다.

검은색 치마저고리의 정숙이 맞이한다.

정숙 "어떻게 해요. 아버지…."

윤철이 말없이 탄다.
레코드는 스타트한다.

S# 6. 달리는 승용차(뒷자리)
정숙은 계속 눈시울을 적시고 있다.

윤철 "……."

표정은 없으나, 그의 시선으로 고층 빌딩들이 스피디하게 흐르고 있다.

S# 7. 고급 주택가 골목
윤정근의 집, 대문 앞이다.
상가임을 알리는 조등(弔燈)이 매달려 있고,
커다란 조화가 줄줄이 서 있어,
정근의 사회적 지위를 위엄 있게 과시하고 있다.
대문에서 미국 사람(50대) A · B가 나온다.
정근이 따른다.

서양 A "(영어로) 심심한 애도를 표합니다."
정근 "땡큐…."
서양 B "몸조심하십시오."
정근 "고맙소. 스미스 씨…."

이들은 악수를 하고 차에 오른다.
자동차는 멀어진다.

정근 "……."

착잡한 심정으로 잠시 섰다가 들어간다.
레코드 승용차가 들어와 선다.
윤철과 정숙이 내린다.

윤철 "(조화에 기분이 상했다) 들어가서 아범 나오라고 해라."
정숙 "(만류하듯) 아버지."
윤철 "어서 나오라고 하라니까!"
정숙 "예…."

들어간다.

유철 "……."

잠시 후, 정근과 창수가 나온다.

정근 "아버님."
창수 "어서 오십시오. 회장님."
윤철 "이 꽃들 치워라…. 홀애비 된 게 무슨 자랑인지 알았더냐."
정근 "예… 어서 치우게…."
창수 "예…."
정근 "드시지요."

두 사람은 안으로 들어간다.

내가 쓴 주간 연속 TV드라마 〈한강(漢江)〉의 발단 부분이다. 첫 장면에서 일곱째 장면까지 약 3분 동안에 이루어지는 내용을 담고 있다. 비록 문자로 쓰였다 하더라도, 읽어가는 과정에서 영상의 흐름을 느낄 수 을 것이며, 한강에 산책을 나와 있던 윤철이 그 큰며느리의 사망 소식을 듣고 상가에 도착하기까지 유연하게 흘러가고 있음을 볼 수 있다. 그러면서도 윤철이라는 노인의 인품까지를 표현하고 있다. 첫머리에 한강의 표현을 네 가지로 나누어서 설명한 것은 이 작품의 타이틀이 〈한강〉이기 때문이며, 그와 같은 영상이 타이틀 백이 되어도 무방하다는 것을 암시하고 있는 것이다. 물론 이것은 하나의 예에 불과한 것이다.

시나리오에서 장면전환은 일종의 기술이며, 그것이 어떤 법칙(문법)을 따르고 있다 함은 앞서 설명한 대로다.

장면전환의 기본적인 기법이란 다음의 네 가지로 요약 된다.

1. Cutting
2. Fade in~Fade Out
3. Over Lap~Dissolve
4. Wipe

이상의 네 가지는 다양한 변화를 수반한다. 그 다양한 변화를 활용하여 시간과 공간의 창조, 즉 장면전환을 진행해나가게 되는 것이다.

II. 커팅의 세 가지 방법

커팅(Cutting)이라는 단어는 원칙적으로는 연출 분야에서 쓰이는 용어지만, 어의(語義)를 따진다면 하나의 장면을 단절하여 다음 장면으로 전환 접속하는 것이기 때문에 시나리오에 서는 각 신의 전환을 의미한다. 그러니까 영화상으로는 장소의 변화를 표현한다고 생각해도 무방하다.

이러한 장면의 전환을 '신의 전환', 좀 전문적으로 표현하면, '극적 행동의 단위(신)가 다음 장면의 단위로 접속'되는 과정이라 하겠다. 그러나 실제로 신인 작가들의 작품을 읽어보면 장면전환이 극적 행동의 단위가 다음 장면으로 유려하게 접속되는 것이 아니라, 작자의 뜻에 의해 등장인물들이 적당한 장소로 마구 옮겨 다니는 결과를 초래하고 있음을 보게 된다. 이러한 잘못이 생기는 이유는 커팅이 지닌 원리를 이해하지 못하기 때문에 그러한 과오에 휘말리는 것이다.

우선 알기 쉬운 예를 들어보기로 하자.

S# 11. 강둑

손 흔드는 아이들.

따따따따!

야아크의 무자비한 기총 소사.

피 흘리며 고꾸라지는 아이들!

S# 12. ○○ 고지

치열한 백병전.

밤과 낮으로, 수십 번 주인이 바뀌었던 악전고투!

S# 13. 낙동강 공습 작전

까맣게 뜬 B29에서 수없이 떨어지는 폭탄, 폭탄!

S# 14. 낙동강변

천지를 뒤엎듯이 터지는 포연!

S# 15. 불을 뿜는 함포

S# 16. 인천상륙작전

포연 속에 용감하게 상륙하는 국군 해병대! UN군!

S# 17. 산허리

벌집같이 터지는 함포!

폭탄 세례!

S# 18. 만주 광야를 달려오는 중공군 탱크부대

주동운(朱東雲)의 다큐멘터리 시나리오 '비무장지대(非武裝地帶)'의 서두인데, 각 장면마다 필름의 최소 단위인 커팅을 문자로 표기하면서 전환되고 접속되는 것을 알 수 있고, 6·25 이후 중공군의 개입까지를 불과 8개 신으로 압축하고 있는 것이다. 이러한 커팅은 편의상 두 가지로 생각하는 것이 보통이다.

앞에서 예로 든 '비무장지대'와 같이 하나의 극적 단위(6·25의 경과)가 이어가는 것은 커팅이라 하겠지만, 어떤 극적 단위와 또 다른 극적인 행동의 단위가 서로 동시성을 가지고 대립적으로 몽타주되는 것은 커팅이 아니라 커트 백(cut back)이라고 한다. 서스펜스 스릴러 영화에서 달아나는 범인과 쫓고 있는 형사가 교차되면서 묘사되는 경우가 대표적인 커트 백이라고 생각하면 틀림없다.

커트 백의 경우는 극적인 융합과 상극, 또는 대립이 적나라하게 표현되기 때문에 드라마의 내용을 보다 빠르게 발전시켜 나갈 수 있는 것이다. 예컨대 서부극에서 악한의 말이 달아나고 보안관의 말이 추격하는 장면이나, 우리나라 사극 영화에서 사약을 가지고 가는 금부의 행렬과 구출하라는 왕명을 받은 행렬이 뒤를 급히 추적하는 장면 등이 커트 백의 일종이다.

S# 5. 공중전화 박스

인철이가 즐거운 모습으로 전화를 하고 있다.

인철 "그러니까 말야, 퇴근하는 즉시 ㅇㅇ다방으로 나오면 된다지 않아…."

S# 6. 영란의 집(응접실)

응접 소파에 길게 누운 채 전화를 받는 영란.

영란 "(생글거리면서)글쎄…, 바로 그 시간에 우리 아빨 만나기로 했는데 어떻게 하지?"

S# 7. 공중전화 박스

인철 "(속상한 듯) 이봐, 영란이 니가 안 나오면 내 처지가 이상해진단 말야…."

S# 8. 다시 영란의 응접실

영란 "(장난스럽게) 그래…? 그건 댁의 사정 아냐? 그 시간에 우리 아빨 못 만나면, 나는 한 달치 용돈을 누구에게서 타지? 바이바이…."

전화기를 놓아버린다.

S# 9. 다시 공중전화 박스

인철은 전화통을 마구 두들기며

인철 "이봐, 이봐, 영란이… (난폭하게 수화기를 걸며) 제기랄!"

심술궂게 박스를 나선다.

위의 흐름도 감독의 처지로는 커트 백의 예가 되겠지만, 시나리오작가의 경우는 엄격하게 신 백이라고 해야 한다. 그러나 그런 용어의 문제는 차치하고 장면전환이 커트로 이어진다는 사실을 이해하는 데 부족하지는 않았을 줄로 안다. 그러면서도 커팅에 의한 장면전환에는 몇 가지 알기 쉬운 기법이 있다.

그 기법이란 대사, 음향, 소도구를 매개로 하여 장면을 전환해가는 것이라 하겠다.

1. 대사에 의한 장면전환

대사에 의한 장면전환은 많은 작가가 이미 활용하고 있는 방법이다.

지난 시대의 영화는 요즘의 영화보다 훨씬 더 템포가 늦기 때문에 장면전환도 산뜻하지 못한 경우가 많았다. 가령 등장인물 A와 B가 다방에 앉아 인천에 가려는 계획을 세우고 있었다고 할 때, 마침내 두 사람의 의견이 일치되었다고 하자.

S# 21. 다방(안)

마침내 A와 B가 의견의 일치를 본다.

B "인천, 좋았어. 나도 갈 거야…!"

A "쇠뿔도 단김에 빼랬다고, 자 가는 거야."

S# 22. 인천(바닷가)

시원하게 밀려오는 파도!

A와 B가 마치 어린아이처럼 달리고 있다.

이상의 두 신만으로 다방에서 인천에 이르는 묘사가 충분히 되었다고 할 것이다. 앞 신에서 "인천에 갈 것"이라는 대사가 나왔으므로 다음 신에 나오는 바다는 인천이 되는 것이다. 이러한 경우를 대사에 의한 장면전환이라고 한다. 그러나 범행을 저지른 사람이 형사의 추적을 따돌리기 위한 방법으로 다방→횡단보도→서울역→달리는 기차→기차 안→인천 등으로 묘사한다 해도 나무랄 수는 없다. 그러므로 불가피한 까닭이 있다면 구체적인 장면전환을 택할 것이지만, 그렇지 않은 경우에는 위의 2신의 경우처럼 과감히 생략하는 것이 좋을 것이다.

S# 8. 가로

수첩을 읽으며 가는 숙자, 미혜. 수인과 함께다.

숙자 "박오성… 잘 들어두거레이. 한국대학 중퇴, 재즈 싱어, 특히 초대권 염출에 권위, 줏대가 없으나 순정파를 좋아함…."

미혜 "나와 있을까?"

숙자 "틀림없을 끼다."

수인 "핸섬이니?"

숙자 "보면 알 끼다…."

S# 9. 극장 앞

박오성(25)이 서성거리고 있다.

숙자를 보고 반가워하나, 다른 일행에 약간 놀란다.

숙자 "(사투리 없이) 소개합니다. 이쪽이 백미혜 여사… 이쪽이 남수인 여사…."

오성 "저… 박오성입니다. 그럼, 같이 올라가실까요?"

정문을 피하여 뒷문 쪽으로 간다.

앞에서도 소개되었던 〈말띠 여대생〉의 한 장면이다. 8신에서 '박오성'이라는 인물의 프로필을 소개하고, 9신의 극장 앞으로 옮겨와 박오성과 만나고 있다. 다시 말하면 대사라는 매개체로 정보를 주었기 때문에 모든 관객은 박오성이라는 인물임을 알게 되는 것이다. 그러니까 "나와 있을까?" "틀림없을 끼다"라는 대사에 의하여 장면이 전환된 예라 하겠다.

2. 음향에 의한 장면전환

번잡한 거리의 한복판에서 교통사고가 발생했다고 가정하자. 자동차가 충돌하고, 다친 사람이 나뒹군다. 구경하는 사람들이 우르르 몰려든다. 이때 구경꾼들의 얼굴 위에(W하여) 구급차의 사이렌 소리를 덮으면서 병원의 응급실로 장면이 전환된다면, 그 과정이 모두 생략되어도 무방하다. 관객들은 구급차의 사이렌 소리를 들었기 때문에 병원으로 옮겨지는 과정이 없어도 이해할 수 있기 때문이다.

알프레드 히치콕(Alfred Hitchcock · 영국)의 작품 〈39야(夜)〉를 보면, 어떤 부인이 시체를 발견하면서 비명을 지르는데, 이 비명 소리와 연관하여 튕겨지듯 터널을 빠져나오는 기차의 예리한 굉음으로 장면을 전환하고 있다. 이 경우도 음향에 의한 장면전환이라 하겠다.

S# 123. 시청 앞(밤)

정신이상이 된 고 선생이 휘청휘청 걷고 있다.

붓을 들고 허공에 글씨를 쓰는 시늉을 한다.

E·　　사이렌 소리

통금 사이렌이 울리면서 분수가 맥을 잃고 꺼져간다.

S# 124. 광장(A) 밤

사이렌 소리 계속된다.

송 부인이 걸어오다가 수심에 잠긴다.

S# 125. 가로(B) 밤

역시 사이렌 울린다.

뛰어오던 광석이와 송자가 멈추어 선다.

송자 "(근심스럽게) 오빠… ."

광석 "…… ."

광석의 눈에도 눈물이 고인다.

S# 126. 가로(C) 밤

덕수궁 담을 끼고 고 선생을 찾고 있는 매자와 한남.

사이렌 소리에 맥을 잃는다.

나의 시나리오 '월급 봉투'에서, 정신이상이 된 채 집을 뛰쳐나간 고 선생을 가족들이 찾아 헤매다가, 통행금지를 알리는 사이렌 소리를 배경(짧은 순간이다)으로 온 가족이 절망하는 장면들이다. 이 다섯 신은 모두 사이렌 소리를 듣는다는 동시성을 유지하면서 다른 장면으로 전환되어 애타게 가장을 찾고 있는 가족들의 시추에이션을 그리고 있는 예가 될 것이다.

3. 소도구에 의한 장면전환

소도구란 연극이나 영화에서 사용되는 여러 가지 물건들을 말한다. 그러므로 소도구는 누구에게나 친근한 일상의 것이어서 낯설지가 않다. 이같이 일상의 물건들과 '연관된 물건'으로 장면을 전환하는 기법을 소도구에 의한 장면전환이라고 한다. 군에 입대한 형님을 그리워하는 어린 아우가 장난감 대포를 쏘는 시늉을 하면서, 그 장난감 대포가 곧 형이 복무하는 부대에서 사격 훈련을 하는 진짜 대포로 전환되는 기법이 그것이다.

〈야녀(野女) 쿠카라차〉라는 멕시코 영화를 보면 쿠카라차가 많은 총탄을 구해 머리에 이고 와서 지하실에 쏟아 놓는다. 지하실 바닥에 쏟아져 구르는 총탄 소리와, 그 쏟아지는 총탄의 모양에 비교되어 다음 장면에서는 그 지하실에 있던 대원들이 격렬하게 총을 쏘고 있는 연결도 좋은 예가 될 수 있을 것이다.

한 가지 더 예를 든다면, 서로 사랑하던 연인들이 이별을 아쉬워한 나머지 그중의 하나가 지니고 있던 메달을 반으로 쪼개어 서로 나누어 갖게 된다. 그 후 얼마의 세월이 흘렀을 때, 여자가 메달을 물끄러미 내려다보며, 그 메달의 반쪽으로부터 남자 쪽이 그려지는 것과 같은 기법도 소도구를 이용한 장면전환이라고 하겠다. 소도구에 의한 장면전환은 심리묘사에 많이 이용되는 기법이기도 하다. 가령 나라타즈로 들어갈 때 '메달'의 내력을 살피게 되는 형식으로, 현실을 옛날(회상)로 돌아가게 하기가 수월하다는 사실도 기억해둘 만하다.

Ⅲ. F・I와 F・O의 사용법

나는 이 페이드인(F・I)이라는 기호를 읽을 때마다, 잊히지 않는 에피소드가 있다. 아무 정보도 없는 시골의 문학청년으로 고군분투하며 처음으로 시나리오를 쓰려고 다짐하고 있을 때의 일이다. 아주 어렵게 몇 편의 시나리오를 구해 읽었는데, 신의 첫머리가 〈F・I〉이라는 기호부터 시작되는지라 도무지 무슨 뜻인지 알 수가 없었다. 알 만한 사람을 두루 찾아보았지만 모두 모른다고 했다. 도리 없이 나는 중학교 영어 선생님을 찾아가서 물어보았다.

영어 선생님도 처음에는 잘 모르겠다며 어디에 쓰이는 것이냐고 반문했다. 나는 가지고 간 시나리오를 보였다. 영어 선생님은 회심의 미소를 지어 보이며서 "처음에 있는 것을 보니까, 퍼스트 인프레이션이군…"이라면서 웃었다. 하기는 퍼스트 인프레이션의 첫 자를 따도 'F · I'가 되는 것이니까, 조금도 나무랄 일은 아닐 것이다. 지금도 아주 웃기는 에피소드가 될 테지만, 그때의 나는 아주 심각하게 받아들일 수밖에 없었던 일이다.

잡담 제하고, 화면이 점점 밝아오는 것을 페이드인(Fade in~약호F · I)이라 하고, 반대로 화면이 점점 어두워지는 것을 페이드아웃(Fade out~약호 F · O)이라고 한다는 것은 '신과 시퀀스'를 설명할 때 이미 언급한 바와 같다. 또 시퀀스가 시작될 때는 반드시 〈F · I〉에서 시작해 〈F · O〉로 끝난다는 것도 그때 설명한 대로다.

이 항목에서는 장면전환과 접속에 관련해서만 설명하기로 한다. 용명(溶明)이라고도 하는 〈F · I〉는 연극에서 막이 올라가는 것과 같은 것이라고 생각하면 되고, 용암(溶暗)이라고도 쓰이는 〈F · O〉는 막을 내리는 것으로 생각하면 틀림없다.

연극을 보면, 제1막이 김 아무개의 집이었다면, 제2막에서는 최 아무개의 대청이 될 수도 있는 것이고, 또한 제1막은 주인공이 20세 때의 이야기였다면, 제2막은 그 주인공이 40대로 성장했을 때를 묘사하는 경우가 있을 것이다. 이것을 정리하면, 막은 장면을 전환할 때와 시간을 생략하는 방법으로 쓰이고 있음을 알 수 있다.

이와 같이 '막'을 사용하는 원리를 〈F · I〉과 〈F · O〉의 사용법에서 적용해 생각하면 이해가 빠를 것이다.

S# 31. 객관(客館) (밤)

배비장이 벌떡 일어난다. 베개를 부둥켜안고 있다.

눈을 비비고 둘러본다.

외롭게 타고 있는 등불.

배비장 "음…."

신음을 토하며 털썩 드러눕는다. 〈F · O〉

S# 32.〈F · I〉 제주관가

목사(牧使)가 이방을 데리고 나오면서

목사 "(웃으며) 배비장이 오늘도 기동을 못 하는 걸 보니, 단단히 병이 든 모양이로구나!"

이방 "네, 식음을 폐하고 하루 한때를 겨우 미음으로 목을 축일 따름이라 하옵니다."

목사 "흠…!"

우리와 너무도 친숙한 판소리를 김강윤(金剛潤)이 시나리오화한 〈배비장(裵裨將)〉(신상옥 감독)에서 세 번째 시퀀스가 끝나고 네 번째 시퀀스가 시작되는 대목을 뽑았다.

여기에서 보면 S#31에 배비장이 기생을 그리다가 상사병에 걸리고 말았다는 두 번째 삽화가 〈F · O〉로 끝을 맺고, 그 후 어떻게 되었는가의 세 번째 시퀀스인 S#32는 〈F · I〉로 시작되고 있는 것을 알 수 있다.

그러니까 한 시퀀스의 매듭이 지어지는 〈F · O〉에서 새로운 시퀀스가 시작되는 〈F · I〉가 되기까지에는 스토리의 변화, 시간의 경과, 그리고 장소(공간)의 이동이 들어 있다고 보아야 한다. 또 한 가지 유의

해야 할 것은 〈F · O〉로 한 에피소드를 매듭짓고 나서 새로 〈F · I〉가 되기까지의 시간적 개념은 일정치가 않다는 점이다. 단 몇 분 후가 될 수도 있고 하루의 경과도 되는 것이며, 때로는 10년의 시간이 생략돼도 무방하다는 것을 염두에 두기 바란다.

이와 같이 〈F · I〉와 〈F · O〉을 활용하여 에피소드의 단위를 진행하게 하는 기법은 장면전환의 방법 중에서도 시간의 단위가 가장 큰 전환일 것이다. 그러면서도 드라마의 흐름이 일단 정지되는 까닭으로 함부로 쓰는 것은 삼가는 것이 좋겠다.

커팅에 의한 장면전환을 문장과 비교하면 행과 행의 변화가 되지만, 〈F · O〉와 〈F · I〉는 장(章)과 장의 전환이라고 보면 틀림 없다. 시나리오의 경우는 이미 〈신과 시퀀스〉에서 설명한 바와 같고, 특히 TV드라마의 경우는 좀 더 유의하지 않으면 안 된다.

가령 일일연속극의 경우는 1회분이 대개가 25분에서 30분이다. 이와 같이 짧은 형태에서는 되도록 〈F · I〉와 〈F · O〉는 사용하지 않는 것이 좋다. 한 번 어두워지고(F · O) 나서 다시 밝아지면(F · I), 잘 흘러가던 리듬이 깨지고 스토리는 토막이 나기 때문이다. 그러므로 TV드라마의 일일연속극 경우에는 1회분 25분을 하나의 에피소드로 구성한다면 전혀 그와 같은 문제로 고심할 필요가 없다.

시간을 생략할 필요가 있다면 화면이 겹치는 〈O · L〉의 기법을 활용하는 것이 좋다. 이른바 '미니시리즈'라고 불리는 주간극이나 1시간 이상의 특집 드라마일 경우에는 시나리오의 방법에 준하는 것이 바람직하다.

미국이나 일본의 경우처럼, 드라마의 중간에 광고물(CF)을 삽입할 때는 그 광고물의 위치를 시퀀스 단위로 사용하는 것이 대단히 현명하다. 광고방송과 광고방송의 중간에 끼어 있는 드라마는 15분에서 길어야 20분이기 때문에 에피소드의 단위로는 아주 안성맞춤이라고 할 수가 있다. 이 같은 연유로 일본이나 미국의 TV 드라마 작가들이 우리의 경우보다 훨씬 더 극본을 쉽게 쓰고 있는 것이며, 이는 그들도 시인하고 있다.

Ⅳ. O · L과 DIS로서의 생략

오버랩(Over Lap, O · L)은 앞의 장면이 다음 장면에 겹치면서 먼저 장면이 점점 사라져가는 기법을 말하며, 때로 〈W〉라고 쓰기도 한다. 이 기법은 시나리오작가들이 가장 많이 사용하는 기법이라 해도 과언이 아니다. 그러나 요즘 영화는 대단히 빠른 템포로 구사하고, 대담한 생략을 시도하기 때문에 〈O · L〉의 사용을 배제하는 경향이 있다. 다시 말하면 〈O · L〉의 기법 대신 커팅 기법을 쓰는 경우가 대부분이라는 점도 기억해두자.

S# 158. 가도

장의가 어디로 갈까 하고 망설이고 있는데, 지프차 한 대가 급정거한다. 최 박사다.

최박사 "김 선생 아니십니까?"

차에서 내려서려고 하자, 장의는 급히 한길을 도망치듯 건너려다 달려오던 시발 택시의 급브레이크 소리와 함께 보도에 나가떨어진다.
교통순경과 군중이 우르르 몰려온다. 〈O · L〉

S# 159. 최 박사의 병원

침대에 누워 있는 장의를 둘러싼 조씨, 현옥, 현구, 박 주사, 몽현, 최 박사. 장의에게 주사를 놓는다.

현옥 "괜찮을까요!"

최박사 "염려 없습니다. 약간 타박상을 입었을 뿐이니까 한 일주일 치료하면 완쾌될 것입니다."

하고 옆방으로.

장의 "(신음) 아이고, 손주 새끼…, 손주 새끼를 꼭 한번만 안아보고 죽으면 한이 없겠는데… 현구야…."

앞에서도 잠깐 소개되었던 김지헌의 시나리오 '서울의 지붕 밑'에 나오는 한 대목이다. 여기서는 158신에서 교통사고를 당한 장의가 〈O · L〉을 통하여 이미 병원으로 옮겨져 있음을 보여준다. 그러므로 구급차가 와서 장의를 싣는다, 최 박사의 병원에다 내려다놓는다, 문병객이 몰려온다… 등의 장소와 시간이 생략되었음을 알 수 있다.

또 〈O · L〉은 같은 신 안에서 쓰이는 경우도 있다. 이것은 전환과는 관계없이 시간 경과만을 표현할 때 자주 쓰이는 기법이다. 연인을 기다리는 청년이 다방에 혼자 앉아 있을 때, 담배꽁초가 하나도 없던 재떨이에 〈O · L〉이 겹치면서 꽁초가 점점 더 많아지다가 마침내 재떨이에 꽁초가 하나 가득하다면 그만큼 시간이 경과되었음을 알리고, 그 인물의 지루한 심리 상태도 묘사한 셈이다.

S# 93 · 다시 근정전(안) 밤

광조 "굶주린 백성을 도탄에서 구하심이 이 나라 사직을 지키는 길이옵니다."

중종 "(잠시 생각하다가) 음! 도승지는 지금 부제학이 말한 것을 모두 시정토록 하라!"

도승지 "예."

광조 "전하, 소격서를 혁파하신다는 어명도 함께 내려주오소서!"

중종 "소격서의 혁파는 못 한다고 하질 않았느냐!"

광조 "백성들의 원성이 더 높아지기 전에 소격서를 혁파하심이 옳은 줄로 아옵니다, 전하!"

중종 "(괴롭다) 영상은 들으시오. 병조판서 왕담년을 파직하고, 이장군을 서임하여 백성들의 원성을 달래고…, 소격서는 그대로 두도록 하오."

영상 "예."

같은 자리. 〈O · L〉

백관들은 모두 물러가고,

광조만이 용상 앞에 꿋꿋이 앉아 있다.

중종은 용상에 앉은 채 지친 듯하다. 〈O · L〉

중종과 조광조는 더욱 지쳐 있음을 알 수가 있다.

E · "(내시) 전하, 동녘 하늘이 밝았음을 아뢰옵니다. 옥체를 보전하오소서."

중종 "(괴롭다) 부제학 들으라! 이런 짓이 과인의 사사로운 신하가 하는 일이냐?"

– 이하 략

황호근(黃㴋根) 원작을 내가 각색한 〈정동대감(貞洞大監)〉의 한 장면이다. 근정전 안에서 대소신료들이 시립한 가운데 중종과 조광조의 의견이 대립된다. 여기에 〈O · L〉을 거듭하여 신료들이 물러갔음을 알리고, 동녘 하늘이 밝았다는 내시의 목소리로 새벽이 되었음을 알린다면, 결국 중종과 조광조는 밤새도록 그런 자세로 대립하고 있었다는 것이 된다. 신하가 임금을 괴롭히면 대죄를 받아야 마땅하다. 그러므로 이 장면이 강조되어야만 후일 조광조가 중벌을 받는 계기가 되는 것이다.

〈O · L〉의 쓰임이 이와 같이 다채로운 것은 틀림없는 사실이나, 앞에서 잠깐 말한 대로 가능하면 커팅으로 전환하여 영화의 템포를 살리는 것이 바람직하다. 다만 서정적인 분위기를 살린다든가 하는 부득이한 경우에 한하여 〈O · L〉을 활용하는 습관을 길러야 한다.

〈O · L〉을 거론하면 반드시 부연해야 하는 기법이 하나 더 있다. 디졸브(dissolve∽약호 DIS)가 바로 그것이다. 〈DIS〉의 기능은 〈O · L〉의 기능과 조금도 다름이 없다. 그러므로 사용법도 같을 수밖에 없다. 그러나 기법은 같다 해도 용어가 다르다면 명확한 설명이 있어야 하지 않겠는가.

앞뒤의 두 장면이 서로 겹치면서 먼저 장면이 점점 사라지게 하는 것이 〈O · L〉의 기법이라고 했는데, 그 겹치는 길이가 어느 정도냐에 따라서 〈O · L〉과 〈DIS〉가 구별된다. 겹치는 부분이 깊은 것(길게 겹칠 때)을 〈O · L〉이라 하고, 겹치는 부분이 얕은 것(짧게 겹치는 것)을 〈DIS〉라고 생각하면 된다.

다시 말하면, '아, 겹치는구나' 하고 느낄 수 있는 것이 〈O · L〉이라면, 언제 겹쳤다가 언제 풀리는지 알 수 없을 만큼 옅게 겹치는 것을 〈DIS〉라고 생각하라는 것이다. 그런 까닭으로 〈DIS〉의 사용도 가능하면 짧은 시간의 경과, 멀지 않은 장면전환에 쓰이는 것이 이론의 근거를 따르는 것이라 하겠다.

다만 한 가지, 요즘의 시나리오에서는 〈DIS〉로 처리되었으면 좋을 곳까지 〈O · L〉으로 쓰이고 있는 것이 보통이고, 특히 놀라운 것은 우리나라 TV 드라마 극본을 쓰는 작가나 연출자는 아예 〈O · L〉이라는 용어조차도 모르는 사람처럼, 〈DIS〉라는 말로 통일해 쓰고 있지만, 그들이 쓴 극본이나 그려진 영상을 보면 〈DIS〉와 〈O · L〉이 전혀 구별되지 않는 두루뭉수리로 사용되고 있음을 알 수가 있다.

이 한 가지 사실로 미루어 봐도 우리가 얼마나 시나리오의 이론에 무감각한지를 단적으로 입증하는 것이다.

Ⅴ. WIPE의 시원한 멋

와이프(wipe)는 그 말이 뜻하는 바와 같이 화면을 씻어 내리는 것처럼 전환하는 기법을 말한다. 그냥 씻어내는 것이 아니라 씻어내면서 다음 화면이 들어오는 기법이다. 사용법은 〈O · L〉의 경우와 같이 장면전환과 시간의 경과에 쓰이는 것이지만, 경쾌하고 스피디한 멋이 있어 템포가 중요시되는 수사극(搜査劇)이나, 코미디 드라마에 애용되는 경우가 많다. 다만 〈O · L〉과 구별되는 점은 대상을 카메라 앞에다 놓은 채 지워내듯 전환되는 것이다.

S# 128. 밤거리

나란히 팔을 끼고 걸어오는 두 사람.

영애 "훈!"
재훈 "응?"
영애 "우리, 여름방학 때 여행 가!"
재훈 "어디로?"
영애 "인천에 우리 삼촌 집이 있어. 거기 간다구 집에다는 핑계를 대구, 영종도나 작약도 같은 데 가서 한 며칠 놀다 오믄 되잖아?"
재훈 "겨우 인천 앞바다야?"
영애 "요담에 더 멀리 가기루 하고, 올여름엔 우선…."
재훈 "가도 좋지…, 내가 아르바이트하는 아이들두 방학이니까…."
영애 "아이 신나!"

재훈의 팔을 바싹 낀다. 〈WIPE〉

S# 129. 바닷가(밤)

콩을 뿌려놓은 듯 피서객들로 들끓는 바닷가.

비치파라솔 그늘 아래 잠이 든 수영복의 재훈. 달려오는 영애.

자고 있는 재훈의 배꼽을 훅 분다.

놀라 깨는 재훈.

영애 "후후훗…." 〈WIPE〉

S# 130. 바다

쫓고, 쫓기고… 수영을 하면서 물장난을 하는 재훈과 영애.

〈WIPE〉

S# 131. 모래밭

손을 잡고 달려오는 재훈과 영애.

그대로 모래밭에 한 덩어리가 되어 넘어져 뒹군다.

마냥 기쁘기만 한 젊음에 넘치는 웃음. 〈WIPE〉

최금동의 시나리오 '하늘을 보고 땅을 보고'에 나오는 대목이다.

여러 번 쓰이고 있는 〈WIPE〉를 〈O · L〉로 바꾸어놓는다 해도 표현상의 구애를 느끼지 않을 것이다. 다만 전환될 때의 멋과 맛, 그리고 템포라는 점에서는 〈WIPE〉 쪽이 훨씬 더 경쾌하다는 것을 알 수 있을 것이다.

〈WIPE〉에는 여러 가지 종류가 있다는 것도 알아두어야 한다. 오른쪽에서부터 지워지는 것, 또는 위에서부터 아래로 지워지는 것도 있다. 그러면서 보다 특수하게 사용되는 경우도 있다. 가령 커트 백에서와 같이 동시성을 부여하는 전환에도 〈WIPE〉 기법을 사용할 수 있다. 예를 들면, A라는 회장과 B라는 사장의 성격이 판이하게 다른 것을 대조할 때, A회장의 주변을 묘사하고 있다가 〈WIPE〉를 사용하여 〈바로 이때쯤〉이라는 조건하에 B사장의 주변으로 옮길 수 있음을 말한다.

장면전환의 의의는 미적인 경우와 심리적인 경우 두 가지를 생각할 수 있다. 미적인 면에서의 전환은 작품의 통일성을 찾는 데 필요한 것이고, 심리적인 것에는 사건이나 스토리의 흐름을 관객에게 이해시키는 데 필요한 것이다. 그러나 이러한 분류는 이론적인 양상에 불과하지만, 그보다 분명한 것은 장면전환이 시나리오의 생명이라는 짐으로 귀납된다는 점이다. 완성된 영화를 보면서 혹은 TV 드라마를 보면서 그 흐름이 유연하지 못하고 덜거덕거리면서 화면이 흘러가는 것은 감독이나 연출자가 몽타주의 원리를 이해하지 못하는 데서 비롯된 것이며, 그것은 곧 장면전환의 기법을 터득하고 있지 못한 데서 기인하는 아주 부끄러운 현상이다.

실례로 아무 의미도 없는 일상적인 상태에서 대사와 대사 사이에 〈O · L〉을 쓰고 있다든가, 동일 장면의 동일 시간대에서 〈O · L〉이나, 〈F · I〉 혹은 〈F · O〉를 까닭 없이 사용하는 것은 무지의 소산이라고 할 수밖에 달리 설명할 길이 없다.

장면전환이 유연하지 않고 무리가 있는 것은 우선 시나리오의 형식을 무시한 실패작에 해당한다. 그러므로 장면전환의 기법은 반드시 익혀두어야 한다. 장면전환의 시작은 구성표(신 나누기) 작성에서부터 출발한다. 그런데도 구성표의 작성을 소홀히 하거나, 작성하지 않고 넘어갈 궁리를 하고 있다면 작가 수업을 그만두기를 바란다. 장면전환 기법을 무시하고 함부로 신을 나열하는 것은 경기 규칙을 모르는 운동선수가 경기장에 뛰어드는 만용과 같은 것이어서, 스스로 관중 앞에 무지를 드러내다가 끝내는 퇴장을 당하는 불행을 자초하는 경우와 조금도 다름이 없기 때문이다.

시나리오란 정밀하게 조직된 하나의 구조물에 비유할 수 있다. 하나하나 독립된 신들이 모여서 시퀀스를 이루고, 또 몇 개의 시퀀스가 모여 시나리오를 이루고 있다는 사실이 바로 정밀하게 짜인 구조물과 같다는 뜻이다. 구조물이 안전하고 미관을 유지하기 위해서는 그 구조물을 이루는 기본 단위가 철저하게 만들어져야 하지 않겠는가.

다른 말로 설명해보기로 하자. 독자들의 손목을 감고 있는 시계를 생각해보면 이해가 빠를 것이다. 한 개의 시계를 이루어 한 치의 오차도 없는 시간을 측정하자면 수많은 부속품이 제각각 기능을 다하고 있어야 한다. 만일 아주 작은 부속품 하나를 들어냈다면 그 시계는 어찌되는가. 말할 것도 없이 그 시계는 시계로서의 기능을 다하지 못할 것이다. 이 엄연한 이치를 곰곰이 생각해보기를 바란다.

당신들이 쓴 시나리오에서 연출자나 감독이 한두 장면을 들어내고 나면, 적어도 스토리나 심리묘사가 단절되면서 연결이 되지 않을 만큼 완벽하게 조작된 시나리오를 써달라는 것이다. 만일 어느 감독이 당신의 시나리오에서 여러 신을 일거에 들어냈는데도 스토리나 플롯이 연결된다면 그 들어낸 부분은 안 써도 되는 것을 쓴 것이나 다름없지 않은가.

시나리오의 구조(구성이라도 좋다)도 하나의 시계와 같아서 신(기본 부품)의 배열(장면전환)이 잘못되면 가지 않고 서 있는 시계와 조금도 다를 바 없다는 점을 명심한다면, 장면전환의 기법이 시나리오의 성패를 좌우한다는 사실도 자연히 알게 될 것이다.

구분	번호	제작 연도	영화명	장르	감독	제작	프로듀서	각본	캐스팅	크랭크인	크랭크업	제공	배급	제작사	개봉(예정)	비고
후반 작업	15	2017	목격자	스릴러	조규장	차지현	오정현	이영종	이성민, 김상호, 진경	2017-09-23	2017-12-20	NEW	NEW	AD406	2018	
	16	2017	협상	범죄/스릴러	이종석	윤제균	이상직	최성현	현빈, 손예진	2017-06-17	2017-12-09	CJ E&M 영화사업부문	CJ E&M 영화사업부문	JK필름/CJ E&M 영화사업부문	2018	
	17	2017	너의 결혼식	멜로	이석근		차상민	이석근	박보영, 김영광	2017-09-18	2017-12-04	오퍼스픽쳐스		필름케이/외유내강/영화사 울림	2018	
	18	2017	PMC	액션/스릴러	김병우	강명찬, 김영훈	최원기	김병우	하정우, 이선균	2017-08-04	2017-12-01	CJ E&M 영화사업부문	CJ E&M 영화사업부문	아티스트컴퍼니/퍼펙트스톰필름	2018	
	19	2017	뷰티풀 데이즈	드라마	윤재호	김현우	김성년	윤재호	이나영, 장동윤	2017-10-31	2017-11-26	페퍼민트앤컴퍼니		페퍼민트앤컴퍼니/조르바프로덕션	2018	한·프 공동제작 프로젝트/ 2017 영진위 국제공동제작 인센티브 지원작
	20	2017	검은 바다	액션/누아르	박기형	박기형, 송찬호	김진휘	박기형	천정명, 진이한	2017-08-20	2017-11-19	좋은 하늘		좋은 하늘	2018-하반기	A.K.A. 얼굴없는 보스
	21	2017	암수살인	범죄/스릴러	김태균	이성찬, 이순규	신영일	곽경택, 김태균	김윤석, 주지훈	2017-08-14	2017-11-06	쇼박스	쇼박스	필름295/블러썸픽쳐스	2018	
	22	2017	방문객	미스터리/판타지	박영철	박영철	박영철	임나경, 박영철	정호, 송경의	2017-10-01	2017-10-30	더 필름클래식 프로덕션		더 필름클래식 프로덕션	2018-하반기	
	23	2017	마약왕	범죄/시대	우민호	김원국	김진우	우민호	송강호, 조정석, 배두나	2017-05-05	2017-10-10	쇼박스	쇼박스	하이브미디어코프	2018-하반기	
	24	2017	곰탱이(가제)	드라마	임진순	송정우	서종해	임진순	마동석, 김새론, 이상엽	2017-07-21	2017-09-30			데이드림 엔터테인먼트	2018	
	25	2017	자전차왕 엄복동	드라마			이상민	김유성	정지훈, 이범수, 강소라	2017-04-18	2017-09-29	셀트리온엔터테인먼트		셀트리온엔터테인먼트	2018	
	26	2017	검객	사극/액션	최재훈	이태헌	박아형	최재훈	장혁, 정만식, 조 타슬림	2017-06-15	2017-09-14	오퍼스픽쳐스		오퍼스픽쳐스	2018	
	27	2017	돈	범죄	박누리	한재덕, 손상범	박민정	박누리	류준열, 유지태, 조우진	2017-05-12	2017-08-29	쇼박스	쇼박스	사나이픽처스/영화사 월광	2018	
	28	2017	니 부모 얼굴이 보고 싶다	드라마	김지훈	이수남	진일규	김경미	설경구, 오달수, 천우희	2017-05-29	2017-08-27	폭스 인터내셔널 프로덕션(코리아)	이십세기폭스코리아	더타워픽처스/폭스 인터내셔널 프로덕션(코리아)/ 리버픽처스	2018	하타사와 세이고 동명 희곡 원작
	29	2017	공작	첩보/액션/드라마	윤종빈	손상범, 한재덕	국수란	윤종빈, 권성휘	황정민, 이성민, 조진웅	2017-01-24	2017-07-25	CJ E&M 영화사업부문	CJ E&M 영화사업부문	영화사 월광/사나이픽처스	2018	2018 칸영화제 미드나잇 스크리닝 부문 초청작
	30	2017	물괴	사극	허종호	정태원	양창훈	허담, 허종호	김명민, 김인권, 이혜리	2017-04-10	2017-07-21	씨네그루㈜키다리이엔티/ 롯데엔터테인먼트	롯데엔터테인먼트/ 씨네그루㈜키다리이엔티	태원엔터테인먼트	2018-09-19	
	31	2017	영주	드라마	차성덕		권보람	차성덕	김향기, 김호정, 탕준상	2017-05-20	2017-06-22	CGV아트하우스	CGV아트하우스	(유)케이아츠 영주 프로덕션	2018	2016 영진위 독립영화제작지원작
	32	2017	박화영	드라마	이환		한승상	이환	김가희, 강민아, 이재균	2017-02-12	2017-04-07		리틀빅픽처스	명필름랩	2018-하반기	2017 BIFF 한국영화의 오늘-비전 부문 초청작/ 2017 영진위 하반기 저예산영화개봉지원작
	33	2017	신과함께-인과 연 [N]	판타지/드라마	김용화	원동연, 김용화, 김호성	최지선	김용화	하정우, 주지훈, 김향기	2016-05-26	2017-03-22	롯데엔터테인먼트/덱스터스튜디오	롯데엔터테인먼트	리얼라이즈픽쳐스/덱스터스튜디오	2018-08-01	주호민 동명 웹툰 원작/2016 영진위 영화현장응급의료지원작
	34	2017	아메리카타운	드라마	전수일		서윤교	전수일	김단율, 임채영	2017-01-15	2017-02-15	마노엔터테인먼트		마노엔터테인먼트/동녘필름	2018	2017 BIFF 한국영화의 오늘-파노라마 부문 초청작
	35	2016	컨트롤	스릴러	한장혁	오봉식	유홍준	한장혁	박해일, 정웅인, 오달수	2016-09-18	2016-11-27	미시간벤처캐피탈		위드인픽처스	2018	
	36	2016	원더풀 고스트	휴먼 코미디	조원희	송정우	김성진	김성진	마동석, 김영광, 이유영	2016-08-10	2016-10-10	조이앤시네마	제이앤씨미디어그룹	데이드림 엔터테인먼트	2018-08	A.K.A. 원더풀 라이프/2016 영진위 영화현장응급의료지원작
	37	2016	소녀의 세계(가제)	로맨스	안정민		윤기진	안정민	노정의, 조수향, 권나라	2016-06-09	2016-07-17	아이아스플러스		빅오픽처스/영화사 날개	2018	2016 서울독립영화제 특별초청작
	38	2016	그대 이름은 장미(가제)	휴먼 코미디	조석현	김영민	조문익	홍은미	유호정, 박성웅, 하연수	2016-01-29	2016-04-30	미시간벤처캐피탈		엠씨엠씨	2018	2015 영진위 가족영화제작지원작
	39	2014	플라이 하이	드라마	한경탁	박순영	김용	선연희, 한경탁	송일국, 전수진, 이훈	2014-06-14	2014-07-30			분홍돌고래/다세포클럽	2018	2013 영진위 상반기 한국영화기획개발지원작
촬영 진행	1	2018	나의 특급 형제 [N]	휴먼 코미디	육상효	심재명, 하정완	문용찬	육상효	신하균, 이광수, 이솜	2018-05-23		NEW	NEW	명필름/조이래빗	2019	
	2	2018	진범 [N]	스릴러	고정욱	이성진	이세리, 도상현	고정욱	송새벽, 유선, 장혁진	2018-05-18		리틀빅픽처스	리틀빅픽처스	곰픽처스/트러스트스튜디오	2019	
	3	2018	나를 찾아줘 [N]	드라마	김승우	박세준	허정욱	김승우	이영애, 유재명, 이원근	2018-05-14		워너브러더스픽처스	워너브러더스코리아	26컴퍼니	2019	
	4	2018	두번 할까요?(가제) [N]	로맨틱코미디	박용집	천승철	김경환	박용집	권상우, 이정현, 이종혁	2018-05-10		리틀빅픽처스/kth	리틀빅픽처스	영화사 울림	2018-하반기	
	5	2018	성난 황소	범죄/액션	김민호	장원석, 장재호	박준식	김민호	마동석, 송지효, 김성오	2018-05-04		쇼박스	쇼박스	비에이엔터테인먼트/플러스미디어엔터테인먼트	2019	
	6	2018	템프시툴(가제)	코미디/드라마	정혁기	안은미	김재희, 이정은	정혁기, 조현철	엄태구, 이혜리, 김희원	2018-04-24		CGV아트하우스	CGV아트하우스	폴룩스㈜바른손	2019	
	7	2018	말모이	드라마	엄유나	박은경	윤서영	엄유나	유해진, 윤계상	2018-04-01		롯데엔터테인먼트	롯데엔터테인먼트	더 램프	2018	
	8	2018	광대들(가제) [N]	사극	김주호	임지영	김의성	신동익	손현주, 조진웅, 박희순	2018-03-31		워너브러더스픽처스	워너브러더스코리아	심플렉스	2019	
	9	2018	극한직업	코미디	이병헌	김성환	이종석, 고대석	문충일	류승룡, 이하늬, 진선규	2018-03-29		CJ E&M 영화사업부문	CJ E&M 영화사업부문	어바웃필름/영화사 해그림/CJ E&M 영화사업부문	2018	
	10	2018	뺑반	범죄/액션	한준희	이정은	이민수	김경찬, 한준희	공효진, 류준열, 조정석	2018-03-11		쇼박스	쇼박스	쇼박스/호두앤유픽처스	2018-하반기	
	11	2018	지하주차장	공포/스릴러	김성기		박선혜	김성기	강예원, 이학주	2018-02-24				스토리공감	2018	
	12	2018	사냥의 시간(가제)	스릴러	윤성현	이한대	손문성	윤성현	이제훈, 최우식, 안재홍	2018-01-10		유니온투자파트너스/ 리틀빅픽처스/싸이더스		싸이더스	2018-하반기	
	13	2017	우상	스릴러	이수진	이수진	이지연	이수진	한석규, 설경구, 천우희	2017-10-24		CGV아트하우스	CGV아트하우스	리공동체영화사/폴룩스㈜바른손	2018	
촬영 준비	1	2018	패키지	코미디/범죄/액션	김봉한	김봉한	신민철, 장성원	김봉한, 하경진	곽도원, 김대명, 김상호	2018-05-29		쇼박스	쇼박스	영화사 장춘/쇼박스	2019	
	2	2018	증인 [N]	휴먼드라마	이한	김재중, 김우재	이준우	문지원, 이한	정우성, 김향기	2018-06		롯데엔터테인먼트	롯데엔터테인먼트	무비락/도서관옆스튜디오	2019	2016 롯데 시나리오 공모대전 대상
	3	2018	걸캅스(가제)	코미디/액션	정다원	변봉현	안성현	정다원	라미란, 이성경	2018-07		CJ E&M 영화사업부문	CJ E&M 영화사업부문	필름모멘텀	2019	
	4	2018	엑시트(가제) [N]	재난/액션	이상근	강혜정	백현익	이상근	조정석, 윤아	2018-하반기		CJ E&M 영화사업부문	CJ E&M 영화사업부문	외유내강/필름케이	2019	
	5	2018	전투	사극	원신연	원신연, 김한민		천진우		2018-하반기		쇼박스	쇼박스	빅스톤픽처스/더블유픽처스/쇼박스	2019	
	6	2018	퍼펙트맨	드라마/코미디	용수	허성진	이강진	용수		2018-하반기		쇼박스	쇼박스	맨필름/쇼박스	2019	
	7	2018	만세전	드라마	이세영		손정인, 우규선	이세영, 김태영	김명곤, 최종원	2018-하반기				인디컴	2019	

2018.05.25. 기준 | [N] 신규 등록 작품 | 한국영화 제작상황판 수정·보완·추가사항_영진위 전산운영팀_02-6261-6577/mmdb@kofic.or.kr

구분	번호	제작 연도	영화명	장르	감독	제작	프로듀서	각본	캐스팅	크랭크인	크랭크업	제공	배급	제작사	개봉(예정)	비고
5월 개봉	1	2017	챔피언	스포츠/드라마	김용완		한동환	김용완	마동석, 권율, 한예리	2017-10-09	2017-12-17	워너브러더스픽쳐스	워너브러더스코리아	코코너	2018-05-01	
	2	2018	레슬러	드라마/코미디	김대웅	이안나	이안나	김대웅	유해진, 김민재, 이성경	2017-07-19	2017-10-17	롯데엔터테인먼트/디씨지플러스	롯데엔터테인먼트	안나푸르나필름	2018-05-09	
	3	2017	해원 [N]	다큐멘터리	구자환	구자환	구자환	구자환	김현선(내레이션)	2015-10	2017-10		레드무비	레드무비	2018-05-10	2017 영진위 장편독립영화후반작업지원작/ 2017 서울독립영화제 특별초청작
	4	2018	임을 위한 행진곡	드라마	박기복	박기복	장현철	박기복	김꽃비, 김부선, 전수현	2016-10-21	2017-06-05		알앤오엔터테인먼트	무당벌레필름/알앤오엔터테인먼트	2018-05-16	
	5	2018	버닝	미스터리	이창동	이준동	옥광희	오정미, 이창동	유아인, 스티븐 연, 전종서	2017-09-11	2018-01-30	파인하우스필름	CGV아트하우스	파인하우스필름/나우필름	2018-05-17	무라카미 하루키 단편 소설 『헛간을 태우다』 원작/ 2018 칸영화제 경쟁 부문 초청작
	6	2018	5.18 힌츠페터 스토리	다큐멘터리	장영주	양승동	장영주	김소연	위르겐 힌츠페터, 조성하(내레이션)	2003-04	2018-03-01	드림팩트엔터테인먼트	드림팩트엔터테인먼트	KBS	2018-05-17	
	7	2016	마중: 커피숍 난동 수다 사건 [N]	코미디/드라마	임혜영	차지훈	정다열	임혜영, 김준한, 류대식 외	김준한, 류대식, 문웅기	2014-09	2014-10		콘텐츠윙	자메이크 필름/콘텐츠윙	2018-05-17	2016 전북독립영화제 배우상 수상
	8	2017	아웃도어 비긴즈 [N]	코미디/스릴러/공포	임진승	임진승	이은임	강민석	조덕제, 영건, 연송하	2016-08	2016-09		윤스	노센스필름	2018-05-21	2017 유바리국제판타스틱영화제 스페셜 프로그램 앤 이벤츠 부문 초청작
	9	2017	독전	범죄/액션	이해영	임승용	정희순	정서경, 이해영	조진웅, 류준열, 김주혁	2017-07-01	2017-11-16	씨네그루㈜키다리이엔티	NEW	용필름	2018-05-22	
	10	2018	다이빙벨 그후	다큐멘터리	이상호	김선희	김영우		이용관, 김지석, 송옥숙(내레이션)	2012-01-12	2018-04-04		씨네포트	씨네포트	2018-05-24	
	11	2018	서산개척단	다큐멘터리	이조훈		이훈규	이훈규	정영철, 하용복, 윤기숙	2013-09-20	2018-01-31		인디플러그	훈프로	2018-05-24	2017 영진위 독립다큐멘터리영화제작지원작/ 2018 JIFF 다큐멘터리상 수상
	12	2018	홈	가족/드라마	김종우		김순모	김종우	이효제, 허준석, 임태풍	2016-09-23	2016-11-02	리틀빅픽처스	리틀빅픽처스	아토/큐브이미지웍스	2018-05-30	2017 BIFF 한국영화의 오늘-비전 부문 초청작/ 2017 영진위 하반기 저예산영화개봉지원작
	13	2018	데자뷰	미스터리/스릴러	고경민	김동영	김태은	고경민	남규리, 이천희, 이규한	2017-09-10	2017-10-14		씨네그루㈜키다리이엔티	스톰픽처스코리아/원픽처스	2018-05-30	
6월 개봉	1	2018	탐정: 리턴즈	코미디/범죄	이언희	정종훈	모일영	정한진	권상우, 성동일, 이광수	2017-06-08	2017-09-11	CJ E&M 영화사업부문	CJ E&M 영화사업부문	크리픽처스	2018-06-13	〈탐정: 더 비기닝〉 속편
	2	2018	여중생A [N]	드라마	이경섭	천승철	김경환	이경섭	김환희, 김준면	2017-09-30	2017-11-13	롯데시네마 아르떼/네이버웹툰	롯데엔터테인먼트	영화사 울림/네이버웹툰	2018-06-20	허5파6 동명 웹툰 원작
	3	2017	더 펜션	옴니버스/드라마	류장하, 양종현, 윤창오, 정허덕재	하정완	장지훈, 황재순	류장하, 양종현, 윤창오, 정허덕재	조재윤, 조한철, 박효주	2017-11-07	2017-12-08	제이콘컴퍼니/콘텐츠판다	영화사 오원	조이래빗/제이콘컴퍼니	2018-06-21	2017 영진위 독립장편저예산영화제작지원작
	4	2017	튼튼이의 모험 [N]	코미디	고봉수	고봉수	김준종	고봉수	김충길, 백승환, 신민재	2017-02-15	2017-02-24		CGV아트하우스/인디스토리	고브로필름	2018-06-21	2017 영진위 하반기 저예산영화개봉지원작/ 2017 JIFF 대명컬처웨이브상 수상
	5	2017	허스토리	드라마	민규동	민진수	박자명		김희애, 김해숙, 예수정	2017-09-10	2017-11-06	NEW	NEW	수필름	2018-06-27	
	6	2018	마녀 [N]	미스터리/액션	박훈정	박훈정	연영식	박훈정	김다미, 조민수, 박희순	2017-09-15	2017-12-18	워너브러더스픽쳐스	워너브러더스코리아	영화사 금월/페퍼민트앤컴퍼니	2018-06-27	
	7	2017	나와 봄날의 약속 [N]	미스터리/판타지	백승빈	김형대	김형대	백승빈	김성균, 장영남, 강하늘	2016-10	2017-08	이수창업투자	씨네그루㈜키다리이엔티	마일스톤컴퍼니	2018-06-28	2018 로테르담 국제영화제 타이거 경쟁 부문 초청작
개봉 준비	1	2017	변산	드라마	이준익		김성철	김세겸	박정민, 김고은	2017-09-11	2017-11-18	메가박스㈜플러스엠	메가박스㈜플러스엠	변산문화산업전문(유)	2018-07-04	
	2	2018	인랑	SF/액션	김지운	김태완	김우상		강동원, 한효주, 정우성	2017-08-16	2018-03-23	유니온투자파트너스/ 워너브러더스픽쳐스	워너브러더스코리아	루이스 픽쳐스	2018-07	오시이 마모루 원작, 오키우라 히로유키 연출의 동명 일본 애니메이션 원작
	3	2018	속닥속닥	공포	최상훈		곽동학	김준현	소주연, 김민규, 김영	2018-01-11	2018-02-08	KB인베스트먼트	그노스	파이브데이	2018-07	
	4	2017	풀잎들	드라마	홍상수	홍상수	홍상수	홍상수	김민희, 정진영	2017-09-07	2017-09-21	영화제작전원사	영화제작전원사/콘텐츠판다	영화제작전원사	2018	2018 베를린국제영화제 포럼 부문 초청작
	5	2014	천당의 밤과 안개	다큐멘터리	정성일	김중원, 윤상오	박영언, 함규리		왕빙	2009-12-01	2014-02-25			영화사 키노	2018	2016 로테르담국제영화제 딥 포커스 부문 초청작
	6	2015	사랑후애	멜로/로맨스	어일선	노지연	강완경	어일선	박시후, 윤은혜	2014-11-09	2015-02-01		씨타마운틴픽쳐스	리엔엔터테인먼트	2018	한·중 공동제작 프로젝트
	7	2016	슈팅걸스	스포츠 드라마	배효민	강태규, 배효민	리주영, 이준호	배효민	정웅인, 김보경, 정우림	2015-01-08	2016-01-26	슈팅걸스 유한회사/새바엔터테인먼트/ 아이언스튜디오		새바엔터테인먼트/아이언스튜디오	2018	삼례여중 축구부와 故 김수철 감독 실화/ 2017 BiFan 패밀리존 부문 초청작
	8	2016	유타 가는 길	드라마	김정중	김정중	송지연, 이승복, 신인기	김정중	이진욱, 류혜영	2014-02	2016-01			바다엔터테인먼트	2018	2016 BIFF 한국영화의 오늘-파노라마 부문 초청작
후반 작업	1	2018	레전드	액션	이승원	이현영	양종곤	브루스 칸	브루스 칸, 박희순, 윤진서	2017-10-09	2018-04-27	리틀빅픽처스	리틀빅픽처스	그린피쉬픽처스	2018-하반기	
	2	2018	사바하	미스터리/스릴러	장재현	강혜정	이준규	장재현	이정재, 박정민	2017-11-19	2018-04-09	CJ E&M 영화사업부문	CJ E&M 영화사업부문	외유내강/필름케이	2018	
	3	2018	미성년	드라마	김윤석	이동하	이승복	이보람, 김윤석	염정아, 김소진, 김혜준	2018-02-03	2018-04-03	쇼박스	쇼박스	영화사 레드피터/화이브라더스코리아	2018	배우 김윤석 연출 데뷔작
	4	2018	배반의 장미 [N]	코미디	박진영	정태원	양창훈	손근주, 정태원	김인권, 정상훈, 손담비	2018-03-03	2018-04-02	롯데엔터테인먼트	롯데엔터테인먼트	태원엔터테인먼트	2018-08	
	5	2018	도어락	스릴러/드라마	이권	조병연	김성룡, 이재민	박정희, 이권	공효진, 김예원, 김성오	2018-01-07	2018-03-14	메가박스㈜플러스엠	메가박스㈜플러스엠	영화사 피어나	2018	
	6	2018	국가부도의 날	드라마	최국희	이유진	오효진	엄성민	김혜수, 유아인, 허준호	2017-12-12	2018-03-11	CJ E&M 영화사업부문	CJ E&M 영화사업부문	영화사 집	2018	
	7	2018	스윙키즈	휴먼드라마	강형철	이안나	유성권, 안희진	강형철	도경수, 박혜수, 자레드 그라임스	2017-10-18	2018-02-20	NEW	NEW	안나푸르나필름	2018	
	8	2018	창궐	사극/액션	김성훈	이한승, 김성훈	김남수	황조윤	현빈, 장동건, 조우진	2017-09-01	2018-02-13	NEW	NEW	리양필름/영화사 이창	2018	
	9	2018	완벽한 타인	드라마/코미디	이재규	박철수	이용남	배세영	유해진, 조진웅, 이서진	2017-12-27	2018-02-12	롯데엔터테인먼트	롯데엔터테인먼트	필름몬스터	2018	
	10	2018	안시성	사극	김광식	장경익, 박재수	구태진, 김용선	김광식	조인성, 남주혁, 박성웅	2017-08-23	2018-01-24	NEW	NEW	영화사 수작/스튜디오앤뉴	2018-09	
	11	2018	상류사회	드라마	변혁	김원국	김철용	변혁	박해일, 수애	2017-11-01	2018-01-22	롯데엔터테인먼트	롯데엔터테인먼트	하이브미디어코프	2018	
	12	2018	기묘한 가족	코미디	이민재	엄주영	이치범	이민재, 정서인	정재영, 김남길, 엄지원	2017-10-13	2018-01-21	메가박스㈜플러스엠	메가박스㈜플러스엠	씨네주(유)/오스카10스튜디오	2018	

시나리오 #7

1판 1쇄 인쇄 2018년 6월 20일
1판 1쇄 발행 2018년 6월 29일

발행인 문상훈

편집주간 송길한
편집고문 최석규
편 집 장 최종현

자문위원 지상학, 이영재
편집위원 강철수, 이환경, 정대성, 한유림, 이미정

홍보마케팅 본부장 강영우
홍보마케팅 팀장 최종인

취재팀장 이승환
취재기자 김효민, 함동국

편집부 김수영, 조은솔
교 정 박소영

표지디자인 정인화
본문디자인 김민정

인쇄처 가연출판사 (서울시 마포구 월드컵북로 4길 77, 3층)
전 화 02-858-2217 | 팩 스 02-858-2219

펴낸곳 (사) 한국시나리오작가협회
주 소 서울시 중구 필동 3가 28-1 캐피탈빌딩 202호
전 화 02-2275-0566 | 홈페이지 www.moviegle.com

구입 문의 02-858-2217
내용 문의 02-2275-0566

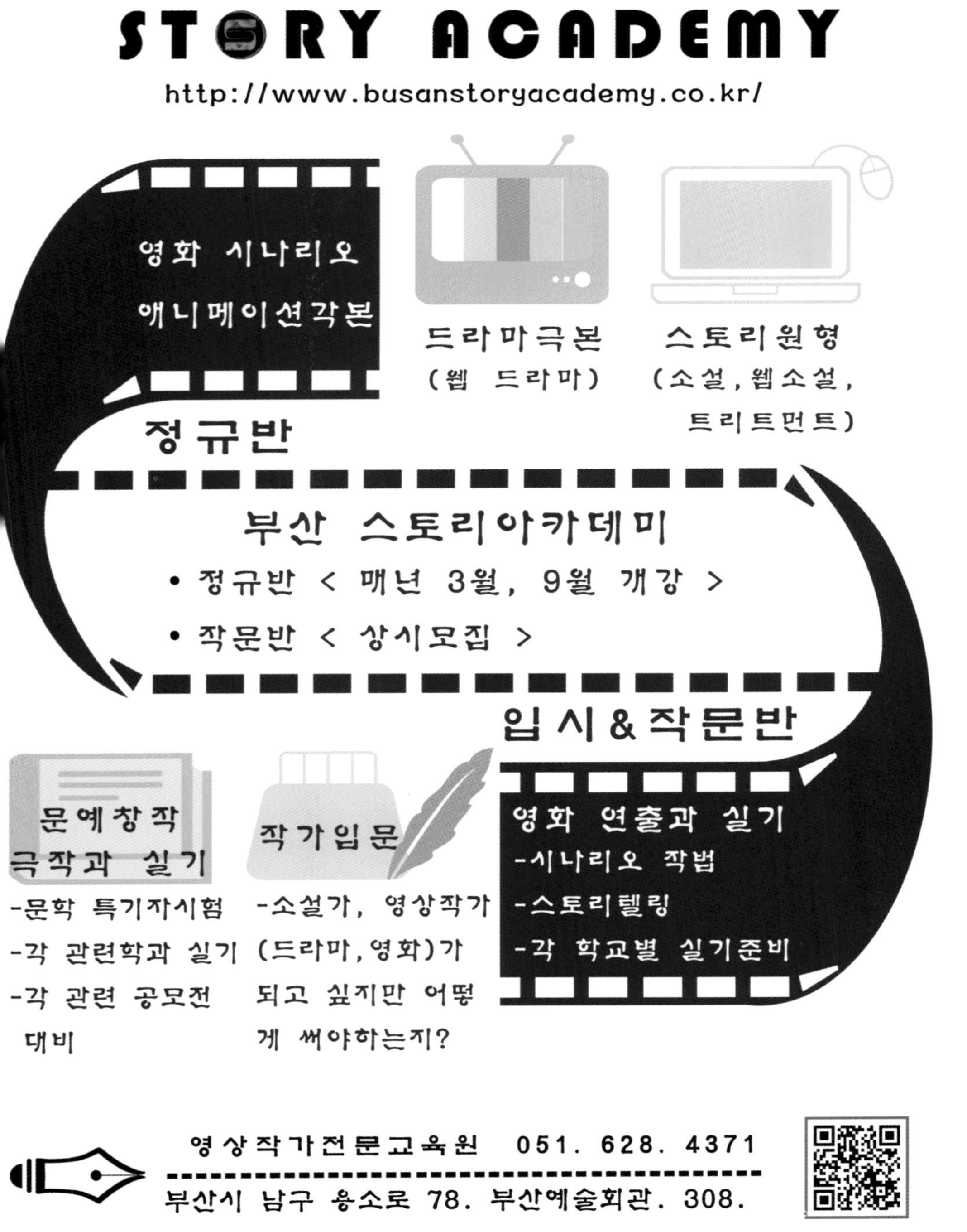
STORY ACADEMY
http://www.busanstoryacademy.co.kr/
영화 시나리오
애니메이션각본
드라마극본
(웹 드라마)
스토리원형
(소설,웹소설,
트리트먼트)
정규반
부산 스토리아카데미
• 정규반 < 매년 3월, 9월 개강 >
• 작문반 < 상시모집 >
입시&작문반
문예창작
극작과 실기
-문학 특기자시험
-각 관련학과 실기
-각 관련 공모전
대비
작가입문
-소설가, 영상작가
(드라마,영화)가
되고 싶지만 어떻
게 써야하는지?
영화 연출과 실기
-시나리오 작법
-스토리텔링
-각 학교별 실기준비
영상작가전문교육원 051. 628. 4371
부산시 남구 용소로 78. 부산예술회관. 308.

KOFIC 영화진흥위원회
Korean Film Council

한국영화 시나리오 마켓에 놀러오세요

"www.scenariomarket.or.kr"

시나리오마켓이란

- 누구나 자유롭게 시나리오 등록이 가능하며, 등록된 시나리오를 열람·구매 할 수 있는 오픈형 시나리오 유통 플랫폼
- 영화화 가능성이 높은 다양하고 참신한 작품과 투 제작사간의 계약을 중개하여 한국영화계에 지속 공급

시나리오마켓 지원사업

- 월 추천작 선정(예심) : 장편 극영화 시나리오 등록작을 대상으로 매월 8편내외(기성 신인 각 4편 내외) 선정
- 반기 공모전(본심) : 월 추천작 선정 작품을 대상으로 4편 선정 및 창작지원금 차등 지원
- 연말 대상전(결심) : 월 추천작 선정 작품의 개발고를 대상으로 왕중왕전을 진행하여 대상 2편 선정 및 창작지원금 지원
- 멘토링 제도 : 신인작가의 월 추천작 선정 작품을 대상으로 멘토와 1:1매칭 및 3개월간 시나리오 개발 지원

※ 매매완료작/타공모전 수상작 제외

시나리오마켓 계약작품

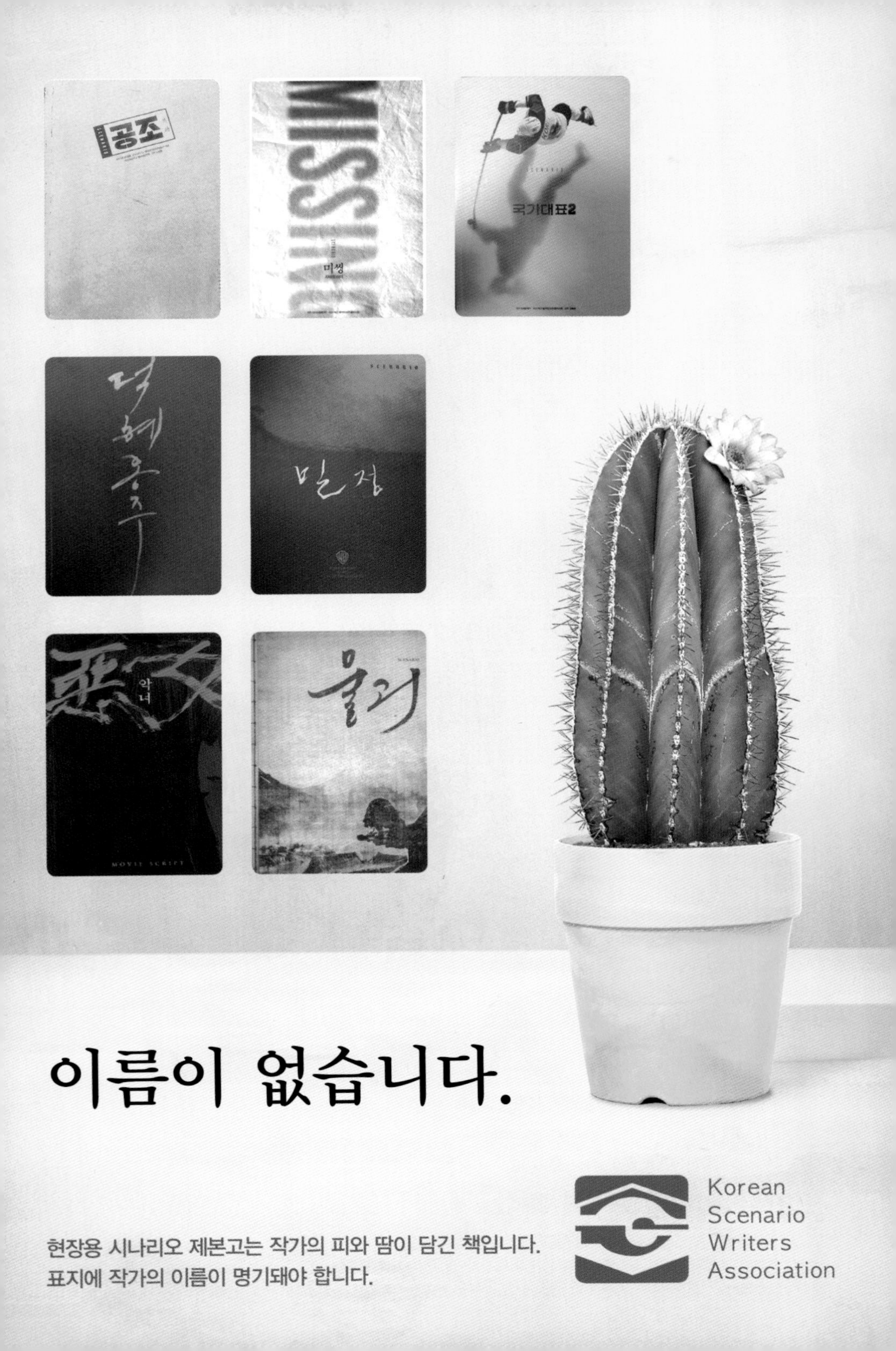

공조
MISSING
미씽
국가대표2
덕혜옹주
밀정
악녀
MOVIE SCRIPT
물괴
이름이 없습니다.
현장용 시나리오 제본고는 작가의 피와 땀이 담긴 책입니다.
표지에 작가의 이름이 명기돼야 합니다.
Korean
Scenario
Writers
Association

내가하면 로맨스
남이하면 불.륜.
주의 : 웃다가 죽을 수 있음
연극
스캔들
2018년 5월 4일 (금) ▶ OPEN RUN 원패스아트홀
| 제작 | 원패스엔터테인먼트 | 연출·번안 | 손남목 | 포토그래퍼 | 김주원 | 사진촬영 | 2J/Venue | 협찬 | 성용유통그룹 ㈜뉴드림 유통
| 출연 | 이재욱 이하린 김승현 안상훈 이은우 장지희 정수라 한소라 강병준 박소민 최어진 이채원 최환이 구민정 김채원
| 후원 | 시민일보ER 이코노믹리뷰 문화투데이 시사매일일보 푸드투데이 GOLF JOURNAL 청소년경제교육재단 원패스입시컨설팅 4차 산업뉴스
| 공연문의 | 02. 3672.0855 | 예매처 | 인터파크

영화처럼 소설처럼 즐거운 세상을 꿈꾸는
가연 컬처클래식 시리즈

WWW.BUSANMOVIEGLE.COM
(사)한국시나리오작가협회
부산영상작가전문교육원

23년 전통의 시나리오 교육의 성지에서
당신의 이야기가 영화로 다시 태어납니다

마을-아치아라의 비밀
10기:도현정작가

광해
13기:황조윤작가

라스트 8기:한지훈작가

당신도 천만관객의 주인공이 될수있습니다!

태극기휘날리며
16기:김상돈작가

명량
13기:전철홍작가

*부산영상작가전문교육원 수강생 모집

구분	전공분야	정원	강좌일정	이수기간	응모자격
기초반	TV극본 영화각본 애니메이션 각본	주/야간 OO명	주1회 1강좌 150분 강의 (각 커리큘럼 강의 및 작품첨삭지도)	6개월	*수강 능력있는 남.여 (학력,연령 불문)
전문반					*본원 기초반 수료자 *타 교육기관 동과정 수료자
연구반					*본원 전문반 수료자
창작반		야간 OO명			*본원 연구반 수료자 *등단 준비 코스

20년 전통 영화, 드라마작가 전문교육기관
20th 부산영상작가전문교육원

주소:부산광역시 수영구 광서로 20-1(광안동 697-10) 2층
Tel 051-757-0763 / 010-8674-0763 Fax 051-757-0764 / Email busanmoviegle@naver.com

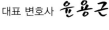